NOUS REVIENDRONS À LA HAVANE

Ce livre a été publié précédemment sous le titre *L'année prochaine à La Havane* (éditions Charleston, 2019).

Titre original : *Next Year in Havana*

Publié avec l'accord de Berkley, une marque de Penguin Publishing Group, un département de Penguin Random House LLC.
Traduit de l'anglais par Marie-Axelle de La Rochefoucauld

Pour l'édition française :

10, place des Cinq-Martyrs-du-Lycée-Buffon
75015 Paris – France
www.editionscharleston.fr

ISBN : 978-2-36812-892-3
Mise en page : Patrick Leleux PAO

Charleston s'engage pour une fabrication écoresponsable ! Amoureux des livres, nous sommes soucieux de l'impact de notre passion et choisissons nos imprimeurs avec la plus grande attention pour que nos ouvrages soient imprimés sur du papier issu de forêts gérées durablement.

Chanel Cleeton

NOUS REVIENDRONS À LA HAVANE

Roman

Traduit de l'anglais par
Marie-Axelle de La Rochefoucauld

CHARLESTON
POCHE

Para mis abuelos.
Pour mes grands-parents.

REMERCIEMENTS

Ce livre me tient vraiment à cœur et je voue une reconnaissance sans bornes aux nombreuses personnes qui lui ont permis de voir le jour. Merci à mon formidable agent Kevan Lyon et à Kate Seaver, ma relectrice extraordinaire, dont le soutien, les indications et les encouragements permanents ont rendu possible cette entreprise littéraire. J'ai tant de chance de travailler avec vous deux et ne saurais vous remercier assez pour tout ce que vous avez fait pour moi.

Merci à toute l'équipe de Berkley de m'avoir donné cette opportunité. Je n'aurais pu demander meilleure maison d'édition. Je remercie tout spécialement Ivan Held, Christine Ball, Claire Zion, Jeanne-Marie Hudson, Craig Burke, Erin Galloway, Ryanne Probst, Roxanne Jones, Fareeda Bullert, Kim Burns et Katherine Pelz d'avoir fait de chacun de mes livres une réalité ; les membres de l'incroyable service des droits d'avoir travaillé si dur ; et le service de création artistique de Berkley pour la magnifique couverture et pour avoir saisi l'essence de *L'Année prochaine à La Havane*.

Merci à mes merveilleux amis, en particulier A. J. Pine, Jennifer Blackwood et Lia Riley. Je ne sais pas ce que je ferais sans vous. Merci à la charmante Jennifer Robson d'avoir lu *L'Année prochaine à La Havane* et de m'en avoir fait un retour bienveillant.

Je ressens une immense gratitude envers mes lecteurs et tous les blogueurs qui ont soutenu mes livres au fil des années et m'ont accompagnée lors de cette nouvelle aventure. Merci !

Je n'aurais jamais pu écrire ce livre sans ma famille fantastique et sans la force et le courage de ceux qui m'ont précédée. Merci d'avoir partagé vos histoires avec moi et d'avoir préservé un morceau de Cuba auquel je peux toujours m'accrocher. Je vous suis tellement reconnaissante pour vos idées au sujet de ce roman, ainsi que pour votre affection et votre soutien.

À ma famille – mon cœur – merci.

CHAPITRE UN

Elisa
La Havane, 1959

— Combien de temps allons-nous partir ? demande ma sœur Maria.

— Un certain temps.

— Deux mois ? Six mois ? Un an ? Deux ?

— Tais-toi.

Je l'encourage à avancer en la poussant légèrement, regardant tout autour de moi pour voir si quelqu'un a entendu sa question.

Dans la zone de départ de l'aéroport de Rancho-Boyeros, nous nous tenons l'une derrière l'autre, nous, les célèbres sœurs Perez – en bien ou en mal, selon la personne que vous interrogez. Isabel, l'aînée, ouvre la voie. Elle ne parle pas, les yeux fixés sur son fiancé, Alberto. Le visage pâle, il nous regarde quitter sous la contrainte la ville qu'autrefois nous avons mise à genoux.

Beatriz est la suivante. Lorsqu'elle marche, l'ourlet en dentelle de sa plus jolie robe lui caressant les mollets, c'est comme si tout l'aéroport retenait sa respiration. C'est la beauté de la famille et elle le sait.

Je traîne derrière elle, les genoux tremblants sous mes jupons. Chaque pas me coûte.

Puis il y a Maria, la dernière des reines du sucre.

À treize ans, elle est trop jeune pour comprendre qu'elle doit parler à voix basse et arrive à faire abstraction des soldats en uniforme vert, armés de fusils qu'ils ne demandent qu'à utiliser. Elle connaît le danger que représentent ces uniformes, mais pas aussi bien que nous autres. Nous n'avons pas réussi à dissiper le chagrin qui, implacable, s'est abattu sur notre famille, mais nous avons fait de notre mieux pour protéger Maria de la barbarie que nous avons endurée. Elle n'a pas entendu les cris des prisonniers détenus dans des cages, comme des animaux, à La Cabaña, la prison désormais gérée par ce monstre argentin. Elle n'a pas vu le sang cubain se déverser sur le sol.

Mais notre père, si.

Il se retourne et la fait taire d'un regard, un regard qu'il utilise peu mais qui est redoutable d'efficacité. Depuis notre naissance, il laisse notre mère et notre nounou, Magda, s'occuper de nous, trop occupé qu'il est à gérer sa société sucrière et à fréquenter les milieux politiques. Toutefois, nous traversons une période bien particulière où les enjeux sont plus importants que tout ce à quoi nous avons été confrontés jusqu'à présent. Il n'y a rien qui plairait davantage à Fidel que de se servir d'Emilio Perez et de sa famille comme exemple – nous qui sommes la quintessence de tout ce que sa révolution cherche à détruire. Nous ne sommes pas la famille la plus riche de Cuba, ni la plus puissante, mais il est impossible d'ignorer la relation privilégiée entre mon père et l'ancien président. Dans ce climat, même des mots prononcés avec insouciance par une fille de treize ans peuvent s'avérer mortels.

Maria se tait.

Notre mère marche à côté de mon père, la tête haute. Aujourd'hui, elle a insisté pour que chacune de nous porte sa plus belle robe, son chapeau et ses gants les plus élégants, et nous a brossé les cheveux jusqu'à ce qu'ils étincellent. Ses filles doivent être à leur meilleur, même en exil.

Savoir perdre avec panache.

Nous n'avons peut-être pas lutté dans les montagnes, nous n'avons pas tenu d'armes dans nos mains gantées, mais il y a un combat en chacune de nous. Un combat que Fidel a allumé comme une flamme qui ne s'éteindra jamais. Alors nous nous dirigeons vers la porte d'embarquement dans notre robe préférée, portant haut la fierté et le pragmatisme cubains. C'est notre façon d'emporter les robes avec nous, même s'il manque les pierres qui les ornent d'ordinaire. Ce qu'il reste de nos bijoux est enterré dans le jardin de notre maison.

Pour notre retour.

Être cubain, c'est être fier – à la fois notre plus grand cadeau et notre plus grande malédiction. Nous ne servons aucun roi, ne courbons pas l'échine, portons nos problèmes sur notre dos comme s'ils ne pesaient rien. C'est tout un art, vous voyez. C'est un art de donner l'impression que rien ne vous coûte, que vous vivez dans un monde doré, quand, en réalité, sous votre robe en soie, vos genoux ploient sous tout ce poids. Sous la soie et la dentelle se cache un corps d'acier.

Nous tâchons de préserver l'idée fausse selon laquelle il ne s'agit que de simples vacances, d'un court séjour à l'étranger, mais les regards qui nous suivent dans l'aéroport ne sont pas dupes…

Les doigts de Beatriz s'enroulent autour des miens pour un moment de réconfort. Ces sentinelles vert olive observent nos moindres mouvements. Il y a quelque chose de rassurant dans la peur de ma sœur, dans cette façade qui se fissure. Je ne lui lâche pas la main.

Le monde tel que nous le connaissions est mort et je ne reconnais pas celui qui l'a remplacé.

Un sentiment de désespoir plane sur la zone des départs. On le voit dans les yeux des hommes et des femmes qui attendent pour monter à bord de l'avion, dans leurs épaules crispées. Le choc imprimé sur le visage, ils serrent leurs effets personnels dans leurs mains. On le voit chez ces enfants maussades dont le rire a été avalé par le miasme ambiant.

Autrefois, l'aéroport était un endroit heureux. Nous y accueillions notre père lorsqu'il rentrait de ses voyages d'affaires et, trois ans plus tôt, nous étions assises sur ces mêmes sièges, folles d'enthousiasme à l'idée de partir en vacances à New York.

Nous prenons donc place, serrées les unes contre les autres. J'ai Beatriz d'un côté et Maria de l'autre. Isabel est assise à part, recouverte de sa douleur comme d'une cape. Ici, il y a différents degrés de perte, nous ne pouvons échapper au poids de ce que nous laissons derrière nous.

Assis côte à côte, mes parents ont entrelacé leurs doigts, l'un des rares gestes d'affection auxquels j'aie jamais assisté. L'inquiétude a envahi leurs yeux, le chagrin leur cœur.

Combien de temps serons-nous partis ? Quand rentrerons-nous ? Quel Cuba retrouverons-nous alors ?

Nous sommes désormais là depuis des heures, les secondes s'écoulent avec une lenteur interminable. Ma robe me gratte, un petit filet de sueur dégouline le long de ma nuque. La nausée agite mon estomac, me donnant un goût âcre dans la bouche.

— Je vais vomir, murmuré-je à Beatriz.

Elle me presse les doigts.

— Mais non. Nous y sommes presque.

Je ravale ma nausée, fixant le sol devant moi. Les regards insistants, acérés, me transpercent ; pourtant c'est comme si le vide s'était fait autour de nous. La pièce a été vidée de tout son à l'exception du bruissement occasionnel d'un vêtement, d'un sanglot égaré. Nous nous trouvons dans une sorte de purgatoire et nous attendons, attendons…

— Embarquement immédiat…

Mon père se lève de son siège avec difficulté ; il a beaucoup vieilli depuis près de deux mois que le président Batista a fui le pays, depuis que les vents de la révolution se sont propagés de la Sierra Maestra à notre coin de l'île. Autrefois, Emilio Perez était admiré comme l'un des hommes les plus riches et les plus puissants de Cuba ; aujourd'hui, peu de choses distinguent mon père de l'homme assis de l'autre côté du couloir, de l'homme qui fait la queue à la porte d'embarquement. Nous sommes désormais tous des citoyens sans pays, des orphelins de circonstance.

Je tends le bras et saisis la main de Maria de ma main libre.

Elle est silencieuse, comme si elle avait enfin pris conscience de la réalité. Nous sommes tous silencieux.

Nous marchons les uns derrière les autres, sombres et réticents, pour rejoindre le tarmac. Aujourd'hui, l'air est dépourvu de toute brise, la chaleur étouffante. Le soleil nous frappe le dos tandis que nous avançons vers l'avion qui se profile devant nous.

Je ne peux pas faire ça. Je ne peux pas partir. Je ne peux pas rester.

Beatriz m'entraîne en avant et je poursuis ma route avec mes sœurs, une succession de jeunes Perez.

Nous montons dans l'avion en traînant les pieds, le silence volant en éclats tandis que les voix se font plus fortes et que les larmes sont sur tous les visages. Des gémissements. Maintenant que nous avons quitté la zone de départ, le vernis de la civilité a disparu, dévoilant une réalité brute, sans fard…

Le deuil.

Je m'assois à côté du hublot et regarde par la minuscule fenêtre, espérant une meilleure vue que celle du terminal de l'aéroport, espérant…

Nous nous éloignons de la porte d'embarquement à reculons, dans un soubresaut de l'avion, et le silence s'installe dans la cabine. Dans un flash, je me revois le soir du Nouvel An dans le grand salon d'amis de mes parents, une coupe de champagne à la main. Je ris, le cœur plein de joie. Une certaine peur rôde en arrière-plan, une peur mêlée d'incertitude, mais l'espoir est lui aussi présent.

En l'espace de quelques minutes, tout mon univers a basculé.

Le Président Batista a fui le pays ! Vive Cuba, un pays libre !

Est-ce cela la liberté ?

Nous prenons à présent de la vitesse, filant sur la piste. Ce mouvement me donne des haut-le-cœur et je perds la bataille : j'attrape le sachet dans la poche du siège devant moi et y déverse le contenu de mon estomac.

Beatriz caresse mon dos courbé, tandis que les roues se détachent du sol et que nous nous élevons dans le ciel. La nausée me frappe encore et encore, un cadeau de départ ignominieux et, quand je relève enfin les yeux, je suis accueillie par une palette stupéfiante de verts et de bleus, comme la palette d'un artiste en contrebas.

Lorsque Christophe Colomb arriva à Cuba, il décrivit le pays comme la terre la plus belle qu'il ait été donné de voir aux hommes. Et il avait raison. Mais Cuba ne se limite pas à la mer, aux montagnes, au ciel dégagé. Il y a tant d'autres choses que nous laissons derrière nous.

Combien de temps serons-nous partis ?

Un an ? Deux ?

Ojalá.

Marisol
Janvier 2017

Quand j'étais petite, je suppliais ma grand-mère de me parler de Cuba. C'était une île mythique, ancrée dans mon cœur, entièrement imaginée d'après la version du pays qu'elle avait créée en exil à Miami et les histoires qu'elle m'avait racontées. J'étais partagée entre deux terres : celle où habitait mon corps et celle où je vivais dans mes rêves.

Nous nous installions dans le salon de l'immense maison de mes grands-parents à Coral Gables et elle me montrait de vieilles photos que d'intrépides membres de notre famille avaient emportées en douce en quittant le pays. Elle me racontait sa vie à La Havane, les aventures de ses frères et sœurs, peignant le portrait d'une terre qui existait dans mon imagination. Ses histoires sentaient le gardénia et le jasmin, avaient le goût des bananes plantain et des sapotes et, toujours, étaient accompagnées de son vieux tourne-disques. Chaque fois qu'elle terminait l'une de ses histoires, elle souriait et promettait qu'un jour je verrais Cuba par moi-même, que nous y retournerions en grande pompe, rouvrant la propriété balnéaire familiale de Varadero et l'élégant manoir de La Havane qui occupait presque tout le pâté de maison d'une rue bordée d'arbres.

À la mort de Fidel, nous y retournerons. Tu verras.

Et enfin, après avoir maintenu le suspense pendant près de soixante ans de fausses alertes et de canulars, il a fini par mourir, ne survivant à ma grand-mère que de quelques mois. Le soir de sa mort, ma famille a ouvert une bouteille de champagne que mon arrière-grand-père avait achetée près de soixante ans plus tôt pour cette occasion précise et nous avons célébré le décès de Castro de notre façon inimitable. Le champagne, malheureusement, comme Fidel, n'était plus de la première fraîcheur, mais nous avons fait la fête dans la Calle Ocho de Miami jusqu'au lever du soleil, et pourtant…

Pourtant nous sommes toujours là.

Sa mort n'a pas effacé près de soixante ans d'exil, ni assuré un avenir de liberté. Au lieu de cela, j'ai dû cacher les cendres de ma grand-mère dans ma valise en les dissimulant dans un bocal dans ma trousse à maquillage, honorant sa dernière volonté tandis que nous prions, espérons, attendons que la situation change.

À ma mort, ramène-moi à Cuba. Répands mes cendres sur la terre que j'aime. Tu sauras où.

Et à présent, à bord d'un avion quelque part entre Mexico et La Havane, armée d'un cahier rempli de noms de rues et d'endroits à visiter, ainsi que d'un guide acheté sur Internet, je ne sais absolument pas où la faire reposer.

La lecture du testament de ma grand-mère a eu lieu il y a six mois, rassemblant trente membres de la famille dans une salle de réunion dans le cabinet de notre notaire à Brickell. Ses sœurs Beatriz et Maria étaient là. Isabel était décédée un an plus tôt. Leurs enfants étaient venus avec conjoint et enfants pour lui rendre hommage. Puis il y avait mon père – son fils unique –, mes deux sœurs et moi.

L'essentiel de son testament était sans surprise. Mon grand-père était mort plus de vingt ans auparavant et avait légué la société sucrière à mon père pour qu'il en prenne la direction. Ma sœur Daniela a récupéré la maison de Palm Beach, et Lucia, la cadette, la ferme de Wellington et les chevaux. Quant à moi, j'ai hérité de la maison de Coral Gables, le lieu de tant de mes voyages imaginaires à Cuba.

Il y avait des legs monétaires, ainsi que des œuvres d'art, des listes entières lues par le notaire sur un ton très factuel, ses annonces donnant parfois lieu à des larmes ou à une exclamation de gratitude. Puis il y avait sa dernière volonté…

Les grands-parents ne sont pas censés avoir des chouchous, mais ma grand-mère n'a jamais suivi les règles de quiconque. Peut-être était-ce parce que j'étais venue au monde deux mois avant que ma mère surprenne mon père au lit avec une héritière du caoutchouc. Lucia et Daniela avaient connu des années d'unité familiale avant le Grand Divorce et, après cela, elles avaient un lien avec ma mère que je n'ai jamais réussi à tisser. J'avais passé ma petite enfance entre des séances de stratégie chez les avocats, allant d'une maison à une autre, jusqu'à ce que ma mère finisse par se laver les mains de toute cette affaire et retourne en Espagne, me laissant avec ma grand-mère. Alors peut-être parce que j'étais la fille qu'elle n'avait jamais eue, mais qu'elle avait élevée comme telle, était-il logique qu'elle me confie cette mission, à moi…

Personne de la famille ne l'a remis en question.

Ses sœurs m'ont indiqué une liste d'adresses, notamment le domaine Perez à La Havane et la maison balnéaire que personne n'avait vue depuis plus de cinquante ans. Elles m'ont mise en contact avec Ana Rodriguez, la meilleure amie d'enfance de ma grand-mère. Malgré toutes les années écoulées, elle a eu la gentillesse de me proposer de loger chez elle lors de ma semaine à Cuba. Peut-être pourrait-elle m'éclairer quant au meilleur endroit pour faire reposer ma grand-mère.

Tu as toujours voulu voir Cuba et je regrette amèrement que nous n'ayons pas pu y aller ensemble. Ce qui me console, au moins, c'est de t'imaginer arpentant le Malecón, le visage caressé par des gouttes d'eau de mer. Je t'imagine à genoux sur un prie-Dieu de la cathédrale de La Havane, ou attablée au Tropicana. T'ai-je raconté la fois où nous avons fait le mur pour aller au club ?

J'ai toujours rêvé que Fidel meure avant moi, rêvé de rentrer chez moi. Mais aujourd'hui j'ai renoncé à ce rêve. Je suis une vieille femme et j'ai fini par accepter que je ne reverrais jamais Cuba. Mais toi, si.

Être en exil, c'est se voir arracher ce qu'on aime le plus au monde – l'air que l'on respire, la terre que l'on foule. Ces choses existent de l'autre côté du mur, inchangées par le temps et les circonstances, préservées dans un souvenir parfait, au pays des rêves.

Mon Cuba n'est plus, le Cuba que je t'ai raconté au fil des années a été balayé par la révolution. Il est temps pour toi de découvrir ton propre Cuba.

Je range la lettre dans mon sac à main, les mots se mélangeant. Six mois se sont écoulés, pourtant la douleur est encore là, intensifiée dans les moments où je ressens le plus fortement sa perte, quand elle devrait être à mes côtés mais qu'elle ne l'est pas.

Voir les *meringuitos,* ces petites meringues qu'elle me préparait pour les grandes occasions, un nuage de poudre sucrée fondant sur ma langue, entendre nos icônes musicales – Celia Cruz, Benny Moré et le Buena Vista Social Club –, ces rythmes qui avaient bercé mon enfance, et maintenant ceci, les roues de l'avion se posant sur le sol cubain.

Ma grand-mère me manque.

Des larmes roulent sur mes joues. Il ne s'agit pas seulement de son absence ; c'est ce sentiment de connexion tandis que l'avion roule sur la même piste que celle dont elle a décollé il y a près de soixante ans pour quitter Cuba pour toujours.

Je regarde par le hublot, découvrant un premier aperçu de l'aéroport international José Martí. À première vue, il ressemble aux innombrables aéroports des Caraïbes où j'ai atterri lors de vacances au cours de ma vie. Néanmoins, au-delà de son apparence, je ressens qu'il est spécial et un frisson me parcourt. Mon corps laisse échapper un soupir, comme si je retenais ma respiration jusqu'ici et pouvais enfin expirer.

C'est comme lorsqu'on revient chez soi après une longue absence, que l'aspect de notre maison nous semble à la fois familier et un peu différent, qu'on franchit le seuil, qu'on pose nos bagages dans un sentiment d'accomplissement – notre voyage est terminé – et qu'on regarde autour de nous, observant tout ce qu'on avait laissé, et qu'on se dit…

Je suis chez moi.

CHAPITRE DEUX

Je descends de l'avion et traverse l'aéroport, tenant fermement mes bagages. Toute ma vie, Cuba a été cette entité mythique, parfois tangible, parfois éphémère et inatteignable. Mais c'est à présent bien réel et, même si le hall des arrivées n'a rien de romantique ni de glamour, je frétille d'excitation.

Malheureusement, la romance de l'instant est ternie par la monotonie du temps qui passe. Les minutes s'égrènent, près d'une heure s'écoule avant que j'arrive au début de la queue de l'immigration. Je remarque le nombre d'agents derrière les comptoirs, la facilité avec laquelle les touristes devant moi passent les formalités. Officiellement, je suis là avec un visa de journaliste, dans le but d'écrire un article pour le magazine de voyage en ligne qui m'emploie en free-lance à Miami – un article sur le tourisme à Cuba maintenant que les restrictions se sont assouplies. Je l'ai vendu au rédacteur en chef comme le premier papier d'une série visant à présenter Cuba aux Américains et j'ai fini de le convaincre en proposant de financer moi-même mon voyage. Officieusement, bien sûr, ma valise contient les cendres de ma grand-mère.

Il existe une procédure pour qu'un exilé soit rapatrié à Cuba pour son inhumation, mais après en avoir discuté avec des amis de la famille ayant été confrontés aux mêmes défis – refus, paperasse, intervention du gouvernement –, cette solution me semblait la plus simple, une solution choisie chaque année par de nombreux Cubains. Tandis que je fais rentrer ma grand-mère en contrebande dans son pays, je jure que j'ai l'impression qu'elle me regarde en souriant, absolument ravie d'enfreindre les règles du régime qu'elle haïssait.

J'ai rassemblé tous mes papiers et, visa à la main, je m'avance dans la queue de l'immigration, priant pour que mon urne de fortune passe sans encombre.

Je présente mes documents à l'agent, le cœur battant en répondant à ses questions en espagnol, la langue que je parle depuis ma naissance. Je ressens une étrange ambivalence face à ces personnes qui sont des compatriotes, sans l'être vraiment. Malgré ma mère américano-espagnole, je me suis toujours considérée davantage cubaine qu'autre chose, et à Miami cela n'a jamais posé problème. Mes grands-parents étaient cubains, mon père est cubain, par conséquent je suis cubaine. Néanmoins, ici, cela aura-t-il de l'importance que ma peau soit plus claire que celle de la plupart des citoyens de ce pays, que mon sang ne soit pas intégralement cubain ? Suis-je une intruse ou l'ascendance que je revendique suffit-elle à me faire accepter comme l'une d'entre eux ?

L'agent me fait signe d'avancer et, nerveuse, je fais passer mon sac et les cendres de ma grand-mère sous les rayons X permettant aux agents cubains de vérifier que je ne fais rien entrer dans le pays en contrebande. Le tapis roulant se soulève et soupire tandis que mes bagages avancent. Je retiens ma respiration…

Je passe sous le portique et patiente, certaine qu'ils vont repérer mon sac, me voyant déjà emmenée dans une salle d'interrogatoire dépourvue de fenêtre. Je sais bien que les touristes américains n'obtiennent toujours pas de visa pour Cuba, j'ai conscience que la situation reste précaire et que je m'aventure en eaux troubles.

Bien que personne n'ait remis en cause le souhait de ma grand-mère d'avoir ses cendres dispersées à Cuba, ni sa décision de me confier cette mission, la famille m'a mise en garde, surtout ceux qui ont fait les frais du régime.

N'oublie jamais où tu es, m'a avertie Beatriz. *Les droits dont tu jouis ici disparaîtront quand tu atterriras à La Havane.*

Les semaines précédant mon départ, ma grand-tante Maria m'envoyait chaque jour des e-mails remplis d'articles de journaux et d'informations du Département d'État à destination des voyageurs. Les mots du Département d'État s'étaient gravés dans mon esprit… *susceptibles d'arrêter n'importe qui à tout moment… si vous violez les lois locales même à votre insu… arrêté… emprisonné…*

Rien de tel que l'éventualité d'un emprisonnement arbitraire pour instiller la peur en vous. Je ne doute pas que Cuba soit différent de tous les endroits que j'ai visités jusqu'ici mais, en même temps, j'ai du mal à concilier les images que j'en ai vues à la télévision et dans les journaux au fil des années – des voitures anciennes aux couleurs vives, des vagues impressionnantes, une architecture romantique – avec le portrait effrayant que m'en font mes grands-tantes.

Celles-ci se montrent toujours protectrices envers mes cousins et moi mais, lorsqu'elles parlent de Cuba, on entend la peur dans leur voix, une peur qui laisse imaginer des horreurs indicibles que le temps n'estompera jamais. J'ai essayé de leur expliquer que les choses ont changé, que nous ne sommes plus en 1959, que la révolution est terminée, que l'ambassade des États-Unis a rouvert à La Havane et que nous sommes entrés dans une nouvelle ère de relations américano-cubaines.

Rien de ce que j'ai dit n'a apaisé l'inquiétude dans leurs yeux et, quand Maria a insisté pour que j'emporte son chapelet dans mon sac, étant donné le risque que je prends avec les cendres, je n'ai pas protesté. Cette protection supplémentaire ne peut pas me faire de mal.

J'avance dans la queue des voyageurs.

Laissez juste passer ma grand-mère et je promets d'être irréprochable tout le reste de mon séjour.

Mon regard est rivé sur la machine à rayons X.

Un autre agent m'adresse un signe de tête rapide et je saisis mon sac sur le tapis roulant, un chœur d'alléluias résonnant en moi tandis que je poursuis ma route dans l'aéroport.

Je récupère ensuite la valise que j'ai enregistrée et passe la douane, mon angoisse diminuant à chaque pas, mon malaise laissant place à une excitation semblable à celle de la veille de Noël. Toute ma vie, j'ai attendu ce moment.

Je sors de l'aéroport et goûte mon premier véritable aperçu de La Havane, ma première bouffée d'air cubain. Sous une brise légère, l'humidité me frappe de plein fouet, mes cheveux commençant à se coller à ma nuque. Janvier à La Havane ressemble à s'y méprendre à janvier à Miami. Je sors mes lunettes de soleil de mon sac.

Le trottoir devant l'aéroport vibre d'un joyeux chaos : des amis et des familles s'embrassent et s'étreignent, des voix chantantes crient en espagnol, des gens placent des bagages dans l'énorme coffre de voitures vives. La plupart des véhicules ont près de soixante ans, certains sont même plus anciens, mais leur âge se remarque davantage à leur style qu'à leur état, car la peinture brille, le chrome étincelle : pour beaucoup, il est évident que leur propriétaire en est fier.

Je balaie du regard la marée humaine piquetée de pancartes avec des noms, à la recherche d'Ana Rodriguez. J'ai hâte de rencontrer celle dont me parlait ma grand-mère avec nostalgie et affection.

Depuis notre tendre enfance, nous étions inséparables. Sa famille était voisine de la nôtre et nous jouions ensemble dans le jardin. T'ai-je raconté la fois où j'ai tenté d'escalader le mur qui séparait nos deux maisons, Marisol ?

J'ai toujours imaginé l'amitié entre Ana et ma grand-mère comme une version cubaine de Lucy et Ethel – avec ma grand-mère dans le rôle de Lucy, étant donné les anecdotes qu'elle me racontait.

— Marisol Ferrera ?

Je me retourne en entendant mon nom et me retrouve nez à nez avec un homme adossé à un cabriolet bleu vif avec une énorme grille en chrome et des lignes blanches sur les côtés.

— Oui ?

Il s'écarte de la voiture, le bas de sa *guayabera* flottant sous la brise tandis qu'il s'approche de moi, svelte et élégant.

Il me salue dans un anglais impeccable en me tendant la main.

— Luis Rodriguez, enchanté. Ma grand-mère m'a demandé de venir te chercher. Elle est désolée de ne pas avoir pu venir en personne, mais elle ne se sentait pas très bien.

Je prends sa main : ses doigts calleux frottent les miens, sa poignée de main est ferme, sa peau chaude. Alors qu'il me lâche la main, son pouce effleure le creux de mon poignet et un frisson me parcourt.

Je plisse légèrement les yeux pour l'observer, regrettant de ne pas avoir prêté plus d'attention à ce que Beatriz m'a raconté au sujet de la famille d'Ana.

Il semble avoir mon âge ou deux ou trois ans de plus – trente-cinq ans, peut-être. Il a tous ses cheveux, un peu plus clairs que les miens – plus bruns que noirs. Sa peau est très bronzée, ses yeux marron foncé. De petites rides entourent ses yeux, ajoutant du caractère à son visage. Une barbe très courte lui recouvre la mâchoire.

Il a la beauté que possèdent certains hommes : chaque caractéristique physique est assez quelconque, mais l'ensemble crée un charisme qui attire le regard.

— Est-ce qu'elle va bien ? demandé-je, répondant en espagnol, ignorant la nervosité qui s'installe dans mon ventre.

Ses lèvres pleines se courbent en un sourire, comme si je l'amusais.

— Oui, c'est juste qu'elle fatigue au fur et à mesure qu'avance la journée, dit-il en espagnol.

Ma grand-mère avait soixante-dix-sept ans à sa mort. Ana a presque un an de plus.

— En tout cas, elle est impatiente de faire ta connaissance. Cela fait plusieurs semaines qu'elle ne parle quasiment que de ça.

Il se penche en avant, soulève ma grosse valise d'une main et mon bagage cabine de l'autre.

— Tu es prête ? Tu n'as rien d'autre ?

Je hoche la tête. Il ne veut rien entendre quand je lui dis que je peux porter mes bagages et je le suis jusqu'à la voiture, incapable de résister à la tentation de glisser la main sur l'une des courbes lisses et brillantes.

— Première fois à Cuba ? me demande-t-il en m'ouvrant la portière passager.

— Oui.

Je m'assois sur la banquette géante et parcours l'habitacle des yeux. Les sièges sont recouverts d'un cuir crème qui, il y a longtemps, devait être blanc. J'imagine ma grand-mère assise dans une voiture similaire, vêtue de l'une des robes que j'ai vues sur les quelques photos qui restent de sa vie à Cuba. L'espace d'un instant, je voyage dans le temps.

Luis charge les bagages dans le coffre, puis s'installe au volant et allume le moteur. Instinctivement, je tends la main derrière mon épaule pour attraper ma ceinture. Il n'y a rien à saisir et je me retrouve un peu décontenancée.

D'accord.

J'ai véritablement remonté le temps.

— Cette voiture est incroyable. Tu l'as restaurée toi-même ?

— J'ai un cousin qui est doué de ses mains. (Il tapote le tableau de bord avec affection.) Elle est un peu capricieuse mais, si je la traite bien, elle ne me déçoit pas.

Il se réinsère sur la route en klaxonnant et en agitant la main à l'intention de la voiture derrière nous.

Nous croisons un ensemble hétéroclite de voitures classiques et de gros véhicules plus modernes. Certaines sont impeccables, à l'image de celle de Luis ; d'autres semblent tenir la route sous l'effet d'une combinaison d'ingéniosité et de prières. Luis accélère et je m'agrippe à la portière tandis que des palmiers défilent de part et d'autre du véhicule qui, pour son âge, est étonnamment rapide. Le vent m'ébouriffe les cheveux et atténue quelque peu la chaleur.

La route est accidentée par endroits et, sans le maintien d'une ceinture de sécurité, mon corps est quelque peu malmené. Les palmiers cèdent aux panneaux géants proclamant la grandeur de la

Révolution cubaine, la suprématie du communisme. Le visage de Fidel Castro me fixe, suivi d'images de Che Guevara dont les cheveux s'élèvent sous le vent imaginaire. Ce sont les monstres de mon enfance et il est étrange de les voir dans ce contexte, adulés et non vilipendés.

— Alors comme ça, tu écris ? me lance Luis par-dessus le vacarme du vent et de la circulation.

— Oui, réponds-je en criant en retour. Essentiellement des articles en free-lance.

Il m'a fallu écrire dans des magazines et sur des blogs pendant à peu près dix ans pour me considérer auteur, et une partie de moi-même s'attend encore à ce que quelqu'un conteste ce nom quand je me présente comme telle. L'écriture n'est pas une profession que ma famille respecte ou comprend – mon salaire a trop peu de zéros, mon emploi du temps est trop aléatoire et le prestige de mes choix de carrière insuffisant. Les membres de ma famille envisagent cela comme un hobby excentrique, une anecdote qu'on sort en soirée, une source de perplexité, mais certainement pas comme un métier qui paie les factures. Ils auraient de beaucoup préféré me voir travailler à Perez Sugar, la société familiale de sucre – tous, à part ma grand-mère.

La vie est trop courte pour être malheureuse, Marisol. Pour ne prendre aucun risque. Pour faire ce qu'on attend de toi plutôt que de suivre ton cœur. Regarde-nous. Un jour nous avions tout, le lendemain tout s'était écroulé comme un château de sable. On ne sait jamais ce que la vie nous réserve.

Elle avait acheté quarante exemplaires du magazine où j'avais publié mon premier article pour le distribuer en souriant à tous ceux qu'elle croisait, clamant que sa petite-fille avait rédigé un excellent papier sur l'organisation de son armoire qui l'avait inspirée pour transformer son propre dressing.

— Qu'est-ce que tu écris ?

Je suis étonnée par l'intérêt authentique de sa question qui change des interrogations polies habituelles ou des petites phrases ironiques cherchant à savoir quand je vais trouver un « vrai » travail.

— Des articles sur le mode de vie. Voyage, mode, nourriture, ce genre de choses. Là je travaille sur un article au sujet du tourisme à Cuba, maintenant que les relations reprennent.

— Et ça te plaît ?

C'est drôle, parce que je crois que c'est la première fois qu'on me pose cette question. En général, les gens veulent savoir où j'ai été publiée, si j'ai écrit pour une « grosse » entité, si j'ai du succès selon le barème qu'ils jugent important – l'argent, la célébrité, la notoriété. J'apprécie qu'il aille droit au cœur du sujet : la raison de ma vocation.

— La plupart du temps, oui. C'est amusant. J'aime voyager et découvrir de nouveaux endroits, j'aime rencontrer de nouvelles personnes. Je dirais que c'est comme un puzzle : je sais où je veux arriver, je connais les mots que je vais employer pour ce faire, mais la magie opère lorsque je m'assois face à mon ordinateur et que j'assemble des phrases pour parvenir à l'essence de mon propos. Il y a toujours un défi, une surprise qui m'attend lorsque je commence mes recherches.

Et puis j'aime la liberté qui en découle, mais je ne le précise pas. Je m'impatiente si je reste trop longtemps au même endroit et, bien que je revienne toujours à Miami, ma fibre voyageuse me démange au bout d'un mois environ. Une impatience qui a infecté d'autres domaines de ma vie depuis le décès de ma grand-mère, sa perte et les souvenirs qu'elle laisse derrière elle me faisant examiner ma propre situation : trente et un ans, pas mariée, sans enfant, dépendante d'une carrière que j'aime mais pas plus que cela.

— C'est donc la quête qui te plaît ?

Je n'ai jamais envisagé les choses sous cet angle-là, mais…

— Oui, je suppose.

Nous passons devant un mur décoré d'une fresque de drapeaux cubains et je lance un regard en coin à Luis. Son bras est posé sur le siège près du mien, à quelques centimètres de moi.

A-t-il jamais quitté Cuba ? Les Cubains qui restent en veulent-ils à ceux qui sont partis ? Craignent-ils que nous essayions de récupérer ce que nous avons perdu quand a éclaté la révolution ? Partirait-il s'il le pouvait ? S'interroge-t-il sur le monde au-delà des côtes cubaines ? C'est étrange de se retrouver dans un endroit si coupé du reste du monde, de prendre conscience que nous voyons sans doute la vie à travers des optiques bien différentes.

— Tu peux me les poser, tu sais, déclare-t-il en souriant et en me regardant dans le rétroviseur. C'est comme si je sentais toutes ces questions qui ne demandent qu'à sortir de ta bouche.

Je m'apprête à le contredire mais il secoue la tête, le regard de nouveau rivé sur la route.

— Ah, les journalistes.

Il y a une sorte d'indulgence affectueuse dans la façon dont il prononce ce mot.

— Et toi, qu'est-ce que tu fais dans la vie ? demandé-je au lieu de répondre.

— Je suis professeur d'histoire à l'université de La Havane. J'enseigne l'histoire de Cuba. Si tu as des questions sur la ville pour ton article, je serai ravi de t'aider.

— Ce serait formidable, merci. J'ai une liste de lieux que j'aimerais voir – le Malecón, l'Hotel Nacional, le Tropicana – mais j'adorerais visiter également des endroits que fréquentent les locaux.

— Dans ce cas, je serai heureux de te servir de guide.

Quand j'ai accepté l'invitation d'Ana, je ne m'attendais pas à une visite guidée, mais je lui suis reconnaissante de vouloir m'aider. En outre, il y a pire que de visiter Cuba avec un homme beau et intelligent.

— Que sais-tu de Cuba ?

— J'ai été biberonnée aux histoires sur le pays, dis-je fièrement. Le passe-temps préféré de ma grand-mère était de me raconter des anecdotes de sa vie ici, de me parler de la maison où elle avait grandi, de ses voyages à Varadero, des bals sur les places. Cuba a toujours fait partie de ma vie. Dans les plats que nous mangions, la musique que nous écoutions. C'est d'ailleurs toujours le cas, mais maintenant que ma grand-mère nous a quittés c'est comme si Cuba s'était éloigné.

— Ton père est-il né ici ?

— Non. Il est né après le départ de ma grand-mère en 1959.

— Et il ne voulait pas t'accompagner ?

Je hausse les épaules.

— Il travaille beaucoup. Il gère la société familiale.

Mon père est un homme d'affaires et d'action, peu enclin au sentimentalisme ou à la découverte de soi. Lorsque les relations entre les États-Unis et Cuba se normaliseront – si elles se normalisent un jour – je m'attends tout à fait à ce qu'il se lance sur ce nouveau marché. Mais ça ? Se renseigner sur l'histoire de sa famille ? Non.

— Le sucre, n'est-ce pas ?

Je hoche la tête, me demandant ce que sa grand-mère lui a raconté d'autre sur nous.

— Ma grand-mère voulait que ses cendres soient répandues ici. Elle m'a dit que je saurais où les disperser, mais après en avoir discuté avec ses sœurs, je n'ai pas encore décidé de l'endroit idéal. Elles m'ont donné quelques idées, toutefois j'aimerais me rendre aux différents endroits pour sentir par moi-même si cela conviendrait ou non. Elle me faisait confiance pour cette dernière volonté ; je ne veux pas la décevoir.

Mon grand-père repose dans un cimetière de Miami, mais la lettre de ma grand-mère indiquait clairement qu'elle ne souhaitait pas être enterrée sur le sol américain.

J'ai toujours dit que je voulais y retourner, et c'est maintenant à toi de réaliser ce souhait pour moi, de me permettre de rejoindre ceux que j'ai laissés il y a tant d'années.

— Je suis désolé pour toi. Vous étiez proches toutes les deux ?

— Elle était comme une mère pour moi.

Il hoche la tête, comme pour signifier qu'il comprend que je ne dis pas cela à la légère.

— Ma grand-mère parlait souvent d'elle, avec tendresse. Elle espérait la revoir.

— La mienne pensait revenir.

Je sens le chagrin m'envahir, comme chaque fois que je parle d'elle. C'est une épée à double tranchant : cela la maintient près de moi, mais me fait ressentir son absence plus intensément.

Luis tourne sur une autre route et je découvre La Havane.

J'ai vu des photos, bien sûr, mais il n'y a rien de tel que de la voir en personne, ses hauts immeubles se dressant devant nous. De nombreuses façades portent des couleurs vives – corail, jaune canari, turquoise – illuminées par le soleil. Les murs sont assortis aux voitures tape-à-l'œil qui nous entourent, la peinture écaillée par endroits. Des cordes à linge pendent de balcons en pierre et en fer forgé aux motifs complexes, les vêtements flottant sous la brise ; des fils électriques traversent les bâtiments en dessinant des zigzags. Ici, les gens s'entassent les uns sur les autres, remplissant le moindre espace disponible, débordant des immeubles.

Toutefois, l'architecture est époustouflante. Des lampes en fer noir décoré sont placées comme des sentinelles le long des trottoirs. Les détails sur les bâtiments sont vraiment remarquables, les appartements sont ornés de rinceaux et de sculptures complexes. Cependant, le plâtre s'est écroulé par endroits, laissant des trous sur les murs, et le paysage est teinté de gris, comme si la ville tout entière avait besoin d'être astiquée.

La Havane est comme une femme qui, autrefois sublime, a vieilli et connu des heures sombres. Elle n'est plus ce qu'elle était, mais des signes de sa beauté passée demeurent, comme une photo ternie par le temps et les circonstances, dont les bords tombent en poussière.

Si je ferme les yeux, je vois La Havane telle qu'elle était, précieusement conservée dans la mémoire de ma grand-mère. Mais quand je les rouvre, la réalité de près de soixante ans d'isolement me fixe en retour, et je suis contente que ma grand-mère ne soit pas là pour voir le déclin de la ville qu'elle aimait si passionnément.

— Autrefois, c'était magnifique, déclare Luis, ce qui me surprend.

Nos regards se croisent.

— Oui. On le voit bien.

Il soupire et se tourne de nouveau vers la route.

— Chaque année, la ville vieillit un peu plus. On peint, on plâtre, on tente de la maintenir, mais un projet de cette ampleur ?

Inutile d'en dire plus. Sans argent, les Cubains ne peuvent pas faire grand-chose.

— La vieille Havane est en meilleur état que la plupart des quartiers. Les autorités la préservent pour les touristes, alors si tu veux un aperçu de ce qu'était la ville avant la révolution, c'est là qu'il faut aller.

Les Espagnols ont fondé la vieille partie de la ville au XVIe siècle. D'après mes lectures et les histoires que j'ai entendues, La Havane est divisée en quartiers, bien distincts les uns des autres. Un des attraits de loger chez Ana plutôt qu'à l'hôtel, c'est que sa famille habite encore dans la maison voisine de celle de ma grand-mère – la maison où des générations de Perez sont nées et ont grandi.

— Que peux-tu me dire de Miramar ? demandé-je, me référant à l'ancien quartier de ma grand-mère.

— Qu'est-ce que tu préfères, la perspective du professeur d'histoire ou celle de l'homme qui y a vécu toute sa vie ?

— Les deux, j'imagine.

— L'histoire du peuple cubain – du moins, l'histoire moderne – est une histoire d'adaptation. Tirer le maximum des ressources limitées que nous donne la grande révolution. (Il prononce cette dernière expression avec une pointe de désapprobation, comme s'il se rendait coupable de blasphème.) Miramar a mieux survécu que la plupart des quartiers de la ville, car c'est là que se trouvent les ambassades. Certaines maisons sont délabrées, mais ça pourrait être pire. La plupart des généraux du régime et des fonctionnaires haut placés vivent désormais dans les maisons qu'occupaient autrefois les comparses de Batista, les familles les plus riches de Cuba. (Cette fois, la désapprobation est évidente.) C'est ça le progrès, tu vois. On se débarrasse des vers, et regarde qui les remplace.

Je suis étonnée par sa franchise et le mépris vibrant dans sa voix.

— Nous avons ouvert un *paladar* dans notre maison, continue-t-il. Il est rempli de touristes européens, car la plupart des Cubains ne pourraient jamais se permettre de manger à notre restaurant s'il n'était pas subventionné par les prix élevés que paient les étrangers – élevés pour nous, en tout cas.

J'ai entendu parler des restaurants officieux que les Cubains ont commencé à ouvrir chez eux, avec la permission du gouvernement. J'ai une liste des mieux notés à La Havane à ajouter à mon article, et le *paladar* de la famille Rodriguez en fait partie.

— C'est ta grand-mère qui s'occupe de la cuisine ?

— Pour l'essentiel, oui. Tous ceux qui viennent au restaurant sont accueillis comme des proches. Au fur et à mesure qu'elle vieillit, c'est plus difficile pour elle, mais elle aime prendre soin de nos clients. Quand je peux, je donne un coup de main.

— Et tes parents ? Habitent-ils eux aussi à Miramar ?

Il ne répond pas tout de suite, tapote sur le volant en cuir. Il tourne dans une petite rue et, soudain, l'océan apparaît. Il est d'un bleu Tiffany parfait ; les vagues s'écrasent en chapeaux blancs et mousseux.

— Mon père est mort quand j'étais petit. En combattant en Angola.

— Je suis désolée. Il était militaire ? ajouté-je après quelques secondes d'hésitation.

— Oui. Officier dans l'armée. Il s'est battu en Angola en 1988. La bataille de Cuito Cuanavale.

Il est mort en héros. Quant à ma mère, elle travaille au *paladar* avec ma grand-mère.

Il offre cette dernière information avec une sincérité trompeuse. Je la reconnais pour ce qu'elle est : il me donne plus de détails que j'en ai demandés, afin que je ne l'interroge pas davantage.

Le silence s'installe entre nous et je passe le reste du trajet à contempler le paysage, imaginant ma grand-mère déambulant dans ces rues, debout sous le réverbère, trempant les pieds dans l'eau qui lèche la rive. Je vois aussi ses sœurs : Beatriz qui fait des bêtises où qu'elle aille ; Isabel, décédée il y a presque deux ans, qui a passé sa vie enveloppée d'un linceul de tristesse pour l'amour qu'elle avait perdu ; et Maria, la plus jeune de mes grands-tantes, qui était à peine plus qu'une enfant lors de son départ.

Le quartier me rappelle les rues espagnoles de Coral Gables, et je comprends pourquoi ma grand-mère gravitait dans ce coin de Miami lors de son arrivée aux États-Unis, comment elle a trouvé sa propre enclave où elle a essayé de recréer le pays aimé, et perdu.

D'immenses palmiers dominent le paysage, leurs troncs grêles et tordus témoignant de la résilience de l'île face à Mère Nature et aux ouragans qui balaient souvent ses rives. Les maisons elles-mêmes présentent différents stades de délabrement, fantômes d'une société emportée par la révolution. Toutefois, à côté des ruines, on trouve de grands hôtels modernes conçus pour attirer les touristes européens, ainsi qu'une poignée de boutiques et de bars qui visent clairement une clientèle similaire. Une fontaine vide s'élève sur le côté, cassée, ses sirènes tristes, délaissées, comme si elle avait été victime d'un mauvais sort et gelée dans le temps.

Nous continuons notre route et la ville s'agite. Des gens marchent dans la rue, attendent à un arrêt de bus.

Nous parcourons la Quinta Avenida, bordée d'ambassades. Puis il y a d'autres maisons – des pelouses trop hautes, des piscines vides dans les jardins visibles depuis la route. Ici, il y a plus d'espace, les propriétés sont un peu plus grandes et, à en croire l'état des maisons, il semble que Miramar s'en soit mieux sorti que l'essentiel de La Havane, bien que ce qui m'entoure soit tout de même bien différent de ce que je connais, et à des années-lumière de la splendeur et de l'opulence que me décrivait ma grand-mère.

Les maisons étaient construites sur le modèle de domaines européens majestueux, les matériaux arrivaient de France et d'Espagne à bord de grands navires. Les jardins étaient impeccablement entretenus, joliment fleuris, le parfum des oranges embaumait l'air, les immenses palmiers nous ombrageaient.

Luis indique l'ambassade russe quand nous passons devant. Impossible de la rater : le bâtiment est haut et austère, pointé vers le ciel comme un missile.

Il fait un autre virage et nous voilà dans la rue où habitait ma famille.

Luis s'arrête devant une maison et, malgré l'apparence vétuste et la peinture ternie, je reconnais aussitôt la structure derrière le portail en fer.

La maison était peinte en rose, très pâle, comme l'intérieur d'un coquillage. Beatriz aimait se placer sur le balcon du haut, comme une reine tenant salon.

Et où étais-tu, Abuela ?

Sans doute en train de nager dans la piscine avec Maria. Ou en train de lire à la bibliothèque. Nous descendions à la cuisine et la cuisinière nous donnait un petit quelque chose avant le dîner. Bien sûr, ma mère désapprouvait fortement, ce qui nous poussait d'autant plus à le faire.

Je retire mes lunettes de soleil et m'essuie le visage avant de sortir de la voiture pour m'avancer vers la maison, fixant les palmiers et les marches menant à la porte d'entrée. La maison avait été construite dans le style baroque par des ancêtres Perez, m'avait appris Beatriz. Celle qui se trouve face à moi n'a pas grand-chose à voir avec les photos que j'en ai vu, mais elle garde l'aura de sa gloire passée.

— Qui habite ici aujourd'hui ?

— Un diplomate russe s'y est installé il y a près de vingt ans, quand j'étais adolescent, me répond Luis en me rejoignant, sa *guayabera* effleurant mon épaule nue.

La chambre de ma grand-mère était à l'arrière de la maison, avec vue sur l'océan, et je rêve de m'y glisser pour explorer.

— Est-il là actuellement ?

Peut-être pourrais-je convaincre le propriétaire de me laisser jeter un coup d'œil ? De tous les endroits que j'ai envisagés pour répandre les cendres de ma grand-mère, c'est sa maison d'enfance qui me semble être la meilleure option.

— Pas en ce moment, non.

Le soleil brille sur l'édifice, le recouvrant de la même lueur qui baigne tout ici. Le ciel est une explosion de couleurs, toutes les nuances de bleu possibles et imaginables ; des nuages blancs et cotonneux le parsèment.

Je n'ai jamais vu un endroit aussi beau.

— C'est magnifique…

J'avance d'un pas et pose les mains sur le portail en fer forgé de la propriété.

Tout le reste s'efface en arrière-plan et je me retrouve seule avec la maison.

Une minute s'écoule. Puis deux.

Je recule à contrecœur. Lorsque je me retourne vers Luis, ce n'est pas la maison qu'il regarde, mais moi.

— Tu es prête pour déposer tes bagages et t'installer dans ta chambre ?

Je hoche la tête, trop émue pour parler.

Luis tend la main, m'indiquant d'avancer. Je propose de nouveau de porter mes bagages, mais il refuse, me suivant sur le trottoir jusqu'à la maison voisine.

Jaune pâle, la demeure des Rodriguez compte trois étages. Par rapport aux autres résidences, le manoir est assez bien entretenu, portant son âge avec grâce et dignité. L'auvent d'un restaurant, installé sur un côté de la maison, indique que sa fonction a évolué avec l'époque ; des tables ont été installées dans l'un des patios pour les clients. De grandes portes en verre, hautes jusqu'au plafond ou presque, relient l'extérieur au restaurant intérieur.

Nous avançons sur une allée en gravier, Luis me conduisant vers la porte principale. Il l'ouvre dans un craquement et nous franchissons le seuil. L'entrée est caverneuse, le sol en marbre craquelé et éraflé, mais le tout reste impressionnant. À en juger par les espaces vides sur les murs et dans la pièce, la plupart des meubles ont été retirés depuis longtemps. Ceux qui demeurent sont très bien conservés malgré leur âge.

La famille d'Ana travaillait dans le secteur du rhum avant que Castro ne le nationalise, et même cinquante ans de communisme n'ont pas entièrement effacé les vestiges de la richesse des Rodriguez.

La pièce est vert pastel. Un lourd miroir doré orné d'une fleur de lys délicate couvre l'un des murs. Un autre mur est décoré d'un fatras de tableaux et de vieilles photos. Un lustre pend au plafond et un double escalier mène au premier étage.

— Ta maison est très belle.

Luis ôte ses lunettes de soleil et sourit.

— Merci.

— Marisol ?

Je me retourne.

Elle s'avance vers moi. Même avec cinquante ans de plus, je la reconnais instantanément d'après les vieilles photos de ma grand-mère.

Ana Rodriguez est une femme petite – quatre ou cinq centimètres de moins que moi – et trapue. Ses cheveux bruns bouclent sous ses oreilles, elle a les joues roses et un grand sourire sur le visage.

En trois pas, elle a traversé l'entrée et me saisit les mains.

— Marisol.

Elle prononce mon prénom avec beaucoup d'affection, et tout ce qu'il me restait d'angoisse à l'idée de loger chez une inconnue se dissipe d'un coup. Elle ne m'accueille pas comme une invitée, mais comme une petite-fille qu'elle n'aurait pas vue depuis des semaines. Elle m'étreint et des larmes me piquent les yeux. Il y a quelque chose dans sa façon d'être qui me rappelle ma grand-mère. Un tablier noué autour de la taille, elle dégage d'alléchantes odeurs de cuisine que je reconnais instantanément : *mojo* et haricots noirs.

D'ordinaire, je n'ai pas la larme facile, mais entre mon chagrin et la nostalgie de l'instant, mes émotions sont mises à rude épreuve. Soudain les histoires de mon enfance prennent vie – tout autour de moi, il y a l'esprit de ma grand-mère, ma famille, notre héritage.

Ana sourit, elle-même au bord des larmes.

— Tu ressembles à Elisa.

Elle a raison. J'ai hérité des cheveux presque noirs de ma grand-mère et, comme elle dans sa jeunesse, je les porte longs. Comme elle, j'ai le visage en forme de cœur et j'ai sa bouche. Son petit gabarit aussi.

Une lueur apparaît dans les yeux d'Ana.

— Peut-être un peu de Beatriz aussi.

Le compliment est de taille car Tante Beatriz est la beauté de la famille, elle a la réputation d'avoir brisé bien des cœurs.

— Merci.

— Comment va-t-elle ? Beatriz ?

— Elle va bien. Elle m'a donné des cadeaux pour vous.

— Est-elle toujours... ?

Elle n'a pas besoin de finir la question.

Je souris jusqu'aux oreilles.

— Bien sûr.

Ma grand-tante a causé des scandales qui ne connaissent pas de frontières.

— Et Maria ?

— Elle aussi se porte bien. Elle est très occupée avec ses petits-enfants, mes cousins.

— J'étais désolée d'apprendre la nouvelle pour Isabel. Et pour ta grand-mère.

Je suis incapable d'en parler, trop d'émotions se bousculent, j'acquiesce simplement d'un signe de tête. Être là, avec cette impression étrange de visiter un pan de la vie de ma grand-mère, me serre le cœur. Le chagrin est ainsi fait : on ne sait jamais quand il nous frappera.

Ana prend ma main et la presse dans la sienne. Elle fait un geste en direction de son petit-fils.

— Viens. Je vais t'emmener dans ta chambre. Tu dois être fatiguée après ton voyage.

Je la suis dans l'immense escalier, jusqu'à la chambre d'amis qu'elle a préparée pour moi. Elle m'explique que la maison a été divisée en appartements où habitent d'autres familles.

Luis nous suit avec mes bagages.

Nous nous arrêtons devant une lourde porte en bois qui semble tout droit sortie d'un monastère espagnol.

— J'espère que tu trouveras cette chambre confortable, dit Ana en la poussant.

La pièce est petite et propre, les fenêtres ouvertes, des rideaux blancs en lin flottant sous la brise. Un lit est adossé au mur, jouxté d'une table en vieux bois sur laquelle trône un vase en verre ébréché rempli de fleurs colorées. Une armoire assortie est fourrée dans le coin et, sur le mur, se trouve un miroir doré fissuré et terni aux bords, décoré de grosses cornalines.

— C'est parfait.

Et je suis sincère.

Luis pose mes bagages à côté de l'armoire et prend congé, me laissant seule avec Ana.

Elle m'étreint de nouveau, m'enveloppant de son doux parfum.

— Repose-toi. Nous bavarderons tout à l'heure.

Elle me quitte, refermant la porte derrière elle. Je défais mes bagages, puis j'enfile un bas de pyjama et un débardeur. Je mets de côté les cadeaux que j'ai apportés à Ana pour la remercier de m'accueillir – après avoir passé des heures à écumer les sites Internet, j'espère avoir trouvé des choses qu'elle utilisera avec plaisir.

Je me blottis sous les draps usés et fixe le plafond. Une légère brise me parvient des fenêtres ouvertes et, les paupières de plus en plus lourdes, j'observe le plâtre craquelé, la peinture écaillée par endroits. Les événements et l'adrénaline de la journée me frappent de plein fouet.

Je me tourne sur le côté et ferme les yeux. Je sens le parfum de gardénia et de jasmin que me décrivait ma grand-mère, ainsi que l'odeur de porc rôti qui s'élève du *paladar*. Le son d'un saxophone monte jusqu'à ma chambre et je reconnais l'air familier de « La Bayamesa ».

C'est la famille, le sentiment d'être chez soi, deux choses si importantes pour moi. Je pourrais être dans l'élégante résidence de mes grands-parents à Coral Gables, ou en Europe : il me suffit de sentir l'odeur du *mojo* et d'entendre des sons cubains pour être bien.

L'air effleure mes cheveux et les effluves de jasmin me rappellent un souvenir d'enfance : le parfum de ma grand-mère et sa main caressant ma tête quand elle me couchait le soir.

Raconte-moi une histoire.

Quand j'étais petite, à Cuba…

Je m'endors.

CHAPITRE TROIS

Elisa
La Havane, septembre 1958

C'est la robe parfaite pour une soirée comme celle-ci – élégante, mais dépourvue de la sophistication évidente des tenues que notre mère nous commande de l'étranger, un décolleté un peu plus osé que ce que je porte d'ordinaire, un ourlet exposant les mollets que j'ai fait bronzer près de la piscine du Havana Biltmore Yacht and Country Club.

Je sors de mon armoire la robe blanche dessinée par Manet, j'en caresse la dentelle. Le corsage aux fleurs rose pâle est ajusté, la taille rentrée, la jupe évasée. Je l'ai achetée lors d'une sortie avec Beatriz le mois dernier après l'avoir vue chez El Encanto, et j'attendais une occasion pour l'étrenner. Cette soirée me semble parfaite. Quand ma mère est partie avec mon père pour Varadero, j'ai dérobé une paire de chaussures dans son placard – des souliers rose pâle pour aller avec les fleurs.

Je m'habille à la hâte, luttant un peu pour attacher les minuscules boutons dans le dos. Je choisis ensuite une paire de boucles d'oreilles dans le tiroir de la coiffeuse en bois au coin de ma chambre et observe le résultat dans son miroir triple. Je saisis l'un des flacons qui y sont disposés. Mon parfum pour les grandes occasions : j'en vaporise sur mes poignets avant d'en déposer quelques gouttes derrière mes oreilles.

— Tu es prête ? siffle ma sœur Isabel depuis la porte, tout en scrutant le hall d'entrée.

Aucun des domestiques ne devrait nous dénoncer, mais nous nous inquiétons de Magda. Notre nurse fait presque partie de la famille et la réputation des Perez lui tient à cœur, presque autant qu'à notre mère. Ce n'est pas le genre de soirées auxquelles nous nous rendons d'ordinaire, comme celles où nous déambulons en robe de bal longue, gants blancs jusqu'aux coudes et lourd collier de diamants.

Je hausse un sourcil en découvrant la tenue d'Isabel ; de toute évidence, je ne suis pas la seule à avoir fait une descente dans l'armoire de ma mère. Elle porte l'une de ses robes – noire, près du corps et bien plus osée que tout ce que nous avons jamais eu le droit d'arborer, toutes autant que nous sommes. Si c'est ce qu'a choisi Isabel pour ce soir, je n'ose pas imaginer la tenue de Beatriz.

— Je suis prête.

Je saisis ma pochette sur la coiffeuse, caressant les perles des doigts.

— Où est Beatriz ? demandé-je à voix basse, sachant que Magda a la capacité troublante de surgir aux moments les moins opportuns, comme l'a souvent appris Maria à ses dépens ; être la plus jeune a ses inconvénients.

— Elle attend dans la voiture.

La voiture était une autre bataille avec notre mère, que Beatriz avait fini par remporter.

Isabel scrute de nouveau le hall.

— Et Maria ?

— Elle dort, me répond-elle.

Il est aussi crucial de cacher notre sortie à notre petite sœur qu'à Magda. Maria a érigé la corruption en art, à en faire pâlir le président Batista, et le prix de son silence dans ce genre de situation serait très élevé. La dernière fois qu'elle a surpris Isabel en train de rentrer à la maison après un rendez-vous galant, elle a réussi à obtenir ses boucles d'oreilles en perle préférées ainsi qu'une robe qui venait de Paris.

Je suis Isabel dans le hall, nos talons claquant sur le sol en marbre de notre demeure caverneuse débordant d'or. J'ai toujours pensé que notre ancêtre le corsaire français – à qui nous devons notre maison – avait plus d'argent que de goût… Au XVIIIe siècle, grâce à sa fortune aux origines troubles, il avait fait construire l'un des manoirs les plus vastes et les plus flamboyants de La Havane pour son épouse à la lignée impeccable. En dépit de cette richesse fondée sur la contrebande et autres activités infâmes, notre ancêtre avait été anobli par un roi Bourbon, une distinction suffisante pour que notre mère revendique fièrement sa parenté.

À partir de l'héritage du corsaire, ses enfants et petits-enfants bâtirent l'empire familial et, grâce à un mariage avantageux à la fin du XIXe siècle, les Perez devinrent des barons du sucre.

Pour le meilleur, le pire et le plus horrible, le sucre a façonné les fortunes cubaines.

Nous traversons le hall sur la pointe des pieds, sous le regard malicieux du corsaire aux cheveux noirs. De leur perchoir de toile et de peinture à l'huile, les autres ancêtres semblent désapprouver cette mutinerie.

En haut de l'escalier, nous retirons nos chaussures d'un même mouvement, comme une chorégraphie entre sœurs. Malgré la chaleur du soir, le marbre est frais sous mes orteils, et la lune projette une lueur argentée sur les marches. Nous nous immobilisons en entendant des bruits en provenance de la cuisine.

Une soirée de liberté vaut-elle le risque que nous prenons ?

La punition ? Un éloignement temporaire à la campagne. La participation forcée à des thés et des déjeuners, à des réceptions où nous sommes présentées à divers fils convenables d'associés de mon père. La vie ordinaire.

On se bat dans les provinces de l'est de Cuba, dans l'Oriente, des garçons à peine plus âgés que moi, des garçons qui devraient être à l'université… Qui y seraient si Batista n'avait pas fermé l'université de La Havane il y a des années, par peur. Les révolutionnaires se battent partout dans le pays, attaquant le palais présidentiel, cherchant à renverser le gouvernement, à mettre un terme à la corruption de

Batista et pourtant, derrière les hauts murs de notre demeure de Miramar, l'ancien régime est encore roi. Ma mère n'a pas le temps pour les révolutions : elles perturbent ses bals et ses thés.

C'est une étrange période pour les Cubains, sentir les remous sous ses pieds, entendre les grondements dans le ciel, et continuer comme si de rien n'était. Encore plus étrange pour les Cubaines : nous votons, mais que signifie un vote quand l'élection est jouée d'avance ? Les femmes de notre famille ont été scolarisées dans les meilleurs établissements, ont grandi avec une flopée de tuteurs, que chacune de nous s'est appliquée à malmener – Beatriz en particulier – mais les femmes Perez ne travaillent pas quand bien même nous le souhaiterions ardemment. Nous sommes des oiseaux inutiles dans une cage dorée tandis que nos compatriotes sont nombreuses à servir le gouvernement ou à comploter pour la révolution. Les temps ont changé sur notre petite île. Une étincelle s'est allumée, répandant le feu dans tout le pays, pendant que nos propriétés se dressent en rempart contre la modernité, le changement, la liberté.

Alors, parfois, nous nous adonnons à des choses tout à fait idiotes comme faire le mur en pleine nuit, car il est impossible de voir le feu tout consumer autour de vous sans qu'une flamme ne vienne lécher l'ourlet de votre jupe.

Nous parvenons à la porte d'entrée, mais nous nous arrêtons net ; une bonne est en train de finir ses corvées pour le soir. Quand elle s'éloigne en sifflotant, Isabel sort la première, me laissant le soin de refermer derrière moi la lourde porte. Je renfile les sandales de ma mère et reste figée à la vue de Beatriz langoureusement adossée à son cabriolet.

Sa robe donne l'impression d'avoir été peinte sur son corps voluptueux. Je ne sais ni où elle l'a achetée, ni où elle la cachait, mais il est certain qu'une telle robe n'est pas conçue pour passer inaperçue. Elle lui va à merveille.

De toutes les filles d'Emilio Perez, Beatriz est la plus encline à chercher le scandale, à vouloir écarter les barreaux de la cage, parvenant parfois à s'en échapper. Elle se dispute avec nos parents pour aller à l'université, souhaite étudier le droit, cite philosophes et radicaux. Et c'est elle qui a insisté pour que nous sortions ce soir.

— Tu es prête ? me demande-t-elle.

Elle me jauge du regard et, comme elle ne fait aucun commentaire, je me détends légèrement. L'élégance de Beatriz est incontestée à La Havane.

— Je croyais que nous voulions être discrètes, râle Isabel à côté de moi. Garer ta voiture devant la maison à la vue de tous n'est pas ce que j'appelle être discrètes.

— Ils ne diront rien, ils ont trop peur de notre mère.

Notre père gère ses affaires, mais c'est notre mère qui dirige la maison d'une main de fer ornée de bijoux.

— Tu es trop imprudente, rétorque Isabel.

J'ai l'habitude de leurs chamailleries incessantes ; je leur demande de se taire. Je jette un œil vers la maison d'Ana, ma meilleure amie. Comme je le fais depuis des années, je compte les fenêtres jusqu'à arriver à la troisième du deuxième étage. La lumière est allumée dans sa chambre…

— Elisa !

Isabel monte à l'arrière de la voiture et me fait signe de la rejoindre, tandis que Beatriz parvient on ne sait comment à se glisser derrière le volant, malgré sa robe serrée.

Je suis mes sœurs dans la nuit.

La soirée se tient dans une maison du Vedado, à quelques rues de l'université de La Havane. L'hôte est une vague connaissance du petit ami d'Isabel, Alberto. Beatriz se gare et nous sortons de la voiture. Pleine à craquer, la maison déborde de bruit et de musique, vibre du rire des convives.

C'est un assez bel édifice blanc, à deux niveaux. Sur le balcon du deuxième étage, j'aperçois des invités. À les voir, il est clair que nous sommes trop élégantes. Beaucoup trop élégantes. Autant claironner partout que nous ne sommes pas d'ici, que nous venons d'un autre quartier de la ville. Ce soir, nous visons l'anonymat ; nos noms et visages sont assez connus, mais je doute que ces personnes passent beaucoup de temps à lire les pages mondaines du *Diario de la Marina*.

Beatriz fend la foule avec détermination. Elle voulait tant venir ce soir que je me demande si, comme Isabel, elle ne fréquente pas un homme qui ne plairait pas à mes parents. En même temps, si c'était le cas, Beatriz serait la dernière à le cacher. Elle paraderait justement à son bras, à la vue de tous, l'installant à la somptueuse table de salle à manger que notre mère avait fait venir de Paris pour concurrencer l'acquisition anglaise de sa meilleure amie et rivale.

Partout, sur les rythmes de Benny Moré, les couples dansent, leurs corps un peu plus proches que ceux que l'on verrait aux réceptions formelles de ma mère, les mains un peu plus basses, les doigts agrippant les vêtements d'en face, joue contre joue. Les femmes dansent avec une liberté que je convoite. Leurs hanches ondulent, et dans chacun de leurs mouvements, elles revendiquent fièrement la moindre parcelle de féminité que Dieu leur a donnée. La passion vibre dans l'air, et même dans les fissures de la maison. Une sorte de frénésie qui s'infiltre jusque dans vos os.

La foule avale Isabel et Beatriz et je me retrouve seule dans ma robe trop habillée. Je cherche un visage ami, quelqu'un d'autre qui ne soit pas à sa place, déchirée entre la gêne face à ces émotions brutes et une pointe de jalousie.

J'accepte l'un des verres qui circulent généreusement, un rhum plus sucré que tous ceux auxquels je suis habituée – plus fort, aussi – et me poste à un endroit confortable contre le mur d'où je peux observer la fête. Dans une famille comme la mienne, vous vous habituez à regarder dans l'ombre. Je n'ai jamais été comme Beatriz qui, elle, aime prendre des risques. Je ne suis pas non plus Isabel, violemment amoureuse, ni Maria, encline aux crises. Regarder les couples danser, écouter la musique, boire une gorgée de rhum de temps à autre, voilà qui me suffit bien. Du moins, c'était le cas jusqu'ici.

Jusqu'à ce que je l'aperçoive.

Étrangement, je remarque le costume avant de remarquer l'homme. La société cubaine est le contraire de la sobriété : nous faisons étalage de notre richesse et de notre statut social comme des paons. Lui n'a rien d'un paon. Son costume n'est pas coupé sur mesure et n'est pas conçu pour impressionner. C'est une tenue pratique, d'un noir sans fioritures, qui habille un corps grand et mince. Sa simplicité me plaît ; les paons me fatiguent.

Il bavarde avec deux autres hommes, mains dans les poches, yeux baissés. Il a une forte mâchoire, des pommettes saillantes et des lèvres étonnamment belles et pleines sur un visage dur. Sa peau est un ou deux tons plus foncés que la mienne et ses cheveux bruns sont une masse indisciplinée aux pointes bouclées.

Il ne sourit pas.

Je bois mon rhum à petites gorgées en l'observant, essayant de deviner son âge. La plupart des invités semblent être un peu plus âgés que moi – début de vingtaine, je pense – et bien qu'il ait l'air assez sévère, il ne paraît pas beaucoup plus vieux que ça.

Quand il parle, ses lèvres remuent rapidement et ses mains ne cessent de bouger.

Je tape du pied au rythme de la musique, imitant le battement de mon cœur tandis que je le regarde. Je souhaite qu'il me regarde en retour, qu'il me remarque.

Par miracle, c'est le cas. Peut-être la robe est-elle un peu magique.

Au milieu de sa conversation, il se retourne, les mains s'attardant dans les airs comme celles d'un chef d'orchestre dirigeant une symphonie. Il balaie la foule de ses yeux durs. Toutefois, sous la sévérité de son visage, j'entrevois une grande soif que je reconnais pour l'avoir déjà vue ; celle de quelqu'un qui regarde le monde et n'a pas peur de dire que nous ne pouvons pas nous en contenter, que nous devons demander davantage, exiger le changement. Il semble être un homme de convictions, ce qui est tout à fait terrifiant de nos jours.

Ma respiration s'accélère.

Ses yeux s'élargissent légèrement, comme s'il entendait mon souffle par-dessus la musique de Benny Moré, les rires et la débauche.

Il n'a pas l'air insensible, il semble juste que la vie l'ait mis à rude épreuve et l'ait endurci. Son regard se pose sur moi et ses lèvres s'immobilisent un instant. Contrairement à ce qu'impose la politesse, il ne détourne pas les yeux. Il me regarde avec intensité et lentement, très lentement, un sourire éclaire son visage et soudain, étonnamment, il devient beau.

Je me fige, entendant la voix de ma mère – *arrête de gigoter, souris – pas trop – redresse-toi.* Ses mots disparaissent en voletant au-dessus de cette soirée qu'elle n'approuverait jamais et, en l'espace d'un battement de cœur, il se retrouve devant moi, un peu plus grand, un peu plus large d'épaules qu'il ne le paraissait à l'autre bout de la pièce.

J'avale ma salive et lève la tête pour regarder ses yeux bruns solennels.

— Bonsoir, dit-il – une salutation tout à fait ordinaire prononcée d'une voix qui est tout le contraire.

— Bonsoir, réponds-je, assaillie par un millier de suppositions sur qui il est, ce qu'il fait, pourquoi il a traversé la pièce pour me parler.

Ses lèvres se courbent, ses yeux s'adoucissent un peu.

— Moi c'est Pablo.

Je tourne son prénom dans tous les sens dans ma tête, testant sa sonorité à mes oreilles avant de lui donner le mien.

— Elisa.

Quelqu'un me bouscule. Je vacille et le rhum dans mon verre penche dangereusement près du costume de Pablo. Il tend la main et m'attrape le bras pour me stabiliser.

— C'est la première fois que je te vois à une fête de Guillermo, remarque-t-il.

Je suppose que ce Guillermo est celui qui nous reçoit, l'ami d'ami d'ami du petit ami d'Isabel.

— C'est la première fois que je viens.

Il hoche la tête, avec cette même expression solennelle, et je revois son âge à la hausse. Il doit avoir la trentaine.

Une autre personne me donne un coup de coude dans le dos et Pablo se décale pour s'interposer entre le reste des convives et moi, exerçant de nouveau une légère pression sur mon bras pour me stabiliser.

La chanson change, le tempo s'accélère, les danseurs s'élancent sur ce rythme entraînant tandis que nous restons collés au mur, la main de Pablo sur mon coude. Ses doigts longs et fins – ceux d'un homme qui travaille avec ses mains – et son costume usé semblent un peu incongrus dans cette fête de la bonne société havanaise.

Sa main retombe le long de son corps. Je lève les yeux.

Il a la bouche entrouverte et les yeux plissés, comme s'il ne savait pas très bien quoi faire de ce qu'il avait sous les yeux.

Un autre corps nous rentre dedans. Le rhum tremble dans mon verre.

Pablo se penche vers moi, élevant la voix pour être entendu par-dessus la musique, les rires. Mon cœur tambourine, la nervosité et l'impatience coulent à dose égale dans mes veines.

— Tu veux sortir un moment ? me demande-t-il. Ce sera plus calme qu'à l'intérieur.

Cela me semble alors la chose la plus naturelle du monde de lui donner la main pour le suivre dehors.

CHAPITRE QUATRE

Pablo m'entraîne à travers la maison, avec l'assurance de quelqu'un qui connaît bien les lieux. Nous nous frayons un chemin au milieu de la foule et, sur notre passage, je cherche Beatriz et Isabel, sans succès. De temps à autre, Pablo se retourne pour me regarder. Ses doigts entre les miens, nous sortons dans la nuit et arpentons le jardin presque vide pour nous diriger vers un palmier sur le côté de la maison. Les propriétés sont petites et collées les unes aux autres, leur jardin aussi.

Il a raison – c'est plus tranquille dehors, le rugissement de la musique et des buveurs n'étant plus qu'un fredonnement.

Je lève les yeux vers le ciel, vers les étoiles, et en profite pour me calmer. Lorsque je me tourne de nouveau vers lui, je vois qu'il regarde lui aussi les étoiles.

Je sursaute en entendant une explosion au loin, puis une autre, puis une troisième. Le bruit provient d'un autre quartier de la ville, mais ces temps-ci il pourrait être le résultat de n'importe quoi : des coups de feu, un feu d'artifice, des bombes.

Pablo ne contemple plus le ciel, il concentre son attention sur moi ; son expression est indéchiffrable, comme s'il était immunisé, habitué à la violence et à la révolte armée.

— Ce n'est sans doute pas un feu d'artifice, observé-je, le cœur battant.

— Probablement pas.

J'attends qu'il développe sa pensée, qu'il commente la violence de ces derniers temps, mais il garde le silence. Cela me prend au dépourvu, car j'ai l'habitude que les hommes mènent les conversations, me laissant peu l'occasion de parler.

— Depuis quand connais-tu Guillermo ? demandé-je, cherchant un point de départ.

C'est plus intime ici, mais c'était plus facile à l'intérieur où la musique et les gens remplissaient les blancs et les silences de notre conversation. À présent, c'est à nous de le faire et je ne trouve pas mes mots. Je sais parler aux gens de mon univers, des gens qui excellent dans l'art de la conversation de salon, mais je n'envisage pas ce type d'échange avec le garçon – l'homme – qui se tient devant moi. Il semble être du genre à peser ses mots et à les utiliser avec soin et parcimonie.

Pablo ne me répond pas tout de suite. Ses yeux bruns perçants s'attardent sur mes pieds et je regrette aussitôt ma décision de porter les jolies chaussures parisiennes de ma mère.

Les siennes sont noires, le cuir usé par endroits.

— Depuis des années, répond-il, en fixant toujours mes souliers ridicules. On se connaît depuis des années.

Je me balance d'un pied sur l'autre et entends de nouveau la voix de ma mère :

Arrête de gigoter, Elisa.

Cette fois-ci, un minimum de gigotement se justifie.

— Comment connais-tu Guillermo ?

Je le questionne encore, non seulement pour en savoir plus, mais aussi pour détourner son attention de mes pieds. Son attitude me rend un peu plus audacieuse. Lui aussi est visiblement hors de sa zone de confort, son silence trahissant une certaine tension.

Cette fois il me regarde dans les yeux, esquisse un sourire.

— Nous avons fait nos études de droit ensemble.

L'université de La Havane est fermée depuis deux ans maintenant, alors il a dû obtenir son diplôme il y a un moment.

— Et toi, comment connais-tu Guillermo ?

— Je ne le connais pas. C'est un ami d'un ami d'un ami du petit ami de ma sœur. Ou quelque chose du genre. Je suis venue avec mes sœurs. (Les mots sortent à toute allure. Je prends une profonde inspiration. Puis une autre.) Tu viens d'ici ?

J'essaie de le situer dans le cercle de la société havanaise.

— J'habite au bout de la rue.

Ce n'est pas le meilleur quartier, mais c'est loin d'être le pire.

Ses yeux pétillent au moment de poser sa question suivante et, avant qu'il ne la prononce, je sais que ces chaussures idiotes m'ont trahie.

— Miramar ?

Je hoche la tête, gênée par le ton entendu de sa voix, par ce qu'évoque le nom de mon quartier. Les citoyens les plus fortunés de La Havane habitent dans notre enclave privée, et le reste de la ville le sait bien.

Depuis ma naissance, j'ai été élevée pour être fière d'être une Perez ; comme nous toutes. Mes sœurs et moi ne pouvons pas travailler, mais nous devons malgré tout protéger l'honneur de notre famille. Depuis toujours, on nous a martelé que nous ne devions ternir la réputation des Perez sous aucun prétexte. Nous portons l'héritage de nos ancêtres sur nos épaules, nos paroles, nos gestes doivent être dignes de ce nom.

C'est le moment de la discussion où j'aimerais avoir plus à dire, où j'aimerais pouvoir évoquer des projets de carrière ou quelque chose du genre. Il ne m'a pas échappé que nombre de mes compatriotes féminines sont bien plus accomplies que moi.

Grâce à notre père qui insistait pour que nous recevions la meilleure éducation possible, nous connaissons bien les classiques. Grâce à l'influence de notre mère, nous avons appris à recevoir – nous sommes des ornements vivants qui font partie des attributs de l'empire familial. Les temps changent à Cuba : combien de temps cela durera-t-il ?

— À quoi ressemble la vie à Miramar ?

— Sans doute à ce que tu imagines.

J'ai l'impression d'être devenue un objet de curiosité, à l'image des crocodiles du zoo de La Havane qui, avec mépris, exposent leur dos au soleil pour les touristes et les locaux qui les regardent bêtement en les montrant du doigt, stupéfaits par leur taille. Quand vous êtes une Perez à La Havane – une reine du sucre –, vous vous demandez parfois si vous ne devriez pas faire payer l'accès à votre vie – les histoires qu'on retrouve dans le *Diario de la Marina* et ce genre de publications. Beatriz apprécie l'attention, Isabel cherche à se défaire de la notoriété, quant à moi je me situe quelque part entre les deux. Maria est trop jeune pour s'en préoccuper ; son principal amusement est encore de jouer dans la piscine et le jardin.

— Tu passes tes journées à décliner des demandes en mariage et à te rendre à des réceptions ? me taquine Pablo.

Je pousse alors un grognement peu digne d'une femme du monde.

— Oui pour les réceptions. Non pour les demandes en mariage.

— Dans ce cas les hommes de Miramar sont des imbéciles.

Son ton est léger, badin, mais la solennité de son regard fait battre mon cœur.

Soudain, la nervosité a raison de moi et je me retourne, en direction de la mer. Je ne la vois pas, mais j'entends les vagues s'écraser sur le Malecón.

La voix de Pablo s'élève derrière moi dans la nuit sombre.

— Tu as oublié un bouton. Sur ta robe. (J'avale ma salive.) Tu permets ?

Je hoche la tête, la bouche sèche. Ma mère serait absolument horrifiée de voir sa fille à une fête telle que celle-ci, dehors, avec un homme qui lui boutonne sa robe. Ma mère serait absolument horrifiée, pourtant je soulève mes cheveux, lui découvrant ma nuque.

Un frisson me parcourt.

Pablo s'avance derrière moi. J'ai l'impression qu'une éternité s'écoule avant que ses doigts glissent le bouton dans le petit trou, corrigeant mon inattention. C'est peut-être mon imagination, mais il me semble vraiment que ses doigts tremblent contre moi, ou peut-être est-ce mon corps à moi qui frissonne. Toute nouvelle pour moi, cette situation me prend de court. C'est comme si je connaissais cet inconnu et je ne peux ignorer la voix qui, dans ma tête, a remplacé celle de ma mère.

C'est un moment important. Ce garçon est important.

Pablo pousse une profonde expiration et recule. Je me retourne face à lui.

Je lis un certain étonnement sur son visage, le genre d'étonnement qui n'est pas entièrement le bienvenu.

— Tu es très jeune, n'est-ce pas ?

Ces mots sont teintés d'une pointe de désapprobation, mais celle-ci me semble davantage adressée à lui-même qu'à moi.

J'avale ma salive et relève la tête, refusant d'être intimidée.

— J'ai dix-neuf ans.

Un oiseau gâté de dix-neuf ans dans une cage dorée.

Il émet un doux petit rire en passant la main dans ses cheveux, qui sont un peu longs sur les côtés, hirsutes, comme s'il n'était pas allé chez le coiffeur depuis un moment. Le contraste est étonnant avec son visage rasé de près, et sa peau bronzée tranche avec sa profession d'avocat qui implique de passer ses journées à l'intérieur, derrière un bureau. Mon père connaît une pléthore d'avocats, des hommes qui s'inclinent devant lui et lui font des courbettes. Connaît-il celui-ci ?

— Dix-neuf ans, c'est très jeune.

Quand il prononce ces mots, j'ai presque l'impression qu'ils ne me sont pas destinés, comme un aparté dans une conversation intérieure.

J'ai un frère et des sœurs plus âgés ; mes interactions avec des hommes qui m'intéressent sont peut-être limitées, mais j'ai l'habitude de me défendre et de ne pas me laisser marcher sur les pieds.

— Et toi ?

Je lance cette question comme un défi.

— Trente ans.

Ce n'est pas choquant, la différence d'âge entre nous non plus. Cela fait longtemps que ma mère ne fête plus ses anniversaires, mais l'écart entre elle et mon père est flagrant.

— Ce n'est pas si vieux, observé-je, même si je doute qu'il parle uniquement d'âge physique.

À côté de lui, je me sens toute neuve ; en revanche, lui est *intéressant* – une apparence moins lisse, marquée par ses expériences.

— Peut-être.

Il garde un moment le silence, comme si ce mot avait fermé la porte sur moi, sur notre conversation.

— Je ferais mieux d'y aller, dis-je en avançant d'un pas, m'écartant ainsi de lui.

Pablo incline légèrement la tête.

— Je suis désolé.

Je ne bouge pas.

— Je ne devrais pas… (Sa voix se brise et il secoue la tête.) Je suis d'humeur massacrante ce soir. Je ne suis pas venu ici pour faire la fête, juste pour parler à Guillermo, et je ne m'attendais certainement pas à te rencontrer. Toutefois, ce n'est pas une excuse pour être grossier. (Il prend une profonde inspiration.) Un ami est mort récemment. Je suis venu en parler à Guillermo. Je suis… (Il marque une nouvelle pause, comme s'il cherchait les mots justes.) Je suis perdu, dit-il enfin.

— Je suis navrée pour ton ami.

Mes pieds, chaussés de ces sandales d'ambitieuse, s'avancent vers lui. Un pas, puis un deuxième.

Je pose la main sur son bras, l'ourlet de ma robe frôle son pantalon, une touche de tabac et d'épices m'emplit les narines. Le corps sous ma paume est tendu. Il ouvre de grands yeux.

Toucher un homme que je connais à peine, comme je le fais là, est tout à fait déplacé. Tout dans cette soirée enfreint la respectabilité et, en effet, il s'est montré un peu grossier. Je devrais retourner à l'intérieur, trouver mes sœurs et rentrer à la maison. Cet homme n'est pas l'un des garçons réservés que mes parents m'ont présentés comme cavaliers convenables. Il possède un tempérament qui ne passe pas inaperçu, même pour une jeune fille comme moi.

Voilà cette flamme qui lèche de nouveau ma jupe.

— Était-ce un ami proche ?

— C'était un homme bien.

Pablo recule d'un pas, remettant de la distance entre nous, faisant ce qu'il convient quand raison et logique semblent avoir pris leurs jambes à leur cou.

Il est surprenant de voir à quel point un simple pas peut tout changer. Alors qu'il semble céder du terrain, battre en sa retraite, un élan de courage s'empare de moi. Il paraît troublé et une pulsion féminine que j'ignorais posséder me pousse à redresser mes épaules, à relever la tête, à croiser son regard, à battre des cils, heureuse de jouer les coquettes ne serait-ce que le temps de cette soirée.

Un sourire triste apparaît sur ses lèvres et, dans ses yeux, une lueur d'admiration. Il pose la main sur son cœur, d'un geste un peu moqueur.

— Tu dois m'excuser. Je crains d'avoir perdu mes mots. Personne ne m'a jamais averti des dangers des débutantes.

— Et combien de débutantes as-tu connues ? demandé-je, accordant le ton de ma voix au sien afin de maintenir cette légèreté entre nous, bien que ma question soit sincère.

Vous devinez assez tôt que certains hommes tenteront de vous courtiser en raison de votre nom de famille, parce que votre père détient un certain pouvoir qu'ils convoitent, parce qu'ils rêvent de richesse et que vous passer la bague au doigt est le moyen le plus facile de l'obtenir. Je ne crois pas qu'il soit ce genre d'hommes, mais je reste tout de même méfiante.

— Aucune.

Je sens voleter des papillons dans mon ventre.

Je devrais vraiment retourner à l'intérieur.

— Suis-je dangereuse ?

En prononçant ces mots, je me rends compte que leur sonorité me plaît.

Son expression s'assombrit.

— J'ai le sentiment que tu pourrais l'être.

Les papillons se mettent à tournoyer.

— Je ferais mieux d'y aller, dit-il, comme moi plus tôt.

Il ne bouge pas.

Nous nous fixons l'un l'autre, sans ciller. L'océan rugit en arrière-plan, mon cœur bat la chamade. Je comprends désormais un peu mieux ce qui anime Beatriz et Isabel, comment elles peuvent jeter la prudence au vent pour une soirée de liberté. Je suis plus curieuse que je ne l'ai jamais été, curieuse avec peut-être une légère pointe de témérité.

Pablo semble souffrir en ouvrant la bouche pour me demander :

— Veux-tu me retrouver demain ? Près du Malecón ?

— Oui.

CHAPITRE CINQ

Marisol

Je dors plus longtemps que j'en avais l'intention : contre toute attente, le matelas est très confortable et les draps usés, tout doux. La lumière de l'après-midi a diminué. J'attrape mon téléphone qui, étant donné l'état des télécommunications cubaines, ne me sert pas à grand-chose si ce n'est à voir l'heure à l'écran – il est presque huit heures du soir. Ma sieste a duré trois heures.

Il est étrange d'être si loin du reste du monde, de mes sœurs, de mes amis, de mon rédacteur en chef, mais je suppose que cela fait partie de l'expérience cubaine. Ici, il y a peu d'endroits où l'on peut accéder à Internet et, même lorsqu'on y parvient, la connexion est peu fiable. Les maisons privées n'ont pas d'accès. On m'a prévenue que je serais coupée du monde au cours de ma semaine chez les

Rodriguez. Mon téléphone ne fonctionne pas non plus, alors je me retrouve en tête à tête avec Cuba.

Je sors du lit et tire le rideau pour contempler la vue qui s'offre à moi. Le ciel est doré, une palette de roses et de bleus, et le soleil forme une boule de feu rayonnante en plongeant vers l'horizon. L'océan est lui aussi stupéfiant. Chez moi, ce serait un panorama à plusieurs millions de dollars, que beaucoup rêveraient de posséder. J'ai vu de très beaux endroits dans ma vie, mais ma grand-mère avait raison : ici, c'est le paradis.

Mon regard dérive vers le patio au-dessous de ma chambre. Quelques tables sont vides, mais les clients du dîner ont commencé à se rassembler. Les verres tintent, les couverts grincent dans les assiettes et le parfum du riz et des haricots noirs emplit l'air. J'ai grandi avec les plats cubains : entre l'amour de la cuisine de ma grand-mère et la pléthore de restaurants cubains sur la Calle Ocho et au-delà, le riz et les haricots noirs ont toujours constitué la base de mon alimentation.

Mon regard s'arrête sur Luis. Il s'avance vers l'une des tables, assiettes à la main. Il les dispose devant une famille de touristes avant d'échanger avec eux quelques mots dans son anglais impeccable. Il slalome entre les tables agglutinées dans le petit espace extérieur, croisant l'une des serveuses dans une sorte de danse synchronisée. Tous deux se meuvent avec efficacité et parcimonie, se frôlant sans se parler.

Un sourire amical sur les lèvres, Luis échange quelques mots avec l'un des clients, puis il lève les yeux vers ma fenêtre et nos regards se croisent.

Il ne m'adresse pas de sourire, juste un petit signe de tête avant de disparaître de mon champ de vision, changeant de place avec la serveuse, une jolie brune.

En son absence, mon attention se tourne de nouveau vers la vue devant moi – l'océan et au-delà.

Le son du saxophone reprend : grave, envoûtant, chaque note évoquant douleur et mélancolie. La musique m'emplit d'une grande émotion et je ne suis pas du tout surprise en découvrant le saxophoniste quand il avance dans la petite cour. Ses yeux trouvent les miens tandis que ses lèvres appuient sur l'instrument, que ses doigts parcourent les clés. Voilà qui explique les callosités.

Professeur d'histoire. Musicien. Serveur.

L'héritage de la révolution cubaine – alterner les casquettes pour se maintenir à flot.

Tandis qu'il joue pour les clients, Luis continue de me regarder, sans ciller, caressant les clés avec facilité. Les premières mesures de « Guantanamera » s'élèvent dans la cour : j'en ai la chair de poule et les touristes applaudissent et s'exclament. C'est une très belle chanson, une que tous les Cubains connaissent, une ballade adaptée de l'un de nos plus grands trésors nationaux – le poème « Versos Sencillos » de José Martí – et interprétée par une reine, Celia Cruz. Il la joue magnifiquement.

Je me force à reculer dans la chambre, me passe de l'eau sur le visage et retouche mon maquillage. Mes cheveux ont tendance à frisotter avec l'humidité et le climat cubain les transforme en cascade de boucles noires sauvages. J'attrape un foulard dans mon sac pour les attacher. Quelques minutes plus tard, je referme la porte derrière moi et m'aventure dans le hall.

Les bruits de la cuisine retentissent dans toute la maison et les pas des résidents de l'appartement du dessus résonnent à travers le plafond usé. Je suis l'odeur de la nourriture, descendant l'escalier ébréché en marbre jusqu'au niveau le plus bas de la maison où se trouve le *paladar*. La cuisine est coincée à l'arrière, dans un espace étonnamment petit pour l'activité débordante qu'elle héberge.

Les appareils sont clairement usés, avec des boutons cassés et rafistolés. Les murs sont couverts de casseroles et d'ustensiles, le manque d'espace résolu par l'ingéniosité. Ici, ni poêle en cuivre ni casserole chic, pas plus que de double four ou de cuisinière moderne, encore moins d'immense îlot central, rien à voir avec la cuisine de ma grand-mère dans la maison d'Alhambra Circle à Coral Gables.

Néanmoins, cela ne fait de toute évidence aucune différence pour la nourriture qui en sort. Haricots noirs, riz, *maduros* – plantains frits et sucrés – et porc rôti attendent les touristes assis dehors et, à en juger par les délicieux parfums qui émanent de la cuisine, les hôtes vont se régaler.

Trois femmes s'affairent dans la cuisine – Ana Rodriguez, une autre femme qui ressemble beaucoup à Luis, et une troisième, la jolie serveuse avec son chignon serré qui laisse échapper quelques mèches brunes, une expression sévère sur le visage tandis qu'elle se déplace à un rythme effréné.

Je baisse la tête lorsque son regard me dévisage et s'arrête sur mes sandales qui coûtent plus que ce que gagnent la plupart des Cubains en un an.

Lorsque j'ai fait ma valise pour ce voyage, j'ai choisi exprès les pièces les plus sobres de ma garde-robe, optant pour le confort et la simplicité plutôt que pour la mode. Non pas que cela ait de l'importance. Nous voyons toutes les deux la différence et la honte monte en moi quand je lis la condamnation dans ses yeux.

Elle passe à côté de moi, une assiette de *tostones* à la main pour les touristes, l'odeur des plantains frits salés emplissant le petit espace. La femme plus âgée – sans doute la mère de Luis – me dévisage comme si j'étais une extraterrestre débarquée dans sa cuisine pour emporter de la nourriture avant de repartir.

Ana se retourne, sourire aux lèvres et cuillère à la main.

— Tu as bien dormi ?

— Très bien, merci.

— Parfait. Est-ce que tu as faim ?

— Un peu, mais je peux attendre. Est-ce que je peux vous aider ?

Je connais la fierté cubaine, et pourtant, j'ai l'impression d'être une intruse, un fardeau inutile pour une famille qui a probablement enduré bien des tracas.

Ana décline ma proposition de la main et m'indique une toute petite table dans un coin.

— Assieds-toi. Tu vas manger et nous bavarderons pendant que je termine le service. Il nous reste encore une table, après quoi nous aurons fini pour ce soir.

— Combien de clients servez-vous à chaque repas ?

— Cela dépend des jours. Environ une centaine entre le déjeuner et le dîner.

L'expression de mon visage doit révéler mes pensées. Elle rit.

— On s'y habitue au bout d'un moment.

— Depuis combien de temps avez-vous ce restaurant ?

Ses yeux pétillent alors.

— Officiellement ? Cela fait à peu près vingt ans. Officieusement, peut-être un peu plus longtemps. Luis cuisinait ici quand il était à l'université et le fait encore parfois.

Elle me sert une belle portion de riz et de haricots dans un bol blanc orné d'un motif floral qu'elle pose sur la table devant moi, où se trouvent déjà serviette et couverts. Un verre de *guarapo* vient compléter l'ensemble et la boisson m'enduit la gorge de sucre.

— Mange, m'intime Ana. Ensuite tu auras du porc et des plantains.

— Merci.

Les haricots ont épaissi et ont le goût familier des bons petits plats maison. Il y a quelques différences subtiles entre les haricots d'Ana et ceux de mon enfance à Miami, mais leur essence est incontestablement la même.

— C'est divin.

Elle me regarde, rayonnante.

— Merci.

Elle retourne quelques minutes s'occuper du dîner pendant que je savoure mon plat, puis revient vers moi.

— Beatriz m'a donné de tes nouvelles dans ses lettres, mais je suppose que tu ne viens pas ici uniquement pour voir Cuba ou pour écrire un article.

— Oui. Grand-mère a laissé une lettre dans laquelle elle explique ses dernières volontés. Son notaire me l'a remise au moment de la lecture de son testament. Elle souhaitait être incinérée et que ses cendres soient ensuite dispersées à Cuba.

Ana ne semble pas surprise, elle avait certainement déjà entendu parler du désir de ma grand-mère. Lorsque Isabel est morte, elle a demandé à être enterrée aux États-Unis auprès de son mari, décédé un an plus tôt. Je pensais que ma grand-mère souhaiterait la même chose – être inhumée à côté de mon grand-père au cimetière de Miami. Toutefois, nous n'en avions jamais discuté.

J'avais toujours pensé que nous aurions davantage de temps ensemble. L'attaque est arrivée brutalement, l'emmenant dans la nuit. La seule chose pour nous réconforter, c'est que, selon son médecin, elle est probablement partie sans souffrir.

— Et c'est toi qu'elle a choisie pour le faire, observe Ana. Tu as toujours été sa préférée.

— Lui est-il arrivé de vous expliquer pourquoi ?

Ma curiosité est piquée, je veux en savoir plus.

Ana sourit.

— Tout à fait.

J'attends pendant qu'elle épluche et coupe une banane plantain de ses mains tremblantes.

— Lucia est la fille de son père – sûre d'elle, déterminée, ambitieuse. Elle repousse sans cesse ses limites ; pour elle c'est une façon de s'accomplir.

Il y a du vrai dans cette analyse de ma sœur. J'adore Lucia, mais elle a toujours choisi sa propre voie, déterminée à avancer malgré notre nom de famille. Son monde tourne autour de ses chevaux, de ses amis, un monde différent du nôtre. Elle assiste aux grands événements familiaux, se rend disponible si on l'appelle, mais nous n'avons jamais été proches malgré nos deux ans d'écart.

— Daniela est…

— Difficile, finis-je en souriant.

Daniela est ma sœur préférée, l'aînée, l'aventurière. C'est la plus proche de ma mère, peut-être du fait de son âge. Pour autant que je sache, elle n'a jamais refusé un défi.

Ana rit.

— C'est ce que j'ai cru comprendre.

Puis il y a moi.

— Ta grand-mère se retrouvait en toi. Toujours. Tu es la romantique, la rêveuse, celle qui est à la recherche de quelque chose. Elle priait toujours pour que tu le trouves. Tu as été la plus affectée par le divorce de tes parents. Par le départ de ta mère. Tu avais besoin d'Elisa et elle avait besoin de toi.

— Et voilà qu'elle est partie.

Depuis la mort de ma grand-mère, je suis un peu perdue. Ana a raison : elle était mon ancre et, maintenant qu'elle n'est plus là, je pars à la dérive.

— Elle était si fière de toi, Marisol. Depuis toujours.

Elle pose une assiette de maduros et de *lechon asado* devant moi.

— Vous mangerez aussi ?

— Peut-être un peu.

J'attends qu'elle se serve une petite assiette et s'assoie en face de moi. Derrière elle, les deux femmes entrent de nouveau dans la cuisine, déposent des assiettes dans l'évier dans un bruit sourd, puis ressortent.

Ana commence à manger et je suis son exemple. Les saveurs sont parfaitement équilibrées, la viande de porc, grasse et charnue, accompagnée des plantains acidulés qui s'accordent bien avec la boisson sucrée.

— Où vas-tu répandre ses cendres ?

— Je ne sais pas. J'espérais que vous pourriez m'aider à y voir plus clair. Tante Beatriz et tante Maria m'ont donné quelques idées.

J'ai également demandé à mon père, mais il n'avait pas grand-chose à proposer à part la maison Perez. Il aimait beaucoup ma grand-mère mais était bien plus proche de mon grand-père, aussi bien dans son enfance qu'à l'âge adulte.

— Qu'ont-elles dit ?

— Elles ont suggéré la maison où elle a grandi.

La maison où vivent désormais un diplomate russe et sa famille. Je ne peux m'empêcher de penser que ma grand-mère, ma grand-mère si fière, verrait ces Russes comme des intrus.

Ana sourit.

— Elle serait tout près alors. C'est un bon choix. Cette maison a appartenu aux Perez pendant des générations. À l'époque, c'était l'une des plus belles demeures de La Havane, tes arrière-grands-parents en étaient fiers.

— Croyez-vous qu'elle aurait aimé cette idée ?

— Peut-être. Quelles autres options as-tu envisagées ?

— Je ne sais pas très bien. Quelque part en ville, je suppose. J'ai l'impression que c'est là sa place.

— En effet. Elle était très attachée à La Havane, même après que la ville lui a brisé le cœur.

Ana se lève de table, débarrasse nos assiettes vides.

— Comment était ton grand-père ? me demande-t-elle depuis l'évier, dos à moi.

Malgré ses protestations, je la rejoins pour l'aider à faire la vaisselle. Je me sens complètement à l'aise avec Ana, même si nous venons à peine de nous rencontrer, elle agit avec moi de façon très naturelle, comme si une partie de ma grand-mère – un chapitre de sa vie – vivait dans sa meilleure amie d'enfance.

— Je le connaissais beaucoup moins bien, car il est mort quand j'avais dix ans. En tout cas ils étaient heureux. Amoureux. Après sa mort, elle n'a eu aucune aventure. Cela ne l'intéressait pas. Elle nous avait nous – ses petites-filles – mon père et ses œuvres. En plus de cela, ils avaient été mariés près de quarante ans. Je pense que c'était difficile pour elle de tourner la page après avoir passé une si grande partie de sa vie avec lui.

Je me rappelle encore vivement le chagrin de ma grand-mère. Debout à côté d'elle dans l'église de la Petite Fleur, alors que nous disions adieu à mon grand-père, je lui avais pris la main et nous avions pleuré ensemble. Vingt et un ans plus tard, debout à la même rangée, je regardais le cercueil brillant où elle reposait, me consolant en pensant qu'ils étaient de nouveau réunis.

Étant donné le mariage désastreux de mes parents, je prenais exemple sur mes grands-parents. Leur histoire débordait d'amour et de respect et me donnait l'espoir qu'un jour je trouverais un homme bien, en qui je pourrais avoir confiance, susceptible d'être à la fois un ami et un mari, et que nous nous aimerions avec un dévouement réciproque.

— Tout ce qu'Elisa me disait de lui donnait l'impression que c'était un homme charmant, observe Ana en me souriant. Pendant toutes ces années, ta grand-mère m'a écrit quand elle pouvait. Elle m'a d'ailleurs demandé de garder quelque chose pour toi. Je vais aller le chercher dans ma chambre.

Elle sort de la cuisine, me laissant seule. Je me rassois, impatiente. Voilà pourquoi je suis venue – pour dire au revoir à cette facette de ma grand-mère et peut-être en trouver d'autres que je pourrai alors serrer contre mon cœur.

Les deux femmes de tout à l'heure reviennent dans la pièce. Aucune ne regarde dans ma direction, comme si je faisais désormais partie des meubles.

Je me lève pour me présenter.

Toutes deux me fixent en retour ; la plus âgée parle en premier.

— Je m'appelle Caridad. Vous avez déjà fait la connaissance de mon fils, Luis.

J'avais donc raison, il s'agit de la belle-fille d'Ana. Elle possède la taille et le visage anguleux de son fils, ainsi que sa façon élégante de se mouvoir.

— En effet. Il a eu la gentillesse de venir me chercher à l'aéroport.

— Nous avions besoin de lui au restaurant. Il y avait du monde aujourd'hui.

Ses mots font mouche, je sais ce qu'ils sous-entendent – *nous avions besoin de l'aide d'Ana pendant le service du dîner, et vous bavardiez avec elle.*

Mes joues rougissent en entendant ce reproche tandis qu'elle repart sans un regard.

La plus jeune me fixe avec intransigeance.

— Cristina. Je suis la femme de Luis.

La déception me poignarde alors. Le silence emplit la cuisine tandis que nous nous observons mutuellement. Je sens le ressentiment que je craignais en organisant mon voyage, la critique silencieuse : je ne suis pas une vraie Cubaine, j'ai trahi mon peuple parce que ma famille a abandonné ce pays.

Les exilés à Miami et ailleurs dans le monde haïssent Castro parce qu'il leur a pris leur pays, parce qu'il a tout pris, en fait. Mais ici je vois une colère différente, une colère qui miroite sur les visages de la mère de Luis et de sa femme. La plupart des expatriés ont bien réussi, alors que les Cubains qui sont restés semblent encore lutter malgré les promesses du gouvernement.

Cristina repart à son tour, me laissant seule dans la cuisine, coincée dans une faille temporelle des années 1950.

Comment ma grand-mère s'en serait-elle tirée dans cette version de Cuba ? J'ai du mal à l'imaginer en train de préparer du riz et des haricots noirs sur une vieille cuisinière. Ma grand-mère avait plusieurs facettes contradictoires selon la relation qu'elle entretenait avec vous – très affectueuse avec moi, elle gérait la société des exilés de Miami d'une main de fer.

Sa famille avait eu du mal après la révolution, bien sûr. Elle me racontait comment ils avaient dû s'ajuster à un mode de vie complètement nouveau aux États-Unis, pleurant celui qu'ils avaient laissé à Cuba. Mais tout de même…

Mon arrière-grand-père a mis des années à reconstruire tout ce qu'il avait perdu, du moins les éléments tangibles, mais une fois qu'il y est parvenu il a acheté l'une des propriétés les plus somptueuses de Palm Beach afin de montrer au monde que même le communisme ne pouvait pas briser la famille Perez.

— Ma grand-mère est allée se coucher ? me demande Luis en arrivant dans la cuisine avec une pile d'assiettes sales.

— Non, elle est juste montée un moment dans sa chambre.

Il pose les assiettes sur le comptoir minuscule, l'air fatigué.

— Il faut qu'elle se repose. Mais bon, allez lui dire ça… Elle nous laisse l'aider dans une certaine mesure, mais elle travaille beaucoup trop pour son âge.

Luis me tourne le dos pour faire la vaisselle, et je reprends l'un des torchons pour essuyer les assiettes propres. Il me lance un regard curieux, mais ne dit rien. Mes mains tremblent un peu.

Les assiettes sont vraiment disparates. Certaines proviennent clairement de services coûteux, avec d'élégantes inscriptions au dos. D'autres sont tout à fait simples. Luis les traite toutes de la même façon, ses doigts savonneux les frottant méthodiquement à l'aide d'un tissu usé. Ses ongles sont coupés court, ses doigts minces, dépourvus d'alliance.

Depuis combien de temps sont-ils mariés ?

Le besoin de meubler le silence m'assaille.

— Tu joues drôlement bien.

Il ne répond pas.

— Je t'ai entendu tout à l'heure, au saxophone.

Rien.

— Cela fait longtemps que tu joues ?

Il a un léger sourire en coin. À l'exception d'Ana, bien sûr, les femmes de la maison semblent me voir à travers un filtre de méfiance et de dédain, mais lui a plutôt l'air amusé et indulgent, comme si j'étais une drôle de créature arrachée à son habitat et jetée dans un environnement où elle n'a clairement pas sa place.

— Depuis mon enfance. C'est mon père qui m'a appris.

Le père qui est mort en Angola. Je ressens un pincement au cœur pour sa mère qui s'est retrouvée veuve pour élever un enfant à Cuba – sans doute une entreprise difficile.

— Quel âge avais-tu ?

— À sa mort ?

— Oui.

— Sept ans.

Je déglutis.

— Je suis désolée.

Luis rince l'une des assiettes et me la tend, ses doigts suspendus un instant au-dessus des miens avant de saisir l'assiette suivante, répétant les mêmes gestes comme sur une ligne de montage à la chaîne.

Je cherche un autre sujet de conversation, sans succès, et le silence se réinstalle dans la cuisine à l'exception du ruissellement de l'eau et du cliquetis de la vaisselle.

Ana revient quelques instants plus tard, une boîte dans les mains.

Je finis d'essuyer la dernière assiette et la rejoins à la table tandis que Luis retourne à ses clients.

La boîte est en bois sombre avec un petit fermoir doré, un peu plus grande qu'une boîte à chaussures. C'est le genre de choses que l'on s'attendrait à trouver dans le bureau d'un homme pour y conserver cigares, argent liquide ou bijoux à la provenance mystérieuse.

Elle sourit en me la tendant.

— C'était à ton arrière-grand-père. Elisa l'avait empruntée.

Mon arrière-grand-père Emilio Perez. Baron du sucre. Soutien de Batista.

Il est mort avant ma naissance, mais j'ai vu de vieilles photos de lui. Il était beau, grand et distingué. Dans les histoires de ma grand-mère et de mes tantes, il apparaît comme un homme plus préoccupé par ses affaires que par sa famille, mais elles ne lui en tenaient pas rigueur et l'aimaient tout autant.

— Les familles ont quitté Cuba, sans savoir pour combien de temps elles partaient, explique Ana. La plupart pensaient que le régime de Fidel serait temporaire. Elles ne pouvaient rien faire sortir du pays, mais elles ne souhaitaient pas non plus laisser leurs affaires chez elles, par crainte que le gouvernement les saisisse ou que d'autres les volent. Alors ces familles les ont enterrées dans leur jardin ou cachées dans les murs de leur demeure pour les récupérer à leur retour.

Mon cœur bat plus fort.

— Ton arrière-grand-père a enterré une grosse boîte d'affaires dans le jardin. C'est Beatriz qui l'a aujourd'hui, ajoute-t-elle après un instant d'hésitation.

C'est la première fois que j'entends dire que Beatriz possède une boîte secrète appartenant à la famille.

— Comment Beatriz l'a-t-elle récupérée ?

— C'est à elle de le raconter. Disons simplement que ta grand-tante a mené une vie intéressante. Plus que ce que tu sais sans doute déjà.

Cela ne me surprend pas vraiment, étant donné le mythe qui entoure Beatriz.

— Le contenu de cette boîte, néanmoins, appartenait à ta grand-mère. Nous l'avons enfouie ensemble au pied d'un bananier la veille de son départ de Cuba. Lorsque les Russes se sont installés dans la maison de ta famille, je suis discrètement allée la déterrer avant qu'ils ne la trouvent.

Je la regarde bouche bée.

Elle éclate de rire, puis caresse le bois.

— Beatriz n'est pas la seule à prendre des risques. C'était la bonne décision. Elisa n'aurait pas voulu que cette boîte tombe entre les mains de quelqu'un d'autre. Surtout pas de ceux qui ont pris sa maison. Je lui ai dit des années plus tard que j'avais la boîte et elle m'a demandé de la garder pour elle. De la garder pour toi.

Elle la fait glisser vers moi.

— Je ne sais pas ce qu'elle contient. Elle ne me l'a jamais dit et je ne l'ai jamais ouverte. Regarde tout cela et n'hésite pas à venir me voir si tu as des questions.

Ana me prend la main.

— Elle t'aimait tendrement. Elle adorait ton père. Ta famille était tout son univers. Ses lettres étaient remplies d'anecdotes sur vous tous, au point que j'ai l'impression que vous faites aussi partie de ma famille. Elle essayait de vivre au mieux une situation difficile. Tu ne peux pas comprendre ce qu'était cette époque, à quel point notre monde s'est écroulé en l'espace de quelques mois. Quoi que tu découvres, ne la juge pas trop sévèrement.

Plus tard, je m'assois au bord de mon lit et fixe la boîte en bois, caressant les bords de mes doigts. Ma grand-mère avait dix-neuf ans quand elle a quitté Cuba et j'essaie de l'imaginer jeune fille, prise au milieu d'une telle tourmente politique. Si j'avais une boîte – à peine plus grande qu'une boîte à chaussures – où ranger ce que j'ai de plus précieux, que choisirais-je d'y conserver ? Et elle ? Qu'a-t-elle gardé ?

La boîte grince quand je l'ouvre.

Je découvre des pages jaunies, couvertes d'encre, reliées par un ruban en soie rouge. Des lettres, semble-t-il. Je les mets de côté. Vient ensuite une bague.

Mon cœur s'accélère.

La pierre centrale est un diamant, monté dans un style art déco. La bague elle-même n'est pas grande, mais elle est élégante et clairement ancienne, le fruit d'un savoir-faire magnifique.

Nous n'avons jamais eu de bijoux dont les origines remontaient à plus loin que l'époque de ma grand-mère. Tout était resté à Cuba après le grand départ et, finalement, nos objets de valeur ont disparu. À certains égards, c'est comme si la famille Perez était née en 1959. Ce morceau d'histoire familiale est donc extrêmement important.

Je passe l'anneau sur mon doigt, ravi qu'il m'aille.

La boîte contient d'autres éléments – des programmes de concerts, une rose en soie blanche dont les pétales sont encore doux, un plan délavé, une pochette d'allumettes d'un restaurant chinois à La Havane – des trésors dont la valeur est clairement plus sentimentale que monétaire.

Je décide de me plonger dans les lettres, en commençant par celle du haut, m'attendant à retrouver l'écriture familière et pleine de boucles de ma grand-mère. Au lieu de cela, je découvre une graphie inclinée aux lignes strictes, portée par une encre noire. Une graphie masculine.

Je commence à lire.

CHAPITRE SIX

Elisa

J'ai du mal à me reconnaître. Hier soir, j'ai fait le mur avec mes sœurs, et aujourd'hui je marche le long du Malecón pour retrouver un homme dont je ne connais pas le nom, ni la famille, que mes parents n'accepteraient sans doute jamais.

Nous sommes la plus grande source de fierté de ma mère ainsi que l'instrument de toutes ses ambitions. Le fait qu'Isabel ne soit pas encore mariée à vingt-trois ans est une contrariété que ma mère a du mal à accepter, aggravée par les nombreuses demandes en mariage sommairement rejetées par Beatriz – qui, à vingt et un ans, devrait déjà être maîtresse de sa propre maison et avoir un enfant en nourrice. Mon mariage à moi est loin d'être une priorité avec deux sœurs plus âgées, mais il n'est pas non plus sans importance. L'amour, c'est pour les pauvres. Dans notre monde, on se marie pour le statut, la richesse, la famille.

Et pourtant, me voilà ici.

Le Malecón est l'un de mes endroits préférés de la ville – huit kilomètres de digue qui montrent La Havane sous son meilleur jour, surtout au coucher du soleil, quand le ciel explose en une multitude de nuances de doré, de rose et de bleu, comme les couleurs des lourds tableaux qui ornent nos murs.

Je passe devant un primeur qui vend ananas, mangues et bananes. Il m'adresse un grand sourire avant de se concentrer à nouveau sur ses clients.

J'ai choisi une autre robe blanche pour voir Pablo – l'une de mes préférées, qui vient elle aussi d'El Encanto. J'ai eu plus de mal que je ne pensais à m'échapper de la maison aujourd'hui. Maria voulait venir avec moi et Magda ne cessait de me regarder d'un œil soupçonneux, comme si elle sentait que quelque chose avait changé.

Ce petit plaisir ne pourra pas se répéter.

Je verrai Pablo et profiterai de cette heure, puis je retournerai à Miramar pour le dîner que ma mère a organisé pour un juge – un ami de mon père – dont elle espère imposer le fils à Isabel. Je verrai Pablo, puis je l'oublierai, à part quand, tard dans la nuit, je serai seule et n'arriverai pas à dormir, ou bien quand j'emprunterai la promenade, les vagues me léchant la peau.

Lorsque j'arrive au lieu de rendez-vous, Pablo se tient au bord de la digue, le regard tourné vers la mer. Je suis étonnée de le reconnaître à la simple courbure de son dos, à ses cheveux, à la façon dont il se tient.

Mon pouls s'accélère.

Je baisse la tête pour éviter les regards curieux et allonge le pas. Il est risqué d'être aperçue en public avec lui, à la lumière du jour, mais tant pis.

Pablo se retourne alors que je marche vers lui, presque comme si nous étions reliés par un fil invisible.

Il tient une rose blanche dans la main.

Ma bouche devient sèche.

Nous nous retrouvons au milieu du trottoir et, en voyant la lueur dans ses yeux, je suis ravie d'avoir opté pour cette robe blanche.

— Je me demandais si tu viendrais.

— Moi aussi. J'ai hésité une ou deux fois, admets-je.

Pablo me tend la fleur et je la prends de ses doigts, la soie douce contre ma paume, sa beauté simple m'allant droit au cœur. Je l'aime car elle restera, elle ne se fanera pas et ne tombera pas en poussière, je pourrai la conserver dans un tiroir et l'en sortir pour caresser ses pétales quand j'aurai besoin de me remémorer ce moment.

— Merci.

C'est trop peu, mais c'est tout ce que je peux me permettre de lui dire.

— Veux-tu marcher un peu ? me demande-t-il.

Je hoche la tête, ne faisant pas assez confiance à mes émotions pour parler.

Pablo se place entre la rue et moi, même si, en réalité, les deux côtés sont traîtres. D'une part nous avons les voies de circulation, les voitures qui filent à toute vitesse, le risque d'être reconnue. De l'autre, nous avons l'océan qui s'écrase contre la digue, éclaboussant les piétons, la mer envahissant la rue, animée par la colère de Poséidon. Aujourd'hui, cependant, les eaux sont relativement calmes et il est plus probable que la promenade entache ma réputation plutôt que l'eau salée gâte ma robe.

Nous marchons sans parler. Pablo adapte son allure à la mienne, l'air content de me suivre et de préférer le silence à une conversation creuse. Je serre la rose dans ma main, caressant de temps en temps la soie toute douce et, à chaque fois, je perçois une petite irrégularité dans le pas de Pablo, comme s'il sentait chaque mouvement de mes doigts, de ma poitrine, du rythme de mon cœur. Le vent soulève une mèche de mes cheveux et je la coince derrière mon oreille, entendant ce faisant comme un petit soupir de sa part.

L'air autour de nous crépite d'énergie.

Je détourne mon regard de lui, j'ai besoin de me reprendre un instant. Autour de nous, il est impossible d'ignorer la tension qui règne.

Les touristes sont moins nombreux qu'à l'accoutumée sur le Malecón. Les attentats au cabaret Montmartre et au Tropicana ont bouleversé les gens, ils sont à bout. Puis il y a les bombes qui explosent à travers la ville à intervalles irréguliers, entre les soirées, les repas chic et les sorties à la plage.

Et Néron jouait du violon pendant que Rome brûlait.

Certaines de ces explosions font les gros titres le lendemain ; parfois ce n'est pas le cas et on en vient à se demander si ces bruits terribles, ces hurlements, sont le fruit de notre imagination, le produit d'une ville attendant la nouvelle manifestation de violence. Il est terrible de voir son pays plonger dans un tel tourment, encore plus quand tant de groupes se battent pour le pouvoir, cherchent à festoyer sur la carcasse d'une île mourante.

Il y a – ou il y avait – l'Organización Auténtica, un groupe de guérilleros au destin funeste ; le Directorio Revolucionario Estudiantil, un groupe d'étudiants de l'université de La Havane ; la presque défunte Federación Estudiantil Universitaria, un autre groupe d'étudiants de l'université de La Havane qui, aux côtés du DRE, a attaqué le palais présidentiel et essayé d'assassiner Batista l'année dernière ; des membres du Parti communiste dont l'alliance précaire avec Batista s'étiole ; le Mouvement du 26 Juillet qui combat l'armée de Batista dans les montagnes de la Sierra Maestra ; et un certain nombre d'autres ennemis que Batista a accumulés au fil des années.

Devant nous, les vagues s'écrasent sur la digue et jaillissent sur la route, leur écume blanche si pleine d'énergie, si vivante. Nous nous arrêtons en attendant que la mer ait cessé son assaut rageur, et j'en profite pour faire ce dont j'ai envie depuis le début de notre promenade. Je me tourne vers Pablo, le regard affamé, m'attardant sur ses traits, les petites rides autour de ses yeux, la pointe d'ombre au-dessous, comme s'il n'avait pas bien dormi la nuit dernière.

— Je t'ai vue dans le journal ce matin, déclare-t-il, se tenant juste un peu plus près de moi que nécessaire pour être entendu au-dessus du bruit des vagues et de la rue.

Je rougis.

— Je ne pensais pas que tu lisais les pages mondaines.

En fait, j'y comptais bien.

Cette fois, ce sont ses joues à lui qui se colorent un peu.

— C'était le cas. Jusqu'à aujourd'hui.

Il avale sa salive, faisant ressortir sa pomme d'Adam. Les mots qu'il ne prononce pas flottent dans l'air entre nous.

Jusqu'à ce que je te rencontre.

— Alors tu sais qui je suis.

— Oui.

Je me tourne vers la mer, le cœur battant.

— Alors tu sais que cette après-midi est tout ce que j'ai à offrir.

Faire le mur un soir pour se rebeller est une chose, mais tomber amoureuse d'un homme, aller contre la volonté de ma famille en est une autre complètement différente. Je me trouve au bord du précipice et j'ai besoin de me rappeler, peut-être plus que lui, que je ne dois en aucun cas céder à la tentation. Il ne s'agit pas simplement de ma réputation, ou de celle de mes parents, mais aussi de celle de Beatriz, d'Isabel, de Maria. J'ai vu de mes yeux ce qu'il pouvait advenir quand on ne respectait pas les désirs de nos parents. En outre, j'ai bien conscience que je n'ai que dix-neuf ans, que mes compétences sont limitées et que, si j'étais mise au ban de la famille, j'aurais beaucoup de mal à gagner ma vie, surtout avec les difficultés d'emploi auxquelles est confronté l'État cubain.

— Oui, répond Pablo.

Mon regard balaie les gens qui nous entourent. Il y a tant de versions de Cuba devant moi – des touristes, des locaux – et nous vivons tous des réalités différentes à La Havane. Quelle est la sienne ?

— Parle-moi de toi.

Pour que je puisse m'accrocher à quelque chose quand je devrai t'oublier.

— Que voudrais-tu savoir ?

N'importe quoi. Tout.

Je commence par le peu que je sais de lui.

— Tu as dit que tu avais grandi au Vedado. Ta famille y habite-t-elle encore ?

— Oui. Mes parents et mes deux sœurs. (Sa voix se brise.) Je ne les ai pas vus depuis un moment cela dit. Je me suis absenté.

Je reconnais bien là l'indice d'une discorde familiale, quelque chose que, malheureusement, je connais bien. Lorsque quelqu'un parle de troubles dans sa famille, il marque des pauses révélatrices – les mots manquent souvent pour expliquer le phénomène si peu naturel d'une rupture avec ceux à qui l'on est lié par le sang, les pauses se manifestant physiquement dans une chaise vide autour d'une table de salle à manger ostentatoire venue de Paris. Je sais tout de ces pauses – une relation brisée, un frère perdu pour des raisons idéologiques, une famille fracturée pour toujours.

Je lutte pour que ma voix ne tremble pas.

— Es-tu rentré pour de bon ?

Je ne suis pas tout à fait sûre de la réponse que je souhaite entendre. Ce sera plus facile s'il doit repartir – une rupture nette.

— Non. Je ne suis là que pour quelque temps. J'ai des affaires en ville.

J'attends qu'il développe mais, comme il ne me donne pas plus de détails, je poursuis.

— Est-ce que tu aimes ton travail ? Le droit ?

Je sais pas mal de choses sur des sujets que j'ai étudiés dans de gros ouvrages que m'ont donnés mes tuteurs, mais j'en connais mal les applications pratiques. Des avocats dînent à notre table à l'occasion, toutefois la conversation tourne rarement autour de leur travail ou de quoi que ce soit qui touche au cœur de la profession.

— Ça me plaît plutôt, je suppose. J'aime aider les gens – ou du moins, essayer. La justice à Cuba...

Sa voix s'étiole, mais je connais assez bien le contexte pour compléter sa phrase.

J'ai reçu l'essentiel de mon éducation sur la situation politique cubaine en surprenant cris et récriminations en provenance du bureau de mon père.

Comment pouvez-vous justifier notre mode de vie ? Des gens souffrent, meurent de faim. Vous avez construit votre fortune sur le dos des autres. Comme nous tous.

Devant nous, quelques jeunes garçons plongent pour récupérer des pièces laissées par des touristes américains. Leurs corps s'agitent contre les vagues avant de disparaître sous la surface dans une eau probablement infestée de requins. Tout ça pour quelques pièces.

— C'est une période difficile, observe Pablo, son regard lui aussi tourné vers les enfants. Tant de mes amis ont été diplômés de l'université il y a des années et ne trouvent pas de travail. Ils sont frustrés, en colère, et ils ont peur pour leur avenir. J'ai un peu laissé le droit de côté pour me concentrer sur d'autres choses.

Ce « d'autres choses » plane entre nous comme un mauvais présage. Les vents du changement en provenance des anciens étudiants de l'université de La Havane – qui se retrouvent sans endroit où étudier depuis que Batista a fermé les lieux par crainte de leurs activités subversives – ont déjà déchiré ma vie une fois. C'est juste une après-midi, un moment de grâce. Je n'ai pas besoin de connaître tous ses secrets ; je peux prétendre qu'il est juste un avocat, rien de plus.

— Et toi ? s'enquiert-il.

— Et moi quoi ?

— Tu ne m'as pas encore vraiment répondu. À quoi ressemble la vie de l'autre côté du portail ?

Je ris doucement, soulagée d'être de retour sur un terrain moins risqué.

— Elle n'est pas aussi excitante que certains l'imaginent.

Pablo garde un moment le silence, le regard bien plus intense que ne le mérite une promenade sur le Malecón. Tout chez lui est intense – lorsqu'il parle politique, lorsqu'il me regarde. C'est cette intensité qui m'attire ; il est si différent de tous les gens frivoles que je côtoie. Il me rappelle tant mon frère – Alejandro a cette même détermination dans les yeux, la même conviction dans chacun de ses mots.

Pablo fait un grand sourire.

— Et quand tu n'es pas en train de te promener à La Havane pour faire chavirer les cœurs, que fais-tu de ton temps libre ?

— Je le passe avec mes trois sœurs. Je lis ; je fais des achats. Nous aimons monter à cheval, aller à la plage.

Je ne mentionne pas les obligations sociales. Tout ça paraît si futile et ennuyeux. Et ça l'est – simplement rester là à attendre qu'un homme arrive dans notre vie et nous épouse. Une partie de moi envie la capacité d'Alejandro à se défaire du poids et de la responsabilité d'être un Perez, la facilité avec laquelle il est prêt à tout risquer pour ses croyances. Et en même temps, je lui en veux. La loyauté est une notion complexe : où la famille se place-t-elle dans la hiérarchie ? Au-dessus ou en dessous du pays ? Au-dessus ou en dessous de l'ordre naturel ? Ou est-on avant tout fidèle à soi-même, à son cœur, à ses convictions, à la voix intérieure qui nous guide ?

J'aimerais bien le savoir.

— Je suis étonné que tu ne sois pas étudiante quelque part à l'étranger.

— Ma mère ne voulait pas que nous allions à l'université. C'est Beatriz qui a le plus insisté – elle aurait fait une excellente avocate – mais au bout du compte elle a lutté pour rien. Mes parents ont une vision très traditionnelle de ce que signifie être une femme à Cuba, et peu importe que la société soit en désaccord avec eux, ils ne changeraient pas d'avis pour autant. Une Perez qui travaille serait une disgrâce pour la famille.

Il semble un peu outré.

— Tu es donc juste censée patienter jusqu'au jour où tu quitteras la maison de tes parents pour t'installer chez ton mari ?

— Voilà.

— Et si tu ne te maries jamais ?

— Je resterai dans notre maison pour prendre soin de ma mère.

Je ne trouve pas l'idée plus enthousiasmante que lui, mais je ne sais pas comment lui expliquer le peu d'options qui nous sont offertes. Je suppose que je pourrais enfreindre la tradition familiale, aller à l'encontre de la volonté de mes parents, mais en réalité rien ne m'a jamais assez passionnée pour risquer de rompre ce lien. Je ne rêve pas secrètement de devenir médecin ou avocate. J'ai dix-neuf ans et je ne sais pas à quoi ressemblera mon avenir, encore moins dans ce contexte instable.

— Et cela te convient ? s'étonne-t-il.

— Non, bien sûr que non. Mais ce n'est pas comme si des milliers de possibilités s'offraient à moi.

— Et si cela pouvait être le cas ?

— La politique ne m'intéresse pas.

C'est à la fois un avertissement et une précaution – la révolution ne m'intéresse pas, pas du tout. Les bombes ne sont pas les seules choses à craindre à La Havane ; les pelotons d'exécution du président Batista sont particulièrement actifs ces derniers temps et aucun Cubain n'est à l'abri, quelle que soit sa richesse. Mon propre frère en est la preuve. La meilleure chose à faire, la plus sage, pour survivre à La Havane, est de garder la tête basse et de mener sa vie quotidienne comme si le monde autour de vous ne s'enfonçait pas dans la folie.

— Tu parles comme si la politique était une entité à part. Comme si elle n'était pas dans l'air que nous respirons, comme si chaque élément de nous-mêmes n'était pas politique. Comment peux-tu te désintéresser d'une chose aussi fondamentale que notre intégrité, nous en tant que peuple, en tant que nation ? Comment peux-tu te désintéresser de quelque chose qui affecte directement la vie de tant de personnes ?

— Très peu de gens peuvent se permettre le luxe d'être politiques à Cuba.

— Et personne ne peut se permettre le luxe d'être apolitique à Cuba, réplique-t-il.

La ferveur de ses mots, la conviction avec laquelle il les prononce, le transforment devant mes yeux. Ses cheveux trop longs s'agitent sous la brise, ses yeux sombres s'animent, et quelque chose dans la férocité de son regard me rappelle le corsaire sur le mur de notre demeure. Ce n'est pas le genre d'homme qui attend qu'on lui donne la permission, c'est un homme d'action, un homme de passion constante, profonde.

Comment cela serait-il d'avoir un homme comme lui ?

— N'en as-tu pas marre de garder la tête basse et de prier pour qu'on ne te remarque pas ? demande-t-il avec douceur.

Sa question m'interpelle et il est indéniable que ce zèle en lui m'attire et me repousse en même temps. Combien d'heures ai-je passées à parler de cela avec mon frère et, finalement, où cela nous a-t-il menés ? Je n'ai pas menti : la révolution, la révolte armée, les exécutions, tout cela ne m'intéresse pas. Certaines femmes participent à ce combat pour l'avenir de Cuba, mais je n'ai aucun désir de rejoindre leurs rangs, d'être exclue de la famille comme Alejandro.

Mais la liberté qu'évoque Pablo ? L'amour pour son pays dont est empreint chaque mot qui sort de sa bouche ? Il y a de la beauté derrière ce sentiment, une dévotion admirable.

Les politiques de Batista ne s'intéressent pas à Cuba ou à ce qui est bon pour les Cubains. Elles sont conçues pour servir Batista lui-même, pour accroître sa richesse, son pouvoir, pour maintenir son emprise sur l'île.

Osons-nous tous espérer davantage ?

Bien sûr.

Mais il est difficile d'espérer quand nous n'avons rien connu d'autre que la corruption, quand nous sommes habitués aux élections truquées.

J'admire son espérance ; je l'envie. Et plus que cela, je la crains.

Il secoue la tête.

— Excuse-moi. Je ne devrais pas parler de ce genre de choses.

Je souris tristement.

— Je n'ai pas l'impression que tu sois le genre d'homme à te préoccuper de ce qu'il « devrait » faire.

— C'est vrai, concède-t-il, un sourire en coin.

Nous marchons côte à côte, sous le soleil, proches mais sans nous toucher. Sa carrure haute et mince me protège de la vue des passants. Mes cheveux se soulèvent au moindre souffle de vent et il incline la tête pour regarder les mèches dans la lumière, son expression se radoucissant. La chaleur me monte de nouveau aux joues.

D'ordinaire, je ne suis pas aussi sérieuse, ni aussi timide, mais tout dans cette situation me semble différent, important, d'une certaine manière. Cette après-midi que je me suis accordée compte un nombre limité de minutes et je suis tiraillée entre l'envie de savourer chaque regard, chaque mot, et celle d'en profiter un maximum en remplissant les blancs de notre conversation.

La douceur de la rose dans ma main est presque insupportable.

— As-tu lu Montesquieu ? me demande-t-il, me prenant au dépourvu.

— Non.

— Tu devrais. Ses écrits ne me semblent jamais aussi justes que lorsque je suis à La Havane. (Il tourne le regard vers les immeubles de l'autre côté du Malecón.) Il disait qu'un empire fondé sur les armes a besoin de se soutenir par les armes.

— Cuba est loin d'être un empire.

— Tu as raison. Toutefois l'esprit en est similaire. Quand n'avons-nous pas été en guerre ? Avec d'autres – l'Espagne, les États-Unis ? Avec nous-mêmes ?

— Sommes-nous donc condamnés à faire la guerre ?

Pourquoi les hommes pensent-ils toujours que la guerre est la solution ? Alejandro était impatient de prendre les armes contre Batista, de verser du sang cubain, et pour quel résultat ? Batista est toujours au pouvoir et tout ce qu'a gagné Alejandro, c'est d'être exilé de La Havane. Officiellement, mes parents ont dit à leurs amis qu'il étudie en Europe, qu'il voyage. Certains bruits courent, évidemment, mais personne n'est assez téméraire pour demander à mon père ou à ma mère si les rumeurs sont fondées – si mon frère, le jumeau de Beatriz, est un radical.

— Des bombes explosent dans les cinémas. Des cadavres jonchent nos rues. Cette révolution n'arrache-t-elle pas la vie à des Cubains ? À des innocents qui se retrouvent pris au milieu d'un combat qui n'est pas le leur ? Tu parles comme si tous les Cubains devaient prendre les armes, mais si nous ne souhaitons pas les mêmes choses ? Que se passera-t-il alors ?

— Et qu'en est-il de ceux qui ne font rien pendant qu'un tyran dirige notre pays et le mène à sa perte, assassine nos compatriotes parce qu'ils élèvent la voix contre ses injustices ? Quel est le coût de l'inaction, de la passivité quand des atrocités sont perpétrées au nom de Batista ? Il y a une incompatibilité entre ceux qui, en ville, aspirent au changement et ceux qui prétendent que tout est fantastique. Les secteurs dont nous dépendons – le sucre, le tabac, le café, le tourisme – nous asservissent en tant que peuple qui sert les autres dans les champs, les casinos et les hôtels dirigés par des crapules américaines.

Je tressaille en entendant le mot « sucre ». Que doit-il penser de ma famille ? De moi ? Il est là, à marcher près de moi, pourtant je ne peux m'empêcher de me demander s'il ne considère pas mon père comme un élément du problème. C'était du moins ce que pensait Alejandro.

— Les Américains contrôlent une si grande part de notre industrie, de notre économie, et qui bénéficie de cette largesse ? Batista, poursuit-il. Les riches le sont à outrance et les pauvres vivent dans une misère terrible.

Tout disparaît, le rugissement du Malecón, le bruit de la route. Je ne peux détacher mon regard de lui, hypnotisée par la conviction dans sa voix. Chaque mot qui s'échappe de ses lèvres le transforme. L'homme sérieux que j'ai rencontré hier soir est complètement différent à cet instant.

— Quand je suis à la campagne, je vois mes compatriotes cubains sans électricité, sans eau courante, analphabètes, dans l'impossibilité d'envoyer leurs enfants à l'école. Quand je suis à La Havane, les lumières sont allumées, les gens se baladent sur le Paseo del Prado comme s'ils n'avaient à se soucier de rien. Il y a d'autres quartiers de la ville – bien trop nombreux – où les gens souffrent terriblement, néanmoins on a tout de même l'impression que La Havane existe dans sa propre bulle. J'étais petit garçon en 1933, quand on a renversé Machado. Je comprends que les gens en aient assez de la violence, des conflits, de voir le sang cubain versé. Mais…

— J'ai un frère… Il pensait comme toi.

Les mots sortent de ma bouche sans que j'y réfléchisse, ce secret qui n'en est pas vraiment un.

Près de moi, Pablo s'immobilise. Il semble doué pour lire les pauses dans une conversation, les phrases tendues, inachevées, et les mots prononcés dans un murmure.

— Les familles peuvent être dures, commente-t-il après un silence.

— Oui.

— Est-ce qu'il va bien ? s'enquiert-il, comme si lui aussi connaissait les risques de s'opposer à sa famille, de défier son président.

— Je l'espère.

J'aimerais pouvoir insuffler davantage d'optimisme dans ces mots.

— En tout cas, je n'ai pas lu Montesquieu mais je vais chercher ses ouvrages dans notre bibliothèque.

Je sursaute en entendant ces mots quitter ma bouche, mais en fait, quel est l'intérêt de faire semblant ? Il a vu le journal et connaît désormais mon nom de famille. J'ai beau envier la liberté d'Alejandro, je ne suis pas capable de me défaire de ma famille, de la répudier, elle et tout ce qu'elle représente. Elle a des défauts, *nous* avons des défauts, certes. Mais c'est à tout jamais mon héritage, mon sang.

— Oui – mon père a une bibliothèque chez lui, des murs qui débordent de livres, poursuis-je. Je suis sûre que tu nous trouves décadents. Nous le sommes en effet. Ma famille a fait fortune il y a longtemps et, aujourd'hui, nous profitons de cette richesse uniquement parce que nous sommes nés Perez.

— Et t'excuserais-tu de cela ?

Son ton est léger, mais je sens que la réponse l'intéresse.

— De la fortune de ma famille ? De la belle maison et de tout le reste ? Si tu arrachais tous les tableaux, je ne crois pas que ça me dérangerait – à part celui du corsaire, un ancêtre que j'aime beaucoup. Ou peut-être aurais-je intérêt à proclamer mon dégoût face à notre fortune et la honte que je ressens ? Ou à te parler de nos œuvres caritatives, des hommes qui ont servi dans l'armée et ont péri pour l'indépendance de Cuba, des efforts de mon père pour travailler avec Batista à la rédaction de la

Constitution de 1940, de mes ancêtres qui ont servi dans le corps législatif de la nation ?

Je soupire.

— Peut-être pensera-t-on toujours de nous que nous possédons trop dans un pays où tant de personnes n'ont pas assez. Et même alors, je constate les limites auxquelles mon père est confronté – les caprices du sucre qui était autrefois florissant et le fait maintenant travailler tard dans son bureau. Je surprends parfois des conversations où il me semble déprimé à cause de promesses non tenues, de craintes quant à la direction prise par le pays. Les riches ne sont pas exempts d'angoisses : certains de nos amis ont été jetés dans les prisons de Batista ; nous craignons le peloton d'exécution autant que les pauvres. Mon propre frère en est la preuve. L'argent nous achète la proximité avec le pouvoir, mais dans le climat actuel cette proximité signifie que nous avons chacun une cible dans le dos.

Mon petit discours me laisse un peu hors d'haleine et je suis surprise par la férocité de mes mots. Quand m'a-t-on demandé mon avis pour la dernière fois ? Ce que je pensais de ce tourbillon du monde autour de moi ? Quand ai-je pu prononcer le nom d'Alejandro pour la dernière fois ? Je lance un regard à Pablo, me demandant si je l'ai effrayé – la fille qui exprime trop librement son opinion.

Au lieu de cela, ses yeux brillent d'admiration.

— Tu es courageuse, Elisa Perez.

Dans une famille comme la mienne, il y a différents degrés de courage, mais j'accepte ce compliment, tout en me demandant si je le suis vraiment. Repoussant un peu plus loin les limites de ma supposée bravoure, je l'interroge, cédant à la curiosité qui m'agite l'esprit :

— Pourquoi moi ?

Quelques instants s'écoulent avant qu'il me réponde.

— Parce que tu es bien dans ta peau. Parce que cela ne semble pas te poser de problème de te présenter au monde exactement comme tu es, sans duperie ni artifice. C'est une qualité appréciable de nos jours et, je suppose, encore plus à Miramar.

Il est extrêmement difficile de savoir si ce genre de compliment est sincère et on le savoure davantage si on l'accepte tel quel, sans chercher plus loin. Je souris, soutenant un moment son regard avant de me tourner vers la mer.

Cela nous convient à tous les deux de laisser le silence nous engloutir, de laisser le vent, les vagues et les klaxons parler à notre place, tandis que nous avançons sur la promenade, nos corps se mouvant en tandem.

— Tu n'es pas ce à quoi je m'attendais, finit-il par déclarer, rompant le silence entre nous, à peine plus fort qu'un murmure, comme un aparté pour lui-même.

Ressent-il lui aussi ce qui se passe entre nous ? Je ne résiste pas à la tentation de lui demander :

— À quoi t'attendais-tu ?

— Je ne sais pas. Pas à ça. Je ne m'attendais pas à rencontrer quelqu'un…

Ses mots s'envolent dans le vent.

Il semble que cc soit un endroit plus sûr pour eux.

— Elisa…

Je me tourne face à lui, le soleil dans les yeux, la vive lumière l'entourant d'un halo. Je crains qu'il puisse lire chacune de mes émotions sur mon visage – l'inquiétude, la confusion, le désir.

Au fond de moi, je sais ce qu'il est. Comment cela pourrait-il m'échapper ? C'est aussi évident que si c'était inscrit dans le ciel devant moi. Une partie de moi est attirée par ce qu'il est, même si cela m'horrifie.

— Elisa... répète-t-il.

Un frisson me parcourt la colonne vertébrale quand je l'entends prononcer mon prénom de sa voix rauque.

Assez.

L'un de nous fait un geste. Tous les deux. Je ne sais même plus. Je sais juste que ses lèvres rencontrent les miennes et que c'est à la fois tout et rien de ce à quoi je m'attendais.

La réalité de mon premier baiser me parvient en éclats, en un miroitement d'instants distincts.

Sa main sur ma taille. Le frôlement de ses doigts sur le tissu de ma robe. Ses lèvres sur les miennes. Son souffle devenant mon souffle. Le bruit sourd de son cœur contre ma poitrine.

Il me caresse les cheveux, puis empoigne des mèches tandis que le baiser évolue, s'intensifie, me menant dans des eaux traîtresses jusqu'à ce que je doive reprendre ma respiration.

Pablo se détache en premier, me fixant de ces yeux sombres et solennels. Je devrais reculer d'un pas. De deux pas. De trois, jusqu'à me retrouver à l'abri au manoir de Miramar.

J'avance d'un pas, pose ma paume sur sa joue, frôlant des doigts les ombres juste au-dessous de ses yeux.

Il frissonne.

En un pas, je découvre le pouvoir, son effet enivrant courant dans mes veines. En un pas, j'ai quitté la périphérie de ma vie et me retrouve projetée en plein cœur. Avec ce pas, mon monde bascule. Désormais, rien ne sera jamais plus comme avant.

CHAPITRE SEPT

Je veille tard dans la nuit pour lire et relire la lettre que Pablo m'a écrite. Il l'a glissée dans ma paume après m'avoir raccompagnée chez moi. Le papier était encore chaud après avoir quitté sa poche, et cette intimité m'a fait palpiter le cœur. Nous nous sommes dit au revoir hier aux abords de Miramar pour que personne ne risque de nous voir ensemble – une séparation dérisoire après notre baiser sur le Malecón. Je regrette les circonstances entre nous, la nécessité que Pablo reste un secret, rangé dans un coin de ma vie. Ses mots expriment la même frustration, le même désir d'aller plus loin.

Je suis désavantagé. Quand je suis allé chez Guillermo, je n'imaginais pas te rencontrer. Et tu étais là, si belle que c'en était douloureux. Tu observais tout le monde avec un air si sérieux, comme si tu souhaitais graver chaque instant dans ta mémoire. Comme si tu sentais la même agitation en toi, le même désir d'avoir davantage que ce que la vie t'a donné.

Je sais que c'est idiot. Tu as tout à ta portée, et je n'ai rien à t'offrir, rien à faire dans ta vie. Il est sans doute prématuré de réfléchir à ces choses, de s'en inquiéter, alors que je viens de te rencontrer. Comment le temps peut-il paraître à la fois éternel et fugace ?

C'est comme si la lettre de Pablo tirait un fil en moi, défaisant le nœud serré dans ma poitrine tandis que je m'accroche à ces pages. Le temps est un luxe que je n'ai pas. Le voir en personne présente des risques et, quand nous sommes ensemble, les phrases me viennent difficilement. Ici, bien installée dans ma chambre, en lisant les mots qu'il a rédigés, j'apprends à le connaître – sa famille, sa passion pour le droit, ses livres préférés.

Ses mots perdurent, bien après que j'ai fini de les lire, et notre conversation sur le Malecón est gravée dans mon esprit. J'ai voyagé à l'étranger avec mes parents mais, paradoxalement, je connais très peu Cuba en dehors de La Havane, j'ai une connaissance limitée des défis auxquels est confrontée la population en dehors de la ville. Il a raison : nous vivons dans une société insulaire. Mais qu'est-ce qui va changer ? Comment cela peut-il changer ?

Quelques heures avant l'aube, je commence à écrire ma propre lettre. Je la lui donnerai quand je le reverrai.

Ma main tremble en couchant les mots sur le papier, ma graphie si nette d'ordinaire se transformant en un gribouillis disgracieux. Toutefois, ceci est plus simple pour moi. Il est clair que Pablo est allé à l'université, a étudié le droit – il parle avec une confiance et une facilité que j'admire et lui envie. Les mots que j'écris n'ont jamais existé pour moi que sur les pages des livres que j'ai lus, bien rangés dans les recoins de mon esprit, prononcés dans les confins de ma maison. Les femmes que je fréquente ne parlent pas de ces choses en public, et dans cette maison nous n'en parlons plus en privé non plus.

Au petit matin, je prends Montesquieu d'une étagère de la bibliothèque de mon père. Je me blottis dans l'un des immenses fauteuils qui sont dans la famille depuis avant ma naissance ou la sienne, et je tourne les pages jusqu'à ce que le manque de sommeil me rattrape et que mes yeux se ferment.

À mon réveil, j'entends la porte s'ouvrir et se refermer doucement, puis de légers bruits de pas sur le tapis. Son parfum annonce sa présence avant que j'ouvre les yeux – la griffe olfactive de Beatriz.

Je la sens hésiter près de moi, immobile, attendant de voir si je dors encore.

Je garde les yeux fermés.

Quand Beatriz agit ainsi subrepticement, il faut généralement s'en méfier, et le sentiment qu'elle prépare quelque chose me perturbe depuis le jour où elle a insisté pour que nous allions à cette fête au Vedado.

Le bruit de pas, atténué par le tapis, continue puis s'arrête. J'ouvre lentement un œil.

Beatriz se tient dos à moi, penchée sur le bureau en bois. Notre père préfère travailler seul dans son bureau, son sanctuaire privé, mais il garde aussi une table ici dans l'opulente bibliothèque où il reçoit invités et partenaires en affaires quand le cœur lui en dit. Difficile de faire plus impressionnant qu'une pièce tapissée de milliers de livres anciens collectés au fil des siècles par des ancêtres Perez.

Le bruit des tiroirs qui s'ouvrent et se referment, le cliquetis des boutons, retentissent dans la pièce.

Je respire un peu plus fort et Beatriz se retourne. Je referme aussitôt les yeux.

— Ça ne sert à rien, tu sais. J'ai partagé ta chambre, je sais que tu ronfles quand tu dors vraiment, lance Beatriz depuis l'autre bout de la pièce.

C'est l'ennui avec les sœurs ; elles vous connaissent beaucoup trop bien.

J'ouvre les yeux, me lève du fauteuil et ramasse l'ouvrage qui m'a échappé dans mon sommeil.

— Devrais-je m'inquiéter de te voir farfouiller dans les affaires de Père ?

Connaissant Beatriz comme je la connais, elle pourrait être en train de chercher tout un tas de choses, mais c'est un secret de polichinelle que mon père garde souvent du liquide dans un de ses tiroirs. Pas beaucoup, bien sûr, mais…

Elle s'avance vers moi, son regard s'arrêtant sur le livre que je tiens dans la main.

— Montesquieu ? Comme c'est *égalitariste* de ta part…

Une lueur de malice brille dans ses yeux. J'ignore son ton taquin, empreint de curiosité.

— Qu'est-ce que tu fabriques à fouiller dans son bureau ? répété-je. (Cette fois c'est elle qui semble gênée.) Tu cherches de l'argent ? (Elle sursaute.) As-tu eu des nouvelles d'Alejandro ?

De toute la fratrie, Beatriz et Alejandro sont les plus proches, peut-être parce qu'ils sont jumeaux.

Ce qui est certain, c'est que c'est elle qui a le plus mal vécu la rupture de notre frère avec la famille. Beatriz est née la première et leur relation l'a toujours reflété. Elle fait le mur à toute heure du jour et de la nuit, emportant entre autres des petits paquets qu'elle confectionne dans la cuisine. Elle prétend que c'est de la charité, évidemment, mais comme je l'ai dit, les sœurs vous connaissent beaucoup trop bien.

Elle jette un regard vers la porte fermée, une lueur de peur dans les yeux. Si notre père est disposé à renier son héritier, alors aucune de nous n'est à l'abri de sa colère, pas même son enfant préférée.

— Alejandro est à La Havane, admet-elle à voix basse. Il a besoin d'argent.

— Est-ce pour cela que tu voulais aller à cette soirée ? Pour le voir ?

Elle hoche la tête.

— Beatriz.

Son visage se pare alors d'une expression de défi.

— C'est mon frère. Que voudrais-tu que je fasse ?

— Si Père le découvre…

— Qu'est-ce qu'il fera ? Il me reniera moi aussi ?

— Oui.

— Très bien. Qu'il me renie. Je ne peux pas continuer de faire semblant que tout est normal, que notre famille est au complet, quand ce n'est pas le cas. Qu'a fait Alejandro de si terrible ?

— Il a tenté d'assassiner le président. Ou du moins, il a participé à la tentative d'assassinat.

Il ne faisait peut-être pas partie du groupe qui a attaqué le palais présidentiel, mais il a planifié cet assaut raté.

— Il a besoin de notre aide.

— Il doit quitter Cuba, répliqué-je.

Pendant combien de temps Alejandro peut-il échapper à l'attention de Batista ? Combien de temps avant qu'il se fasse tuer ?

L'horloge de parquet sonne, coupant court à la réponse de Beatriz. J'ai accepté de retrouver Pablo pour le déjeuner dans un restaurant du quartier chinois. Si je pars maintenant, j'espère ne pas être en retard. Cette sieste imprévue a bien raccourci ma journée.

— Il faut que j'y aille. Nous pourrons terminer cette conversation plus tard.

— Sommes-nous obligées ?

Beatriz lève les yeux au ciel. Son regard se pose sur Montesquieu, puis de nouveau sur moi.

— Tu as rendez-vous avec Ana ?

Nous sommes passées maîtresses dans l'art du décryptage de nos déclarations respectives. Il est en effet utile de pouvoir entretenir nos discussions privées sans prononcer les mots tout haut, afin de contourner l'attention de nos parents. Elle ne croit pas une seconde que je m'apprête à retrouver Ana et, à cet instant, un pacte est né. Elle détournera le regard quand je partirai à mon rendez-vous, et moi je ne révélerai à personne qu'elle aide notre frère – je ne l'aurais pas fait de toute façon. Plus jeunes, nous scellions nos accords par une poignée de main secrète ou quelque chose du genre. Aujourd'hui, un hochement de tête et quelques mots suffisent, et voilà que je me dirige vers la porte d'entrée…

Pour être arrêtée par Maria. La malédiction d'avoir trois sœurs.

Je dois utiliser toutes les excuses auxquelles je peux penser pour éviter qu'elle ne me suive dehors. Ma lettre pour Pablo est rangée dans mon sac à main et Maria traîne derrière moi comme une ombre.

— S'il te plaît, Elisa. Je viens de finir mon cours de maths. On peut aller faire des courses. J'ai besoin d'une nouvelle robe.

Je ris.

— Je doute vraiment que tu aies *besoin* d'une nouvelle robe.

Maria a beau être la plus turbulente d'entre nous, notre mère insiste pour l'habiller comme une poupée, chaque robe plus élaborée et moins confortable que la précédente. La différence d'âge entre Maria et moi est due en partie au refroidissement entre mes parents, ainsi qu'à une fausse couche. Isabel, Beatriz et moi avons toujours fait beaucoup de choses ensemble, ainsi qu'avec Alejandro à l'occasion, mais l'âge de Maria l'a isolée.

Elle fait une moue déçue.

Prise de culpabilité, je change d'approche.

— Je vais retrouver Ana pour le déjeuner. *Menteuse.* Est-ce que tu voudrais qu'on prenne une glace à mon retour ?

Elle hésite.

— À la noix de coco ?

Son bec sucré n'est un secret pour personne.

— Au parfum qui te plaira.

Je ne lui en veux pas de souhaiter m'accompagner ; la vie chez les Perez devient de plus en plus étouffante au fil des actes de violence à La Havane. Batista essaie peut-être de convaincre le reste du pays que les troubles se limitent à quelques rares incidents entièrement sous contrôle, mais notre mère n'est pas dupe et n'a pas l'intention d'exposer ses filles à quoi que ce soit de mortel ou d'inconvenant.

Raison de plus pour ne pas dévoiler ma sortie d'aujourd'hui.

Je laisse Maria au piano et pars pour le centre-ville, avec déjà quelques minutes de retard. Faire le mur devient une habitude pour laquelle je suis étonnamment douée, un talent que je regrette de ne pas avoir découvert plus tôt. Je ne peux qu'imaginer les aventures que j'aurais pu vivre alors.

Je passe l'énorme porte annonçant le début du Barrio Chino, entrant dans une partie de la ville que je ne connais pas. La Havane et ses secrets. Lorsque nous sortons dîner, mes parents ont tendance à préférer des endroits comme La Zaragozana ou les multiples restaurants français qui ont ouvert ces dernières années. Je ne me souviens pas d'être déjà venue dans ce coin de la ville – du moins, pas depuis mon enfance.

La forte influence du sucre sur le destin des habitants de la ville est évidente ici aussi : c'est le sucre qui a attiré les travailleurs chinois sur l'île il y a bien longtemps. Certains sont retournés en Chine à la fin de leur contrat, mais beaucoup sont restés, s'établissant à La Havane et à la campagne.

Il est impossible d'ignorer le fait que ma famille a joué un rôle dans un secteur qui fait vivre l'économie depuis si longtemps et qui, en même temps, prend tant à ses travailleurs, apportant richesse et prospérité à l'île sur le dos de bien des habitants. La force vitale de notre nation est aussi une source de honte. J'aime à croire que mon père est un homme juste qui traite bien ses employés et les paie correctement, mais je ne suis pas naïve au point de penser que cela a toujours été le cas pour les travailleurs des plantations. C'est le sucre qui nous a maintenus sous le joug des Espagnols, qui a amené des esclaves sur nos côtes, c'est pour lui que les travailleurs enduraient des conditions terribles, c'est encore lui qui a attiré les Américains et leur a permis de contrôler notre fortune.

L'île donne et reprend.

Voilà l'héritage contre lequel se rebelle mon frère, la cause qui l'anime. Est-ce aussi celle de Pablo ?

Une fois dans le quartier, je me retrouve entourée d'un mélange d'espagnol et de chinois, et de caractères que je n'arrive pas à déchiffrer. Les odeurs dans l'air sont familières, mais pas totalement : le fumet du porc rôti est mélangé à des épices et des assaisonnements que j'ai du mal à identifier et s'échappent d'étals et de minuscules restaurants. La densité humaine est plus forte ici et j'avance dans la foule avec difficulté, à la recherche de…

Pablo est adossé à un immeuble doté d'un auvent rouge. Son regard balaie la foule et s'arrête sur moi.

Aujourd'hui, il porte un pantalon chamois et une chemise en lin extrêmement légère – une tenue décontractée pour mieux supporter la chaleur, j'imagine. Il se décolle du mur et s'avance vers moi, avec un sourire qui fait battre mon cœur.

— Je me demandais si tu viendrais, dit-il une fois de plus, comme si parler de l'incertitude entre nous devenait notre nouvelle façon de nous saluer. Il fait un pas en avant et m'embrasse sur la joue.

Cela ne fait qu'un jour que nous ne nous sommes pas vus, mais je ne peux nier l'impatience qui agite mon corps, l'excitation dans mon cœur.

— Je suis désolée d'être en retard. Mes sœurs…

Je ne sais pas quelles informations lui donner au sujet de ma famille, je le connais si peu. C'est une chose de lui faire confiance avec mon cœur, et c'en est une autre de lui faire confiance pour ce qui touche à mes proches.

— C'est compliqué, dis-je simplement, sachant bien que cela n'a rien d'une explication.

Il hoche la tête.

— Je te remercie de m'avoir rejoint ici. Je pensais qu'il serait préférable de nous voir dans un endroit où l'on ne te connaît pas, où tu n'as pas à t'inquiéter d'être vue.

Il a raison – ici, tout le monde s'affaire, personne ne s'intéresse à nous. L'anonymat dont nous jouissons dans ce quartier de La Havane nous donne une certaine liberté et je me permets de me tenir un peu plus proche de lui que je ne le ferais en règle générale. Le fait que Pablo comprenne les risques que je prends rend les choses plus faciles, mais en même temps je me sens honteuse – il mérite sûrement mieux qu'une fille qui redoute d'aller à l'encontre de la volonté de sa famille.

— C'est parfait. Je crois que je ne suis jamais venue dans ce coin.

— Nous venions quand nous étions petits. Mon père nous amenait mes sœurs et moi pour acheter des feux d'artifice. Tu n'en as jamais vu de semblables, ajoute-t-il en souriant. Nous nous disputions pour savoir qui les allumerait.

— C'est bien quelque chose que nous aurions fait nous aussi !

— Tu as faim ? me demande-t-il au bout d'un moment. (J'acquiesce.) Au bout de la rue, je connais le meilleur restaurant chinois de la ville.

Pablo me prend la main et je glisse mes doigts entre les siens. Je suis heureuse d'avoir retiré mes gants avant de venir, de pouvoir le toucher ainsi, ma peau nue contre la sienne. Son pouce caresse l'intérieur de ma paume.

Il marche d'un pas décidé, se frayant aisément un chemin dans la foule.

Nous nous arrêtons devant un restaurant minuscule coincé entre plusieurs autres boutiques dans la rue étroite. Les bruits du local se déversent à l'extérieur, la façade peu engageante en contradiction avec l'intérieur animé.

Ce n'est pas La Zaragozana, ni le Tropicana, mais j'aime justement le côté sans cérémonies, à l'image de Pablo. D'autres hommes m'auraient peut-être invitée dans le meilleur restaurant de la ville pour m'impressionner, mais j'apprécie que Pablo choisisse de m'emmener dans un endroit particulier, de partager ce secret avec moi.

— Je te promets que les plats sont parmi les meilleurs que tu aies jamais mangés.

Je souris.

— C'est merveilleux.

Nous entrons et un Chinois âgé nous conduit à une petite table au fond du local. Le restaurant est étroit et profond ; les tables autour de nous sont vides, l'avant est occupé par des groupes d'hommes qui mangent et jouent aux dominos. Je laisse Pablo commander pour moi, heureuse de le regarder plaisanter avec le serveur. Puis celui-ci repart et nous nous retrouvons de nouveau seuls.

Aucun de nous ne parle pendant un moment qui s'étire encore et encore, jusqu'à ce que je ne puisse plus supporter le silence. L'enjeu est trop grand pour être réservée, pour être la fille de ma mère, baisser les yeux et ne parler que lorsqu'on m'adresse la parole. Avant le baiser sur le Malecón, je me satisfaisais d'une relation désinvolte. Je sais désormais que cette possibilité est derrière nous.

— Que dois-je savoir sur toi ?

Je parle à voix basse car, même si nous sommes loin des autres clients, on ne sait jamais quand la mauvaise personne pourrait surprendre une conversation compromettante.

— Elisa…

Je secoue la tête, coupant court à toute protestation. Peut-être est-ce trop rapide, peut-être est-ce trop de demander ce genre de choses, mais dans le climat actuel je ne suis pas sûre que les règles de politesse s'appliquent encore. Notre relation devient sérieuse et je dois connaître les risques.

— J'ai lu ta lettre. Tu me donnes certains éléments, et je crois comprendre, mais je dois entendre le reste, je dois savoir dans quoi je me lance, ce qu'il me faut protéger.

Nos mains ne sont qu'à quelques centimètres l'une de l'autre sur la table et, bien que j'essaie de ne pas me laisser submerger par mes sentiments pour lui, j'ai envie qu'il me reprenne la main, de sentir ses doigts calleux contre ma peau.

Petite idiote.

Pablo soupire.

— Tu dois être prudente. Tu ne peux faire confiance à personne. Ce que je te dis, tu ne dois le répéter à personne. Des vies en dépendent.

Il cherche mon regard et je sens qu'il m'évalue, qu'il décide s'il peut me faire confiance. C'est le cœur du sujet, non ? Me voit-il simplement comme une débutante un peu bête, jolie à regarder mais bonne à pas grand-chose d'autre ? Ou voit-il plus que cela en moi ? Une égale, quelqu'un à qui il peut se confier, en qui il peut avoir confiance.

— J'étais dans la Sierra Maestra avant de venir ici.

Je prends une profonde inspiration pour me calmer, bien que cette déclaration ne me surprenne qu'à moitié. C'est l'un des barbus – les hommes qui combattent dans les montagnes de la Sierra Maestra, ceux qui transmettent la révolution sur Radio Rebelde, ceux que mon père dénonce chaque jour.

— Comment t'es-tu retrouvé parmi eux ?

Je fixe mes phalanges, priant le ciel pour ne pas avoir ouvert une boîte de Pandore.

— Tout a commencé à l'université de La Havane. Je t'ai dit que j'avais fait des études de droit – l'un de mes camarades était impliqué dans le mouvement révolutionnaire ; je suis allé à quelques réunions avec lui. Au début, nous manifestions. Nous n'étions pas très organisés, mais nous croyions avoir une opportunité d'élever notre voix contre les injustices autour de nous. (Sa voix se durcit.) Batista a juré de faire respecter la Constitution de 1940, de nous accorder les droits qu'on nous avait promis, et il n'a pas tenu parole. Où est notre liberté ? Quelle part de la richesse de ce pays va à la ville, à La Havane ? La capitale est polluée d'hôtels et de casinos américains, peuplée de stars du cinéma et de gangsters qui traitent le pays comme s'il s'agissait de leur cour de récréation, pendant que, dans les provinces, des citoyens cubains ne savent pas lire, n'ont pas accès aux commodités les plus élémentaires.

J'ai entendu les mêmes mots dans la bouche d'Alejandro il n'y a pas si longtemps.

Pablo pousse un juron, puis baisse encore la voix.

— Les manifestations ont dégénéré. La violence était inévitable. Chaque fois que nous progressions, chaque fois que nous essayions d'atteindre le peuple cubain, de diffuser notre message à la radio ou dans les journaux, nous étions censurés, nos soutiens pourchassés. Batista contrôle tout – l'armée, les médias, l'économie. Nous ne faisions pas le poids. Et nous ne luttons pas uniquement contre Batista ; nous combattons les États-Unis, qui le soutiennent année après année, qui lui fournissent les armes qu'il utilise pour tuer son propre peuple, pour maintenir sa domination sur notre île. Comment un groupe d'étudiants peut-il provoquer le changement en se contentant de marcher et de scander des slogans, sans s'adonner à la violence ? Comment obtenir un minimum de pouvoir dans un monde où il est entièrement détenu par une poignée d'individus, si l'on n'est pas prêt à leur arracher ce pouvoir ?

Ses paroles font mouche et un frisson s'infiltre dans mes os. Pablo parle d'hommes comme mon père. Jusqu'où est-il prêt à aller dans sa lutte contre Batista ? A-t-il tué ? Tuera-t-il ? Nous est-il possible de trouver un terrain d'entente – notre amour pour

Cuba, peut-être – ou sommes-nous destinés à être dans des camps opposés ?

Il s'interrompt brusquement.

— Tu es contrariée.

C'est vrai, mais ce n'est pas le moment de faire preuve de sensiblerie.

— Continue.

— J'étais à la caserne de Moncada avec Fidel. Les soldats ont ouvert le feu sur nous. Nous pensions les prendre au dépourvu, que tout le monde serait distrait par les festivités du carnaval de Santiago, ivre et insouciant, mais quelque chose nous a échappé lors de la planification et, une fois que nous avons perdu l'effet de surprise, c'était fichu. Nous leur avons tiré dessus jusqu'à épuiser toutes nos munitions – des hommes avec qui j'avais ri et bu sont morts à mes côtés – puis nous nous sommes enfuis. Fidel n'a pas eu cette chance. Je me suis échappé et l'ai aidé pendant qu'il était en prison.

C'était il y a cinq ans. J'étais toute jeune quand des hommes armés ont attaqué la caserne Moncada – la deuxième plus grande garnison militaire de Cuba – à Santiago le 26 Juillet, lors de la tentative de renversement de Batista par Fidel Castro. Les journaux disaient que les rebelles étaient montés dans des bus à La Havane et avaient suivi Fidel à la campagne, sans connaître les détails de la mission, inconscients de la folie dans laquelle ils s'engageaient : ils étaient bien trop minoritaires par rapport au camp adverse, simplement armés d'imprudence, d'idéalisme et de fusils qui faisaient pâle figure face à ceux des militaires. Ce jour-là, des hommes ont péri dans les deux camps et les procès qui ont suivi se déroulaient en toile de fond de mon enfance. Je jouais à la poupée pendant qu'il allait à la guerre.

— Tu as donc vécu dangereusement.

Il hausse les épaules comme s'il ne tirait aucune fierté de cet événement, comme si de telles actions étaient une simple conséquence de la défense de ses convictions.

— En effet. Il est dangereux de combattre pour ce en quoi l'on croit. Il est également dangereux de parler de la corruption dans le gouvernement de Batista, de notre dépendance vis-à-vis des États-Unis, de se plaindre du chômage, de l'économie en faillite, du fait que le sucre contrôle notre destin.

Il conclut avec un juron et je blêmis.

J'ai entendu mon frère lancer les mêmes mots à mon père. Toutefois, à la différence de Pablo, Alejandro dédaigne Fidel et le Mouvement du 26 Juillet. Il considère que ceux-là ne sont pas assez ambitieux dans le changement qu'ils souhaitent apporter à Cuba, que la « révolution » qu'ils appellent de leurs vœux ne suffira pas à remédier aux disparités économiques qui accablent notre île depuis l'arrivée des Espagnols.

— Tu détestes ma famille.

Un autre juron s'échappe des lèvres de Pablo, et je lis le conflit dans ses yeux, la vérité et le mensonge que contiennent ses mots.

— Si seulement c'était si simple ! Je devrais haïr ta famille. Les hommes comme ton père ont volé ce pays aux autres citoyens. Je devrais détester ta famille, mais…

Sa voix s'étiole, comme s'il était dans l'incapacité d'expliquer les caprices du cœur humain.

— Je ne suis pas ma famille, protesté-je, même si, en prononçant ces mots, je reconnais leur mauvaise foi.

Il est extrêmement douloureux d'entendre quelqu'un que vous appréciez et que vous admirez juger votre existence, votre identité, le monde que vous habitez, qu'il considère pourri jusqu'à l'os. Mon frère hait tout ce qui fait les Perez et plus il professe son désir de prendre ses distances avec notre famille, plus il paraît impossible pour lui d'aimer ceux d'entre nous qui sommes nés dans ce monde-là. Je suis la fille de mes parents. Comment aimer quelque chose que vous dénoncez avec tant de ferveur ?

— Bien sûr que si, réplique Pablo. C'est dans ta peau, ton port de tête, le son de ta voix, chacun de tes pas. Tu es une Perez pur jus.

Voilà le problème. Je ne sais pas comment me défaire de toute une vie d'attitudes, de règles, de manières qui m'ont été assénées. Comment répudier ceux que j'aime le plus au monde – Beatriz, Isabel, Maria, mes parents, Alejandro. Nous ne sommes pas Batista, nous sommes en désaccord avec bon nombre de ses politiques. Mais où se situe la frontière entre survie et péché ? Les avantages que nous retirons de sa position à la tête du pouvoir nous condamnent-ils automatiquement ?

— Si seulement les choses étaient plus simples, ajoute Pablo. Si seulement tu pouvais vivre dans mon monde et moi dans le tien. Si seulement il n'y avait pas un tel fossé entre ceux qui ont tout et ceux qui aspirent seulement à la possibilité d'avoir davantage.

— Et tu crois pouvoir apporter cela à Cuba ?

— Moi et d'autres comme moi. Fidel Castro, notamment.

Je sais peu de choses de Castro à part ce que j'en entends aux informations et la dérision avec laquelle en parle mon frère. Fidel appelle à ce que les candidats aux futures élections présidentielles soient fusillés et emprisonnés ; il dit qu'il va poser des bombes dans les endroits où les gens se réuniront pour le scrutin. Pablo pense peut-être que c'est un homme bien, mais le peu que j'en ai vu est loin de me convaincre et, malgré mes divergences d'opinions avec mon frère, je ne peux pas non plus ignorer son point de vue sur le sujet.

— Étais-tu avec Fidel à bord du *Granma* ?

— Oui. J'ai été avec lui tout au long du voyage.

— C'est ton ami.

Je ne prends pas la peine de cacher mon effarement. Ma mère nous a toujours répété que nous étions jugés en fonction de nos fréquentations, il m'est difficile de ne pas porter de jugement sur celles de Pablo. Il doit éprouver la même chose en découvrant les miennes.

— Oui, répond-il. C'est également l'une des meilleures chances pour Cuba de sortir de l'ombre de Batista. C'est un homme bien, un avocat, un réformateur, un spécialiste de la constitution et un étudiant en histoire.

Certaines des bombes qui explosent aux quatre coins de La Havane proviennent du Mouvement du 26 Juillet de Castro. Ses membres ont également sur les mains une partie du sang cubain qui se déverse dans les rues, certaines des vies arrachées.

Directement ou indirectement, Pablo est responsable de ces décès.

Comment puis-je admirer un tel homme ? Comme puis-je l'apprécier ?

— Castro n'est-il pas dans les montagnes ? Ne devrais-tu pas être avec lui maintenant ? Que fais-tu à La Havane ?

Il garde le silence un long moment.

— J'étais avec lui dans les montagnes pendant un temps. Mais on avait besoin de moi ici. Mieux vaut que tu ne saches pas pourquoi.

— Que se passera-t-il si l'on t'arrête ?

— On me fera passer un interrogatoire. On me jettera en prison.

— Tu seras fusillé ?

Il ne sourcille pas.

— Peut-être. Sans doute.

Il me prend la main, emboîte ses doigts entre les miens, accroche mon regard. Il se penche en avant, brisant la distance entre nous, baisse de nouveau la voix.

— Si tu ne veux pas me revoir, si tu ne peux pas comprendre… Ma famille… reprend-il avec émotion. Ma famille aussi était contre. M'en voulait de m'être lancé là-dedans. Je comprends. Ils sont partis aux États-Unis, en Floride. On ne se parle plus.

— Je suis désolée. Ce doit être dur pour toi. Impossible pour moi d'imaginer ma vie sans ma famille.

— C'est dur en effet.

— Quand mon frère…

J'inspire profondément. Quel degré de confiance puis-je lui accorder ? Que puis-je lui révéler de moi-même, de ma famille ? Il vient de m'en dire assez pour se faire pendre. Peut-on avoir une relation faite de demi-mesure, ou la nature même de l'amour demande-t-elle de s'y jeter à corps perdu ?

Je tripote ma serviette blanche en lin.

— C'est dur pour tout le monde. Il ne veut rien avoir à faire avec nos parents, l'argent, son héritage qui voudrait qu'il reprenne la société de la famille.

— Il est avec le Directorio Revolucionario Estudiantil, déclare Pablo.

Le DRE qui, il y a un an, a attaqué le palais présidentiel et tenté d'assassiner le président Batista. Avec la mort de son leader, José Antonio Echeverría, après un assaut visant la Station de radio nationale de Cuba, le groupe s'est dissous. Beaucoup de ses membres ont choisi de rejoindre le 26 Juillet et de partir combattre dans les montagnes. Mon frère est resté à La Havane avec ses amis qui refusent de s'allier à Fidel et à ses hommes.

Mon estomac se serre.

— Oui. Comment as-tu…

— Je me suis renseigné. Discrètement, bien sûr.

Je plisse les yeux.

— Mes parents ont dit à tout le monde qu'il fait des études en Europe. Tout le monde pense que c'est vrai.

— Les gens qui ont entendu parler de ton frère évoluent dans des cercles très différents de ceux que tu vois au yacht-club. Nous sommes un petit groupe, nous avons mauvaise réputation, mais entre nous les informations circulent vite. Ton frère s'est fait connaître récemment, ajoute-t-il après avoir un peu hésité. Ses écrits sont…

— Je sais.
— Tu lis ses articles ? s'étonne Pablo.
— C'est mon frère.
— Mais tu ne partages pas ses opinions ?
— Bien sûr que non. Néanmoins, il reste mon frère. Je ne l'apprécie pas toujours, je ne suis pas toujours d'accord avec lui, mais je l'aime. J'admire la force de ses convictions, même si je ne les partage pas, même si elles le séparent du reste de la famille. Être une copie de mon père le rendrait malheureux ; il a besoin d'être lui-même. Et dans le même temps, je me fais du souci pour lui. En permanence. J'ai l'impression que chaque jour qui passe l'éloigne un peu plus de nous.
— Et toi, où te situes-tu dans tout cela ?
— Pour moi, c'est différent. Être une femme à Cuba, ce n'est pas la même chose qu'être un homme.
— Peut-être. Mais ce n'est pas une fatalité.
Je secoue la tête.
— Tu espères trop.
— Et toi tu exiges trop peu.
— Peut-être.
Nous nous lâchons la main quand le serveur dispose nos assiettes sur la table. Pablo a commandé un plat à l'aspect et au parfum délicieux, des morceaux de viande mélangés à du riz.
Lorsque le serveur repart, je m'enquiers calmement :
— Combien de temps vas-tu rester à La Havane ?
— Quelques semaines, peut-être. Je ne sais pas très bien.
Nous aurons donc quelques semaines.

— J'ai envie de te revoir, poursuit-il, d'un air résolu. Pourrai-je te revoir ?

Peut-être suis-je tombée amoureuse de lui lors de notre promenade sur le Malecón. Ou peut-être à la fête, ou bien il y a quelques minutes alors qu'il m'exposait ses rêves pour Cuba. Ou peut-être ne s'agit-il que de l'étape qui précède l'amour, une émotion difficile à nommer quand on n'en a pas encore fait l'expérience ; peut-être est-ce progressif, comme lorsqu'on patauge dans l'océan, juste avant que les vagues nous engloutissent. Et peut-être…

— Oui.

Les yeux de Pablo brillent de soulagement.

Il me reprend la main, son pouce caressant le creux de mon poignet.

— Je vais avoir du mal à m'éloigner de toi, hein ? observe-t-il d'une voix résignée.

Mon cœur bat plus fort.

— Je l'espère.

Pablo me ramène à Miramar dans une voiture qu'il dit avoir empruntée à un ami et s'arrête à quelques rues de ma maison pour éviter qu'on nous surprenne ensemble.

Il se tourne vers moi.

— Voudrais-tu te promener avec moi demain ? J'ai des choses à régler dans la matinée, mais si tu veux nous pourrions nous retrouver dans l'après-midi. Sur le Malecón, près du Paseo del Prado.

Chaque jour passé ensemble nous expose un peu plus au risque d'être découverts, et pourtant…

— D'accord.

Nous décidons de nous retrouver à deux heures et, après m'avoir effleuré la joue des lèvres, le voilà parti, me laissant arpenter les rues de Miramar, la peau réchauffée par son baiser.

Ma maison se dresse devant moi, encadrée par des palmiers. Je me dirige vers le portail…

Je laisse échapper un petit cri quand une main m'attrape le bras et m'attire sur le côté, à l'abri des regards.

— Elisa.

Alejandro me parle d'une voix basse et pressante, qui n'a plus rien de celle du frère espiègle et taquin avec qui j'ai grandi. Je ne saurais dire exactement quand le changement s'est opéré, quand il a commencé à regarder notre milieu d'un œil différent du nôtre. Lorsqu'il était à l'université, peut-être ? Il y a passé un an avant qu'elle ne ferme ses portes et c'est au cours de cette période que le futur baron du sucre s'est transformé en révolutionnaire.

— Qu'est-ce que tu fais là ? sifflé-je.

Mon père l'a clairement fait comprendre le jour où il a jeté Alejandro dehors, ne lui permettant d'emporter que les vêtements qu'il portait sur lui et rien de plus : mon frère était banni à jamais, son nom serait rayé de la bible familiale et l'empire sucrier reviendrait à celui de nos maris que mon père trouverait le plus méritant, faisant ainsi de mes sœurs et moi d'excellents partis. Bien que la sentence ne soit pas suivie à la lettre, les visites d'Alejandro ont généralement lieu quand nos parents sont absents. Mon frère est encore plus effronté de venir aujourd'hui, sachant que notre père est actuellement dans le manoir – nos parents de retour de Varadero.

— Qu'est-ce que tu fiches avec ce type ? m'interroge Alejandro, le regard sombre, ignorant complètement ma question.

Il jauge mon apparence comme si j'étais une inconnue.

Mon cœur s'accélère.

Avoir un frère est, là aussi, à la fois une bénédiction et une malédiction.

— Rien.

— Ce n'est pas ce qui m'a semblé.

Qu'a-t-il vu ? Moi dans la voiture ? Moi m'éloignant de Pablo ? Le moment où Pablo m'a embrassé sur la joue ?

— Pourtant si, mens-je. Et puis tu es mal placé pour me donner des leçons de bonne conduite.

— Il ne s'agit pas de ça, mais de ta sécurité. Cet homme est dangereux.

— Pas pour moi.

— Surtout pour toi. Sais-tu ce qu'ils font dans la Sierra Maestra ? Ils se comportent comme des animaux. Sais-tu combien il est proche de Fidel ?

Il prononce ce nom avec mépris. Je ne suis pas vraiment surprise qu'Alejandro ait entendu parler de Pablo ; malgré leurs différences idéologiques, mon frère est le digne héritier de mon père : il connaît la valeur des informations – il les accumule, les échange, sait les utiliser à son avantage.

— C'est un homme bien.

Alejandro ricane.

— N'est-ce pas notre cas à tous ?

Quelque chose dans le ton de sa voix me brise le cœur : que nous a fait Batista ? Que nous sommes-nous fait à nous-mêmes ?

— Tu es encore un homme bien.

Mon frère se passe une main dans les cheveux en faisant la grimace. Sa main retombe sur le côté de son buste et il la fixe, affligé, comme si du sang coulait de ses doigts décharnés.

Beatriz et moi écoutions à la porte du bureau de mon père ce jour fatidique où, après l'attaque du palais, Alejandro et lui se disputaient. Je sais que mon frère a tué au cours de sa guerre privée pour l'avenir de Cuba : revoit-il en rêve le visage des vies qu'il a prises ? Se demande-t-il si ces personnes avaient une famille – une femme, des enfants ?

Beatriz et moi n'avons jamais reparlé de ce que nous avons entendu ce jour-là. Prononcer les mots leur donne une force inimaginable, et nous ne savons déjà plus que faire des atrocités autour de nous.

Alejandro pousse un juron sourd.

— Qu'est-ce que tu fais là ? répété-je, d'une voix plus douce.

— Il faut que je parle à Beatriz.

— Elle doit être plus prudente. Je l'ai surprise dans le bureau de Père. Et si c'était quelqu'un d'autre qui l'avait surprise…

Alejandro jure à nouveau.

— Je vais lui parler. Lui dire de faire plus attention.

Il est la seule personne qu'elle écoute, ce qui ne veut pas dire pour autant qu'elle tient compte de ses conseils.

— Combien de temps cela va-t-il encore durer ? demandé-je, m'affaissant contre le mur.

— Comment cela ?

— N'en as-tu pas marre ? N'as-tu pas envie de rentrer à la maison ?

Je lui saisis le bras, scrutant ses yeux à la recherche du frère que je connais depuis dix-neuf ans.

Il n'y a que de la douleur en face de moi.

— Comment le pourrais-je ? Que suis-je censé faire ?

— Nous sommes ta famille. Nous t'aimons.

— M'aiment-ils ? Toi peut-être. Et Beatriz, et Isabel, et Maria. Mais nos parents ? Il m'a jeté dehors.

— Tu as essayé de tuer le président, murmuré-je. Comment voulais-tu qu'il réagisse ?

— Il aurait pu comprendre.

— Mais il ne comprend pas. Ni lui ni les autres. Ce que tu essaies de faire, ce système que tu veux détruire, c'est tout pour eux. C'est notre patrimoine.

— Un patrimoine dont on n'a pas à être fier.

— Toi non, mais eux, si. Les choses que tu méprises sont celles qu'ils cherchent à préserver.

Il soupire, l'air exténué.

— Tu crois que je ne le sais pas ? Que je ne vois pas qu'il est peu probable que nous soyons autre chose que des ennemis de fait ?

— Ce n'est que de la politique, tempéré-je.

— Non. Plus maintenant. Désormais, cela fait partie de moi. Je ne peux pas l'enterrer et je ne peux pas le détruire. Je ne peux pas redevenir le prince choyé qui devait hériter d'un empire sucrier bâti sur le sang et la sueur d'autrui. *Impossible,* insiste-t-il en s'écartant du mur, le visage marqué par la frustration. Dis à Beatriz de me retrouver ici à midi, demain.

— Alejandro...

— Je ne peux pas l'attendre plus longtemps. Je pense ce que j'ai dit : ce type n'est pas bien pour toi. Arrête de le fréquenter.

Il se penche vers moi pour une étreinte rapide. Son corps est bien plus menu que dans mon souvenir. Que mange-t-il ? Où vit-il ? Comment survit-il tout seul ?

— Alejandro, attends.

Il me lâche brusquement et tourne les talons, accélérant le pas en s'éloignant de moi. Voir mon propre frère partir ainsi, presque comme s'il me fuyait, me fait plus mal que je n'aurais pensé, et plusieurs minutes s'écoulent avant que je puisse bouger de nouveau, debout sur le trottoir entre le manoir familial, qui me fait un peu penser à un mausolée, et le frère qui cherche à le détruire pierre après pierre.

CHAPITRE HUIT

Les semaines passent : mon frère est de nouveau absent et ma vie est un cycle d'événements ordinaires entrecoupés de moments bouleversants avec Pablo. Quoi qu'il fasse pour les révolutionnaires, il pénètre dans la ville comme un voleur dans la nuit, nous offrant quelques heures ensemble avant de repartir. Ses activités ne suivent aucun emploi du temps régulier, c'est du moins mon impression. Parfois il est à La Havane quelques jours d'affilée et nous réussissons à nous voir une ou deux fois ; parfois je peux m'échapper pour quelques instants et rien de plus.

Les lettres sont devenues un moyen de le garder près de moi lorsque nous sommes séparés. Nous nous écrivons entre nos rendez-vous sur le Malecón, nos deux séances de cinéma et les repas furtifs que nous partageons à l'occasion.

La tension entre nous lors de nos entrevues disparaît par écrit et nous nous racontons nos pensées les plus secrètes, ce qui donne lieu à des pages et des pages d'intimité et de familiarité. Loin de lui, je retourne ses mots dans ma tête, inventant des conversations imaginaires entre nous, l'emmenant tout au long de la journée, l'invitant dans des moments de ma vie auxquels l'homme de chair et d'os n'aurait jamais la permission de participer. Notre idylle se construit autant dans nos lettres que lors des quelques moments passés ensemble, au point que parfois les deux se mélangent : l'homme qui me prend la main et marche près de moi le long de la côte et la version à laquelle l'encre et le papier ont donné forme dans mon esprit. J'ai beau être avide de ses mots, ils ne peuvent apaiser toutes mes craintes.

Les circonstances modèrent ma joie, et c'est mieux ainsi, comme si le destin remettait les choses à leur juste place. Ma famille n'acceptera jamais Pablo. Ses amis ne m'accepteront probablement jamais. À moins que Batista chute, Pablo n'a pas sa place à La Havane. Et si Batista est destitué et que les rebelles réussissent, que se passera-t-il ? Ils ont déclaré la guerre à notre mode de vie, aux riches, ils décrient la situation de familles comme la mienne, incitent les Cubains à s'insurger contre ceux qui détiennent le pouvoir. Ils ont causé dans ma famille une rupture, une blessure qui, je le crains désormais, ne guérira jamais.

— Tu n'es pas très bavarde aujourd'hui, observe Ana, ma meilleure amie, en sirotant un soda en face de moi.

Nous déjeunons à la terrasse d'un restaurant près de la Plaza Vieja. Nous sommes voisines depuis toujours et n'avons que neuf mois d'écart. Nos parents entretiennent des relations cordiales, fréquentent les mêmes cercles, mais notre amitié s'est développée naturellement, deux fillettes brunes jouant ensemble dans le jardin, s'inventant des aventures dans les confins des hauts murs qui nous entouraient. Mes frère et sœurs sont mes amis car nous sommes unis par le lien puissant et incassable de la naissance, mais j'apprécie d'avoir une amie avec qui je suis libre d'être moi-même, sans les attentes et les contraintes familiales.

— Désolée. J'espère ne pas être trop ennuyeuse. Je suis un peu préoccupée en ce moment.

Nous avons le type d'amitié où il est inutile de meubler le silence ; nous sommes contentes de nous tenir compagnie l'une à l'autre, en toute simplicité, mais aujourd'hui je crains de dépasser les limites.

Alejandro est venu près de la cuisine l'autre jour pour voir Beatriz. Les domestiques l'ont toujours adoré ; soupçonnent-ils les raisons réelles de son éloignement ? Soutiennent-ils sa cause ? Ils auraient probablement une vie meilleure sous Fidel.

— Tu n'es pas ennuyeuse. C'est à cause de ton frère ? s'enquiert Ana, de la compassion dans la voix.

Mon frère et Pablo.

Chaque jour qui passe, chaque instant, je sens que je suis plus amoureuse de Pablo. Il m'émerveille. Ses convictions, sa passion, son intelligence me sidèrent. Il est si motivé, si déterminé, j'admire son dévouement à la cause qu'il sert, malgré nos désaccords quant au meilleur avenir pour Cuba.

J'ai toujours tout raconté à Ana, mais cette fois je ne peux pas. Je souhaite la protéger, bien sûr, mais je crains également qu'elle condamne ma relation avec l'un des rebelles. Sa famille n'est pas aussi proche du président que la mienne, mais tout de même. Des murs imaginaires se dressent à Cuba, séparant familles, couples, amitiés.

— Alejandro est venu près de la maison l'autre jour. Il n'a pas l'air d'aller bien.

J'ai raconté à Ana une version différente de celle que mes parents font circuler, un peu plus proche de la vérité : Alejandro et mon père se sont brouillés, il a quitté la maison. Peut-être soupçonne-t-elle le reste et est-elle simplement une trop bonne amie pour dire quoi que ce soit. Qui sait ? J'ai bien trop de secrets ces jours-ci pour tous les dévoiler.

Elle ouvre de grands yeux.

— Tes parents étaient là ?

— Non, ils sont à la campagne. Mon père doit gérer une grève dans l'une de ses usines, pendant que ma mère boit du café sur la véranda.

— J'aimerais bien que mes parents aillent à la campagne, observe-t-elle. Ils ont invité Arturo Acosta ce soir pour le dîner et je suis quasiment certaine que leurs intentions sont infâmes.

— Ils essaient toujours de te marier ?

— Avec une grande ferveur. Je t'envie d'avoir des sœurs aînées. Ce serait bien agréable d'avoir moins de pression sur les épaules.

— À mon avis, Isabel va bientôt se fiancer, dis-je.

— C'est vrai ?

— Entre elle et Alberto, ça m'a l'air d'être sérieux.

— Ta mère va avoir une attaque.

Ma mère a toutes sortes de problèmes avec ses filles – l'une est amoureuse d'un rebelle, l'autre fréquente quelqu'un qui ne porte pas le bon nom de famille, et Beatriz est… Beatriz. À ce rythme-là, Maria risque d'être la seule à ne pas causer de grande déception, même s'il lui reste encore quelques années pour changer la donne.

Je fais une grimace.

— C'est probable. Même si, si l'une de nous…

Un bruit terrible explose sur la place.

Rat-tat-tat-rat-tat-tat-rat-tat-tat

Je m'immobilise, les doigts serrés autour de ma fourchette, la main levée. Mon cerveau met un instant à prendre conscience de ce qui se passe.

— Baisse-toi ! me crie Ana, me faisant sortir de mon état de stupeur.

Autour de nous, les gens hurlent et gémissent.

Rat-tat-tat-rat-tat-tat-rat-tat-tat

Je me blottis sous la table, les bras autour d'Ana, priant pour que nous ne soyons pas touchées par une balle perdue, pour qu'ils ne viennent pas nous fusiller.

Qu'est-il arrivé à notre ville ?

Aussi vite qu'il a commencé, le vacarme s'arrête, suivi par un silence de mort. Tremblante, je regarde de dessous la table. Mon estomac se noue. Des gens sont à terre, d'autres se cachent derrière des voitures. De la nourriture a giclé des tables, un morceau de pain est tombé tout près de mon visage, du vin tache le trottoir d'un rouge profond. La ville animée s'est figée ; aucun signe des tireurs. Je lutte contre mon envie de m'enfuir, je continue de les chercher des yeux.

La police viendra-t-elle nous prévenir quand il n'y aura plus rien à craindre ?

Lentement, comme libérés d'un sort, les gens commencent à se lever, criant et gesticulant. Ana et moi nous redressons. J'ai les jambes flageolantes, mes genoux se dérobant tandis que je m'agrippe à la table pour me soutenir. Ma paume est entaillée à l'endroit où elle a frappé le sol, j'ai du gravier incrusté dans la peau. Ma main est tachée d'éclaboussures de haricots noirs et je l'essuie sur la serviette en lin à laquelle s'agrippe mon poing serré. Mes doigts tremblent au fur et à mesure que je sens monter une inquiétude inconnue jusque-là.

C'est une drôle de sensation que de se sentir liée à la violence – de savoir que, quelque part en ville, ces coups de feu ont peut-être touché quelqu'un qui m'est proche, qu'il en soit auteur ou victime : mon frère ou Pablo.

Nous laissons tomber de l'argent sur la table pour le repas avant de nous enfuir. Autour de nous, une foule afflue dans la rue, commerçants et restaurateurs sortant de leur boutique pour commenter la situation.

— *C'étaient les rebelles.*

— *Non, c'était la mafia.*

— *Voyons, c'étaient des hommes de Batista. Les rebelles progressent dans les montagnes ; à quoi est-ce que vous vous attendez ?*

— *Les hommes de Batista ? C'étaient de vulgaires criminels. La criminalité empire chaque année dans ce quartier. L'autre soir, ma nièce se promenait…*

— Viens.

Je prends Ana par le bras, tourne dans la rue et me dirige vers la voiture ; la panique s'infiltre dans mes membres, ma tête, mon cœur.

Je m'arrête en chemin.

Deux hommes sont à terre devant nous, à moins d'une centaine de mètres. Une mare de sang se forme près de leurs corps sans vie, leurs yeux inanimés me fixent.

Comment pourrais-je détourner le regard ?

Le soulagement s'empare de moi.

Ce n'est pas eux.

Nous sommes silencieuses sur la route du retour à Miramar. Ana est au volant – heureusement, car je suis si bouleversée que je serais incapable de conduire. Assise sur le siège passager, je tourne le visage vers la fenêtre ouverte, la brise, la touche de sel dans l'air. N'importe quoi pour éloigner de mon esprit l'odeur et la vue du sang. La nausée gonfle dans mon estomac.

Ana rompt le silence en premier.

— Crois-tu qu'un jour tout ça va finir ?

Le désespoir dans sa voix me brise le cœur. Nous ne parlons pas de la violence, de la folie dans la ville, mais il est clair qu'elle aussi en est très affectée.

— Je ne sais pas.

Batista est au pouvoir depuis plus de la moitié de ma vie. Lors de son premier mandat, les gens le qualifiaient de progressiste, d'une certaine manière – il nous a donné la Constitution de 1940 à laquelle nous aspirons aujourd'hui et qui, entre autres choses, protégeait les femmes de la discrimination et leur donnait le droit d'exiger l'égalité de salaire. À son retour au pouvoir des années plus tard, il s'est transformé en dictateur, entouré d'un gouvernement populiste entaché de corruption – un héros devenu malfaiteur. Désormais, c'est la mafia américaine qui dirige Cuba – les touristes envahissent nos plages, remplissent des hôtels trop chers pour les Cubains, jouent dans des casinos construits par rapacité.

Pour ceux d'entre nous qui n'avons pas connu grand-chose d'autre, il est difficile d'imaginer une version différente de Cuba, comme si nous pouvions remonter le temps et annuler les changements apportés par son régime. Et pourtant, je n'arrive pas à concevoir un avenir où l'île serait moins divisée qu'elle ne l'est aujourd'hui.

Ana tourne dans notre rue et la vue familière des palmiers qui se balancent me calme un peu. Mon regard flâne et s'arrête sur un homme debout près d'un cabriolet bleu vif.

Mon cœur s'accélère.

Pablo porte une tenue décontractée et fume un cigare, assez loin de la maison pour ne pas donner l'impression qu'il est là pour moi, mais assez près pour que je n'en aie aucun doute.

Que fait-il ici ?

Je descends de la voiture et invoque une migraine quand Ana me propose de passer prendre le café chez elle. Je passe devant chez moi pour me diriger vers Pablo, avec vigilance, car j'ai peur de croiser quelqu'un que je connais. Par chance, aucun de nos voisins n'est de sortie, mais l'un des jardiniers lance un regard curieux dans ma direction.

Je m'arrête à quelques mètres de Pablo, désirant plus que tout au monde abolir cette distance entre nous et trouver le réconfort de ses bras, même si ma raison me l'interdit.

— Salut, dis-je, à voix basse.

Son sourire me réchauffe tout entière, mais ce feu est aussitôt atténué par son expression préoccupée.

— Je suis désolé d'être venu. Je n'ai aucune envie de te causer des ennuis, mais je ne voulais pas partir sans t'avoir revue une dernière fois.

Mon estomac se noue.

— Tu pars ?

Je ne l'ai vu qu'une fois depuis qu'il est en ville pour ce séjour-ci. Il va et vient si fréquemment qu'il est difficile de mettre en place des rendez-vous réguliers, ses départs et nos retrouvailles teintant toutes nos entrevues d'un sentiment d'urgence.

— Mes projets ont changé, répond-il avec regret, avant de tendre la main pour enrouler une mèche de mes cheveux autour de ses doigts, puis de la lâcher en soupirant. Je dois quitter La Havane demain. Je suis désolé.

Je savais que cela allait arriver, je savais qu'il finirait bien par devoir repartir, mais une vague de tristesse et de mauvais pressentiments vient malgré tout me submerger. Quand nous reverrons-nous ? Nous reverrons-nous ? L'image de ces hommes sans vie me frappe à nouveau et je frissonne.

— Tu veux bien m'emmener quelque part ? N'importe où ? J'ai besoin de sortir un peu de la ville. (Je prends une profonde inspiration, les palpitations de mon cœur de plus en plus fortes et insistantes dans ma poitrine.) Je déjeunais avec mon amie Ana. Il y a eu une fusillade.

Ma voix tremble tandis que je raconte la suite, puis s'éteint avant de pouvoir terminer :

J'avais peur que ce soit toi allongé par terre.

Pablo ferme les yeux et m'enveloppe de ses bras, m'attire contre lui. Au diable la raison. Le haut de ma tête s'emboîte parfaitement sous son menton ; ses lèvres m'effleurent les cheveux. Je n'ai pas l'énergie de me demander qui nous verra. Il garde le silence un long moment, puis relâche son étreinte et me prend la main, sans un mot. Il m'accompagne côté passager et m'ouvre la portière. À cet instant, je le suivrais partout.

Nous allons à la plage, à Celimar, dans cette voiture qu'il a empruntée. Il enroule son bras autour de mes épaules, mon corps collé au sien. Chaque seconde passée auprès de lui desserre un peu plus le nœud dans ma poitrine, mon angoisse s'apaise. Je n'aurais jamais pensé que ce serait ainsi ; j'imaginais des mots doux et de la poésie, non cette sensation brute et animale qui s'est emparée de moi. L'amour est une entité incroyablement physique – le battement du pouls de Pablo au niveau de son poignet, le soulèvement de sa poitrine à chaque inspiration, les battements de ses cils, le tracé de sa mâchoire. J'ai envie d'y coller mes lèvres, envie de connaître chaque centimètre de son corps, chacun de ses mouvements, les parties de lui que personne d'autre ne voit. L'amour comprend une part d'avidité que, là encore, je n'avais pas prévue.

Lorsque nous atteignons l'eau, Pablo gare la voiture et nous nous rendons sur la plage. Je me baisse pour retirer mes sandales et les prends dans une main, tenant fermement celle de Pablo de l'autre. J'avance vers la rive et mes orteils s'enfoncent dans le sable, les vagues me léchant les pieds tandis que je contemple la mer.

— Était-ce toi aujourd'hui ? Est-ce ton groupe qui a tiré sur ces hommes ?

Je ne peux pas le regarder, je ne suis pas prête à voir dans ses yeux la vérité toute nue.

— Non.

Je déglutis.

— Est-ce que, d'autres fois, c'était ton groupe ?

Quelques secondes s'écoulent avant qu'il ne me réponde, le regard projeté vers la mer.

— Oui.

J'ai du mal à savoir si j'apprécie son honnêteté ou si je n'aurais pas préféré qu'il me mente. Je baisse les yeux vers ses mains, vers les coupures et les égratignures qui m'attiraient auparavant, ces mains si différentes de celles des hommes de mon entourage. À présent j'y vois du sang, la même ombre pourpre qui plane sur la peau de mon frère.

Comment peut-on aimer quelqu'un qui a pris une vie ?

Et pourtant…

Ces hommes sont-ils vraiment différents de ceux qui donnent des ordres derrière leur bureau, qui sont tout aussi responsables du carnage même s'ils ne salissent pas leurs mains impeccablement manucurées ? En période de guerre, où se situent le bien et le mal ? Pablo et mon frère sont-ils des soldats sans uniforme, ou sont-ils des criminels comme le pense mon père ?

Je crains de ne pas être à même d'en juger, de ne pouvoir trancher l'équivoque morale de la guerre. Plus que tout, j'aimerais que le conflit cesse.

— Nous allons bientôt avoir des élections. N'était-ce pas ton souhait ? Une possibilité pour le peuple de faire entendre sa voix ?

Ma propre voix semble si jeune, même à mes oreilles. Que sais-je des émotions qui me traversent, ou des choses dont nous parlons ? Ce ne sont pas simplement l'âge et le sexe qui nous séparent ; c'est l'expérience de la vie. Il a vu des horreurs que je ne saurais comprendre, nourrit des ambitions que je ne peux imaginer.

— Les élections servent uniquement la cause de Batista, répond Pablo. Il n'est pas stupide. La Havane est au bord de la révolte ; il mène une bataille perdue d'avance dans la campagne. Par ces élections, Batista tente de calmer les masses, créant l'illusion de la démocratie tout en tirant les ficelles de sa marionnette en coulisses. Le nom d'Agüero est inscrit sur le bulletin, mais c'est Batista qui mènera la danse s'il est élu.

Je commence à comprendre et mon horreur s'en voit décuplée.

— C'est pour cela que tu es en ville ? L'élection ?

Cela fait des mois que les révolutionnaires font tout ce qui est en leur pouvoir pour perturber le scrutin.

Pablo élude ma question.

— Batista tient peut-être La Havane, mais son contrôle sur le reste de l'île diminue rapidement. Il y a même certains endroits où il ne peut pas envoyer son candidat de peur de ce qui pourrait arriver, se vante-t-il.

Fidel Castro a menacé d'attaquer les bureaux de vote et, partant, beaucoup de Cubains craignent de s'y rendre. Il a également menacé d'emprisonner et d'exécuter tout homme se présentant, refroidissant les ambitions électorales de la plupart des candidats potentiels.

— Et tu soutiens cela ? Tu es d'accord avec les actions de Fidel ? Tu appelles la démocratie de tes vœux, mais qu'est-ce que ceci si ce n'est justement une atteinte à la démocratie ?

— Il s'agit d'empêcher Batista de truquer une autre élection.

— Comment ? En la truquant avant qu'il en ait la possibilité ?

— Non, répond-il avec frustration. Je ne dis pas que je suis d'accord avec les menaces, avec les appels à la violence, avec les tentatives de suppression de l'élection, mais en même temps, il faut stopper Batista. Il n'y a pas de réponse claire ici. Il dispose de l'intégralité du pouvoir et, à moins que nous ne fassions quelque chose pour le lui retirer, cela ne cessera jamais. Cela ne suffit pas de contrôler la campagne ; il nous faut contrôler le pays tout entier, gouvernement inclus. Nous devons lui faire quitter La Havane et montrer aux gens qu'ils n'ont plus de raison de le craindre, lui et ses pelotons d'exécution, sa police secrète. Nous devons leur donner le pouvoir de déterminer leur propre avenir, de décider de l'orientation que prendra le pays, mais il est impossible d'y parvenir avec le système actuel.

— J'ai l'impression que tu es disposé à jouer au malfaiteur pour en vaincre un autre.

— S'il te plaît, ne crois pas que je suis devenu aussi mauvais que Batista, que je suis motivé par le même désir de puissance et la même avidité qui le guident.

J'ai peur, et ce fil du doute menace la trame de notre relation, quelle qu'elle soit. Je crains d'être entourée par des fous désirant brûler le monde sans réfléchir aux conséquences de leurs actes, sans égard pour toutes les vies innocentes qui seront calcinées par les flammes.

— Je t'en prie, ne me regarde pas comme ça.

La voix implorante de Pablo me frappe et je lis le désespoir dans son regard.

— Comment ?

— Comme si je te dégoûtais. Comme si j'étais un monstre de la même trempe que Batista et ses hommes. S'il te plaît, Elisa.

J'ai envie de croire qu'il est différent, mais en cet instant précis les deux camps deviennent flous devant mes yeux, chacun prétendant posséder la clé de l'avenir de Cuba et prêt à accomplir des abominations pour faire émerger ledit avenir.

— Je ne comprends pas. J'essaie, mais j'ai du mal. N'en as-tu pas marre de la violence ? Des meurtres ?

— Comment pourrais-je ne pas me battre pour mon pays ? Rien n'évolue. Si nous continuons ainsi, si nous ne revoyons pas notre stratégie, si nous ne menons pas la guerre au régime, alors nous serons responsables de l'état actuel de Cuba, de l'échec du gouvernement. Regarde ce que Batista a fait de nous. Regarde ce qu'il a apporté à ce pays. Les gangsters et la drogue : voilà l'héritage de Batista ! Sans parler des casinos, des bordels. Il a cédé notre pays aux Américains. Ils ont plus de pouvoir ici, dans un pays étranger, que nous en avons sur notre propre terre. Et en retour ils procurent à Batista un soutien militaire, des armes qu'il utilise contre son peuple pour tenir le pays d'une main de fer. Chez eux, les Américains prêchent la liberté et la démocratie, et dans le reste du monde ils pratiquent la tyrannie. Batista est un despote. Tu le sais bien.

Il a raison ; mais mon père a largement contribué au financement de la campagne présidentielle il y a des années et est fréquemment reçu au palais présidentiel. Comment puis-je condamner ma propre famille, mes parents ? Voilà la différence entre mon frère et moi : pour le meilleur et pour le pire, je suis une Perez avant d'être cubaine.

— Batista nous saigne, poursuit Pablo. Mais comme il fricote avec les Américains, il est intouchable. Il a assassiné des dizaines de milliers de Cubains et, malgré cela, il demeure au pouvoir. Nous endurons sa cruauté depuis bien trop longtemps et regarde où cela nous a menés.

— Et malgré tout cela tu crois que tes amis et toi pouvez le vaincre.

L'orgueil démesuré qui transparaît dans ses paroles me terrifie ; ils défient Dieu et les lois de la nature en pensant qu'un aussi petit groupe d'hommes peut accomplir un tel exploit.

— Oui.

— Et les Américains ?

— Si nous parlons assez fort, d'une seule voix, si nous parvenons à défaire Batista, que pourront-ils faire ? Ils finiront par nous accepter.

Je n'en suis pas si sûre. Dans sa bouche, tout cela semble si facile. Mais si c'est le cas, pourquoi Batista tient-il encore l'île à sa merci ?

— Et si vous échouez ?

— Alors au moins j'aurai passé ma vie à servir une cause à laquelle je crois, une cause plus grande que moi.

— Tu considères qu'elle vaut la peine que tu sacrifies ta vie…

J'essaie d'imaginer ce que c'est d'aimer une chose au point d'être prêt à mourir pour elle. Je mourrais pour ma famille. Pour mon enfant. Pour l'homme que j'aime. Mais pour un pays ?

— Je n'imagine rien de plus sacré que la volonté de servir son pays, jusqu'à la mort s'il le faut, répond-il avec solennité.

Ce sont les mots d'un martyr, et peut-être sera-t-il un jour honoré dans les annales de l'histoire cubaine, mais je n'ai pas envie d'aimer un martyr. Je ne veux pas que cette guerre ou cette effusion de sang touche mon coin de l'île plus qu'elles ne l'ont déjà fait. Je ne veux pas le perdre. Et soudain, je me sens jeune et idiote, choyée à l'extrême. Il parle de révolution et je m'inquiète pour mon cœur.

— Tu vas donc sacrifier ta vie pour Cuba ?

Pablo tente de sourire.

— J'espère que non. J'espère ne pas arriver à cette extrémité.

— Et si le cas se présente ?

Il me prend dans ses bras, son front contre le mien, ses lèvres à quelques centimètres de ma bouche.

— Au bout du compte, la seule chose qu'il nous reste, ce sont nos convictions. Si je ne disais rien, si je ne faisais rien, je ne pourrais pas me regarder dans la glace. Je ne serais pas un homme. Voilà la position que j'ai choisi d'adopter et, quoi qu'il arrive, j'accepterai les conséquences de mes actes.

J'inspire profondément.

— Te reverrai-je ? J'ai l'impression que c'est la fin…

Une larme coule le long de ma joue. Pablo m'embrasse, les bras autour de ma taille, son corps contre le mien.

— Aie confiance, Elisa.

— Reviendras-tu quand tout sera fini ?

— Oui.

CHAPITRE NEUF

Marisol

Je remets la dernière lettre dans la boîte, stupéfaite. J'ai tant de fois interrogé ma grand-mère au sujet de sa vie à Cuba, pourquoi ne m'a-t-elle pas dit qu'elle était tombée amoureuse ? Que s'est-il passé entre elle et cet homme ? Ont-ils été séparés par la révolution ? L'a-t-elle oublié quand elle a rencontré mon grand-père ?

Ma grand-mère aimait un révolutionnaire. J'ai du mal à l'imaginer.

Elle passait ses journées à dénoncer le régime castriste, était bénévole au sein de groupes contestant le gouvernement cubain, donnait de l'argent à des causes visant à écarter Fidel du pouvoir. Elle allait à la messe tous les dimanches, sans toutefois communier sous prétexte que son cœur était trop empli de haine envers Fidel, envers ceux qui lui avaient volé son pays. Pourtant, elle aimait l'un de ces hommes.

Lui était-il revenu ?

Ces lettres font jaillir une multitude de questions et offrent peu d'éléments de réponse. J'ai la moitié de leur romance – les lettres qu'il lui a écrites – des lettres que, de toute évidence, elle tenait à conserver précieusement, mais qu'en est-il de ses lettres à elle ? L'aimait-elle ? Si oui, pourquoi se sont-ils séparés ?

J'ai besoin de connaître la fin de l'histoire, besoin de savoir ce qui est arrivé, et l'avertissement d'Ana me revient en mémoire.

> *Tu ne peux pas comprendre ce qu'était cette époque, à quel point notre monde s'est écroulé en l'espace de quelques mois. Quoi que tu découvres, ne la juge pas trop sévèrement.*

Elle doit connaître au moins une partie de cette aventure. Mes grands-tantes sont-elles au courant ? Dans les lettres, il n'est pas indiqué si ma grand-mère se confiait à elles, et il me manque tant de pièces du puzzle.

Son amant est-il encore en vie ? Est-il encore à Cuba ?

Il est tard, minuit passé, mais je n'arrive pas à dormir, l'esprit assailli de questions. J'aimerais partager ce que j'ai appris avec mon père et mes sœurs, et en même temps, il me faut d'abord rassembler davantage d'informations avant de raconter cette histoire à ma famille – si je la raconte. En outre, l'état des télécommunications cubaines ne me facilite pas la tâche. Une partie de moi accueillait avec plaisir ce sursis hors de la vie réelle, toutefois, ainsi coupée de mes amis et de ma famille, je me sens désormais très seule, trop seule.

Pourquoi ma grand-mère ne m'a-t-elle pas raconté tout cela ? Pourquoi ne me faisait-elle pas confiance ?

J'ai besoin de prendre un peu l'air, je me sens à l'étroit entre ces quatre murs. J'enfile un peignoir et sors de ma chambre sur la pointe des pieds. La partie de la maison réservée aux Rodriguez est silencieuse. Au-dessus, leurs voisins sont encore éveillés si j'en crois les bruits qui filtrent à travers le plafond taché d'humidité. Des pas assourdis, et l'eau dans les canalisations. Les pleurs lointains d'un bébé.

L'escalier grince et je tressaille à chaque marche, priant pour ne pas réveiller toute la maisonnée. Je passe devant deux portes fermées et atteins l'arrière de la maison où j'ouvre la porte en verre menant à l'espace extérieur du *paladar*. Le vent fait voler mes cheveux autour de mon visage, la vue et le bercement des vagues calment les battements de mon cœur.

— Tu ne trouvais pas le sommeil ?

Je me retourne. Luis est installé dans l'un des fauteuils occupés plus tôt par les clients. Une bouteille de rhum et un verre à moitié rempli trônent sur la table devant lui.

La lueur de la lune se décale. Je m'immobilise.

Un croissant de lumière illumine le côté gauche de son visage. Il a l'œil au beurre noir et une méchante balafre sur la joue.

Je pousse un petit cri.

— Que t'est-il arrivé ? Est-ce que ça va ?

Luis tend la main vers son verre. Il le vide, puis le repose sur la table avec colère.

— J'ai été agressé par des voleurs.

— Oh mon Dieu. Que t'ont-ils pris ?

Il débouche la bouteille et remplit son verre. Il ne le boit pas.

— Ma dignité, essentiellement.

— As-tu porté plainte ?

Ses lèvres se parent d'un sourire sardonique.

— Je crains fort que la police n'ait pas grand-chose à faire d'un simple vol.

— Je croyais qu'il n'y avait pas beaucoup de criminalité à Cuba. Mes guides touristiques décrivaient un pays plutôt sûr, dis-je, me sentant un peu bête quand à l'évidence la preuve du contraire se trouve sous mes yeux.

Il pousse un grognement.

— Ne crois pas tout ce que tu lis. Parler de la criminalité ne donnerait pas une bonne image au régime.

— As-tu besoin de quelque chose pour ton visage ? Une crème antibiotique, peut-être ?

Il lève le verre, comme pour porter un toast silencieux.

— J'en ai déjà.

De sa main libre, il m'indique un fauteuil de l'autre côté de la table, et je me rends compte qu'il a peut-être un peu trop bu.

Il est marié. Retourne dans ta chambre. Ne t'assieds pas.

Je m'assois et, quand Luis pousse vers moi le verre plein, faisant tanguer l'alcool, je le porte à mes lèvres et le vide sans hésiter.

Le rhum est meilleur que ce à quoi je m'attendais. J'ai déjà repéré cette marque lors de mes voyages à l'étranger, son logo particulier m'évoquant un autre signe – encore un – dont s'était emparé le gouvernement de Castro, mais je ne l'ai jamais goûté. Appartenait-il aux Rodriguez avant la nationalisation des sociétés productrices de rhum ?

— Tu es sûr que tu ne veux pas soigner ton visage ?

J'ai l'impression que son œil palpite de douleur ; demain, Luis sera drôlement amoché.

Il secoue la tête, visiblement peu préoccupé d'être assis tout sanguinolent en face de moi.

Les hommes.

— Dure soirée ? s'enquiert-il en désignant le verre vide dans ma main.

Il semble se moquer de moi à nouveau.

— On peut dire ça.

Je fais glisser le verre vers lui et il le remplit encore une fois avant d'en prendre une gorgée. Il a le regard rivé sur la mer, non sur moi, mais je sens qu'il attend que je lui réponde et à cet instant, séparée de ma famille par un océan, j'ai tellement besoin de me confier que je lui raconte ma découverte.

— Ta grand-mère avait une boîte que la mienne avait enterrée dans son jardin avant de quitter Cuba. Elle contenait des lettres. Des lettres d'amour. D'un homme. Un révolutionnaire.

Luis garde le silence, attendant que je poursuive. Étonnamment, je continue :

— Je suis venue pour répandre les cendres de ma grand-mère parce qu'elle me l'a demandé, parce que je la connaissais mieux que quiconque, ou du moins c'est ce que je pensais, mais maintenant j'ai l'impression qu'en fait je ne la connaissais pas du tout.

— Elle ne t'a jamais parlé de cet homme ?

— Non. Je crois que personne n'était au courant. Ou du moins, si ses sœurs savaient quelque chose, elles n'ont jamais rien dit. Elle m'a raconté tant d'histoires de sa vie à Cuba mais elle n'a jamais mentionné celle-ci – peut-être la plus importante de toutes. Pas une seule fois.

Je n'ai jamais été particulièrement proche de mon père ; il est affectueux, mais un peu distant. Et mon grand-père est mort quand j'étais relativement jeune, ne me laissant qu'un souvenir brumeux. Ma mère m'a confiée aux soins d'autres personnes après le divorce. Mais ma grand-mère…

Elle était la constante dans ma vie, la personne qui, je le savais, serait là pour moi quoi qu'il arrive, le seul membre de ma famille qui m'acceptait sans réserve, qui n'essayait pas de me faire rentrer dans le moule Perez. Voilà pourquoi je me sens aussi blessée de découvrir cette divergence entre la femme que je croyais connaître et la femme qu'elle était.

— Qu'est-ce qui te contrarie le plus ? Le secret ou le fait que ta grand-mère ait aimé quelqu'un que tu n'apprécierais pas ?

— Je ne sais pas. J'avais toujours considéré la relation de mes grands-parents comme l'histoire d'amour parfaite. Je n'avais pas beaucoup d'exemples de mariages réussis – c'était loin d'être le cas de celui de mes parents.

Je m'étais dit que, quand je serais grande, mon couple ressemblerait au leur, que mes enfants ne grandiraient jamais dans une famille aussi divisée et fracturée que celle où j'avais été élevée, mais plutôt dans une maison remplie d'amour et de tendresse comme celle de mes grands-parents.

— Quand j'étais petite, j'insistais souvent pour que ma grand-mère me raconte comment ils s'étaient rencontrés. Ils se sont mariés un mois plus tard. Tu imagines ? Rencontrer quelqu'un, en tomber aussitôt amoureux et l'épouser quelques semaines plus tard ? Si ça, ce n'est pas le grand amour !

Je sens ma peau rougir, la chaleur me picoter. Je ne sais pas si c'est dû au rhum ou au sujet.

Luis me fixe, son expression impénétrable.

— Ta définition d'une grande histoire d'amour est bien singulière.

Je cligne des yeux.

— Comment ça ?

J'ai de nouveau l'impression qu'il se moque un peu de moi.

— Tu parles de passion, mais le reste alors ? L'amitié, la compagnie, le respect mutuel ? Pourquoi, quand il s'agit de juger une relation, les gens se fondent-ils toujours sur la flamme qui risque de faiblir ?

A-t-il cette flamme avec sa femme, ou leur mariage est-il solide, fort de ces qualités qu'il évoque ?

— Ces aspects ont leur importance, en effet. Et mes grands-parents les avaient également. Ils ont été mariés pendant longtemps ; je doute fort qu'un mariage puisse durer sans ces qualités-là.

Il incline la tête, comme pour consentir en silence.

— Mais moi je voudrais aussi la flamme, ajouté-je, ma voix soudain plus audacieuse.

Luis se met à rire, un son guttural et chaleureux.

— Je n'en doute pas.

Il reprend le verre et le porte à ses lèvres, sa pomme d'Adam s'agitant tandis qu'il avale.

Je n'arrive pas à détourner le regard.

— J'imagine qu'une famille comme la tienne ne serait pas ravie d'accueillir un révolutionnaire.

— Non, c'est certain. (J'hésite, partagée entre la vérité et la prudence. Le rhum me délie la langue.) J'ai été élevée dans la haine de gens comme Che Guevara et Fidel Castro.

Il y a une sorte de division entre les Cubains qui sont partis et ceux qui sont restés. Il y a de l'affection et de l'inquiétude pour les parents restés au pays, le besoin intrinsèque d'aider quiconque à quitter Cuba, mais on remarque également un schisme. Certains considèrent que ceux qui sont restés ont contribué à l'état actuel de l'île, ont en quelque sorte renforcé et légitimé le pouvoir de Fidel. Des gens comme ma grand-mère voyaient cela comme une autre trahison – une trahison d'autant plus douloureuse qu'elle venait de ses pairs cubains. Il est bien plus facile de pardonner à un inconnu qu'à quelqu'un qu'on aime.

— J'ai beaucoup de mal à imaginer ma grand-mère amoureuse de l'un d'entre eux.

— Peut-être n'était-il pas l'un d'entre eux, suggère Luis. Les personnes impliquées dans le Mouvement du 26 Juillet n'étaient pas toutes pareilles.

J'ai honte d'admettre que mes connaissances en matière d'histoire politique cubaine sont assez limitées. J'en connais les grands traits et les anecdotes rapportées par ma grand-mère et mes grands-tantes, mais j'ai rarement examiné les nuances au-delà de la simple prémisse que Castro et le communisme qu'il avait installé étaient mauvais. C'était une vérité si fortement implantée dans ma famille qu'il était blasphématoire de la remettre en question, ne serait-ce qu'un tout petit peu.

— Qui étaient les bons, alors ?

Luis vide le verre, avant d'y reverser du rhum. Il me le passe, ses doigts effleurant les miens alors que je le saisis.

Je lève le verre à mes lèvres, le parfum du rhum emplissant mes narines. Le goût de Luis s'attarde quelque part sur le verre et dans l'alcool, ou peut-être est-ce juste mon imagination.

Il détourne le regard, de nouveau vers la mer.

J'avale, le rhum venant me lécher la gorge avec une intense chaleur, avant de se répandre dans mon estomac.

— Je n'ai pas nécessairement dit qu'ils étaient bons, précise Luis. Simplement des hommes qui ont péri avant d'avoir accompli la pleine transition entre héros libérateurs et tyrans. Des hommes aux bonnes intentions, tout du moins, ce qui est presque la même chose, mais pas tout à fait. J'imagine qu'un certain nombre des criminels les plus notoires de l'histoire avaient, au départ, les meilleures intentions du monde.

Je lui refais passer le verre vide. Il se sert à nouveau.

— Je veux le retrouver, déclaré-je, me surprenant moi-même en le disant.

Je suis désormais obsédée par le besoin de savoir ce qui s'est passé entre eux, le besoin de résoudre cette énigme.

— Bien sûr. Tu es journaliste, soupire-t-il, l'air à la fois résigné et amusé. Que sais-tu de lui ?

— Pas grand-chose. Les lettres n'étaient pas signées.

— Probablement pour protéger ta grand-mère si jamais on venait à les découvrir. Y a-t-il des indices dans les lettres ?

Je réfléchis un moment.

— C'était un avocat. Il a rencontré Fidel à l'université de La Havane quand il étudiait le droit.

Luis sursaute. C'est un mouvement presque imperceptible, mais révélateur. Même après sa mort, l'ombre de Fidel plane encore avec force.

— Cela ne va pas nous mener loin. Tu ne sais même pas s'il est resté à Cuba ou s'il est parti. S'il est encore en vie.

— En effet.

Déjà, sans Internet et l'accès aux sites de généalogie, ce serait difficile, mais sans un nom, cela semble impossible. Pourtant, ma grand-mère devait avoir une idée derrière la tête quand elle m'a envoyée ici, me lançant dans cette quête pour me permettre de tenir après son départ. Ana a dit que ma grand-mère lui avait demandé de conserver la boîte pour moi ; elle devait vouloir que je découvre cette partie d'elle-même. Mais dans ce cas, pourquoi ne me l'a-t-elle pas racontée de son vivant ?

— Ta grand-mère sait peut-être quelque chose, ajouté-je. Peut-être y avait-il d'autres personnes qui les fréquentaient à l'époque et qui, elles, sont encore à Cuba. Je veux au moins essayer de le retrouver. S'il est encore en vie, s'il est à La Havane, peut-être pourrais-je le rencontrer.

— Pourquoi ?

Luis remplit encore le verre et me le passe. Cette fois-ci, je ne bois pas.

— Parce que maintenant j'ai l'impression que c'est une inconnue, or c'était la seule personne au monde à vraiment me connaître.

Une lueur de compréhension brille dans ses yeux. Finalement, sa situation se rapproche de la mienne. De toute évidence, il partage un lien très fort avec sa grand-mère. Après la mort de son père, Ana est devenue un roc pour la famille tout entière, les installant dans sa maison, gérant le *paladar* afin de leur offrir une vie meilleure.

— Je suis certaine que tu ferais la même chose, dis-je.

— Peut-être, si la situation était différente. Mais nous ne sommes pas à Miami. Tu dois être prudente. Cet homme était peut-être charmant il y a près de soixante ans, mais cela ne veut pas dire qu'il est resté l'homme dont ta grand-mère était tombée amoureuse. Mieux vaut ne pas commencer à poser des questions, à fouiller dans des choses qui risquent d'agiter le régime.

— Tu crois que le rechercher – ou du moins, essayer – pourrait être dangereux ?

Cela me semble être une chose si banale, désirer connaître le passé de ma famille. L'idée que le gouvernement pourrait découvrir mes efforts ou même s'en préoccuper me semble insensée. Il s'agit d'une histoire d'amour, pas d'une insurrection politique. Mes grands-tantes avaient-elles raison de tant s'inquiéter de mon voyage à Cuba ?

— Oui, cela pourrait être dangereux. Marisol…

Un juron s'échappe de ses lèvres et son fauteuil érafle le carrelage ébréché. Il a le visage rougi : par l'alcool ou la conversation, je ne saurais le dire.

— Je ferais mieux d'aller me coucher, murmure-t-il.

Je suis assaillie par l'image de Luis allongé à côté de Cristina.

Marié. Il est marié.

— Merci pour le rhum, dis-je d'une voix hésitante.

Il ne me répond pas.

Je regarde droit devant moi, luttant contre mon envie pressante de me retourner, de le regarder s'éloigner. Je suis trop âgée pour craquer ainsi. Surtout si celui qui me fait craquer est un homme marié. Je suis venue pour disperser les cendres de ma grand-mère, pas pour ça.

— Ma grand-mère m'a demandé de te faire visiter La Havane demain, lance-t-il dans mon dos. Je serai en bas à dix heures.

J'ouvre la bouche pour protester, mais quand je me retourne pour lui dire que je me débrouillerai bien sans guide, il a déjà disparu.

Le matin arrive bien trop tôt pour moi : l'histoire d'amour de ma grand-mère est étalée sur le lit et l'alcool m'a donné mal au crâne. Je me suis endormie pendant que je relisais les lettres, troublée par le rhum et la tête remplie de questions.

A-t-il été tué ? Ont-ils été séparés par la révolution ? A-t-il lui aussi quitté Cuba ? Si leur histoire s'est terminée de manière insignifiante, pourquoi ne m'a-t-elle jamais parlé de lui ?

Je n'ai pas oublié l'avertissement de Luis, mais je ne peux refouler mon désir d'essayer de retrouver la trace du mystérieux révolutionnaire de ma grand-mère. J'ai l'impression que, comme ses cendres, c'est une mission qu'elle m'a confiée. C'est un mystère qui entoure le passé de notre famille et, maintenant que la tentation s'est installée, je ne peux me défaire de l'envie de découvrir qui il était et de le retrouver.

Je choisis dans ma valise ma robe longue préférée et l'assortis à des sandales confortables et à de grandes lunettes de soleil. J'essaie de me convaincre que je ne passe pas plus de temps que d'ordinaire à me coiffer et à me maquiller, à me pomponner, mais je sais que c'est faux.

La bague pèse lourd sur ma main et je la regarde, l'imaginant au doigt de ma grand-mère, comme si j'emportais avec moi un morceau de son passé pour mon voyage à travers Cuba. J'hésite, puis glisse l'urne contenant les cendres dans mon sac. C'est peut-être un peu macabre, mais qui sait quand me frappera l'inspiration.

Je quitte la chambre et descends l'escalier, chancelant légèrement lorsque j'aperçois Luis qui m'attend en bas. Il porte une chemise blanche en lin et un autre pantalon kaki. Sa paupière présente un horrible coloris jaune verdâtre et sa joue est un peu enflée. Il semble fatigué ; peut-être n'ai-je pas été la seule à passer une nuit blanche.

— Tu es sûr que tu ne veux pas que quelqu'un examine ça ? lui dis-je en guise de bonjour, montrant son visage blessé.

Il fait un petit sourire.

— Certain.

— Comment te sens-tu ? demandé-je, un peu plus gentiment.

— Mon œil va bien. Ma tête, en revanche…

Son air penaud détonne tellement avec ce que j'ai vu de sa personnalité jusqu'ici – un homme intense et sérieux – que je ne peux m'empêcher de lui faire un grand sourire malgré ma résolution de me comporter de façon stoïque et appropriée.

— Ce rhum était drôlement fort, c'est certain.

Moi aussi j'ai mal à la tête et je suis gênée par la vive lumière qui traverse les fenêtres.

— En effet. Tu es prête ? ajoute-t-il en regardant mon apparence.

— Oui. Est-ce que ta grand-mère est là ?

— Non. En général, le matin, elle va au marché. Ma mère l'a accompagnée.

— Sais-tu quand elle sera de retour ?

— Dans deux heures, peut-être ? Elle aime bien papoter en faisant ses courses. Tout le monde l'adore, explique-t-il en esquissant un sourire. Laisse-moi deviner, tu veux l'interroger au sujet de tes lettres.

— Oui.

— Donc malgré ma mise en garde, tu es toujours déterminée à retrouver cet homme.

— Je n'ai pas l'intention de faire quoi que ce soit qui puisse mettre ta grand-mère en danger, mais si elle sait quelque chose, je pense que répondre à mes questions ne lui fera courir aucun risque.

— Es-tu toujours aussi curieuse ?

Dans sa bouche, cela n'a pas l'air d'être un compliment.

— Je ne sais pas. J'imagine. En plus, on ne parle pas ici d'une inconnue quelconque. Il s'agit de ma grand-mère, la femme qui m'a élevée. Comment pourrais-je ne pas profiter de cette occasion pour mieux la connaître ? Qui sait quand je pourrai revenir à Cuba ; si tant est que je puisse revenir.

C'est une époque incertaine pour le gouvernement de nos deux pays, et les relations américano-cubaines, figées depuis des décennies, sont en train de changer radicalement.

Luis secoue la tête avec résignation.

— Si tu veux, nous pourrions nous rendre dans les sites majeurs aujourd'hui et voir où cela nous mène. Ma grand-mère sera là à notre retour. Quel genre d'astuces et de bonnes adresses cherches-tu pour ton article ?

Je l'avais presque oublié depuis qu'Ana m'a remis la boîte.

— Un mélange, en fait. Les incontournables. Mais aussi des choses qui sortent des sentiers battus.

Je le vois réfléchir et repère de nouveau ce regard, comme si je l'amusais. Je ne saurais dire si Luis Rodriguez m'apprécie ou s'il est consterné.

— Nous pourrions commencer par le Malecón. Même si c'est la nuit qu'il prend vie, quand tout le monde sort. De jour, il n'y a pas grand-chose à voir.

Le Malecón – une longue promenade qui sépare La Havane de la mer des Caraïbes – est en haut de ma liste des incontournables depuis que ma grand-mère m'en a parlé. C'était l'un de ses endroits préférés à La Havane.

Debout au bord de l'eau, je contemplais l'océan. On voyait toutes sortes de choses lorsqu'on fixait cette vaste étendue de bleu, Marisol. On avait l'impression que le monde n'avait pas de limite, comme s'il était tout à nous.

Après avoir lu les lettres et découvert ce que le Malecón signifiait pour elle et son amant, après avoir lu le récit de leur premier rendez-vous là-bas, je comprends un peu mieux désormais pourquoi ce lieu lui était si cher.

— As-tu une liste d'endroits où tu envisages de disperser les cendres de ta grand-mère ? Si tu veux, nous pourrions d'abord voir ceux-là, puis nous rendre sur d'autres sites touristiques.

— Je suis encore en train d'y réfléchir. Je voulais d'abord me faire une idée de la ville, en espérant que quelque chose me parlerait.

Je m'attends à retrouver l'amusement dans ses yeux, mais il hoche simplement la tête comme s'il comprenait, comme si la famille était aussi importante pour lui que pour moi.

— Dans ce cas, je vais faire office de guide et si tu veux voir quelque chose en particulier sur le chemin, nous ferons un détour, d'accord ?

Il me tend la main et je sais que ce n'est que de la politesse, mais ma nervosité réapparaît, tout comme la tension dans mon corps. Je lui donne ma main, nos paumes se collent l'une à l'autre, nos doigts s'emboîtent, et une énergie nouvelle – un mélange de hâte et d'excitation – me parcourt tandis que nous sortons de la maison pour nous installer dans la Buick ancienne et partir à la découverte de La Havane.

CHAPITRE DIX

Nous quittons Miramar et rejoignons la vieille ville, le quartier de La Havane le plus souvent représenté sur les photos de tourisme et les images emblématiques. Ici, pour l'essentiel, les bâtiments ont conservé leur aspect d'origine avec une architecture marquée par l'influence majeure de l'Espagne, quand Cuba était le joyau de son empire. Beaucoup sont délabrés, mais certains ont été restaurés avec effort et amour, et l'on comprend facilement pourquoi c'est l'un des endroits les plus populaires auprès des touristes.

— Dans les années 1980, ce quartier a été inscrit au patrimoine mondial de l'UNESCO, explique Luis. Un mouvement a été lancé pour conserver beaucoup des édifices, mais ce n'est pas évident. La plupart des Cubains ne sont pas nécessairement des historiens de nature.

Cela me surprend, sachant que les Cubains exilés sont justement des férus d'histoire. Ils collectionnent des photos jaunies, dessinent de mémoire des plans des quartiers de La Havane, se transmettent traditions et recettes familiales comme si c'était sacré. Notre histoire se transmet essentiellement par oral, à cause de Castro qui avait refusé aux familles d'emporter autre chose que leurs souvenirs lorsqu'elles ont quitté Cuba.

— Pourquoi ?

Je sors de mon sac cahier et stylo et Luis glousse doucement.

— Par pragmatisme, je suppose. S'intéresser à l'histoire est un luxe que la plupart des Cubains ne peuvent se permettre. Ils sont trop occupés à survivre dans le présent pour passer leur temps à vivre dans le passé. En outre, l'histoire a été remodelée pour eux et il est extrêmement difficile d'obtenir des informations honnêtes de la part du régime. C'est un réel problème car des documents qui existaient depuis des siècles, comme des registres de naissances ou de mariages, sont en train de disparaître. Nous n'avons ni les ressources, ni assez d'intérêt national pour conserver les documents historiques comme il convient. Notre histoire s'évanouit un peu plus chaque jour et j'ai peur que les gens ne se rendent pas compte de tout ce que nous avons perdu avant qu'il ne soit trop tard.

— Essaie-t-on de restaurer ces documents ?

— Plusieurs programmes existent au sein de la communauté universitaire, mais c'est une entreprise colossale. Or à Cuba, le simple fait d'avoir du pain peut déjà être une entreprise colossale.

Quand Luis entreprend de se garer, nous passons devant un scooter jaune vif et je note mes impressions de la vieille ville, de la facilité avec laquelle les touristes peuvent se déplacer, pour l'article que je finirai bien par écrire. Au bout du compte, mon séjour d'une semaine à La Havane sera condensé dans un article de deux mille mots que liront des voyageurs fatigués à l'aéroport ou à bord d'un avion.

Je suis surprise de voir à quel point les rues sont fréquentées, aussi bien par les touristes que par les habitants. Les voyageurs se démarquent par leurs chaussures, plus neuves que celles des Cubains, leur appareil photo à la main, leur tête levée pour admirer les beaux immeubles qui se dressent autour d'eux.

Actuellement, la plupart d'entre eux ne sont pas anglophones, mais cela changera sans aucun doute quand de plus en plus d'Américains tireront parti des exceptions en matière de visa. Puis, si ces exceptions deviennent la règle, les touristes américains pourront voyager librement.

— As-tu remarqué une augmentation du nombre de touristes depuis que les restrictions envers les Américains se sont assouplies ?

À chaque question que je pose, je me sens moins tendue. Oui, je suis capable de passer une journée avec lui si j'arrive à me concentrer sur la vue et non sur ses bras bronzés, la fierté dans sa voix, la vive intelligence qui ressort de ses paroles. C'est un homme impressionnant, dont les compétences et la confiance sont indéniablement séduisantes.

Luis Rodriguez appartient plus à l'époque de ma grand-mère qu'à la mienne, comme en témoignent ses manières. Il rappelle le temps où les hommes étaient des gentlemen, et rien que cela le rend très attirant.

Marié. Il est marié, Marisol.

— Nous recevions déjà un flot constant de touristes du reste du monde, mais à présent on remarque une augmentation, c'est certain. La démographie change également. Jusqu'ici il y avait quelques Américains, mais très peu. Et la plupart étaient d'ascendance cubaine.

— Cela va continuer d'évoluer au fur et à mesure que les relations se détendront.

Luis acquiesce, puis se penche vers moi et baisse la voix. Le parfum de son savon, fort et frais, emplit mes narines.

— Encore une fois, Cuba est au bord d'un autre changement, et nous retenons tous notre respiration pour voir ce qui en découlera, s'il en découle quelque chose.

Il balaie rapidement la rue des yeux, presque par automatisme. Il baisse encore la voix et sa tête est désormais si proche de la mienne que son souffle me chatouille la peau. Il ne sent pas l'eau de toilette onéreuse à laquelle les hommes de mon entourage m'ont habituée. L'odeur du savon et de l'homme a quelque chose d'intime, comme si l'on enlevait des couches entre nous.

— Nous vivons une époque curieuse ici, déclare-t-il, comme si nous partagions un secret. Au fil de l'histoire, nous avons toujours dépendu d'un bienfaiteur extérieur : l'Espagne, les États-Unis, l'Union soviétique, le Venezuela. Lorsque l'Union soviétique a été démantelée et que nous sommes entrés dans la Période spéciale, la situation, déjà mauvaise, s'est aggravée. Puis Chavez est venu nous « sauver », envoyant chaque jour à Fidel des dizaines de milliers de barils de pétrole, dans une alliance horrible. Ils étaient amis et, dans le cadre de cette amitié, nous nous sommes retrouvés redevables envers une énième puissance étrangère. À la mort de Chavez, nous étions de nouveau face à l'incertitude. Et à présent nous engageons le dialogue avec les États-Unis après soixante ans de haine des deux côtés – de haine perçue, du moins. Raúl Castro a commencé à assouplir les restrictions qui pesaient sur les entreprises privées à Cuba, sans quoi qui sait ce que nous serions devenus. Et en fait c'était une simple formalité, il s'agissait de reconnaître pour la première fois la légitimité des sociétés qui, jusque-là, travaillaient au noir.

Je suis frappée par ses remarques et encore plus par la vérité indéniable qui se cache derrière. Les signes du pragmatisme cubain sont partout où je pose les yeux, à la fois dans leurs relations sur la scène internationale et dans la vie quotidienne que mènent la plupart des Cubains ici. Les voitures légendaires comme celle où nous sommes actuellement assis attirent bien sûr le regard avec leurs couleurs et leur histoire, mais plus impressionnant peut-être est le travail fourni pour parvenir à les faire rouler plus de cinquante ans.

Luis rit quand je partage cette réflexion.

— C'est vrai, nous avons appris à devenir des inventeurs, essayant de trouver à tout objet une nouvelle utilité. Cette voiture est un luxe. Avant de mourir, mon grand-père était un photographe renommé. Il plaisait au régime et la vie était plus facile. Cette voiture était à lui. Toutefois, pour beaucoup de Cubains, une chose aussi simple que posséder une voiture est un défi à cause de tous les moyens dont dispose le gouvernement pour vous mettre des bâtons dans les roues. À une époque, il était presque impossible d'obtenir de l'essence. Donc oui, je travaille dur pour préserver la seule chose que je possède.

— Cela doit être épuisant.

Il hausse les épaules.

— C'est ainsi. D'une certaine façon, la situation s'est améliorée. Recevoir des touristes au *paladar* change considérablement la donne. J'ai des amis qui sont médecins ou avocats mais travaillent aussi dans les grands hôtels sur leur temps libre, car les pourboires qu'ils y reçoivent représentent une fortune pour eux. Nous vivons tous dans l'ombre du peso cubain convertible tout-puissant.

— Pourquoi le peso cubain convertible est-il si important ? l'interrogé-je, le stylo prêt à noter sa réponse.

— Les Cubains sont payés en pesos cubains. Chacun gagne chaque mois un montant fixe. Mais posséder une société privée ou travailler dans le secteur du tourisme donne accès au peso convertible, que les étrangers utilisent ici. Celui-ci est indexé sur le dollar et vaut beaucoup plus que la devise nationale. Être payé en pesos convertibles n'a rien à voir. Les Cubains gagnent davantage en servant ceux qui vont et viennent, qui considèrent l'île comme une destination de vacances, qu'en construisant des infrastructures ou en aidant leurs concitoyens.

Bien sûr, j'étais préparée à ces différences entre Cuba et les États-Unis, ou du moins je pensais l'être, mais l'impression d'avoir pénétré dans un autre monde ne me lâche pas. Mes sœurs et moi avons toujours eu accès à toutes les opportunités possibles, n'avons jamais eu de soucis financiers, n'avons jamais connu le genre de pressions que je découvre autour de moi. Ici, la pauvreté est omniprésente, les cartes paraissent non seulement mauvaises au départ, mais en plus il semble que quelqu'un les vole en continu.

— Et pourtant tu continues d'enseigner, observé-je.

— Oui. L'argent est important, certes. Et crois-moi, je me suis battu pour que notre famille ait ce restaurant. Mais en même temps, mes étudiants sont l'avenir de ce pays. Les choses vont finir par changer. Il le faut.

Il prononce ces mots avec une férocité qui me prend de court.

— Et maintenant que Fidel est mort ?

— J'aimerais croire que les choses vont changer, je l'espère, mais qui sait ? Le système est peut-être trop lourd, son frère trop têtu, le régime trop enraciné pour que le pays change vraiment. Fidel n'était déjà plus aux commandes depuis longtemps, mais son ombre est encore très imposante. Les Cubains plus âgés, ceux qui ont connu sa période particulièrement infernale, n'osent pas prononcer son nom par peur des ramifications que cela pourrait avoir s'ils disent du mal de lui, par peur de donner l'impression qu'ils critiquent le régime. Cette tendance change peu à peu, mais ici les mots ont du poids. Des conséquences mortelles.

Je ne sais pas s'il dit cela pour me prévenir ou pour ne pas l'oublier.

— À en croire tout ce qu'on voyait à la télévision, j'avais l'impression que les gens le pleuraient à La Havane.

— Certains, sans doute. D'autres ont fait semblant, comme ils ont l'habitude de le faire depuis des décennies maintenant, parce que c'est ce qu'on attend d'eux, parce que cela les protège, eux et leur famille, répond Luis.

Il sort de la voiture et vient m'ouvrir la portière. Cette galanterie est-elle naturelle chez lui ou suit-il des instructions de sa grand-mère ? Cela fait en tout cas partie de son charme.

Maintenant que nous avons quitté l'intimité de la voiture, les conversations à demi-voix ont cessé et il se montre très professionnel, à la fois professeur d'histoire et guide touristique. Nous commençons à marcher et Luis désigne certains hauts lieux sur le chemin, son épaule effleurant la mienne à l'occasion.

Il y a le Capitole qui ressemble au nôtre, aux États-Unis. Il me précise qu'il est en cours de rénovation, ce qui explique les nombreux échafaudages qui couvrent l'essentiel du dôme.

Un bus rouge vif passe près de nous, projetant vers nous de l'eau du caniveau. Sans s'arrêter, Luis m'enroule la taille de son bras pour m'écarter, plaçant son corps entre la rue et moi. Son bras s'attarde une seconde avant de me lâcher.

L'Hotel Nacional de Cuba se dresse devant nous ; des palmiers bordent l'allée qui mène jusqu'à l'entrée, me rappelant l'hôtel Breakers de Palm Beach, chez moi en Floride. Nous dépassons une rangée de voitures anciennes et pénétrons dans le hall.

Luis marche derrière moi, en silence, pendant que j'explore. Il n'a pas l'air très à l'aise ici, les mains dans les poches, la tête baissée, les yeux rivés vers le sol, masquant ses émotions. Le contraste est saisissant entre la demeure coupée en deux qu'il partage avec sa femme, sa mère et sa grand-mère, et le domaine touristique. Une demi-heure durant, nous explorons les jardins luxuriants, les salles publiques, le fameux café-bar, puis nous quittons l'hôtel, prêts pour le point d'intérêt suivant.

Nous passons à côté du musée de la Révolution, de l'immeuble Bacardi. La Havane de ma grand-mère, les lieux qui alimentaient son amour de la ville, m'intéressent davantage, et je pense constamment aux cendres dans mon sac, mais je note mes impressions des autres sites pour mon article.

La Havane est une belle ville voilée de tristesse, néanmoins il est étonnant de constater que ses habitants semblent presque ne pas s'en rendre compte. Ils rient et l'air est empreint de gaieté. Le rythme frénétique auquel je suis habituée est remplacé par une atmosphère exubérante qui donne l'impression que la vie est une fête permanente.

Nous continuons à nous promener, Luis m'indiquant d'autres monuments et répondant à mes questions avec gentillesse et précision. Il est impossible d'arpenter ces rues sans ressentir une certaine fierté en tant que Cubaine, face à la beauté de notre capitale. Le Grand Théâtre de La Havane présente une architecture stupéfiante, tout comme la cathédrale.

Devant la porte de l'église, j'hésite et regarde les touristes entrer les uns derrière les autres.

— Tu veux voir l'intérieur ? me demande Luis.

— Est-ce que ça t'embête ?

Il sourit avec indulgence et m'écarte doucement d'un groupe de touristes.

— Pas du tout.

Je sors un foulard de mon sac pour me couvrir les épaules et nous entrons.

L'intérieur est décoré de lustres magnifiques et de statues élégantes aux détails exquis. Ma grand-mère et ses frère et sœurs ont été baptisés ici, mes arrière-grands-parents se sont mariés à ce même autel. Je l'imagine petite, assise sur un banc à côté de ses sœurs, Beatriz en train de commérer à voix basse avec Isabel pendant que le prêtre célèbre la messe.

À l'idée que je suis là où elle se tenait autrefois, assise sur les bancs en bois où elle s'installait, mes yeux se brouillent. Une deuxième larme rejoint la première. C'est aussi ce que j'espérais vivre en venant ici.

Je ne me rends pas compte que je pleure jusqu'à ce que Luis me tende un mouchoir, le visage sombre. J'ai du mal à respirer et je fixe le carré dans mes mains, n'importe quoi pour me détourner de son regard inquisiteur.

Ses initiales sont brodées dans un coin et le tissu ivoire est légèrement jauni par le temps. Je caresse les lettres des doigts, le sourire aux lèvres. Somme toute, cela me semble approprié qu'un historien ait un mouchoir sur lui, et j'imagine très bien sa grand-mère en train d'y broder ses initiales avec soin.

— Merci, murmuré-je.

Malgré la relation délicate de l'Église catholique avec Castro – lui qui cherchait à totalement éradiquer la religion du pays –, certains Cubains prient dans la cathédrale, la tête baissée, chapelet dans la main. Des touristes errent autour de nous – je reconnais deux hommes qui étaient également avec nous à l'Hotel Nacional. De toute évidence, ce sont des monuments populaires à La Havane. Je prends quelques notes au sujet de l'église sur mon cahier.

Je pars explorer les œuvres d'art, les chapelles latérales, cherchant à m'imprégner de toute la beauté de l'édifice. Je n'ai jamais été particulièrement religieuse, mais l'atmosphère ajoute une certaine solennité à notre environnement.

Luis me suit à quelques mètres, et les quelques fois où je me retourne vers lui, son regard est fixé sur moi et non sur les lieux.

— C'est comment d'être catholique à Cuba ? lui demandé-je à voix basse une fois qu'il m'a rattrapée, me souvenant de son avertissement sur la discrétion.

Son regard balaie la cathédrale avant de se poser de nouveau sur moi.

— Presque aussi difficile qu'être cubain à Cuba.

Nous déambulons encore quelques minutes et je paie le supplément pour accéder au clocher et voir la ville s'étendre devant nous. Je regarde au-delà des toits en tuiles de terre cuite qui semblent susceptibles de se fissurer en cas de bourrasque.

— Les ouragans sont-ils violents par ici ?

J'ai grandi dans le sud de la Floride et connais donc très bien les ravages des tempêtes.

— Ça peut être l'enfer, répond-il. Parfois les bâtiments sont si délabrés que même un temps relativement clément peut s'avérer problématique.

Il parle de nouveau à voix basse, se rapprochant de moi. Même ici, au milieu des touristes, il est évident qu'il craint d'exprimer son opinion.

De l'autre côté de l'eau se dresse La Cabaña, la prison tristement célèbre qu'a dirigée Che Guevara après la révolution. Je frissonne en pensant à tout le sang qui y a été versé, à toutes les vies arrachées. Notre histoire est empreinte d'une violence tapie sous les apparences, enterrée sous le décor splendide, le bleu trompeur de la mer et du ciel, les palmiers qui se balancent tranquillement sous la brise. Néanmoins, les coups de feu du peloton d'exécution résonnent dans le vent.

— Ils y ont installé des boutiques à présent, ainsi qu'un restaurant, chuchote Luis, dos aux touristes, la bouche cachée dans le creux de mon cou. On peut faire des yeux de merlan frit devant le plus grand cigare du monde à l'endroit même où notre sang a coulé.

Je trouve l'ironie de cette situation particulièrement cruelle.

Luis patiente près de moi pendant que je photographie le paysage, puis nous repartons dans les rues, passant d'un point d'intérêt à un autre. Je m'arrête de temps à autre pour prendre d'autres photos, remplissant mon cahier d'observations diverses. Certains journalistes utilisent une tablette ou leur téléphone, mais moi j'aime le contact du stylo sur le papier. Cela ajoute à l'esprit de mon environnement – j'imagine Hemingway en train de griffonner dans des vieux cahiers, l'encre lui tachant les doigts tandis qu'il sirote un mojito sous le soleil havanais de fin d'après-midi.

La Havane se prête à la romance et à l'idylle, bien que les preuves du contraire soient partout où je regarde. Être cubain est une épée à double tranchant : nous sommes à la fois des réalistes pragmatiques et de doux rêveurs.

Nous poursuivons notre promenade, sous un soleil de plus en plus vif. Avec la chaleur et l'humidité, ma robe me colle à la peau : j'ai l'impression d'être en Floride.

Il y a d'autres lieux à explorer ; le père de l'indépendance cubaine, José Martí, est partout, du nom des rues à l'effigie des statues. Révolutionnaires ou exilés, nous nous revendiquons tous de lui.

Nous avançons encore et quittons la vieille ville. Le décor change pour laisser la place à des bâtiments plus délabrés, dont le charme ancien est moindre. Des chiens traînent sur le trottoir, d'autres se prélassent à l'ombre. Dans ces rues, les locaux et les touristes européens se mélangent. Ici, je détonne : mes vêtements me séparent des autres Cubains dans la rue, comme si j'étais une touriste parmi d'autres dans un pays où je devrais pourtant me sentir chez moi.

Nous achetons des tamales pour le déjeuner, sur un stand de Vedado. Je prends également un soda qui se combine parfaitement à la semoule de maïs, chaude et moelleuse.

Je trébuche sur une fissure du trottoir et Luis réagit aussitôt, me rattrapant d'un bras fort et rassurant. Du coin de l'œil, je repère les deux hommes que j'avais vus à l'Hotel Nacional puis à la cathédrale, mais maintenant qu'ils ont quitté les lieux touristiques, il est clair que, comme Luis, ils habitent ici.

— Est-ce que ça va ?

Il enroule sa main autour de mon bras, son souffle sur ma peau.

Je hoche la tête en m'écartant, réprimant l'envie insistante de m'abandonner à son étreinte, de coller mon corps contre le sien. Voilà le problème avec le désir – il nous saisit aux moments les moins opportuns, trop souvent attisé par les personnes les moins appropriées.

Nous continuons d'avancer et, cette fois, je prête davantage attention à ce qui m'entoure. Dans ce quartier de la ville, les vendeurs ne proposent pas de souvenirs, mais des produits de base que les Cubains utilisent dans leur vie quotidienne – fruits et légumes, chaussures, livres. Quelques portes plus loin, des Cubains patientent les uns derrière les autres devant ce qui ressemble à une supérette. Là aussi, les chiens errants sont nombreux.

— Ils font la queue pour leurs rations alimentaires, m'explique Luis. En général, les coupons donnent droit à du riz, du sucre, de l'huile de cuisson, des œufs, des pâtes et du café tous les mois. Des protéines – du poulet, le plus souvent – tous les dix jours. Un petit pain tous les jours. Quelquefois dans l'année on a du sel. Les jeunes enfants et les femmes enceintes ont droit à du lait. Ce n'est jamais assez, ajoute-t-il en baissant de nouveau la voix. Il y a toujours des ruptures de stock. Du lait ? N'y pense même pas. Il faut parcourir la ville entière et faire des queues à n'en plus finir pour obtenir toutes ses rations. C'est un boulot en soi. Et je pèse mes mots.

Je ressens une grande honte en pensant à toute la nourriture qui, depuis toujours, me semble aller de soi, à tous les restaurants étoilés Michelin où j'ai dîné.

— Certaines des familles les plus riches emploient quelqu'un pour récupérer leurs rations. Et autrefois il était impossible d'acheter certaines denrées à moins d'avoir la devise des touristes.

— Le peso cubain convertible.

Il hoche la tête.

— Tu comprends maintenant l'importance des *paladares* et des entreprises comme les *casas particulares* où les gens transforment leur maison en hôtel ? Les choses changent lentement, et certaines choses autrefois interdites sont désormais disponibles pour les Cubains qui paient en pesos classiques, mais elles sont si chères que presque personne ne peut se les acheter. Nos clients du *paladar* ont l'habitude de manger de la *ropa vieja*, mais beaucoup de Cubains n'ont jamais ne serait-ce que goûté la viande de bœuf. L'offre est un problème sachant que nous importons la grande majorité de nos produits alimentaires.

— Alors où les gens s'approvisionnent-ils si les magasins gouvernementaux ne suffisent pas ?

— Sur le marché noir.

— Que risquent-ils s'ils sont pris ?

— Cela dépend du niveau d'implication sur le marché noir, mais il arrive que certaines personnes soient condamnées à plus de quinze ans de prison. À Cuba, la peine peut être plus lourde si on tue une vache plutôt qu'une personne.

— Mon Dieu.

— Il est absent de Cuba depuis bien longtemps, rebondit Luis.

Le silence s'installe entre nous.

Je ne sais que répondre. La vie qu'il décrit est à des années-lumière de la mienne et je me sens gênée, pensant au côté frivole et superficiel de tout ce que je pourrais dire, en comparaison. Malgré le temps que j'ai passé à écouter ma famille raconter la révolution, je n'ai pas réfléchi à la misère de ceux qui étaient restés. Mes proches se concentraient sur la révolution et ses incidences sur eux, mais prêtaient peu d'attention à l'état actuel des choses.

Le Cuba de Luis se fonde sur la peur et les rations alimentaires, bien loin de la vision que j'en avais, une vision qui m'échappe de plus en plus au fur et à mesure que j'évolue dans les rues de La Havane. Je suis venue ici dans l'espoir de mieux comprendre mes origines, mais je me sens plus perdue que jamais.

Nous marchons vers une rue qu'on appelle La Rampa. Des foules de gens ont le regard rivé sur leur téléphone.

— C'est une zone wi-fi, explique Luis. L'une des rares de la ville.

Nous passons devant un cinéma et ce qui était autrefois appelé le Hilton de La Havane, l'ancien quartier général de Fidel Castro.

— Ici, on se rend mieux compte du quotidien des Cubains, poursuit-il. La vieille ville est un quartier formidable, mais son but est de satisfaire les touristes. Ici, l'ambiance est différente.

De l'autre côté de la rue, il me montre Coppelia, le glacier rendu célèbre par Fidel après la révolution.

— Il y a toujours du monde, répond-il quand je m'étonne de la longueur de la file. Les Cubains font la queue mieux que quiconque. La queue pour le pain, la queue pour les haricots…

Il dit ça avec humour ; je suppose que s'il n'en riait pas, il en pleurerait.

— J'imagine que toi tu n'as pas l'habitude d'attendre, ajoute-t-il, et je ne sais pas s'il parle de la vie en général ou de ma famille en particulier.

Dans les deux cas, il n'a pas tort. Notre sort n'a pas beaucoup changé depuis notre départ de Cuba. Castro l'a temporairement perturbé, mais mon arrière-grand-père n'a pas mis longtemps à reconstruire son empire.

À quoi aurait ressemblé notre vie si nous étions restés ? Serais-je debout sur le trottoir, en train de faire la queue pour pouvoir me nourrir ? Rester était-il seulement une option, sachant que le régime castriste ciblait ma famille ?

— Te demandes-tu parfois à quoi aurait ressemblé ta vie si ta famille était partie ?

— Quand j'étais plus jeune, j'y pensais plus qu'aujourd'hui. À quoi bon ? Je ne serais pas l'homme que je suis si je n'avais pas grandi ici, à cette époque, dans cet endroit.

Bien sûr, nous partageons le même patrimoine culturel, mais j'ai beau chercher des similarités entre nous et vouloir me sentir à ma place ici, ce sont toutes les différences criantes qui me frappent.

Je suis cubaine, et pourtant, je ne le suis pas. Je ne sais pas où est ma place ici, sur la terre de mes grands-parents, moi qui essaie de recréer un Cuba qui n'existe plus dans la réalité.

Peut-être ne sommes-nous que des rêveurs. Ceux qui espèrent. Nous rêvons d'un Cuba que nous ne pouvons voir, que nous ne pouvons toucher, dont la saveur s'attarde sur notre palais, avec l'arrière-goût du souvenir.

Les exilés sont les historiens, les gardiens de la mémoire d'un Cuba perdu, un Cuba presque oublié.

CHAPITRE ONZE

La journée défile trop vite, l'air se rafraîchit et le soleil est de plus en plus bas dans le ciel. J'ai hâte de rentrer et de poser à Ana les questions qui me taraudent, mais je n'ai pas non plus envie que cette journée se termine. J'apprécie la compagnie de Luis et, si je ne me trompe pas, lui aussi passe un bon moment. Chaque heure qui passe, il semble plus détendu et sa langue se délie tandis qu'il me raconte Cuba.

Et puis il y a ce dont nous ne parlons pas – la façon dont nos corps se déplacent à chaque seconde, la distance physique entre nous se réduisant à chaque respiration. Une étincelle s'est allumée en moi, un sentiment électrique d'impatience et d'envie – cette pause infinitésimale avant que les lèvres ne se touchent pour la première fois, le moment où les doigts s'entrecroisent, l'instant où l'on déballe un cadeau et où l'on se rend compte que c'est exactement ce que l'on voulait.

Marié, Marisol. Il est marié.

Nous descendons une rue de Vedado en voiture, les vieux immeubles autour de nous coiffés des rayons dorés du soleil du soir.

— Si nous faisions un dernier arrêt ? suggère Luis. Tu ne peux pas rater le coucher de soleil sur le Malecón.

Voilà qui paraît… romantique.

— Il se fait tard, réponds-je.

Et je m'amuse bien plus que je ne le devrais. J'ai honte de ce que je ressens auprès de lui, de la facilité avec laquelle je me suis laissée distraire : mon but ici est en effet de trouver la dernière demeure de ma grand-mère. Je souhaite parler à Ana, en apprendre davantage sur l'amoureux mystérieux de ma grand-mère. Et en même temps…

Je n'ai pas envie que cette journée finisse.

Toute l'après-midi, j'ai évité le sujet de sa femme, et il ne l'a pas abordé non plus, mais elle existe entre nous quoi qu'il en soit, elle prend de la place sur la banquette de la voiture – les centimètres qui disparaissent entre sa main et ma jambe, entre son épaule et la mienne, l'espace entre ma robe qui flotte sous la brise et les vêtements qui couvrent son corps bronzé.

Je lisse le tissu de ma robe, cherchant à libérer mes mains de la nervosité qui fourmille au bout de mes doigts. L'eau apparaît entre les immeubles, le ciel se prépare déjà à se donner en spectacle et j'ai envie de m'asseoir sur la digue pour le voir dans toute sa splendeur.

— Tu es sûre ? Nous pourrions nous y arrêter une minute. Tu ne veux pas rater ça.

J'hésite, déchirée entre le besoin d'être prudente et le désir de céder. Juste un instant. Il y a une limite entre nous que je ne franchirai absolument pas, quoi qu'il arrive. Alors quel mal y a-t-il à accepter ?

— Peut-être juste une minute.

Luis hoche simplement la tête, mais le sourire qui plisse le coin de ses lèvres et la chaleur qui s'installe alors dans ses yeux ne m'échappent pas. Mon estomac se noue.

Il trouve un endroit pour se garer, puis descend m'ouvrir la portière.

La ville est vibrante d'énergie à présent que la température s'est rafraîchie et les habitants, installés à leur balcon ou sur le perron, s'interpellent avec jovialité. C'est bruyant et beau et, plus que tout j'ai envie d'avoir ma place ici, envie que cette ville devienne une partie de moi.

Nous mettons un certain temps à traverser la rue. Luis agite la main pour que les conducteurs nous laissent passer, m'entraînant derrière lui. Il s'arrête quand une voiture arrive trop près, son corps entre le véhicule et moi, me protégeant de la circulation. Les voitures anciennes défilent, accompagnées de l'odeur âcre du gazole et du rugissement des moteurs. Cet aperçu de Cuba me permet de voir le pays à travers les yeux de ma grand-mère, tel qu'elle se le rappelait.

Le soir, le Malecón prend vie.

Cependant, il y a des fissures sur cette image, et pas uniquement celles du sol sous nos pieds. Il est facile de repérer les touristes ; les locaux s'approchent d'eux pour leur vendre des cigares, des femmes en petite tenue leur offrent tout autre chose. C'est un rappel douloureux que ce n'est pas le pays dont se souvenait ma grand-mère, que le désespoir coule sous la beauté historique.

Personne ne nous approche ; peut-être identifient-ils Luis comme l'un d'entre eux. Ce quartier de La Havane n'est pas pour les touristes ; il nous est simplement permis de le partager brièvement.

C'est son cœur qui bat.

Des adolescents se retrouvent pour rire et bavarder ; de jeunes couples déambulent main dans la main, leur promenade ponctuée du baiser occasionnel. Des vendeurs de glace parsèment le paysage. Plus loin, des gens pêchent depuis la digue. Démoliront-ils un jour les beaux édifices anciens pour les remplacer par des immeubles haut perchés qui se vendront à des milliers de dollars du mètre carré, racolant les acheteurs avec cette vue sans pareille des Caraïbes ?

Nous marchons sur la promenade, nos épaules se touchant presque. Luis ajuste son allure à la mienne. J'atteins à peine son menton.

— Crois-tu que cela va changer à l'avenir ? Si l'argent commence à couler à flots et que les touristes affluent ?

— Qui sait ? Nous avons appris à ne pas trop nous projeter dans l'avenir. Il est difficile de s'enthousiasmer pour quoi que ce soit quand quelqu'un arrive derrière nous pour détruire ce qu'on a construit.

— Voilà qui semble frustrant, dis-je, sachant bien que le terme n'est pas assez fort.

Il rit tristement.

— C'est le moins qu'on puisse dire.

— Depuis combien de temps le Malecón fait-il partie de La Havane ? demandé-je, changeant d'approche.

— La construction a débuté en 1901.

Luis me raconte l'histoire du lieu et je n'ai pas de mal à l'imaginer face à une salle de classe, ses étudiants pendus à ses lèvres. Je sors mon cahier pour noter certains éléments. Quand il a terminé, il me montre un endroit libre.

— Tu veux t'asseoir un moment ?

Je hoche la tête et le suis vers le bord. Il me tend la main et je la prends, mes doigts s'enroulant autour des siens tandis que je m'assois sur la digue, les jambes pendant au-dessus de l'océan.

Il me lâche et s'installe à côté de moi.

— Pendant la journée, il fait chaud. Il y a quand même des gens, mais rien à voir avec le soir. La température baisse, le soleil décline. Cela devient…

— Magique, terminé-je pour lui, embarrassée par l'émotion dans ma voix.

Voilà le Cuba que me décrivait ma grand-mère.

— Oui.

Un homme gratte une guitare un peu plus loin. La main de Luis est posée sur la pierre à quelques centimètres de moi, ses doigts longs et minces, ses ongles impeccablement coupés, sa peau quelques nuances plus foncée que la mienne.

Ces centimètres m'ont l'air d'être des kilomètres – comme les cent soixante-cinq kilomètres qui séparent Cuba de la Floride.

Il a la tête baissée et ne regarde pas le coucher de soleil et ses couleurs magnifiques, mais nos mains et la distance qui les sépare.

Mes doigts brûlent d'envie d'avancer ; ma paume est ancrée à la pierre.

— Y a-t-il quelqu'un qui t'attend aux États-Unis ? me demande-t-il, à mi-voix.

Mon cœur fait un bond dans ma poitrine.

Je mets un moment à lui répondre et, quand je parle enfin, le mot est à peine plus qu'un murmure, noyé par la mer qui s'écrase contre la roche, un groupe de musiciens qui joue quelques mètres plus loin, les voitures qui filent derrière nous.

Mais je sais qu'il m'entend.

Sa main avance.

Un centimètre. Deux.

Son petit doigt s'arrête contre le mien, puis le saisit. Il reste là, sa réponse à la mienne :

« Non. »

Nous n'échangeons plus un mot de la soirée. Nous nous séparons dans le hall de sa maison, Luis me fait un signe de la tête, avant de monter les marches deux par deux et de disparaître.

Va-t-il voir sa femme ? Je reste un instant immobile, honteuse de mon comportement de l'après-midi. Il ne s'est rien passé, mais le désir était bien présent, bouillonnant sous la surface. Il n'y aura plus de visite de La Havane avec Luis.

Je rejoins la chambre d'amis, pose mon sac sur le lit et en retire les cendres de ma grand-mère. Je place l'urne de fortune sur le bureau avant de partir à la recherche d'Ana. Je la trouve dans une toute petite pièce près de la cuisine, assise sur un canapé dans ce qui était sans doute autrefois un petit salon dans leur demeure majestueuse et qui tient désormais lieu d'unique salle de séjour. Le mobilier en soie est terni et usé, le tissu distendu et très aminci par endroits, mais il est évident qu'il était très beau jadis.

Elle sourit quand j'entre dans la pièce et me montre le fauteuil en face d'elle.

— Tu es rentrée. Luis t'a fait visiter La Havane ? Tu as passé une bonne journée ? Je suis désolée de ne pas avoir pu t'accompagner, mais c'est le jour du marché. Les filles ne prennent jamais les bons légumes, ajoute-t-elle en souriant.

Je suppose que « les filles » désignent la mère et la femme de Luis.

— Ce soir, c'est *ropa vieja*, m'annonce-t-elle.

La mention de cette spécialité locale me rappelle ce que Luis me disait à propos du système de rationnement et des défis que rencontrent la plupart des Cubains. Ce plat, dont le nom signifie « vieux vêtements », est l'un de mes préférés – de très fines lamelles de bœuf, agrémentées d'ail et de poivrons, dans une sorte de ragoût servi sur du riz.

— C'était merveilleux de voir la ville.

J'énumère tout ce que nous avons vu, espérant ne pas être aussi rouge que j'en ai l'impression.

Ana me verse un *cafecito*. Elle boit une gorgée de son café et je suis son exemple.

— Je suis ravie que tu te sois amusée. Mais je suppose que tu n'es pas venue me voir pour parler de La Havane, si ? Tu as ouvert la boîte.

Je hoche la tête.

— Tu as des questions.

— Oui. Saviez-vous que ma grand-mère fréquentait un homme, ici à Cuba ? Les lettres qu'il lui a écrites étaient dans la boîte. Je crois que c'était un révolutionnaire. Étiez-vous au courant ?

— Je ne le connaissais pas. Elisa était ma meilleure amie, nous nous racontions tout. Mais avec lui, c'était différent. Elle en parlait un peu, sans jamais citer son nom, juste une allusion de temps à autre. C'était une époque dangereuse, soupire-t-elle. Les punitions de Batista étaient sans pitié. Elle a probablement gardé cet homme secret afin de le protéger lui et de ne pas mettre en péril tous ceux qu'elle aimait. Cela dit, je savais qu'elle avait des ennuis. Et je savais qu'elle souffrait, ajoute Ana en buvant une autre gorgée de café. Que veux-tu savoir ?

— Tout. Comment s'appelait-il ? Que s'est-il passé entre eux ? Était-il vraiment impliqué auprès de Castro ? Est-il toujours à Cuba ?

— Je vais te dire ce que je sais, parce que Elisa souhaitait que tu récupères la boîte, les lettres. Elle souhaitait que tu connaisses ce pan de sa vie.

— Alors pourquoi ne me l'a-t-elle pas tout simplement confié en personne ? Je ne comprends pas pourquoi elle n'a jamais mentionné cet homme quand elle me parlait de sa vie à Cuba.

— Peut-être que cela la faisait souffrir de parler de lui. Et il y avait probablement aussi une part de honte. C'était une époque de divisions pour le peuple cubain ; des familles se déchiraient à cause de désaccords politiques, notamment celle d'Elisa.

— Mon grand-oncle a été renié à cause de son opposition à Batista, n'est-ce pas ?

Même aujourd'hui, mon grand-oncle est un sujet douloureux pour ma famille.

— En effet. Ton arrière-grand-père était l'un des plus grands soutiens de Batista – par opportunisme ou par ferveur, je ne sais pas. J'étais trop jeune pour me soucier de ce genre de choses. Mais beaucoup dans le pays ne partageaient pas son point de vue. Cuba souffrait de problèmes réels avant la révolution. Il n'y avait pas de justice, aucune possibilité de démocratie. Ceux qui, comme nous, vivaient derrière les portails des grands domaines de Miramar ne savaient pas ce qu'était la souffrance. Nous étions entourés de gens qui nous ressemblaient, avaient accès à l'éducation, étaient fortunés. Notre vie était une succession de fêtes, bien loin de la violence. Mais pour beaucoup de Cubains, c'était une époque horrible. Un mouvement a démarré au sein du pays. Bizarrement, il a commencé parmi les enfants de l'élite. N'oublie pas que Fidel lui-même était le fils d'un riche agriculteur. Ces mêmes personnes qui profitaient des largesses de Batista ont découvert que leurs enfants sympathisaient avec les révolutionnaires. Leurs fils se battaient pour la démocratie et le changement, prêts à faire couler du sang cubain afin d'y parvenir. Il serait facile de dire que la révolution nous a divisés selon notre niveau de richesse, mais ce n'est pas si simple. Cela ne me choque pas qu'Elisa soit tombée amoureuse d'un tel homme, mais Emilio Perez n'aurait jamais accepté que sa fille épouse un révolutionnaire. Et cela aurait tué ton arrière-grand-mère. Elle descendait de la famille royale espagnole et s'attendait à ce que ses filles tiennent leur rang.

— Et ma grand-mère ne vous a donc jamais dit comment il s'appelait ?

— Non. Il était havanais, mais je ne sais pas de quel quartier il venait.

— Avait-il le même âge qu'elle ?

Il me semblait plus vieux, à en croire le ton de ses lettres – ou du moins, plus expérimenté.

— Un peu plus âgé, je crois. La plupart des hommes qui participaient au mouvement de Fidel avaient la vingtaine ou à peine plus de trente ans.

— Que vous a-t-elle raconté d'autre à son sujet ?

— Un jour, nous devions nous retrouver pour déjeuner avant d'aller faire des achats à El Encanto. C'était deux ou trois mois avant que tout bascule. Fin octobre ou début novembre. Je suis allée voir Elisa chez elle…

CHAPITRE DOUZE

Elisa
Novembre 1958

Cette fois, il s'absente plus longtemps que prévu et les lettres arrivent de façon sporadique, remises par des messagers aléatoires. Je les lis dans le secret de ma chambre, quand j'arrive à m'isoler, et m'échappe dans ses mots.

> *Les combats s'intensifient ; le vent tourne, Batista est sur ses gardes, ses forces et sa résolution s'affaiblissent. J'espère que cela sera bientôt terminé et qu'il partira ; j'espère que je reviendrai à La Havane et que nous serons de nouveau ensemble.*

Je lui écris presque chaque jour, mes lettres bien fades par rapport à ses récits, lui qui dort à la belle étoile et ne mange que de maigres rations. Il me fournit assez de détails pour que j'aie l'impression d'être avec lui. Il y a de la poésie dans ses lettres, dans la façon dont il décrit ses actes, sa fidélité à Cuba, et dans ses mots pour moi.

Je pense souvent à toi. J'essaie d'imaginer tes journées, je te vois en train de rire avec tes sœurs. J'utilise mon imagination pour peindre une image de ta vie. Cela me tient compagnie quand nous marchons, en attendant qu'il se passe quelque chose. Je ne pensais pas que la guerre serait à ce point liée à l'attente.

J'imagine mon avenir avec toi, où nous habiterons, comment nous vivrons ensemble. J'essaie d'envisager à quoi ressemblera ma vie quand nous aurons vaincu Batista. Je crois que j'aimerais recommencer à exercer le droit, peut-être devenir juge un jour. Je ne peux plus envisager mon avenir sans toi.

Je lui réponds, l'écriture me donne le courage de partager tout ce que j'ai dans le cœur.

Moi aussi je veux un avenir avec toi.

Je fouille dans la bibliothèque de mon père à la recherche des écrits de José Martí, de ceux des hommes que Pablo admire – Locke, Montesquieu, Rousseau ; les livres sont de fidèles compagnons tandis que j'attends son retour. Les jours qui séparent ses lettres se transforment en une semaine, puis deux, et s'écoulent pendant que je passe du temps avec mes sœurs, que je fais des courses avec Ana. Alejandro est lui aussi absent. Des forces discrètes sont en train d'opérer dans le pays et de semer le désordre, j'en ai bien peur, et deux hommes qui comptent – énormément – pour moi, sont impliqués.

L'élection présidentielle se tient le 1er novembre et le candidat de Batista, Agüero, gagne dans des circonstances mystérieuses. Des bruits circulent dans le pays – Batista aurait truqué le vote en sa faveur. Nous avons tellement attendu pour avoir des élections, des années et des années de promesses, des années à espérer la démocratie, des années de Batista, tout cela pour un résultat prédéfini. Agüero sera la marionnette de Batista.

L'espoir que beaucoup nourrissaient se retrouve anéanti. Après presque une décennie de Batista, ce dernier va continuer à diriger le pays sous une forme légèrement différente. Nous sommes divisés entre les indécis et ceux qui pleurent ce résultat. Personne ne semble vraiment content de Batista – ce n'est pas un homme qui recueille une grande loyauté, à part peut-être au sein de son cercle le plus restreint – mais je sens que mes parents sont soulagés.

Notre maison est devenue un endroit gênant où tout le monde marche sur des œufs. Les domestiques sourient, mais on sent à présent une colère lancinante derrière l'éclat des dents blanches. Notre nounou, Magda, fait office de tampon entre la famille et le reste du personnel, elle qui est à la fois membre de la famille par attachement et employée aux yeux de mes parents. Elle est le ciment qui nous maintient réunis maintenant que la famille est plus fracturée que jamais – Isabel se consume d'amour pour Alberto, chaque jour un peu plus ; Maria s'occupe avec ses jeux et ses jouets, couvée dans un monde imaginaire où Cuba n'est pas en train de se détruire lui-même ; quant à Beatriz et Alejandro...

En tant que jumeaux, ils ont toujours eu des secrets, mais je crains à présent que ces secrets ne soient plus profonds et plus insidieux. Cette folie m'a déjà fait perdre un frère ; je ne veux pas qu'elle m'enlève une sœur.

Magda marche près d'Ana et moi tandis que nous parcourons le magasin en admirant les bijoux scintillants bien installés derrière les vitrines. Cela me semble un luxe inouï de se promener dans les boutiques à une période pareille, mais sans ces amusements pour passer le temps, les journées sont interminables et l'attente, la tension et les questionnements insupportables.

— Que penses-tu de ce collier ? s'enquiert Ana en désignant un joli bijou en perles.

— Plus ton style que le mien, mais joli. Cela irait bien avec ta nouvelle robe jaune.

Elle sourit.

— N'est-ce pas ?

Elle s'attarde près des perles pendant que Magda et moi passons à la série de vitrines suivante.

— Je regrette que Beatriz ne soit pas venue avec nous, me chuchote Magda.

— Moi aussi.

— Qu'a-t-elle dit quand vous l'avez invitée ? m'interroge-t-elle.

— Qu'elle avait déjà d'autres projets.

Je ne lui ai pas demandé de précisions ; en ce moment, je ne crois pas qu'il soit dans mon intérêt de creuser la question, étant donné toutes nos escapades récentes.

— Des projets, répète Magda la mine sombre. Il faut qu'elle passe plus de temps à essayer de trouver un mari.

Je ne peux m'empêcher de sourire.

— On dirait notre mère.

Magda et ma mère sont d'étranges alliées dans la maison. Elles adoptent peut-être une attitude différente envers mes sœurs et moi, mais elles travaillent de concert, Magda étant une version plus gentille et plus affectueuse de notre mère.

— Ta mère sait ce que fabrique Beatriz. Et ta sœur a beau être très intelligente, elle peut parfois être incroyablement bête.

— Volontaire, tempéré-je, ressentant le besoin de la défendre.

Le visage de Magda s'adoucit.

— Oui. Volontaire. Et un peu têtue aussi.

Je presse la main de Magda dans la mienne ; son contact familier m'apporte du réconfort en ces temps troublés.

Ana nous rejoint et nous cessons de parler de Beatriz.

Je m'éloigne, regardant à moitié les bijoux pendant qu'Ana achète les perles.

— Elisa.

Je me retourne en entendant mon prénom, en sentant une légère pression sur mon coude.

Mon frère s'est matérialisé devant moi et, l'espace d'un instant, à le voir dans une boutique où nous accompagnions notre mère quand nous étions enfants, j'ai l'impression que nous avons remonté le temps vers une époque où tout était plus simple et où nous n'étions pas divisés par la guerre et l'idéologie.

Alejandro a meilleure mine que lorsque je l'avais vu devant la maison le jour où il m'a aperçue avec Pablo, mais son apparence est toujours négligée, à des kilomètres du frère raffiné que je me rappelle.

— Que fais-tu ici ? Comment m'as-tu trouvée ?

Je parle à voix basse en jetant de rapides coups d'œil dans le magasin. Par chance, Ana et Magda sont occupées par l'achat des perles.

Son expression est sinistre.

— Je t'attendais près de la maison. Je t'ai vue sortir avec Magda et t'ai suivie. Il faut que je te parle. (Il m'entraîne dans un coin pour que ni Ana ni Magda ne puissent nous voir.) J'ai entendu une rumeur l'autre jour ; on dit que Batista a arrêté certains rebelles. Des hommes de Fidel.

Mon cœur se serre.

— Non

Pas Pablo.

— Il est vivant. Il est détenu à La Havane. À La Cabaña.

Mes jambes tremblent. La prison de Batista est tristement célèbre.

— Apparemment, on l'interroge au sujet des mouvements de Fidel. Tu savais qu'il était les yeux et les oreilles de Fidel en ville ? ajoute-t-il en baissant la voix.

Je le soupçonnais. Apparaître sur le radar de Batista équivaut à une condamnation à mort.

Malgré nos différends idéologiques, Alejandro reste mon grand frère, et j'ai envie qu'il me rassure.

— Que va-t-il lui arriver ?

Le silence d'Alejandro m'apporte la réponse que je craignais.

— Ils vont le tuer, c'est ça ?

Il acquiesce.

C'est comme ça, les frères et sœurs. Ils disent toujours la vérité, même quand on préférerait presque entendre un mensonge.

— Que puis-je faire ?

Je suis désespérée.

Alejandro plisse les yeux.

— Tu tiens à lui ?

Les mots sont coincés dans ma gorge, empêtrés dans un mélange de peur et de culpabilité.

— Oui, beaucoup.

— Dans ce cas, il y a quelqu'un qui pourrait peut-être intervenir.

Mon désespoir est tel que je suis prête à tout.

J'hésite sur le seuil du bureau de mon père. C'est la première fois que je fais cela, la première fois que j'utilise l'influence de ma famille de façon aussi flagrante pour obtenir ce que je veux. Depuis que mon frère est venu me voir, la confusion s'est emparée de moi et la panique m'inonde les veines. Mon père est assis derrière son énorme bureau, des documents étalés devant lui. Je grimace en voyant le journal rangé dans un coin. Est-il déjà au courant des arrestations ? Comment vais-je le convaincre de peser dans la balance pour que Pablo soit libéré ?

Il lève la tête et ouvre de grands yeux surpris. Ce bureau est son domaine et nous passons devant sur la pointe des pieds, ne voulant pas l'embêter quand il travaille, quand il est clair qu'il a peu de temps pour nos frivolités.

Mieux vaut qu'il pense que c'est un caprice, rien de plus. Ne lui montre pas que tu souffres *de tout ton être.*

— Elisa, que puis-je pour toi ?

— J'ai un service à vous demander.

Son visage laisse entrevoir sa contrariété, mais il me fait signe d'entrer.

Je referme la porte derrière moi, traverse le tapis persan et m'assois dans l'un des fauteuils anciens face à son bureau. J'ai de plus en plus mal au cœur. Le corsaire, dans une autre représentation, me fixe derrière mon père. Ce tableau de lui est plus austère que celui de l'escalier. Il paraît qu'une fois il a été menacé de pendaison ; peut-être ce portrait a-t-il été réalisé à ce moment-là. J'ai le malheur de connaître désormais personnellement des hommes eux aussi au bord de la mort, quelle que soit la forme qu'elle peut prendre.

Mon père s'enfonce dans son fauteuil et m'observe par-dessus ses lunettes de lecture à monture noire.

— De quoi as-tu besoin ?

Mon père est un homme imposant, à la fois dans sa vie publique et privée. Il n'a jamais été cruel, mais il n'est pas le genre de personne qui donne envie de se confier. Toutefois, j'ai toujours pensé que c'était un homme juste. Il doit savoir que Batista a tort d'agir ainsi. Je ne l'ai jamais considéré comme un partisan aveugle du président, mais plutôt comme un homme prêt à tout pour survivre, un père et un mari prêt à sacrifier son intégrité afin de protéger sa famille. Je prends une profonde inspiration.

— J'ai un ami. Il est à La Cabaña. Pourriez-vous le faire libérer ?

Pour la première fois, je vois mon père en état de choc. Il me regarde bouche bée, comme un poisson. Si j'avais pu éviter cela, si j'avais pu demander à n'importe qui d'autre, je l'aurais fait, mais mon frère a raison, pour cette affaire il me faut quelqu'un qui dispose du genre de pouvoir qu'exerce notre père.

— Que viens-tu de dire ? demande-t-il d'un ton tranchant.

Je dois trouver un équilibre délicat, donner assez d'informations pour le convaincre d'intervenir, mais pas trop pour qu'il ne m'enferme pas dans un couvent.

— Mon ami est détenu en ville. Sans procès, ni accusation.

Je lutte pour garder ma voix neutre, dénuée d'émotion, pour m'en tenir à des faits purs et durs. Mon père ne sera pas influencé par les sentiments et, si je laisse échapper la marque d'une quelconque affection, je le condamnerai au lieu de le sauver.

— Il est innocent, ajouté-je à la hâte.

Pardonnez-moi, mon Père, car j'ai péché.

— Il est avocat, c'est un homme bien. D'une bonne famille. (Je déglutis.) S'il vous plaît.

Mon père cligne des yeux, dans un état momentané de stupeur.

— Que veux-tu que je fasse au juste ?

— Ils vont le tuer. Ils sont déjà sans doute en train de le torturer. Je pensais que peut-être… (Je tremble de la tête aux pieds.) Je pensais que vous pourriez utiliser certaines de vos relations pour voir s'il ne pourrait pas être libéré.

— Comment peux-tu me demander une chose pareille ?

Je rassemble alors un courage que j'ignorais avoir en moi, le même courage que j'admire chez mon frère, chez Pablo, chez Beatriz.

— Parce que c'est juste. Parce que c'est un homme bien qui a été jeté dans une prison abominable. Il n'a rien fait de mal. Vous savez ce qui se passe à Cuba, vous connaissez la paranoïa de Batista. Vous nous avez éduqués dans la conscience de ce qui est juste et de ce qui ne l'est pas. Ce que fait Batista est injuste.

— Pas toi aussi, soupire mon père, la voix envahie par le chagrin.

J'ai du mal à respirer.

Il garde le silence, bien trop longtemps. Lorsqu'il reprend enfin la parole, je suis surprise de voir de la frayeur dans ses yeux, la peur clairement inscrite sur son visage. Nous ne parlons jamais d'Alejandro, mais à cet instant j'aperçois le poids de la perte de mon père.

Mes parents en ont toujours imposé – ma mère si glamour et élégante, mon père respirant le pouvoir et l'autorité. Cependant, assis derrière son bureau, il semble avoir rapetissé, comme si les événements récents l'avaient accablé et diminué. Il est terrifiant de lire la peur dans les yeux de ses parents.

— Quel rôle joues-tu là-dedans, Elisa ? Es-tu impliquée avec les rebelles ? As-tu été embrigadée par ton frère ?

Il murmure ces questions comme si les murs avaient des oreilles. Ce qui est peut-être le cas ces jours-ci à La Havane.

— Non. Pas du tout, réponds-je en me forçant à sourire, priant pour qu'il me croie. C'est juste un ami. Enfin plutôt un ami d'ami. Rien de plus. Je n'ai rien à voir avec les rebelles.

— Est-ce un petit ami ?

Son visage devient rouge, son expression sévère.

— Non, je vous assure, juste un ami. Quelqu'un qui se trouvait au mauvais endroit au mauvais moment. (Ma voix tremble tandis que je révèle son nom à mon père, brisant le secret que j'ai gardé si longtemps.) Il a des amis de l'université dont les activités ont attiré l'attention de Batista. Il n'a rien fait de mal.

Mon père m'observe en silence et, quand je crois qu'il n'y a plus d'espoir, il pousse un soupir.

— Tu dois être prudente. Je vois bien ce qui se passe dans cette maison – la relation de ta sœur avec cet Alberto, ou Beatriz… Pour Batista, la pression est très forte en ce moment. Il avait espéré que les élections satisferaient le peuple, mais cela n'a pas été le cas.

— Parce que le peuple sait que c'était à peine plus qu'une imposture, marmonné-je.

Le regard de mon père se durcit, il frappe le bureau de la main en un bruit sonore.

— Ne crois pas que parce que nous vivons ainsi, Batista ne te voit pas. Tu as raison. Il a peur, et un homme qui craint son peuple est un homme dangereux.

— Comment pouvez-vous…

— Le soutenir ? Je t'en prie. Épargne-moi la condamnation de ton jeune âge. Comment crois-tu que j'assure la sécurité de notre famille ? Ne viens pas demander mon aide si c'est pour ensuite me jeter la pierre pour la façon dont je suis à même de te l'apporter. Les rebelles abhorrent les abus de pouvoir, mais ne crois pas qu'ils ne seraient pas les premiers à faire la même chose que Batista s'ils en avaient la possibilité.

Il retire ses lunettes et se frotte le visage, les épaules affaissées, comme s'il était fatigué de cette conversation, fatigué de Batista et de la politique cubaine.

— Je vais passer quelques coups de fil, déclare-t-il après une pause, mais je ne te promets rien. Néanmoins, si je le fais, c'est toi qui vas me promettre une chose : tu vas mettre un terme à toute relation qui existe entre ce garçon et toi. Immédiatement. J'ai le devoir de protéger ta mère et tes sœurs, et je ne te défendrai pas si tes actes mettent notre famille en danger. Tu ne reverras pas ce garçon. Tu ne feras rien qui risquerait de nous faire honte ou d'attirer la colère de Batista – compris ? Sans quoi tu ne seras plus ma fille.

Je me racle la gorge, ravalant mes larmes, la peur, la panique, la honte.

— Oui, Père.

— Tu peux y aller maintenant, me congédie-t-il d'un ton sec.

Les jambes flageolantes, je gagne la porte en implorant silencieusement mon père.

Sauvez-le, je vous en prie.

CHAPITRE TREIZE

Marisol

Une fois qu'elle a terminé son histoire, Ana nous verse à toutes les deux une autre tasse de café ; entre l'expresso et les secrets, je doute de réussir à dormir ce soir. J'avais espéré qu'Ana aurait les réponses que je cherchais, mais il semble que ma grand-mère ne se soit pas même confiée à sa meilleure amie au sujet de son amoureux. Tout ce que je sais, c'est que ma grand-mère aimait un révolutionnaire et qu'ils ont été séparés lorsque Batista l'a jeté en prison. A-t-il été libéré ?

— Je ne sais pas ce qui lui est arrivé, je suis désolée. Elisa m'a dit qu'il s'agissait d'un ami qui s'était attiré des ennuis, rien de plus. Lorsque je lui en ai reparlé quelques semaines plus tard, elle a changé de sujet. Tes grands-tantes pourront peut-être t'en dire plus.

Si elles sont au courant de cet épisode du passé de ma grand-mère, cela m'étonne qu'elles ne m'en aient pas parlé jusqu'ici.

— Il y a quelqu'un d'autre qui pourrait t'aider, ajoute Ana.

— Qui donc ?

— La bonne qui s'occupait de ta grand-mère.

— Magda ?

Ma grand-mère et mes grands-tantes parlaient d'elle avec tendresse mais, étant donné la différence d'âge entre elles et leur nourrice, je n'avais jamais envisagé qu'elle puisse être toujours en vie et toujours à La Havane.

— Oui. Elle a quatre-vingt-quatorze ans, mais a encore une assez bonne mémoire. Elle habite à Santa Clara avec sa nièce.

Je me sens soudain tout excitée.

— Est-ce que c'est loin ?

— Quelques heures en voiture. Si tu veux, Luis pourrait t'y emmener un jour où il ne travaille pas.

— Savez-vous comment la joindre ? demandé-je, contournant un instant l'idée de me retrouver à nouveau seule avec son petit-fils – son petit-fils *marié.*

— Il est encore tôt – je peux l'appeler ce soir. Cela fait un moment que je ne l'ai pas eue au téléphone, mais je m'assure de prendre de ses nouvelles régulièrement. Je peux voir si elle serait d'accord pour te rencontrer avant ton départ ; je suis sûre que oui. Elle aimait ta grand-mère et tes grands-tantes comme si c'étaient ses propres filles. Surtout Elisa.

Lorsque j'évoquais mon voyage avec mes tantes Beatriz et Maria, j'avais l'impression qu'elles avaient perdu contact avec elle avec le temps, mais j'espère que Magda pourra me dire comment était ma grand-mère enfant.

— Merci. Merci pour tout ce que vous faites pour m'aider.

— Je t'en prie. Elisa aurait fait la même chose pour moi. Comme n'importe laquelle de tes grands-tantes.

La loyauté dans sa voix est si absolue, si indélébile, que je suis prise de court par son intensité, surprise que leur amitié ait survécu à une séparation de près de soixante ans. A-t-elle parfois le sentiment d'avoir été abandonnée ? Envie-t-elle la liberté que ses amies ont trouvée de l'autre côté de la mer ?

Ana Rodriguez opère dans les deux sphères – l'avant et l'après – et bien que j'aie du mal à comprendre cette nouvelle version de Cuba, elle présente des similitudes avec celle qui s'est développée cent soixante-cinq kilomètres plus loin. La même fierté inhérente, la détermination à réussir, l'importance du travail, l'esprit d'entreprise et l'ingéniosité, le pragmatisme.

— Cela a-t-il été difficile de voir les changements à Cuba ?

Je suis très intéressée par cette facette du pays qu'elle me révèle. J'ai grandi en écoutant les histoires de ceux qui étaient partis, des histoires d'exil, de perte, mais jusqu'ici je n'avais jamais entendu l'autre perspective – ceux qui ont été abandonnés, ceux qui ont choisi de rester, dont la vie a été modelée par les caprices et les politiques des gouvernements, par idéologie.

— Oui, soupire Ana en prenant une gorgée de son *cafecito.* L'histoire de Cuba est une histoire de luttes et de conflits. Quand nous étions petites, nous étions préservées de l'essentiel, mais certaines choses débordaient jusque chez nous. Batista était un président très dur. Il aimait le sucre et l'argent qui en découlait, mais il n'aimait pas le peuple cubain. Il souhaitait être le roi d'un peuple qui ne voulait pas être gouverné.

— Et pourtant…

Elle m'adresse un sourire empreint de tristesse.

— Ah oui. Mais nous ne savions pas alors, tu comprends. Nous avions de l'espoir. Tant d'espoir. N'oublie pas qu'au départ Fidel n'était pas communiste, il apparaissait simplement comme un vecteur de changement, un changement dont nous avions tant besoin. Il devait apporter la liberté à Cuba. La démocratie. Des élections. Il devait incarner notre avenir. Il nous a promis une révolution et a tenu parole.

— Mais à quel prix ?

— Les événements terribles arrivent rarement tous en même temps. Cela se fait progressivement et les gens ne se rendent pas compte de la gravité de la situation avant qu'il ne soit trop tard. Il jurait à qui voulait l'entendre qu'il n'était pas communiste. Qu'il voulait la démocratie. Certains le croyaient. D'autres pas.

— Est-ce que vous…

— Est-ce que je le croyais ? Est-ce que je soutenais Fidel à l'époque ?

J'acquiesce.

— Non. Mais je ne connaissais rien à la politique, je ne m'y intéressais pas. Je vivais dans un monde de bals et de réceptions, de journées au club, à traîner près de la piscine avec des amies, à acheter robes et chapeaux. Batista, Fidel, pour moi c'était la même chose. Ou du moins, c'était ce que je croyais.

Lorsque Batista a fui le pays, j'ai commencé à m'intéresser à la situation. Avant cela, la révolution se limitait à des chuchotements entre mes parents. Puis ces chuchotements ont gagné notre table de salle à manger.

— Vos parents ont-ils envisagé de partir ?

— Oui, mais ils ont finalement décidé de rester. Ils étaient convaincus que les Cubains retrouveraient la raison et que Fidel échouerait. « Ce n'est qu'une question de temps », disait mon père.

Le regard d'Ana dérive vers la pièce qui a clairement connu des jours meilleurs, les détails de son ancienne beauté rappelant vivement tout ce que sa famille a perdu.

— Personne ne se rendait compte de l'ampleur que prendrait le mouvement. Nous pensions que Batista était le pire qui puisse nous arriver, mais lorsque Fidel a nationalisé notre société de rhum, les choses ont commencé à changer. (Elle prend une autre gorgée de café, le regard posé sur un souvenir invisible à mes yeux.) Un jour, ils sont venus chez nous armés d'une lettre stipulant que la société appartenait désormais au gouvernement cubain. Juste comme cela. Cent ans de travail, de rêves, notre patrimoine effacé par un simple morceau de papier.

— Je suis vraiment désolée.

Les Perez ont réussi à préserver leur patrimoine familial – ou au moins à en créer un nouveau – alors qu'elle a perdu le sien.

— Cela fait longtemps maintenant, répond Ana. Nous ne pouvions rien y faire. Mes parents ont quitté Cuba six mois plus tard. Je ne les ai plus jamais revus. Nous gardions contact du mieux possible au fil des ans, mais ce n'était pas la même chose.

Il est difficile d'imaginer une famille déchirée ainsi, pourtant ces situations étaient fréquentes après la révolution. Il n'y a plus de Perez à Cuba ; nous avons tous fait la traversée vers les États-Unis, nous appropriant Miami et Palm Beach en revêtant polos et robes aux motifs colorés.

— Si je peux me permettre de vous demander…

— Pourquoi suis-je restée ?

Je hoche la tête.

— La vie, je suppose. Au départ, le projet était que nous nous retrouvions tous aux États-Unis. Mais mon mari ne voulait pas partir. Il était photographe et prenait beaucoup de clichés de Fidel et des autres. Pour lui, c'était une opportunité de voir la révolution de près, d'apercevoir dans leur habitat naturel les hommes qui se dressaient au-dessus de nous de façon si imposante. Pour l'artiste qu'il était, c'était passionnant. J'étais jeune, poursuit-elle après une autre gorgée. Je ne comprenais pas l'urgence, les conséquences qu'aurait cette décision. Je ne voulais pas le laisser. Je suis tombée enceinte, Luis est né et nous avons commencé à construire une vie ici, plantant des racines dans une terre fragile.

Au départ, on ne se rend pas compte de la gravité de la perte. On perd sa paire de chaussures préférée, mais on en a une autre, et il faut nourrir le bébé, et notre mari a eu une longue journée au travail, alors pourquoi s'inquiéter ? Et quand on perd la paire suivante, eh bien, on en a déjà perdu une donc c'est moins perturbant. On est contrarié quelques instants parce qu'à présent il nous manque deux paires, mais il faut préparer le dîner, et quand on prend son coupon alimentaire pour récupérer sa ration les fournisseurs n'ont plus de lait et de poulet, une fois de plus, alors qui a le temps de se préoccuper de chaussures ? Et cela continue jusqu'à ce que l'on se rende compte qu'il ne nous reste qu'une seule paire, qu'elle est trouée, que la poussière de la rue nous couvre la peau, que les semelles se décollent, que nos orteils sont trop serrés, et quand on arrive enfin à la remplacer, à obtenir une nouvelle paire, le soulagement est tel qu'on oublie qu'autrefois on en avait vingt, qu'autrefois on vivait comme des rois et qu'aujourd'hui on vit à genoux, qu'on doit se battre pour la moindre petite chose. C'est de la justice poétique, bien sûr. Nous avions tout quand la plupart des Cubains n'avaient rien. Fidel a tout pris, donc aujourd'hui personne n'a plus rien. Nous sommes tous égaux, tu vois.

— À part Fidel qui, lui, vivait comme un pacha, intervient Luis en s'installant dans le fauteuil à côté de moi, sans me saluer. Et tant de ses hauts fonctionnaires qui continuent à se bâfrer.

Depuis combien de temps était-il dans la pièce ?

Il allume un cigare et l'odeur familière emplit l'air. Malgré sa détestation de Fidel, mon père n'a jamais renoncé aux cigares coûteux qu'il faisait venir de Cuba en contrebande.

— Tous sont égaux, mais certains sont plus égaux que d'autres, observé-je.

Luis incline la tête vers moi.

— Tu cites *La Ferme des animaux* ?

Je distingue dans ses yeux comme une lueur d'admiration, couplée à l'amusement indulgent auquel il m'a désormais habituée.

Je me force à sourire, tentant de garder un ton léger, de ne pas montrer à quel point sa présence me trouble. Il me semble particulièrement injuste que cette énergie, ces étincelles qui dansent autour de moi, aient trouvé une cible qu'elles ne peuvent avoir.

Une voix appelle Ana de la cuisine. Elle prend congé et nous laisse seuls tous les deux. Le silence emplit la pièce, un silence horriblement embarrassant.

— Alors comme ça, tu as lu Orwell ? demande Luis après une longue pause.

Je hausse les épaules.

— Oui. Je suis étonnée que *toi* tu l'aies lu.

— Pourquoi ? Parce que je vis dans un paradis communiste ? répond-il, un sourire aux lèvres.

Le Luis espiègle est peut-être le plus dangereux de tous. J'inspire profondément.

— En partie. Aux États-Unis, on entend surtout parler de la rareté des ressources à Cuba, de l'interdiction des choses avec lesquelles le gouvernement est en désaccord. La situation semble austère.

— Je suis certain que cela aide la rhétorique politique des deux côtés. Le communisme diabolique et tout ce qui va avec. Et pour ce qui est de la rareté des ressources, disons que cela aide le régime à vendre l'idée que nous sommes tous égaux, que notre voisin a exactement la même chose que nous-même lorsque ledit voisin est un haut fonctionnaire qui conduit une voiture de luxe importée.

Sa voix se renforce à chaque mot, passant d'un murmure à quelque chose de plus sonore, de plus puissant.

La fermeté dans le ton de sa voix, sa conviction, sont aussi séduisantes que surprenantes.

Mon cœur bat plus fort.

— Tu es en colère.

Il avait déjà laissé entrevoir son mécontentement, mais à présent quelque chose a changé entre nous et j'ai l'impression qu'il a tombé le masque et partage une partie de lui-même qu'il ne dévoile généralement pas.

— La colère est l'émotion la plus facile. Tu serais étonnée de voir ce que les gens font quand ils sont désespérés, quand le rêve d'une société qui subvient aux besoins de ses citoyens n'est pas la réalité.

— Les gens se débrouillent malgré leur situation.

— On peut dire ça. L'ironie de la révolution, c'est qu'elle visait à éradiquer le capitalisme, l'entreprenariat, mais sa plus grande conséquence a justement été l'avènement d'une nouvelle salve d'entrepreneurs cubains. Le marché noir est florissant.

— Et Orwell dans tout ça ? demandé-je, revenant au point de départ.

Il sourit légèrement et semble mettre sa rancœur de côté.

— Tu oublies que je suis professeur d'histoire.

— Un professeur d'histoire *cubain*. Je croyais que Castro décourageait une telle activité, ne souhaitait pas que l'on se renseigne sur le pourquoi des choses.

— Comment pouvons-nous étudier l'histoire si nous ne nous penchons que sur les événements hors contexte ? Les ouvrages d'Orwell sont disponibles à la Bibliothèque nationale et ailleurs. La connaissance n'est pas découragée à Cuba, tant qu'on ne l'utilise pas pour agir.

— Et la lecture ?

— La lecture est encouragée. (Il pince les lèvres, retrouvant cet air dédaigneux.) Néanmoins, rares sont ceux qui ont les moyens d'acheter des livres, alors on les emprunte. L'université est gratuite, ce qui est formidable, mais mes étudiants doivent tout de même payer leurs livres, leurs fournitures, leur transport, leurs repas, tout cela avec des revenus limités. Comment peut-on se permettre d'acheter des livres quand on a déjà du mal à survivre comme ça ? Quand le gouvernement limite notre capacité à subvenir à nos besoins ? Dans le Cuba d'aujourd'hui, on peut profiter quelque temps des choses, mais on ne peut pas véritablement les posséder. Le pays ne nous appartient pas ; c'est Fidel qui nous le prête.

Je le trouvais déjà séduisant mais cette conversation, la passion qui l'anime, me portent le coup de grâce.

— Tous les Cubains pensent-ils ainsi, parlent-ils ainsi ?

Je suis étonnée d'entendre de sa bouche les mêmes réflexions que celles que l'on surprend au restaurant Versailles, à Miami, entre des exilés buvant du café et mangeant des *pastelitos* tout en appelant de leurs vœux le changement à Cuba.

— Certains. Pas assez. Ceux d'entre nous qui voulons davantage parlons à voix basse, me murmure-t-il.

Il inspire profondément et se penche en avant. Son odeur m'emplit les narines et, une fois de plus, nous partageons des confidences. Un frisson me parcourt. Je détourne le regard de ses yeux brillants, de ses lèvres pleines, regrettant de ne pouvoir construire un mur infranchissable entre nous, tout en écoutant ses paroles avec délice.

— Vivre dans l'incertitude permanente, c'est l'enfer, poursuit Luis. Grâce à ce restaurant, nous avons de quoi manger à notre faim, ce qui n'a pas toujours été le cas. Mais combien de temps cela va-t-il durer ? Le gouvernement contrôle tout. (Sa belle bouche laisse échapper un juron.) Ce pays a un tel potentiel, mais chaque fois qu'on ose espérer davantage on se retrouve le cœur brisé. La grande révolution de Fidel était censée nous apporter l'égalité. Pourtant, tant de problèmes qui existaient avant lui n'ont pas été résolus.

— Que souhaiterais-tu pour le pays ?

Je croise son regard, incapable de détourner les yeux plus longtemps. Ai-je déjà connu un homme comme lui ? Non.

— Je voudrais que Cuba soit libre. Démocratique. (Il lève le cigare à ses lèvres, inhale profondément. Il exhale un nuage de fumée.) Je voudrais pouvoir crier. Être libre de manifester lorsque je ne suis pas d'accord avec les actions de mon gouvernement, sans craindre de représailles. Libre d'écouter de la musique sans craindre que le régime m'accuse d'être trop « occidental » et me jette en prison. Je ne veux pas passer mes journées à regarder par-dessus mon épaule, à me demander si mon voisin n'est pas membre de la police secrète, si l'un de mes étudiants ne suit pas mon cours uniquement pour m'espionner, envoyé par le gouvernement, à craindre de dire par inadvertance quelque chose qui pourrait me valoir un emprisonnement ou pire. (Je tremble d'effroi. Voilà le Cuba contre lequel mes grands-tantes m'ont mise en garde.) J'ai envie d'avoir quelque chose à moi, rien qu'à moi. Quelque chose que le gouvernement ne pourra pas m'enlever. Si nous partions, le gouvernement viendrait chez nous dresser l'inventaire de toutes nos affaires afin de vérifier que nous n'avons rien emporté. Nous ne possédons pas les meubles, pas même ceux qui sont dans notre famille depuis des générations. Ni les photos prises par mon grand-père, encadrées au mur. Rien ne nous appartient.

L'envie de lui prendre la main, de le réconforter, est si forte que je tends le bras avant de me reprendre. Je recule vivement ma main, repliant mes doigts sur mes genoux. Ce lien entre nous, qui ne peut pas être le simple fruit de mon imagination, il doit le ressentir, lui aussi.

Marié. Il est marié, Marisol.

— Je veux être moi, avoir ma propre individualité. Je ne veux pas être un numéro aux yeux du gouvernement. Une autre ration alimentaire, un autre travailleur, un autre Cubain qui n'est pas libre dans son propre pays. Nous survivons en évitant d'attirer l'attention, en étant de bons petits soldats. Je suis fatigué d'endosser l'uniforme, de faire semblant d'être quelqu'un que je ne suis pas, de ne pas pouvoir penser par moi-même, de devoir enfouir mes réflexions, mes espoirs, pour ne pas me faire tuer, pour ne pas mettre ma famille en danger. J'ai trente-six ans et, chaque jour qui passe, ma volonté de combattre s'affaiblit : je me démène pour subvenir à mes besoins, pour m'occuper de ma grand-mère, de ma famille, pour mettre de la nourriture sur la table, ce qui me laisse peu de temps pour le reste. Le gouvernement fait en sorte que nous soyons si préoccupés par la lutte quotidienne que nous n'ayons plus d'énergie pour la lutte la plus importante, celle qui nous permettrait de prendre notre avenir en main.

— Crois-tu que la situation va s'améliorer maintenant que les relations diplomatiques ont repris ?

— Je l'espère. Mais pour quel changement ? Allons-nous servir encore plus de touristes et chercher à attirer les bateaux de croisière ? C'était le Cuba de l'époque de Batista, lorsque la mafia américaine dirigeait La Havane à travers ses hôtels et ses casinos. Lorsque Hollywood utilisait le pays comme cour de récréation. Cuba ne peut-il pas aspirer à davantage ? À un destin plus grand ? (La lumière projette une ombre sur le visage de Luis, sur son hématome. Il se frotte la mâchoire, les yeux baissés.) Il y a des restaurants de La Havane que ma grand-mère fréquentait avec sa famille dans son enfance. Aujourd'hui, seuls les touristes ont les moyens de s'y rendre. Nous sommes des invités dans notre propre pays. Des citoyens de second rang parce que nous avons le malheur d'être nés cubains.

Il lève la tête avec un air de défi. L'humilité n'est pas cubaine.

— Mais est-ce qu'une augmentation du tourisme serait préférable à la situation actuelle ?

— Je ne sais pas, répond-il avec lassitude. Il est cruel de penser que nous avons tant souffert pour nous retrouver simplement au point de départ et, dans le cas de ma famille, avec beaucoup moins qu'au départ. Il est difficile d'espérer. Même si, bien sûr, nous avons connu pire. C'était l'enfer quand nous avons perdu l'appui de l'Union soviétique.

— Partirais-tu si tu le pouvais ?

— C'est mon pays ; tout ce que je connais. Et en même temps, c'est dur. Il arrive un moment où il faut décider si cela vaut la peine, si les souffrances justifient l'exil, si elles pèsent plus lourd que ces quelques moments où l'on connaît le vrai plaisir.

C'est le mot « plaisir » qui me fait réagir...

Il est tard et je devrais aller me coucher. Je ne devrais pas avoir des conversations à voix basse avec un homme marié, dans la pénombre.

Je pose mon verre sur la table, je me lève...

— Cristina n'a jamais compris pourquoi je ne pouvais pas être heureux ici. Pourquoi cela ne me suffisait pas. C'est ça qui a mis un terme à notre mariage.

Je me rassois.

— Vous êtes séparés ?

— Divorcés.

— Récemment ?

— Cela dépend de ce que tu entends par « récent ». Cela fait deux ans.

— Mais elle m'a dit qu'elle était ta femme...

Un petit rire s'échappe de sa belle bouche.

— C'est du Cristina tout craché, dit-il, une pointe d'affection dans la voix, avant de prendre une autre bouffée de cigare. Elle ne t'aime pas.

— Pourquoi ?

Il ne répond pas mais, encore une fois, c'est inutile. Son regard est assez parlant – tout comme le souvenir de ses doigts caressant les miens plus tôt, sur le Malecón.

Tu sais pourquoi.

— Tu croyais que j'étais le genre d'homme qui…

Il ne termine pas sa phrase, mais là encore c'est inutile. Les pauses de notre conversation remplacent les mots maladroits.

— Je ne savais pas.

— Maintenant tu le sais. Je ne le suis pas.

Le genre d'homme qui draguerait des femmes alors qu'il est marié.

— Je devrais regagner ma chambre, dis-je.

Mais je ne bouge pas.

Lui non plus.

— J'aimerais te montrer quelque chose. Tu veux bien venir avec moi ? Demain matin, j'ai un cours à l'université ; si cela t'amuse, tu pourrais y assister pour faire l'expérience de l'éducation cubaine. Après, je pourrais te faire visiter l'île.

— D'accord.

CHAPITRE QUATORZE

Elisa

Un jour s'écoule, puis deux, sans nouvelles de la part de mon père. Je dois faire preuve d'une force surhumaine pour ne pas lui poser de questions au sujet de Pablo, pour effacer la peur de mon visage, pour faire mine que tout va bien. Je passe mes journées à écrire des lettres à Pablo, des lettres que je n'aurai peut-être jamais l'occasion d'envoyer, des lettres dans lesquelles j'avoue enfin les sentiments qui se développent depuis si longtemps.

Je le saurais si quelque chose lui était arrivé, s'il était mort, non ?

Je crois que je suis tombée amoureuse de toi dès l'instant où tu m'as parlé de ta passion pour Cuba, de tes rêves pour son avenir. Je suis tombée amoureuse de ta conviction, de ta force, de la confiance avec laquelle tu envisageais le problème comme si, en tant que citoyen cubain, c'était ton droit d'exiger davantage et de combattre pour l'obtenir.

J'aimerais posséder ton courage, tes convictions. J'aimerais avoir en moi un esprit de lutte. Depuis ma naissance, on m'élève pour que je continue, que je survive dans ce climat politique dangereux. Mon grand-père a été tué par les hommes de Machado – te l'ai-je déjà dit ? Je crois que cela a changé quelque chose en mon père, en nous tous.

Et puis il y a le reste. Je répugne à l'admettre, mais mon état de femme me limite. J'ai réfléchi à ce que tu m'as dit lors de la soirée chez Guillermo – les changements que nous devrions exiger pour Cuba. Peut-être que le fait d'être une femme ne devrait plus me limiter.

J'ai lu les livres dont tu m'as parlé, ceux qui t'ont inspiré, je me suis immergée dans les mots de grands hommes, et j'ai envie de croire que nous pouvons faire davantage, espérer davantage pour notre avenir, mais j'ai peur aussi. Peur pour toi, peur que ma famille, mes frère et sœurs, soient ciblés par le régime à cause de mes actes.

J'aimerais ne pas avoir aussi peur.

Quatre jours après avoir demandé l'aide de mon père, il me convoque dans son bureau.

— J'ai demandé une faveur. Il sera relâché. (Mon cœur bat à toute allure.) Tu ne le reverras pas.

Ce n'est pas une question.

Je hoche la tête.

Un autre jour s'écoule avant que Pablo ne soit libéré de prison, avant que je puisse le voir, ma promesse à mon père enfouie quelque part sous des couches de culpabilité. J'emprunte la Mercedes rutilante de Beatriz pour me rendre chez Guillermo, là où nous nous sommes rencontrés. J'attends Pablo, ne cessant de regarder par-dessus mon épaule. C'est mon frère qui m'a dit qu'ils seraient là. Cela ne me surprend pas tant que cela qu'Alejandro connaisse Guillermo, surtout quand je repense à l'insistance qu'avait manifestée Beatriz pour participer à la fête chez lui ce fameux soir. Lorsque j'ai reçu le billet scellé d'Alejandro m'indiquant que Pablo serait relâché ce matin, je ne me suis même pas demandé si je devais y aller. Pour le meilleur et pour le pire, j'ai pris mon parti, non du côté des rebelles, mais du côté de mon cœur. Je prie pour qu'il ne me déçoive pas maintenant.

Je patiente tandis que la voiture s'engage dans l'allée de la maison de Guillermo. Celui-ci est au volant de la Buick, Pablo près de lui, les yeux recouverts de lunettes de soleil, les épaules affaissées, le visage en partie dissimulé.

Mon cœur s'accélère.

Pablo sort du véhicule et s'arrête, la main sur la portière. Puis il marche vers moi en boitant, un mélange de surprise et de ce qui ressemble à du soulagement dans les yeux. Je me blottis dans ses bras, l'étreignant avec précaution, tâchant d'éviter les blessures, les coupures.

Sa chemise est tachée de sang séché.

Que lui ont-ils fait ?

Un sanglot me noue la gorge, mais je le ravale, souhaitant plus que tout être forte pour Pablo.

Il respire dans le creux de mon cou, ses lèvres caressant ma peau, son corps s'affaissant contre moi. Nos rôles se sont inversés et, à présent, c'est moi qui lui apporte force et réconfort. Mon prénom s'échappe de ses lèvres comme une prière.

J'aimerais parler, mais les mots ne me viennent pas.

Nos corps se décalent, nos bouches se trouvent. Je ne me rends même pas compte que je pleure jusqu'à ce que des larmes me mouillent les lèvres.

— Ça va aller, murmure Pablo en me caressant les cheveux. (Je ne sais pas très bien si ses mots s'adressent à moi ou à lui-même. Son cœur bat contre le mien, son corps frissonne à chacune de ses inspirations.) Tu n'aurais pas dû venir, ajoute-t-il, bien qu'il ne semble pas en penser un mot.

— Comment aurais-je pu ?

Pablo me serre plus fort, avant de s'écarter quand nous entrons dans la maison, suivis par Guillermo. Celui-ci ne dit rien, mais je sens sa désapprobation. Autrefois, cela m'aurait dérangée. Désormais, je m'en fiche royalement. Il m'adresse un rapide hochement de tête avant d'aller chercher quelque chose à manger pour Pablo, et je suis ce dernier dans une chambre vide. Je m'assois sur le bord du lit, à côté de lui.

— As-tu besoin de quoi que ce soit ?

Il me répond que non. Il parle d'une voix rauque, comme fatiguée d'avoir trop crié. Son regard croise le mien.

— J'ai rencontré ton père.

Un moment de silence passe entre nous.

— Je sais.

— Tu lui as demandé de me faire libérer ?

— Oui.

Je n'arrive pas à ignorer le fil de honte qui, bien que très fin, relie mon père aux hommes qui ont fait cela ; l'épée de mon père est à double tranchant – elle est à la fois la source de la liberté de Pablo et un signe que ma famille porte une certaine culpabilité dans les turpitudes de La Havane, dans la brutalité du régime de Batista.

— Comment as-tu su que j'avais été arrêté ?

— Mon frère était au courant. C'est lui qui m'en a informée.

— Et ton père ? Que lui as-tu dit ? Que tu aimais un révolutionnaire ?

C'est la première fois que le verbe « aimer » s'échappe des lèvres de l'un de nous deux, et l'entendre tout haut lui donne une force à laquelle je ne suis pas préparée, bien qu'il soit inscrit jusqu'au plus profond de mes os.

— Je lui ai dit que tu étais un ami.

— Et il a accepté cela ?

— Mon père ne s'intéresse pas particulièrement aux affaires de ses filles. Je lui ai promis de ne jamais te revoir, ajouté-je après un instant d'hésitation.

— C'est donc un adieu ?

— Non.

Je suis désormais trop impliquée pour des adieux, même si, pour l'heure, je ne vois pas quel autre avenir nous pourrions avoir. Il ne peut pas rester à La Havane. Pas après cela. Devrais-je partir avec lui ? Tenter ma chance dans les montagnes ? Il y a des femmes qui combattent là-bas, qui prennent les armes contre Batista. J'espérais davantage de la vie, je ne supporte plus les chaînes de la famille et de la société, cependant…

Je ne suis pas prête à rejoindre mon frère dans les rangs des désavoués, des ostracisés, pas prête à m'engager pour ces causes qui se disputent le pouvoir, elles qui me laissent un goût amer dans la bouche.

Pablo soupire, la tête dans les mains.

— Tu ferais mieux d'y aller. Ta place n'est pas ici.

— Bien sûr que si.

— Tu ne peux pas rester. Pas avec moi. Le danger ne va faire qu'augmenter. Ils m'auraient tué, Elisa. Ils me tueront s'ils me capturent à nouveau. Je ne peux pas rester.

— Tu vas aller dans les montagnes, n'est-ce pas ?

— Où irais-je sinon ? Ma place n'est pas à La Havane.

Ma place n'est pas avec toi.

— J'ai vu comment ton père me regardait dans cette cellule, poursuit Pablo. Nous serons toujours dans deux camps opposés. Nous sommes en guerre ; je ne peux fermer les yeux sur ce qui nous divise. Ta famille ne m'acceptera jamais, et j'ai peur de ne jamais voir ton père et ses amis autrement que comme des monstres.

— Il t'a fait libérer.

— Oui. Et il y avait huit autres hommes dans cette cellule avec moi. Des hommes qui seront confrontés au peloton d'exécution demain. Tous n'ont pas une riche petite amie au père assez haut placé pour les protéger.

— Nous n'avons aucune chance d'être ensemble, hein ? demandé-je, les larmes aux yeux.

— Je ne sais pas.

Pablo me prend la main, effleure mes phalanges de ses lèvres. J'enroule mon bras autour de sa taille, doucement pour ne pas lui faire mal, la tête contre son épaule, son cœur battant contre ma poitrine. Je m'accroche à lui, alors même que je sens qu'il s'éloigne.

Il avait raison lors de notre première rencontre ; tout est politique.

Qu'est-ce que cela signifie pour nous ?

CHAPITRE QUINZE

Marisol

Le matin après avoir appris que Luis n'est pas marié, je me lève tôt et me prépare pour aller le rejoindre à l'université de La Havane. J'ai à peine fermé l'œil de la nuit, ne pouvant échapper à la sensation que tout a basculé. L'attirance que je ressens pour lui depuis le début et que j'essayais de refouler refait surface de plus belle, et ce qui était un coup de cœur bien à l'abri dans mon imagination s'est transformé en une tension brûlante entre nous, remplie de possibilités.

Je change deux fois de tenue avant de me décider pour une robe noire. J'attrape une paire de sandales en cuir et mon fidèle sac en bandoulière. Les cendres de ma grand-mère ne le quittent plus depuis le début de mon séjour, au point que je me suis parfaitement habituée à les emmener partout. Je glisse un maillot de bain et des vêtements de rechange dans un sac en toile un peu plus grand ; je ne sais pas où Luis compte m'emmener après son cours, mais il a dit que nous nous baignerions.

Ana frappe à la porte. Je lui dis d'entrer et elle me salue avec un grand sourire, les yeux brillants en voyant mon apparence.

— Luis a dit qu'il ne travaillerait pas au restaurant ce soir. J'en conclus que vous allez poursuivre votre visite de Cuba ?

Je rougis et acquiesce.

— Il a dit que nous irions nager.

Son sourire s'élargit encore.

— Il va t'emmener à Varadero alors. Depuis qu'il est petit, il adore cet endroit. Autrefois, il allait y pêcher avec son père, ajoute-t-elle, son sourire s'assombrissant.

Elle me tend un morceau de papier avec une adresse.

— J'ai eu Magda au téléphone hier soir. Elle a hâte de faire ta connaissance.

Je regarde Ana, le cœur battant.

— Je n'arrive pas à le croire. Merci infiniment.

— Je t'en prie. Varadero n'est pas très loin de Santa Clara. Vous pourriez y aller après votre escapade à la plage.

— Cela m'embête de demander à Luis de faire un détour.

Je pourrais sans doute louer une voiture ou quelque chose du genre. Certains des guides que j'ai lus avant de venir mentionnaient également des cars de tourisme.

Ana me fait presque un clin d'œil.

— Je ne pense pas que ça le dérangera. En plus de cela, il ne donne pas de cours demain. Et nous pouvons nous débrouiller sans lui au restaurant.

— Je pourrais lui demander alors.

J'ai très envie de rencontrer Magda, mais je culpabilise un peu pour Luis qui va jouer les guides touristiques une journée de plus.

— Affaire conclue alors. Saluc bien Magda pour moi. Cela fait bien trop longtemps que nous ne nous sommes pas vues.

Je retiens un sourire face à la détermination avec laquelle Ana gère les événements. Elle me rappelle tant ma grand-mère.

Nous descendons ensemble l'escalier et elle se rend à la cuisine pour le service du déjeuner. La mère de Luis m'attend dans l'entrée, une lueur de désapprobation dans les yeux.

— Vous êtes prête ?

Je hoche la tête.

Apparemment, Luis partage sa voiture avec sa mère et lui a demandé de m'accompagner à l'université en allant travailler et de laisser la voiture près du campus. Quant à lui, il a pris le bus ce matin. Que pourrais-je dire ? Il est évident que sa mère ne m'apprécie guère.

— C'est gentil de m'accompagner, merci.

Elle ne m'apprécie peut-être pas, mais je souhaite la faire changer d'avis, prouver qu'il y a plus en moi que l'étrangère superficielle qu'elle craint de voir s'attaquer à son fils.

Elle prête à peine attention à mes remerciements.

— Luis me l'a demandé.

Mes joues s'enflamment quand son regard se pose sur mon sac en toile, sur ce qu'il pourrait sous-entendre. J'ouvre la bouche pour expliquer que ce n'est pas ce qu'elle croit, que nous allons juste *nager*, mais elle ne m'en donne pas la possibilité. Elle tourne les talons, ne me donnant pas d'autre choix que de la suivre dehors où nous attend le cabriolet de Luis.

Avec les embouteillages, nous mettons près d'une demi-heure à rejoindre l'université de La Havane depuis Miramar. Mes efforts pour entamer une conversation avec la mère de Luis sont infructueux et me donnent l'impression qu'elle me voit comme une étrangère. Je me résous donc à regarder par la fenêtre, à observer les passants. Je ne peux pas lui en vouloir ; à sa place, je ne m'apprécierais sans doute pas non plus, étant donné les disparités entre nos vies et le fait que ma famille ait bénéficié d'être partie quand la sienne a souffert d'être restée.

Caridad me dépose devant l'université et me tend les clés de la voiture pour que je les remette à Luis, avant de partir à pied pour son travail.

À première vue, le bâtiment de l'université de La Havane en impose, il est beau dans son genre. Je monte les marches en fixant la grande statue de l'Alma Mater. Je traverse le campus, croise des jeunes gens assis sur des bancs dont les conversations emplissent la cour. L'ambiance me rappelle l'époque où j'étais moi-même étudiante. Je suis le plan que m'a remis Luis jusqu'à ce que je trouve sa salle de classe.

Là, les différences sont plus visibles : les murs sont kaki, évoquant les treillis militaires, et le vieux tableau noir à l'avant de la pièce n'a pas grand-chose à voir avec l'équipement moderne dont je bénéficiais pendant mes études. Luis est penché au-dessus d'un bureau en bois devant le tableau, les manches de sa chemise bleue retroussées, ses longues jambes vêtues d'un pantalon bleu plus foncé. Il semble passionné par ce qu'il est en train de lire, la tête baissée, et j'en profite pour m'installer discrètement au fond.

Les étudiants arrivent un à un, discutant de leurs projets pour la soirée, de leur lecture du moment. Deux filles s'assoient à la rangée devant moi – l'une est convaincue que son petit ami la trompe et, à entendre les détails qu'elle fournit, je partage son avis.

Luis lève les yeux de son bureau, balaie l'assemblée du regard…

Il s'arrête sur moi.

Il sourit.

Cette étincelle est de nouveau là, évidente, brûlant devant mes yeux.

Luis se détourne, le sourire toujours aux lèvres et dans les yeux tandis qu'il commence son cours. Le sujet du jour est un blocus français à l'encontre de Cuba au XVIe siècle et, à travers la passion dans la voix de Luis, le corsaire français et la lutte du peuple cubain prennent vie.

Je ne vois pas le temps passer – la passion qu'il manifeste lorsqu'il parle du Cuba moderne est tout aussi présente lorsqu'il expose les événements du passé. Cette leçon se révèle d'autant plus intéressante pour moi qui ne connais pas grand-chose de l'histoire cubaine avant et après l'étroite fenêtre de la révolution. L'image qu'il peint des origines de Cuba est teintée de tristesse : il raconte les maltraitances que les Européens ont fait subir aux Taïnos en leur dérobant leur terre, la cruauté des Espagnols. Il parle de l'économie du pays, comment le sucre a à la fois sauvé et condamné Cuba en faisant venir des esclaves pour travailler dans les plantations, jusqu'à ce que le pays suive la voie des États-Unis et abolisse cette pratique à la fin du XIXe siècle.

Luis n'utilise pas de support de cours ; au lieu de cela, il lance des questions à ses étudiants avec une énergie qui semble venir davantage de son enthousiasme que d'une quelconque envie de les intimider. Il est constamment en mouvement, ses mains s'agitant dans tous les sens. En le voyant, personne ne pourrait douter de son amour de l'enseignement, ni de sa sincérité et de sa passion pour la matière. Ses étudiants sont captivés, ce qui relève de l'exploit si j'en crois mes souvenirs à l'université.

Le cours passe à toute vitesse et je ne me rends pas compte que c'est déjà fini jusqu'à ce que les étudiants commencent à rassembler leurs affaires et à se lever pour partir. Je patiente au fond de la classe pendant que certains vont poser des questions à Luis. Même pour répondre à celles-ci, il manifeste un grand enthousiasme. C'est ce que je trouve le plus séduisant chez lui – pas sa stature haute et mince ou ses cheveux bruns, sa barbe taillée de près, ses yeux noirs intenses. C'est sa passion, son intellect, sa conviction.

Puis tous les étudiants sont sortis et nous nous retrouvons seuls tous les deux, séparés par une mer de bureaux abandonnés.

— Alors, qu'est-ce que tu en as pensé ?

— Je t'ai trouvé bon. Très bon. Calé. Captivant. Je regrette de ne pas avoir eu plus de professeurs comme toi pendant mes études.

Revoilà son sourire.

— Tes profs n'étaient pas « captivants » ?

— Pas vraiment. Certains étaient quand même intéressants. J'ai fait mes études dans une immense université publique, donc mes cours étaient bondés – des centaines d'élèves dans une salle. Alors c'était un peu impersonnel. En plus de cela, je n'étais pas forcément l'étudiante la plus assidue. J'ai mis un moment à comprendre ce que je voulais faire de ma vie.

J'ai choisi une spécialité communication parce que la plupart des cours me plaisaient et que cela me semblait assez polyvalent sachant que je n'avais pas de projet particulier. Mon père m'a suggéré de m'occuper des relations publiques de la société Perez, mais l'offre avait beau être lucrative, je ne pouvais pas me résoudre à rejoindre l'entreprise de sucre familiale. J'adore ma famille, mais bien trop souvent ces « opportunités » s'accompagnent de contreparties auxquelles je ne suis pas prête à me plier.

L'histoire de notre famille comprend un sens de l'obligation. Autrefois, être un ou une Perez à Cuba signifiait quelque chose : un patrimoine et une réputation à préserver, la responsabilité de ne jamais déshonorer le nom de la famille. Quand nous avons tant perdu lors de la révolution et que mes arrière-grands-parents et leurs enfants sont venus aux États-Unis, cette obligation a perduré, se transformant en un besoin de nous établir dans une société où nous n'étions pas entièrement désirés, où nous devions travailler plus dur pour avancer, où nous devions repartir de zéro dans bien des domaines. C'est une lourde responsabilité que de porter l'héritage de votre famille à chaque pas que vous faites, lors de chacune de vos décisions, et je ne suis pas sûre d'être à la hauteur.

En tant que Cubaine, ma famille s'attend à ce que je prépare la paella avec assurance, que je m'habille bien, que je fasse un bon mariage, que je reçoive du monde comme si cela ne me demandait aucun effort. En tant que personne dont la famille a immigré aux États-Unis, je suis également censée réussir professionnellement, être à la fois une brillante femme d'affaires et une élégante maîtresse de maison.

Ma grand-mère, elle, comprenait la difficulté de la chose, sa fierté et son sens de l'obligation compensés par une bonne dose d'amour et de pragmatisme. Était-ce parce qu'elle avait osé contrarier les désirs de sa famille et suivre son cœur ?

— Et maintenant tu sais ce que tu veux faire de ta vie ?

J'essaie de sourire.

— Si seulement. Je n'en suis pas encore très sûre.

J'ai envie que ma vie ait du sens, envie d'un métier qui me passionne autant que lui semble passionné quand il enseigne, envie de contribuer à mon humble niveau à l'amélioration du monde.

— Il n'y a aucune honte à avoir, dit-il.

— Toi, tu as trouvé ta voie.

Luis hausse les épaules.

— Les apparences sont parfois trompeuses. J'ai encore des doutes, je me demande encore si j'en fais assez, si je suis sur la bonne « voie », justement. Ma famille compte sur moi. Je ne veux pas la décevoir.

— Les attentes familiales, je connais… C'est dur d'être l'avenir, tu ne trouves pas ?

— Si.

Il tend la main pour me caresser la joue et glisse une mèche de mes cheveux derrière mon oreille.

— Raconte-moi l'histoire de ce lieu, dis-je, la voix légèrement tremblante tandis qu'un frisson de plaisir me parcourt la peau.

Luis croise les bras et s'appuie sur son bureau, l'air un peu étonné.

— Tu veux un cours d'histoire ?

— N'est-ce pas pour ça que je suis venue ?

Le cours d'histoire semble l'option la moins risquée. Depuis mon arrivée, je sens l'attirance croître entre nous, mais je vais bientôt repartir et, malgré mon envie de me rapprocher de lui, m'embarquer dans quelque chose qui n'a aucun avenir est une très mauvaise idée. Et pourtant je suis là.

— Est-ce pour ça que tu es venue ? répète-t-il d'une voix douce, avant de secouer la tête devant mon silence, baissant la tête pour dissimuler le sourire que j'entends dans sa voix. Cette université a été fondée au début du XVIIIe siècle et était l'une des premières sur le continent américain. Elle se trouvait au départ dans la vieille ville et a déménagé ici au début du XXe siècle. Batista l'a fermée en 1956 parce qu'il craignait la radicalisation qui en émergeait. Lorsque Fidel l'a rouverte, son ambition a changé et elle a été réformée afin de mieux correspondre à l'idéologie révolutionnaire.

Il raconte cela presque comme s'il croyait au mérite d'une telle action.

— À propos de révolutionnaires… me lancé-je après une profonde inspiration. Ta grand-mère a contacté cette femme qui vit à Santa Clara. Elle s'appelle Magda et s'occupait de ma grand-mère et mes grands-tantes quand elles étaient petites. Elle sait peut-être des choses au sujet du passé de ma grand-mère. Pourrais-tu m'emmener la voir ? Si c'est trop te demander, je comprendrai très bien. Je peux louer une voiture ou me débrouiller autrement. (Son expression s'assombrit.) Cela ne me dérange pas d'y aller seule, je t'assure. Je sais que c'est loin.

— Il ne s'agit pas de la distance. (Luis garde un moment le silence.) Tu dois faire attention, Marisol.

— Crois-tu qu'il soit trop dangereux de lui rendre visite ?

Les inquiétudes de mes grands-tantes me reviennent en mémoire, tous ces e-mails rapportant des informations du département d'État. Je repense aussi aux mises en garde précédentes de Luis. Ont-ils raison ? Est-ce que je sous-estime la réalité politique cubaine ? Suis-je une source de problèmes pour lui, pour Ana ? Attirerai-je des ennuis à Magda ?

— Je ne sais pas, répond-il. D'un côté, tu rends visite à une vieille amie de ta famille. Bien sûr, si cet homme est un sujet sensible pour le régime, le simple fait de se renseigner à son sujet pourrait s'avérer dangereux. C'est le défi ici. Parfois on sait qu'on contrarie le régime ; parfois on ne se rend pas compte que nos actions sont considérées comme une menace avant qu'il ne soit trop tard.

— Je ne veux causer de problèmes à aucun d'entre vous.

— T'emmener voir l'ancienne nounou de ta grand-mère ne me pose pas de problème. Je m'inquiète plutôt pour toi. Tu risques autant que n'importe lequel d'entre nous. Ta citoyenneté américaine ne te protégera pas ici. Le régime ne regarde pas les journalistes d'un très bon œil.

— Même ceux qui écrivent sur l'avantage de trier ses vêtements par couleur ? demandé-je, exaspérée.

— Tu as une voix et une plateforme. Il n'en faut pas plus pour les terrifier. À quel point est-ce important pour toi ? ajoute-t-il en frottant sa joue blessée.

— Je ne veux causer d'ennuis à personne et je ne veux pas me retrouver en prison. Mais c'est important pour moi.

Luis soupire.

— Dans ce cas nous irons la voir. Je comptais t'emmener à Varadero. Santa Clara n'est pas beaucoup plus loin. Nous pouvons y aller après la plage. (Il hésite.) Nous pourrions nous arrêter une nuit quelque part pour que le voyage soit plus gérable. Si cela te convient.

J'inspire profondément.

— Ce serait parfait.

Luis prend ma main et la serre dans la sienne. Nos doigts s'enlacent. Il semble aussi déchiré que moi, même lorsqu'il porte nos mains jointes à ses lèvres pour embrasser mes phalanges.

Est-ce que ce sera une amourette ? Quelques moments volés que je me remémorerai avec du baume au cœur dans quelques mois – une simple romance de vacances ? J'ai toujours privilégié les relations durables et, quand j'essaie de m'imaginer dans un bar en train de parler de Luis à mes amis de Miami, il y a quelque chose qui cloche. Quant à lui, rien ne laisse suggérer qu'il soit enclin aux toquades, il semble trop sérieux pour cela.

Et pourtant…

Nous sommes tous deux trop âgés pour nous précipiter aveuglément, pour ne pas mesurer les risques, pour ne pas voir combien nous sommes mal assortis sur le papier. Malgré tous nos points communs, à moins que les relations entre Cuba et les États-Unis ne changent drastiquement, nous nous engageons dans une impasse. Il est extrêmement difficile de vivre une relation à distance dans un pays comme Cuba où Internet est aussi réglementé, où la communication est contrôlée, où les visas sont rarement accordés aux Américains, sans parler du fait que la liberté de voyager des Cubains dépend des caprices de la bureaucratie gouvernementale et des réalités économiques. Dans un pays où le gouvernement est un spectre terrifiant qui plane au-dessus de ses citoyens.

Comment cela pourrait-il être autre chose qu'une toquade ?

J'essaie de faire abstraction des doutes qui me taraudent quant à notre avenir.

— Es-tu sûr que cela ne pose pas de problème d'aller voir Magda ?

— Cela devrait aller, répond-il en fixant nos mains enlacées. Si quelqu'un t'a à l'œil, il semblera seulement que tu rends visite à une vieille amie de ta famille. Ce n'est pas comme s'ils savaient que tu cherches quelqu'un.

Je me fige.

— Comment ça « si quelqu'un m'a à l'œil » ? Tu es en train de me dire que le régime m'*espionne* ?

Bien sûr que je me doutais qu'ils prêtaient une attention particulière aux fauteurs de troubles cubains et aux fonctionnaires étrangers dans leur pays, mais à moi ?

Le regard que Luis m'adresse alors révèle une infinie patience assortie d'une certaine tristesse.

— Ils aiment surveiller ce qui se passe.

— Mais moi ? J'écris un article de tourisme, pas un papier politique.

— Oui, et tu descends aussi de l'une des familles les plus célèbres et les plus fortunées de Cuba. À quoi t'attendais-tu ? En plus, tu loges ici avec nous… Comme je l'ai dit, ils aiment suivre la trace des gens, conclut-il en haussant les épaules.

— Tu crois qu'ils me suivent en continu tant que je suis à Cuba ?

— Probablement pas. Après tout, leurs ressources sont limitées. Mais bon, sait-on jamais ?

L'idée que quelqu'un m'observe depuis mon arrivée à La Havane, même de façon inoffensive, me terrifie. Étaient-ils là lorsque Luis et moi étions assis côte à côte sur le Malecón ? Me suivaient-ils à la cathédrale en faisant semblant de prier ?

— Comment peux-tu vivre ainsi ? demandé-je. Ne passes-tu pas ton temps à avoir peur ?

— On fait preuve de prudence. Et l'on finit par être insensible à leurs menaces et ils perdent du pouvoir. On reste prudent, mais on teste les limites un peu plus chaque jour, sans quoi on deviendrait fou à force de vivre dans une peur constante. Et c'est ce qui terrifie le régime. Si les gens ne le craignent plus, il perd sa puissance.

Luis s'écarte brusquement du bureau, m'attirant en avant et refermant l'espace entre nous. Je lève la tête pour plonger mes yeux dans les siens.

— Tu es prête ?

Peut-être.

J'acquiesce.

Cela prend un peu plus de trois heures pour aller de La Havane à la plage de Varadero. Luis marque quelques arrêts pour me permettre de prendre des photos du paysage, tandis que je savoure ce côté de la vie cubaine. Cette route hors des sentiers battus me donne un aperçu du pays différent des sites touristiques. Bien sûr, cela sera différent quand nous aurons atteint notre destination. Varadero est en effet l'une des villes balnéaires les plus célèbres du pays. Parmi tous les endroits que j'ai envie de visiter à Cuba, celui-ci me tient particulièrement à cœur parce que ma grand-mère l'aimait énormément.

L'eau, Marisol. L'eau la plus belle que tu aies jamais vue. Une eau de la couleur du collier que je t'ai offert. Tu vois duquel je parle ?

Luis allonge le bras sur le haut de mon siège et, de son autre main, tapote le volant au rythme de la musique qui passe à la radio. Le soleil brille au-dessus de nous : la brise qui nous parvient par le toit décapotable atténue un peu la chaleur, mais cela n'empêche pas mes cuisses de coller sur le cuir blanc.

Lorsque nous arrivons enfin à la plage, je ne suis pas déçue le moins du monde. Varadero est tout ce que décrivait ma grand-mère : du sable blanc d'une extrême finesse, de grands palmiers qui se balancent, l'eau la plus transparente qu'il m'ait été donné de voir.

Cette partie de la plage est assez calme et nous nous installons sur le côté, sous un palmier. La personne la plus proche se trouve à plusieurs centaines de mètres, nous donnant l'illusion d'avoir trouvé notre coin du monde à nous.

Luis étend une serviette et y pose le panier qu'il a apporté. Il en sort tamales et empanadas enveloppés dans du papier, ainsi que des bouteilles de soda, et me tend le tout. Je me régale d'un tamal et d'une empanada, accompagnés du goût familier du Materva.

— Tu veux te baigner ? me demande Luis quand nous avons fini notre pique-nique.

Il est impossible de résister à l'appel d'une eau pareille.

— Et comment !

Je retire ma robe, dévoilant le bikini que j'avais enfilé lors d'un de nos arrêts et, dos à Luis, je contemple les vagues qui lèchent le rivage. Un bateau de pêche rôde au loin, tanguant sur l'eau. Loin sur ma droite, de minuscules parasols en paille parsèment le paysage.

C'est vraiment le paradis.

Je songe à y disperser les cendres de ma grand-mère, à la faire reposer pour l'éternité dans le sable et la mer. Cependant…

Je ne suis pas prête à me séparer d'elle ; une étrange distance nous sépare, le secret de sa mystérieuse romance planant entre nous.

On croit connaître une personne, la connaître mieux que quiconque et puis, petit à petit, sa vie se déroule devant nos yeux et on se rend compte du peu de choses que l'on savait. Elle avait toujours été la constante dans ma vie, et à présent…

C'est un peu comme si je l'avais perdue une deuxième fois.

Je m'avance vers la mer, sans attendre Luis, m'accordant un moment pour prendre mes repères, pour calmer les battements de mon cœur, pour me vider la tête.

L'eau bleue, semblable à du cristal, est illuminée par l'éclat des couleurs des poissons qui nagent sous la surface. La température s'apparente davantage à un bain tiède qu'à une baignade tonifiante.

Le sable glisse entre mes orteils.

— C'est beau, tu ne trouves pas ? me demande Luis qui m'a rejointe, son épaule à un cheveu de la mienne.

— Si.

J'avance dans la mer, l'eau ondule autour de mes mollets, un poisson m'effleure. Puis un deuxième. Je m'enfonce, l'eau m'arrive à présent aux genoux, puis aux cuisses. Luis me suit à distance, me donnant de l'espace.

L'eau est de plus en plus sombre devant moi, jusqu'à quitter mon champ de vision, au-delà de l'horizon – ma maison aux États-Unis me semble soudain bien loin.

La mer me caresse le nombril et je l'effleure du bout des doigts. Je plonge sous les vagues et, quand je ressors, Luis est là, dos au soleil, à me regarder.

J'ai l'impression d'une rangée de dominos qui tombe dans un alignement parfait, comme si j'étais censée me retrouver ici, avec le petit-fils d'une amie très chère de ma famille, les pieds sur le sol cubain, rattrapée par l'histoire.

Je m'avance d'un pas. Puis d'un deuxième. Je m'arrête à deux centimètres de Luis et nos lèvres se rencontrent – le goût du sel, le parfum de l'océan et le soleil chauffant sa peau sous mes mains, sa barbe rêche contre ma joue.

Une éternité s'écoule avant que nous ne reprenions notre respiration.

— Parle-moi de ta famille, me dit Luis.

Nous avons quitté la mer pour nous prélasser sur le sable. Nos baisers salés ont irrité mes lèvres. Je lui passe la boisson que nous partageons et tourne mon regard vers l'eau. C'est une demande apparemment innocente, mais si compliquée sous la surface.

— Pourquoi ?

Il sourit, m'effleure la tempe des lèvres, sa barbe me chatouillant la peau. Ma gorge se serre à la vue de ses blessures.

— Pour me permettre de mieux te connaître. Tu as rencontré ma famille – ma mère, ma grand-mère, Cristina. Je ne peux pas m'empêcher d'être curieux à propos de la tienne. J'ai grandi en écoutant des histoires impliquant ta grand-mère, tes grands-tantes. Pour ma grand-mère, elles étaient comme des cousines.

— Ma famille est compliquée.

— Comme toutes les familles, non ?

— Sans doute. Mais c'est peut-être un peu plus flagrant pour la mienne sachant que tant de nos marottes se sont retrouvées dans les pages *people*.

Je lui parle de l'héritière du caoutchouc, lui explique que j'ai été élevée par ma grand-mère. J'ai tellement raconté cette histoire au fil des ans, à tous ceux qui s'étonnaient de ma structure familiale atypique – pourquoi c'était ma grand-mère et non mes parents qui assistait aux spectacles de l'école – que je peux presque la raconter jusqu'au bout sans m'émouvoir.

— Est-ce que ta mère te manque ? Êtes-vous proches aujourd'hui ?

Je hausse les épaules et porte la bouteille commune à mes lèvres, la boisson venant rafraîchir ma gorge.

— Je suppose que c'est l'idée qui me manque – ce que la société dit de la relation mère-fille – plus que la réalité. Je ne l'ai jamais assez fréquentée pour qu'elle me manque ; même aujourd'hui, nous sommes plus de vagues connaissances qu'autre chose. Je ne l'ai vue qu'une poignée de fois ces dix dernières années, en général quand nous nous trouvons au même endroit. On ne s'entend pas trop mal.

— Mais quand même…

— J'avais mes sœurs, mon père, mes grands-tantes. Tout le monde vivait dans le même coin en Floride, donc la famille, ce n'est pas ça qui me manquait. Mon père était très pris par son travail, mais il faisait quand même des efforts pour être présent autant que possible. Et puis bien sûr, j'avais ma grand-mère ; c'était tout ce dont j'avais besoin.

— À quoi ressemblait ta grand-mère ? s'enquiert Luis, sa main me frôlant paresseusement la hanche.

Malgré la chaleur, un frisson me parcourt.

— Farouche. Sans remords. Fière. Loyale – envers son pays et sa famille. (Je marque une pause.) Je ne le comprenais pas jusqu'ici, mais il y avait chez elle une certaine tristesse. Une grande nostalgie. J'avais toujours pensé qu'elle regrettait Cuba, mais maintenant je me demande si dans ces moments où elle était silencieuse, où elle était avec nous sans l'être vraiment, ce n'était pas à lui qu'elle pensait.

— Comment avancent tes recherches ? As-tu appris quoi que ce soit depuis hier soir ? Ma grand-mère a-t-elle ajouté quelque chose quand vous avez discuté ce matin ?

— Non. J'espère que Magda aura des réponses.

Il garde un moment le silence.

— Ta grand-mère – tu dis qu'elle était tout pour toi. C'est pour cela qu'il est si important pour toi de le retrouver ?

Je hoche la tête.

— La perdre a été plus dur que je ne l'imaginais. J'aurais dû le prévoir, mais elle était toujours si pleine de vie, semblait tellement plus jeune que son âge, que je pensais qu'elle serait là longtemps. Qu'elle serait là à mon mariage, qu'elle prendrait mon enfant dans ses bras. (Une larme coule le long de ma joue et je l'essuie rapidement.) Je déteste penser qu'elle ne sera pas là pour tous ces moments.

Qu'elle ne chantera pas « Cielito Lindo » à mon enfant comme elle le faisait avec moi quand j'étais petite. J'ai un trou béant dans le cœur. Ses bras me manquent, son parfum, l'odeur de ses bons petits plats.

Une deuxième larme s'échappe de mes yeux. Puis une autre.

Le bras de Luis se resserre autour de ma taille, ses lèvres me caressent la tempe.

— Nous étions si liées, poursuis-je, le son étouffé contre le torse nu de Luis. Elle était la seule à qui je pouvais tout dire. Et maintenant qu'elle est partie… (Je m'essuie les joues et m'écarte légèrement de Luis.) Il faut que je le retrouve. Ou au moins que j'essaie. Pour l'instant, leur relation est une grande inconnue. J'ai l'impression qu'ils s'aimaient, et c'était un révolutionnaire mais, à part ça, je ne sais absolument pas ce qui s'est passé entre eux. Elle a demandé à ta grand-mère de garder les lettres pour moi. Elle voulait que je vienne disperser ses cendres. Elle voulait que je découvre ce secret. Ma grand-mère me connaissait mieux que quiconque ; elle savait qu'il me faudrait aller au bout, d'une façon ou d'une autre.

— Est-ce que tout ça ne risque pas d'abîmer ton souvenir de son couple avec ton grand-père ?

— Peut-être. Je ne sais pas. J'étais si jeune quand il est mort. J'avais encore la vision d'un enfant à l'époque. Qui sait ce qui se passe derrière les portes ?

— Le mariage, ce n'est pas facile.

Je ne peux m'en empêcher. La curiosité me titille depuis qu'il m'a dit qu'il était divorcé.

— Que s'est-il passé entre vous deux – avec Cristina ?

Il tourne la tête pour contempler l'eau.

— C'était un ensemble de choses, finit-il par répondre. Ce serait plus simple à expliquer si l'un de nous avait trompé l'autre ou si nous nous étions violemment disputés, mais cela ne s'est pas du tout passé comme ça. Chaque soir nous nous couchions ensemble et, le lendemain matin, nous nous réveillions un peu plus éloignés que la veille. Un matin, au réveil, nous étions des inconnus l'un pour l'autre.

— Cela a dû être douloureux.

— Oui, même si je suppose que ça aurait pu être pire. Nos vies ont divergé, tout simplement. Elle voulait des enfants. Lorsque nous nous sommes mariés, je croyais que moi aussi. Mais plus j'y pensais, plus je songeais au monde dans lequel ils naîtraient, au pays que j'allais leur laisser, moins cela me paraissait envisageable. C'était ma faute. Elle m'a épousé en s'attendant à une chose et s'est retrouvée avec une autre. Ce n'était pas juste pour elle, et c'était mon erreur de jugement. C'est lorsqu'on échoue que l'on se découvre véritablement. Lorsque mon mariage a échoué, j'ai appris que j'étais incapable de faire semblant d'être quelqu'un que je n'étais pas pour faire plaisir à une personne. (Il se frotte la mâchoire, les yeux baissés.) Elle me trouvait trop sérieux. Elle voulait que je lâche un peu de lest. Cohabiter avec moi n'est pas évident.

Ses mots relèvent autant de la confession que de l'avertissement.

— Pourtant vous cohabitez encore. Et vous travaillez encore ensemble au restaurant. Comment gères-tu la situation ? Et elle ?

— Je ne dirais pas que nous cohabitons au sens propre du terme. Ce n'est pas comme si nous dormions toujours dans la même chambre. À Cuba, ce n'est pas la même chose qu'ailleurs. Il y a une grande pénurie de logements à La Havane. Cristina souhaitait déménager, mais elle n'avait nulle part où aller. Elle se retrouve coincée. Merci, Fidel.

— Cela doit être tellement bizarre. L'idée de vivre sous le même toit que l'un de mes ex...

— C'est ce qu'on pourrait penser, mais en fait ce n'est pas si terrible. Nous sommes devenus amis plus qu'autre chose. Un peu comme des cousins, d'une certaine façon. Elle a perdu ses deux parents. Elle n'a personne d'autre, et je suis presque certain qu'elle se désintéresse autant de moi que moi d'elle. Parfois, elle amène des hommes à la maison, mais je mets un point d'honneur à sortir ces soirs-là. Ce n'est pas une solution parfaite, mais on se débrouille. Si les choses ne se présentent pas comme prévu, tu revois tes attentes. Comme ça, on évite d'être déçu.

— Et toi, jamais tu...

— Que je ramène des filles ? complète-t-il en souriant de toutes ses dents. J'habite avec ma mère et ma grand-mère. À ton avis ?

J'éclate de rire.

— En effet.

— Et toi alors ?

Il prend la boisson de ma main tendue et boit une gorgée.

— Et moi quoi ?

— Tu n'as jamais été mariée ?

— Non.

— Tu t'en es approchée ?

— Je n'ai jamais été fiancée ou quoi que ce soit du genre. Ma relation la plus longue a duré trois ans. Nous étions à l'université.

— Que s'est-il passé ?

J'ai l'impression que c'était il y a si longtemps ; sur le moment, la rupture avait été douloureuse, mais aujourd'hui je me souviens à peine pourquoi nous nous sommes séparés.

— Juste la vie, je suppose. Nous étions arrivés au point où nous devions soit nous engager plus sérieusement, soit poursuivre notre route chacun de notre côté, et aucun de nous n'était assez attaché pour passer au niveau supérieur.

— Et depuis ?

— Je fais des rencontres, mais aucune ne m'a donné envie d'aller plus loin.

Jusqu'à maintenant.

— Et ta famille ? demandé-je. Ta grand-mère m'a dit que tu venais ici avec ton père. Comment était-il ?

— Strict. C'était un bon père, un homme bien, mais c'était un militaire, habitué à donner des ordres et à ce qu'on lui obéisse. Cela dit, il était mon héros. Lorsqu'il portait son uniforme, je le trouvais incroyable. Quand j'étais petit, je voulais servir dans l'armée, comme lui.

— Qu'est-ce qui a changé ?

— J'ai grandi. Mes yeux se sont ouverts à la réalité autour de moi. Les choses étaient plus simples quand mon père était en vie, quand le régime prenait soin de nous parce qu'il était haut gradé. Nous avons continué de recevoir des avantages financiers après sa mort, mais mon univers a basculé.

Mes grands-parents nous ont accueillis chez eux et mes amis n'étaient plus des enfants de privilégiés, mais des Cubains qui souffraient. Lorsque le gouvernement te protège parce que tu fais partie du club, ce n'est pas si mal. Mais la réalité des Cubains ordinaires est bien différente. Quand bien même… poursuit-il après une pause. Mon père a donné sa vie au combat pour défendre le peuple angolais, pour le protéger des forces soutenues par les États-Unis lors du conflit. Il a passé toute son existence à servir le régime. Parfois je me demande s'il serait déçu que je n'aie pas fait la même chose, que je n'honore pas sa mémoire.

— Comme tu l'as dit toi-même, tes étudiants sont l'avenir de ce pays. Il est clair que tu aimes ton métier, que tes étudiants t'admirent. Tu peux en être fier. Ton père combattait pour défendre ses convictions. C'est ce que tu fais toi aussi, même si dans ton cas tu n'as pas besoin de fusil.

Luis esquisse un sourire et pose ses lèvres sur les miennes.

— Merci.

Il se penche en arrière, le regard tourné vers le ciel. Je me blottis contre lui, l'embrasse dans le cou, inhale son odeur, me créant des souvenirs…

Pour quand je serai repartie.

CHAPITRE SEIZE

Elisa

Les semaines passent à une lenteur atroce après le départ de Pablo. Décembre arrive et la monotonie de la vie est ébranlée par des bombardements, des fusillades et des attentats qui achèvent de convaincre ma mère que nous ne devons pas flâner seules dans les rues de La Havane. Les nouvelles règles ne me dérangent pas – je suis au purgatoire, m'agrippant à chaque rapport à la radio, à chaque information concernant les combats dans la Sierra Maestra. Les lettres de Pablo m'arrivent sporadiquement par le biais de messagers puis de membres du personnel que j'ai recrutés à coups de compliments et de pots-de-vin. Je suis terrifiée à l'idée que mes parents découvrent les lettres, que Magda me condamne, que mes sœurs me posent des questions.

Un après-midi, je me confie à Ana, lui disant que j'ai rencontré un homme et pas grand-chose de plus. J'ai envie de parler de Pablo, envie de partager ce secret avec les personnes qui me sont les plus proches, mais chaque fois que je commence à parler de lui, quelque chose en moi se rebelle. Alors je me contente des lettres qu'il m'envoie, de celles que je lui écris. Je cache ses missives dans ma chambre, les lisant et les relisant quand je suis seule, lorsque je le sens si loin de moi. J'ai peur que mes lettres ne lui parviennent pas dans les montagnes, qu'elles soient interceptées. J'ai peur de foncer droit vers le désastre.

Malgré la façon dont nous nous sommes séparés, l'incertitude de notre relation, je ne peux cesser d'espérer que tout n'est pas terminé.

Lorsque arrive la lettre suivante, je déchire l'enveloppe, impatiente de découvrir le contenu.

Tout est calme dans les montagnes. Une tranquillité que je n'ai jamais connue en ville. C'est si beau – tu te plairais énormément ici. C'est si verdoyant – nous nous réveillons avec le soleil qui s'élève au-dessus des montagnes et la vue rivalise même avec celle que l'on a depuis la digue. Les nuages sont si bas qu'on a l'impression de pouvoir les toucher en levant la main.

Je pense souvent à toi. Tu me manques.

Je me découvre une grande piété et m'agenouille dans la cathédrale, implorant Dieu de protéger Pablo et de me le ramener. Et je m'inquiète pour Alejandro. En permanence.

Je ne sais pas très bien quel est le poids de Dieu dans l'avenir de Cuba – je crains qu'après avoir créé ce paradis sur Terre, il nous laisse nous y débrouiller tout seuls – mais j'espère qu'il protégera mon frère et Pablo. L'espoir est tout ce qu'il vous reste lorsque le monde est en pleine tourmente.

Je passe de plus en plus de temps avec Ana. Nous paressons au bord de la piscine, un verre à la main, pendant que Maria joue dans l'eau à grands renforts d'éclaboussures. Il est difficile de réconcilier cette image de La Havane avec celle qui me saute au visage chaque fois que je lis le journal une fois que mon père l'a terminé. Les nouvelles sont souvent macabres, accompagnées de photos de corps sanguinolents. Je ne peux m'empêcher de regarder attentivement tous les morts, leur visage, craignant d'y découvrir Pablo ou Alejandro. Batista est particulièrement virulent ces derniers temps, purgeant les rues de quiconque lui semble représenter une menace. Cela doit être éreintant d'avoir tant d'ennemis, de sentir le souffle de Fidel Castro dans sa nuque.

Aujourd'hui, Beatriz et Isabel trompent l'ennui en se chamaillant dans le salon, pendant que je lis confortablement installée sur le canapé. Dieu seul sait où est Maria, sans doute en train de courir après des lézards dans le jardin.

— Elle est folle, tu ne crois pas ?

La voix de Beatriz me tire de mon roman.

— Qu'est-ce qu'il y a ? demandé-je.

— Isabel. Elle est folle de dire qu'elle va épouser Alberto. Dis-le-lui.

Notre sœur aînée assassine Beatriz du regard, avant de se tourner vers moi.

Nos parents ne sont pas encore au courant pour les fiançailles. Personnellement, je doute qu'Alberto ait le courage d'affronter notre père – et je ne peux pas vraiment lui en vouloir. Le père d'Alberto est médecin, un homme de la classe moyenne qui a très bien réussi, mais pas vraiment un baron du sucre ; Alberto, quant à lui, est comptable. Isabel et lui se sont rencontrés à Varadero il y a neuf mois et, depuis lors, elle ne s'intéresse à aucun autre homme.

Il est assez beau et semble véritablement attaché à Isabel, mais je ne suis pas certaine des sentiments de ma sœur envers lui. De nous toutes, c'est elle qui est la plus difficile à déchiffrer. Elle garde ses émotions bien à l'abri, alors que Beatriz les dévoile au monde entier. J'aimerais penser que j'ai la même retenue qu'Isabel, mais j'ai peur que mon cœur ne me trahisse.

— Si elle est heureuse, c'est tout ce qui compte.

Isabel me lance un regard reconnaissant.

Beatriz laisse échapper un grognement peu élégant.

— Si seulement c'était si simple. Combien de temps penses-tu que le bonheur et l'amour dureront quand ils n'arriveront plus à faire abstraction de leur différence de milieu ? Tu crois peut-être que cela ne posera aucun problème qu'elle soit née au milieu de tout ça et pas lui ? (Elle se tourne alors vers Isabel et son ton se radoucit.) Tu l'aimes, peut-être. Tu es éprise, soit. Mais est-ce suffisant pour le mariage ?

— Qu'y a-t-il d'autre ? lance Isabel d'une voix sèche.

— La compatibilité.

Beatriz a le don de frapper là où ça fait mal.

— Tout va bien pour nous de ce côté-là, mais merci de te faire du souci pour nous, rétorque Isabel.

Beatriz lève les yeux au ciel.

— Je ne parlais pas de sexe.

— Beatriz, siffle Isabel, rouge comme une écrevisse.

— Oh arrête, nous savons très bien que c'est ce que tu voulais dire.

— Peut-être que certaines d'entre nous considèrent que nous ne sommes pas obligées de dire tout ce que nous pensons. Que certaines choses sont privées.

Beatriz hausse les épaules.

— Je suppose que je ne vois pas l'intérêt de faire semblant.

— Tu manques de raison.

— Tu me parles de raison ? Ce n'est pas moi qui vais épouser un homme qui ne me correspond absolument pas. Je t'aime, tu sais. Je ne veux pas que tu fasses une erreur. Alberto fera un très bon mari dans l'absolu. Je ne crois simplement pas qu'il soit la bonne personne pour toi, et j'ai envie que tu sois avec un homme qui te mérite, un homme qui te corresponde en tout point.

— Alors ton idéal est trop élevé. Nous ne sommes pas toutes comme toi. Nous n'avons pas toutes une telle ambition. Alberto me rend heureuse. C'est un homme bien. Cela me suffit. Est-ce pour cela que tu rejettes tous tes prétendants ? Parce que tu considères qu'ils ne te méritent pas ?

Beatriz hausse les épaules et nous lance un sourire énigmatique.

— Si cette vision des choses te conforte dans tes choix, tant mieux.

Sur ce, elle part sans nous saluer.

— Elle est impossible, marmonne Isabel.

Elle peut l'être, en effet. Elle peut aussi être bien trop perspicace.

Une minute plus tard, Isabel quitte la pièce et je me retrouve seule avec mes pensées, ce qui ne me réjouit guère. Une semaine s'est écoulée depuis la dernière fois que j'ai eu des nouvelles de Pablo, depuis que j'ai reçu sa dernière lettre, une semaine d'incertitude et d'angoisse, une semaine à me languir de lui. S'est-il simplement lassé de moi ou y a-t-il autre chose en jeu ? Lui est-il arrivé malheur ?

Je ne peux m'empêcher de réfléchir à ce que Beatriz disait à Isabel ; a-t-elle raison ? Une fois que la passion s'affaiblit, la compatibilité l'emporte-t-elle sur le reste et, dans ce cas, Pablo et moi serons-nous toujours en désaccord, avec nos visions du monde si différentes, si ce n'est opposées ?

L'un des jardiniers entre dans la pièce, son chapeau dans les mains, l'air embarrassé. C'est l'un des membres du personnel que j'amadoue depuis des semaines maintenant pour faire la navette entre nos messagers, à Pablo et moi. Je suis quasiment certaine que Beatriz emploie la même stratégie avec notre frère.

— Miss Elisa, il y a un homme pour vous. Il est dans le jardin. Il…

Je bondis du canapé, tentant à peine de dominer mon excitation et mon immense soulagement.

Il est rentré.

Au bout du compte, je ne peux résister à la tentation de suivre Pablo jusqu'à la maison où il loge.

La résidence est dans le quartier de Vedado, à quelques rues de la maison de Guillermo, là où nous nous sommes rencontrés. C'est un endroit quelconque rempli de meubles banals, très peu décoré, dont l'odeur suggère qu'il n'a pas été aéré depuis longtemps.

— Es-tu le seul à loger ici ? demandé-je lorsqu'il referme la porte derrière nous.

— Pour l'instant. Je viens ici de temps en temps.

La disposition de l'étage est assez ouverte, avec des pièces communicantes. Je suis Pablo dans la cuisine, scrutant son apparence. Il paraît plus mince et, en même temps, plus musclé que la dernière fois que je l'ai vu, comme s'il avait été remodelé dans les montagnes. Sa peau est plus foncée qu'avant son départ, ses cheveux un peu plus longs que la coupe à la mode. Il est de nouveau rasé de près : porter une barbe en bataille ces jours-ci à La Havane équivaut à tester les limites de la retenue de Batista.

Je le dévore du regard, j'ai envie de me pincer. Ce n'est pas un rêve. Il a été absent pendant un mois, il m'a manqué pendant un mois, et nous voilà seuls ici.

— Tu veux boire quelque chose ? Ou grignoter ? J'ai deux ou trois choses dans les placards. (Il sourit de toutes ses dents.) Je te préviens, je ne suis pas vraiment un homme d'intérieur.

Je secoue la tête.

— Tu veux t'asseoir ?

Il sort de la petite cuisine et indique un canapé usé dans un coin de la pièce minuscule.

À ma gauche, Pablo se tient devant la porte de la cuisine. À ma droite, il y a une autre porte. Je distingue le coin d'un matelas couvert de draps bleu marine, ainsi qu'un pantalon posé au bord du lit : voir ces détails si intimes me donne des papillons dans le ventre.

Je pourrais trouver une explication rationnelle à ma décision en disant que, ces temps-ci, l'air havanais est épais d'incertitude, que chaque coup de feu, chaque explosion, chaque acte de rébellion nous pousse un peu plus vers l'inconnu. Je pourrais invoquer mon manque de contrôle sur ma propre vie, la flamme allumée en moi il y a plusieurs mois si vive et forte. Je pourrais trouver tant d'excuses pour justifier l'amour, mais tout compte fait aucune n'a plus tellement d'importance.

Il est là. Je l'aime.

C'est tout.

Je laisse Pablo sur le seuil de la cuisine et me dirige vers la chambre, le cœur battant. Mes genoux tremblent sous ma robe.

Son regard me réchauffe la peau.

C'est peut-être idiot, ça l'est sans doute, mais que serait la vie sans la possibilité de s'accorder quelques moments de stupidité ? Combien d'occasions me reste-t-il ?

Je m'arrête à quelques centimètres du lit aux contours bigarrés par la lumière mourante du jour.

Je prends une profonde inspiration, puis une deuxième, dos à lui, les doigts tremblants tandis que j'écarte mes cheveux pour dégager ma nuque.

Le bruit de ses pas sur le tapis, de chacune de ses inspirations, de ses expirations, emplit la pièce.

Pablo s'arrête.

Je lui ai déjà donné mon cœur, mais ce moment est tout aussi important et je ne peux nier ma nervosité.

Ses lèvres effleurent ma nuque, puis je sens ses doigts dans le dos de ma robe, ses phalanges contre ma colonne vertébrale, une reconstitution de cette première soirée dans le jardin derrière la maison de Guillermo. Pablo défait les boutons puis, quand il a fini, il embrasse ma peau et me retourne dans ses bras.

— Tu es sûre ?

— Oui.

Il se blottit contre moi et j'enroule mes bras autour de ses épaules, caressant le creux de son dos entre ses omoplates. Je savoure le contact de sa peau, son odeur. Il pose son front contre le mien, les yeux clos.

— Je t'aime, me murmure-t-il.

Je ferme moi aussi les yeux. Prononcer ces mots tout haut leur donne une force incroyable, vraiment.

— Moi aussi je t'aime.

Nous sommes allongés l'un près de l'autre, les draps enroulés autour de la taille. Le fait d'être nue devant un homme, même Pablo, est trop nouveau pour que je me sente tout à fait à l'aise, alors je me suis installée sur le ventre, la tête sur l'oreiller, et je le regarde. Sa main se promène le long de mon dos, ses doigts m'effleurant la peau. C'est agréable, mais ça chatouille. J'enfouis la tête dans l'oreiller, étouffant un autre éclat de rire.

— Je me rends ; je n'en peux plus.

Pablo sourit jusqu'aux oreilles, m'enveloppe de ses bras et m'attire tout contre lui, enfouissant son visage dans mes cheveux.

— Est-ce que je t'ai dit à quel point je t'aime ?

Je me tourne face à lui.

— À quel point ?

Une pointe de gravité ressort de mon ton taquin ; il y a tant de différences entre nous, et je sais pourquoi je l'admire – sa passion, son honneur, ses convictions. Et lui, qu'admire-t-il en moi ?

— Je t'aime de tout mon être, répond-il. Tu es l'espoir dans tout ça. Je me bats depuis si longtemps que j'ai presque oublié ce qu'était la vie avant, qui j'étais lorsque j'étais un simple avocat à La Havane, un frère, un fils, un ami. Quand je suis avec toi, je me souviens de celui que j'étais, un homme qui espérait, un homme qui n'était pas cerné par la mort. J'ai envie d'être le genre d'homme qui te mérite. Un homme bien, un homme honorable. Un homme dévoué à son pays et à sa famille. C'est toi ma famille désormais, Elisa. Tu es intelligente, tu es gentille, tu es loyale. Tu as des convictions et du courage, et tu me pousses à être meilleur. Je veux être un homme dont tu puisses être fière. Un homme que tu pourrais aimer.

Je souhaite les mêmes choses, être quelqu'un qu'il admire, me battre pour ce en quoi je crois, tout comme lui. Il me donne envie d'être courageuse.

— Je t'aime, chuchoté-je. Toujours.

Pablo me prend la main gauche et dépose un baiser délicat sur mon annulaire.

— J'aimerais que tu puisses porter ma bague, à la vue de tous, susurre-t-il contre ma peau.

Mon cœur s'accélère.

— Moi aussi.

Garder ce secret devient de plus en plus difficile, un peu plus douloureux et, chaque jour qui passe où il combat Batista, il devient encore plus important de protéger Pablo.

Ses doigts me caressent à présent le front, puis la joue.

— Tu es inquiète.

Il est inutile de lui mentir.

— Oui. Que va-t-il se passer maintenant ? Ça y est, c'est fini ?

— Ce ne sera jamais fini.

— Que peut-il y avoir d'autre ?

— Nous pouvons vieillir ensemble. Fonder une famille ensemble. Voir nos enfants avoir des enfants. Nous endormir côte à côte le soir et nous réveiller ensemble chaque matin.

— Tu crois vraiment que nous pouvons avoir tout cela ?

— Je l'espère. Sinon, à quoi bon se battre ?

— Comment est la situation dans les montagnes ? C'est terrible ? On entend des choses, mais il est impossible de distinguer le vrai du faux avec Batista. On dit qu'il censure de plus en plus de choses.

— C'est parce que nous gagnons du terrain. Nous avons pris une garnison de Batista. Au bout d'un moment, le moral entrera en jeu. Son armée combat ses propres compatriotes, depuis des années maintenant, et la plupart des militaires savent que Batista ne vaut pas la peine qu'ils meurent pour lui. Nous les aurons à l'usure. Si ce n'est pas nous, ce sera un autre groupe. Batista a trop d'ennemis pour survivre à tout cela.

— Comment c'est ? Terrible ? répété-je.

— Je ne veux pas en parler. Je ne veux pas que cela t'affecte. Je supporte mes nuits dans les montagnes en t'imaginant ici, en sécurité dans la ville. En imaginant notre avenir commun. (Pablo grimace.) La guerre, c'est toujours terrible, et quiconque te dira autre chose est un menteur.

— Je m'inquiète pour toi. En permanence. Je me demande où tu es, ce que tu fais, si tu es vivant. C'est si étrange de vivre comme si tout était normal, de ne pouvoir parler de toi à personne, quand j'ai l'impression qu'on m'a arraché la moitié du cœur. (J'inspire profondément.) J'ai peur qu'il t'arrive quelque chose et que je n'en sache rien, puisque nous sommes à peine plus que des secrets dans nos vies respectives.

Mon frère est une sorte d'intermédiaire entre nous, mes oreilles pour ce qui touche à la révolution cubaine, mais sa localisation à lui est tout aussi difficile à prévoir.

Pablo serre ma main dans la sienne.

— S'il m'arrive quelque chose, Guillermo te trouvera. Toutefois, ce ne sera pas nécessaire, parce que je reviendrai, Elisa. Batista lui-même ne pourrait pas m'éloigner de toi trop longtemps.

— Où vas-tu aller ?

— Le Che se dirige vers Santa Clara. Lui et ses hommes ont l'intention de confronter les forces de Batista.

— Et tu vas te joindre à eux.

— Oui.

— T'arrive-t-il d'avoir peur ?

Je n'ose imaginer les risques qu'il prend, les dangers auxquels il fait face.

— J'étais avec Latour dans la Sierra Maestra fin juillet. Nous avons combattu l'armée cubaine. Des hommes sont morts à mes côtés, leurs corps s'effondrant à terre pendant que leur sang se déversait dans les montagnes. Latour a été tué. Fidel est venu en renfort, mais nous étions déjà encerclés par l'armée de Batista. Fidel a dû négocier un cessez-le-feu – essayer, du moins – afin de nous donner une chance de nous échapper. Nous étions à deux doigts d'être éliminés, et avec nous la révolution, tout ce pour quoi nous luttons depuis le début. À ce moment-là, j'ai eu peur.

— Mais le cessez-le-feu aurait peut-être été une bonne chose ? Vous combattez depuis quoi ? Plus de cinq ans ? Qu'a accompli la révolution à part rogner des petites choses par-ci, par-là ? Batista est encore au pouvoir.

— Il ne le sera pas pour toujours. Que pouvons-nous faire d'autre que nous battre ? Je suis prêt à tout pour Cuba, à tous les sacrifices.

Pablo sort du lit et se dirige vers ses vêtements qui gisent en tas sur le sol, là où je l'ai déshabillé. Un éclat de lumière, provenant de la fenêtre ouverte, souligne sa nudité. Privée de la chaleur de son corps, j'ai soudain froid.

Je n'avais jamais pensé que la guerre les transformerait tous en monstres, mais je le crains désormais. Il y a du danger dans la façon dont nous vivons, dans le fait de poursuivre comme avant, avec insouciance, comme si tout allait bien dans la société que nous avons créée, mais il y a également du danger dans la ferveur qui anime Pablo, dans l'émotion qui motive tous les barbus.

Et soudain, j'ai très peur.

— Je t'aime, dit Pablo d'une voix presque féroce.

Je ferme les yeux.

— Je t'aime aussi.

Avant aujourd'hui, je n'avais jamais dit ces mots à personne, et aucun homme ne me les avait jamais dits. Je devrais avoir l'impression que c'est un début, mais cela sonne comme un adieu.

Pablo sort une toute petite boîte de sa poche.

Je m'immobilise.

— C'était à ma grand-mère.

La bague est magnifique et délicate, les diamants sont disposés à l'ancienne.

J'avale ma salive, la bouche soudain sèche à la vue de ce bijou, le cœur battant à toute allure.

Cela va vite. Beaucoup trop vite.

Il s'apprête à partir. La révolution est là, elle frappe à la porte.

Pablo déglutit. Sa voix tremble.

— Je ne sais pas quel genre d'existence nous aurons quand ce sera fini. Je ne pourrai sans doute pas t'offrir la vie dont tu as l'habitude. Mais je t'aime. Toujours. Ça, je peux te le promettre.

J'ai le visage baigné de larmes. Il glisse la bague à mon doigt.

— Reviens-moi.

— Je te le promets.

CHAPITRE DIX-SEPT

Marisol

Nous nous rendons dans un hôtel sur la plage, Luis à côté de moi pendant que je parle à la dame de la réception. Elle nous regarde avec curiosité.

Nous n'avons pas la familiarité des couples de longue date et il est impossible de passer à côté de la tension entre nous. Luis gigote d'un pied sur l'autre, les mains enfoncées dans les poches, les yeux fixés sur un point au mur.

Nous sommes entourés de couples, de familles, tous clairement des touristes. Un homme se tient à l'écart, le journal *Granma* à la main. Bien que cubain, de toute évidence, il ne ressemble pas du tout à un client.

Au cours de mes recherches avant mon séjour, j'ai lu des choses sur les aspects les plus tragiques de la vie ici : le tourisme sexuel en pleine expansion, des gens qui profitent du désespoir de Cubains et de Cubaines qui peuvent gagner plus en vendant leur corps pour une soirée qu'en travaillant toute une année pour l'État. Croit-elle qu'il s'agit de cela ? Que mon sac et mes vêtements coûteux, ainsi que la grosse liasse de pesos convertibles que j'ai dans la main, signifient que je suis là pour profiter de Luis ?

Je termine rapidement la transaction et fixe désormais moi aussi le même point que Luis, le cœur battant.

Nous formons une drôle de paire et je ne sais absolument pas comment atténuer les différences entre nous. Je connais un peu la fierté cubaine : a-t-il honte que ce soit moi qui paie la chambre, que l'écart entre nous soit si vaste ? Risque-t-il d'être jugé par ses amis parce qu'il fréquente une riche Américaine ? Le verront-ils comme un traître et moi comme son ticket gagnant ?

Et comment expliquer notre relation à ma famille ? Luis serait-il considéré comme un communiste parce qu'il est resté à Cuba, parce que sa famille a servi le régime dans une certaine mesure ? Je ne l'imagine pas dans mon monde et je n'ai certainement pas ma place dans le sien. Comment envisager la situation alors ?

Luis porte nos deux sacs et me suit jusqu'à la chambre qui nous a été assignée. Nous montons dans l'ascenseur – vide, par chance – et je fixe mes pieds, assaillie de doutes.

Un voyant rouge s'est allumé dans ma tête. J'aurais dû prendre deux chambres. Nous nous connaissons à peine. Je suis venue pour rendre hommage à ma grand-mère, pas pour une amourette. Tout cela va trop vite, s'accélérant à chaque instant que nous passons ensemble, à chaque baiser…

Luis me prend la main, me caresse le poignet des doigts.

— Marisol, durant l'essentiel de ma vie, il était illégal pour les Cubains de loger dans des hôtels comme celui-ci. Nous en avons désormais l'autorisation, mais très peu de Cubains peuvent se le permettre. Désolé si je suis un peu… mal à l'aise. Tu n'y es pour rien ; c'est comme ça, c'est tout.

Je peine à imaginer le manque de liberté qu'il décrit. On dirait que les Cubains sont traités comme si leur propre pays ne leur appartenait pas, soumis à des étrangers qui eux sont absolument libres de leurs mouvements.

— C'est la première fois que je fais ça, ajoute-t-il.

— Aucune touriste américaine ?

J'essaie de maintenir un ton léger, mais mon cœur bat la chamade.

— Aucune touriste tout court. (Il se penche vers moi et me caresse la joue des lèvres.) Cela signifie quelque chose pour moi.

— Cela signifie quelque chose pour moi aussi.

L'ascenseur sonne et la porte s'ouvre. Luis tend le bras pour me laisser sortir. Nous nous dirigeons vers la chambre.

La voici.

610.

La serrure me résiste. Mes doigts tremblent tandis que j'essaie de l'ouvrir. Une fois. Deux fois. La clé érafle le métal, j'ai les mains moites.

Luis intervient, son torse contre mon dos, sa main recouvrant la mienne. Il me prend la clé, la glisse dans la serrure et la tourne en un geste fluide.

Mes poils se hérissent.

Il passe son bras libre autour de ma taille, me serrant contre lui, son souffle dans mon cou, son visage enfoui dans mes cheveux.

La porte s'ouvre, révélant notre chambre d'hôtel. Elle est petite, mais bien tenue. Certainement pas somptueuse, mais correcte.

Nous franchissons le seuil et la porte se referme derrière nous.

Nous sommes enfin seuls.

Je pose mon sac par terre près de la porte, les yeux rivés sur le lit. Il éclipse tout le reste de la pièce ; ce qu'il implique provoque en moi un nouvel assaut de nervosité. Est-ce vraiment sur le point de se produire ?

J'inspire profondément, une fois, deux fois, essayant d'analyser les émotions qui se bousculent en moi. Une partie de moi en a terriblement envie, depuis le début, le désir attisé par nos baisers sur la plage, par chaque instant passé ensemble. L'autre partie de moi réfléchit encore à l'impossibilité de notre couple, cherche à protéger mon cœur en écoutant ma tête. Je devrais faire preuve de prudence, même si ma volonté s'effrite à chaque seconde qui passe.

— Que faisons-nous ici ? demandé-je en fixant le lit, le couvre-lit fleuri, les deux oreillers.

Je nous imagine allongés là, membres entrelacés.

— Je ne sais pas, admet Luis en s'approchant lentement de moi. Je ne m'attendais pas du tout à toi.

— Est-ce une mauvaise chose ?

— Non. C'est juste compliqué. (Il prend une profonde inspiration.) Je te trouvais très belle lorsque je te regardais sortir de l'aéroport. Tu semblais si enthousiaste et pleine de vie, avec tes cheveux qui flottaient sous la brise. J'espérais que tu étais celle que je devais accueillir, puis tu t'es avancée vers moi et j'ai remercié le ciel de t'avoir placée sur mon chemin.

Je me tourne vers lui : l'incertitude dans son expression me rassure, le désir dans ses yeux provoque en moi un agréable frisson.

— Je croyais que tu te moquais de moi, confessé-je.

— Je te trouvais charmante. Et tu m'as fait rire, oui, mais ce n'était pas pour me moquer. Puis je t'ai observée, j'ai vu le regard que tu portais sur la maison de ta famille, j'ai entendu la façon dont tu parlais des tiens, de ce que signifiait être cubaine pour toi, et j'ai su.

— Su quoi ?

— Que tu étais là pour moi.

— Comment ? Comment cela peut-il marcher ? Je ne sais pas ce que je veux avec tout ça, dis-je dans un murmure, sentant filer peu à peu la prudence et le contrôle auxquels je me rattachais. En cet instant, j'ai envie de toi. Mais après ça…

— Alors peut-être pouvons-nous juste avoir cet instant.

— Est-ce suffisant ?

Il sourit, une pointe de tristesse dans les yeux.

— J'ai le sentiment que les moments avec toi ne suffiront jamais, Marisol.

Si n'importe quel autre garçon prononçait cette phrase, je penserais que ce n'est qu'une parole en l'air dans le jeu de la séduction, mais chez lui il y a quelque chose d'éminemment digne de confiance, et la sincérité que je vois chez lui depuis le début, la solennité de son expression, l'honnêteté de ses mots ne laissent aucune place au doute. Ce n'est pas un homme insouciant et, quoi que réserve l'avenir, je sais qu'il ne prendra pas notre relation à la légère.

Je suis nerveuse. Je m'assois sur le bord du lit. Mes doigts agrippent le couvre-lit et je fixe le motif coloré, le cœur battant à toute allure.

Comment quelqu'un peut-il être à la fois si réconfortant et si terrifiant ?

Lorsque je relève les yeux, Luis se tient près du lit, l'étoffe de son pantalon frôle mon genou.

Il ne parle pas, mais c'est inutile. Il m'est arrivé de le trouver impossible à déchiffrer, mais en cet instant, dans cette chambre d'hôtel, il a baissé la garde, ses émotions sont clairement inscrites sur son visage, dans le tremblement de sa main tandis qu'il me caresse les cheveux, que je me laisse aller sous ses doigts, qu'il effleure la courbe de ma joue.

Je ferme les yeux.

J'attends qu'il m'embrasse, qu'il me renverse sur le matelas, que ses bras puissants se serrent autour de ma taille pour m'attirer contre lui. J'attends pendant un moment qui dure encore et encore, jusqu'à ce que je n'en puisse plus, que la flamme brûlant en moi atteigne une intensité insupportable.

C'est donc finalement moi qui me lance. Car si je n'ai aucune réponse aux questions qui me hantent, je sais une chose…

Je sais que si je ne vais pas vers lui à cet instant, je le regretterai toute ma vie.

Je l'attire contre moi, ma bouche collée à la sienne, son souffle se mêlant au mien, mon corps percutant le sien tandis que s'envole ma dernière appréhension.

Luis prend ma main, m'embrasse de plus belle, m'allonge sur le matelas, son corps ferme contre le mien, le ventilateur au-dessus de nos têtes soufflant une légère brise sur ma peau, le bruit lointain des autres clients troublant notre intimité.

Il me chuchote des mots doux dans la langue de mon cœur, ses mains glissent le long de mes courbes, ses doigts me déshabillent dans un enchevêtrement de bras et de jambes tandis que les boutons de sa chemise me résistent, sa ceinture, nos chaussures dégringolent du lit ; nos mouvements sont ponctués par quelques éclats de rire, pris dans un raz-de-marée de désir, jusqu'à ce que l'évidence de *nous deux* éclipse tout le reste.

Nous nous prélassons ensuite dans le lit, nus, ma tête posée sur son torse, sa main dans mes cheveux.

Les minutes passent. Le silence n'est perturbé que par notre respiration. Et maintenant ?

Ses doigts se baladent sur ma peau.

Je lève la tête vers lui pour un baiser.

— Je ne m'attendais pas à cela lorsque je suis venu te chercher à l'aéroport.

— Quant à moi, je ne m'attendais à rien de tout cela. J'avais l'intention d'écrire un article de voyage sur Cuba, et au lieu de *paladares* et de lieux touristiques, mon cahier est rempli d'observations politiques.

— Cuba déteint sur toi, répond-il, de la fierté dans la voix.

— Je suppose.

— Tu pourrais écrire un article de politique à ton retour, tu sais.

— De politique cubaine ?

— Pourquoi pas ?

— La politique, ce n'est pas trop ma tasse de thé. J'écris sur des sujets accessibles – les meilleurs restaurants de telle ou telle ville, un régime antirides, comment faire sa valise pour optimiser l'espace.

— Et la politique, ce n'est pas un sujet accessible ?

Je me tourne sur le côté pour lui faire face.

— En fait, je n'ai jamais envisagé mon métier de cette façon. Je laisse les révolutions et ce genre de choses à des gens qui s'y connaissent. Je n'ai pas vraiment la réputation d'être sérieuse. Dans la famille, on me considère comme la fille frivole.

Luis émet un son de désapprobation.

— Tu peux écrire à propos des révolutions et de la meilleure façon de faire une valise. L'un n'empêche pas l'autre.

Je ris.

— Si seulement c'était aussi simple.

— Qu'est-ce qui ne l'est pas ?

— Ma famille s'attend à certaines choses de ma part, et je n'ai jamais vraiment été à la hauteur. Je doute que quiconque s'intéresse à ce que je pourrais dire sur la politique. Dans chaque famille, il y a quelqu'un qui détonne ; dans la mienne, c'est moi, depuis toujours.

À part pour ma grand-mère. Elle s'ajustait aux tournants et aux détours de ma vie avec agilité et compréhension et, à l'occasion, une assiette de *merenguitos*.

— Cela peut être plus simple que tu ne le crois. Tu ne peux pas vivre ta vie pour faire plaisir aux autres si tu n'es pas fière de toi-même. J'ai vu l'homme que Cristina souhaitait que je sois et, malgré mes efforts, je ne pouvais tout simplement pas être ce genre de personne – quelqu'un qui ignorerait l'injustice et la cruauté – tout en préservant un minimum de fierté.

— Es-tu heureux maintenant ?

Il sourit.

— Suis-je heureux en cet instant ? Là tout de suite, au lit avec toi ?

Je lui offre un large sourire et enfouis la tête dans le creux de son cou.

— Oui.

— Oui, répète-t-il comme un écho.

Je le regarde dans les yeux en effleurant l'hématome sur sa pommette. J'ouvre la bouche pour parler…

— Je ne sais pas…

— … Les choses sont compliquées en ce moment, dit-il, finissant ma pensée.

— Oui.

Je repartirai dans quelques jours et lui restera là. Même si les choses évoluent peu à peu, un mur se dresse entre nos deux pays, un océan de différences, et je ne sais pas comment y naviguer.

Luis soupire.

— C'est une période difficile pour Cuba. Pour l'instant, mon sort dépend du sien et, à moins qu'elle ne change radicalement, la situation est plutôt en voie de détérioration. Je ne veux pas de ça pour toi, ajoute-t-il après un instant de silence.

— La situation est-elle meilleure qu'auparavant pour certains ?

— Le *statu quo* est-il meilleur pour certains ? Peut-être. Certainement pour ceux qui fréquentent les plus hauts échelons du régime. Pour les militaires, par exemple. Pour certains artistes qui ont le droit de voyager afin de montrer au monde leur talent, donnant l'impression que Cuba valorise l'éducation et la culture, ce qui donne une bonne image du pays. Même chose pour les joueurs de baseball et d'autres athlètes d'élite.

— Et pour ceux qui contestent le régime ?

Luis fait la grimace.

— Pour eux, la situation est détestable.

Il se redresse et s'écarte de moi. L'homme qui caressait mes courbes en riant et m'embrassant a disparu.

— C'est un peu mieux pour les agriculteurs, je suppose, pour ceux qui vivent en zone rurale, poursuit-il. Sous Batista, ils étaient repoussés à la marge de la société. Sous Fidel, ils avaient au moins la capacité de se nourrir du fruit de leur terre, même si pour ce faire ils risquaient l'emprisonnement. Lorsque nous avions faim, vivre en ville était une malédiction. Un jour, quand j'étais petit, nous sommes allés à la campagne et un ami de la famille nous a donné de la viande de son élevage. C'était illégal, mais la nourriture était rare et nous avions si faim. Sur le chemin du retour à La Havane, notre voiture est tombée en panne, la même que je conduis aujourd'hui, et je n'oublierai jamais la peur dans les yeux de ma mère et de ma grand-mère quand des hommes sont venus nous aider. Elles craignaient que quelqu'un ne découvre la viande dans le coffre.

— Que se serait-il passé ?

— Elles auraient été emprisonnées à vie.

J'ouvre grand la bouche, sous le choc. Luis hausse les épaules, et continue :

— Lorsque tu es tellement affamé que tu as peur de mourir, tu es prêt à prendre ce genre de risque. Cela n'a pas toujours été comme ça à Cuba, mais il y a eu trop de moments où nous ne connaissions rien d'autre que le désespoir.

— Ta mère et ta grand-mère ont dû être très fortes pour survivre toutes seules comme ça. Pour t'élever dans un tel tumulte.

Luis sourit, les yeux brillants de tendresse.

— Elles sont extraordinaires. Deux des personnes les plus fortes que j'aie jamais rencontrées. Ma grand-mère sourit sans arrêt et accueille tout le monde à bras ouverts. Ma mère est plus réservée, mais elle a toujours été là pour moi.

— Ta mère a-t-elle jamais envisagé de quitter Cuba avec toi ?

— Nous n'en avons jamais discuté. Lorsque mon père était encore de ce monde, la vie était assez correcte. Et je crois que ma mère était alors plus ouverte au régime. Sa famille croyait aux réformes de Fidel ; c'était une passion qu'elle partageait avec mon père, même si j'imagine que cette passion a disparu quand elle a vu l'avenir que promettait la révolution.

— Quand j'entends la vie que tu décris, je n'arrive pas à croire que le régime parvienne à durer aussi longtemps.

— Ce serait réducteur de dire que tout le pays partage mon sentiment, mais c'est le cas de beaucoup de Cubains. Et même si nous ne pouvons l'afficher clairement, je suis persuadé que nous sommes assez nombreux pour changer les choses.

Il dit cela avec une telle conviction que je crois presque que c'est possible.

— Certaines réformes de Fidel ont-elles été des réussites ?

— Les réformes sociales s'en sont beaucoup mieux tirées que les réformes économiques et politiques, c'est certain. Je crois que tout n'est pas à jeter. Je suis d'accord avec certaines choses qu'il a faites ou tenté de faire. Être noir à Cuba est un peu plus facile que cela ne l'était en 1959 – du moins, sur le papier. Mais est-ce que c'est suffisant ? Cela fait près de soixante ans. À quel point le monde a-t-il changé entre-temps ? Ici, la couleur de peau a encore son importance, quoi qu'en dise le régime. La majorité des exilés qui envoient de l'argent à leurs proches restés à Cuba sont d'ascendance européenne. Mes amis noirs ont du mal à se faire embaucher dans le secteur du tourisme. Sans versements de l'étranger, sans accès au peso convertible, c'est comme si le jeu était truqué contre les Cubains noirs. Et comment peut-on mesurer l'inégalité raciale quand le régime l'ignore délibérément ? Nous sommes tous « égaux » sous le gouvernement de Fidel, mais qu'est-ce que cela signifie ? « Sur le papier », peut-être, mais dans la réalité c'est une tout autre histoire. Fidel était bien pour lui-même et ses potes. Nous autres méritons davantage… (Il fait une moue dégoûtée.) Cette île te brisera le cœur si tu la laisses faire.

Je pense à ma grand-mère qui rêvait d'un pays qui lui avait été enlevé, cent soixante-cinq kilomètres qui s'étendaient à l'infini, à tous les réfugiés et les exilés à Miami et à travers le monde, et je suis d'accord avec lui.

— Voudrais-tu aller aux États-Unis ? Si la situation changeait et que les Cubains avaient plus d'opportunités ?

La question reste en suspens. Nous ne parlons pas du fossé entre nos conditions, mais nous en sommes tous deux bien conscients.

— Je ne sais pas. J'ai obtenu mon passeport il y a des années lorsqu'il est enfin devenu légal de voyager. Cela me semblait prudent de m'ouvrir cette possibilité, malgré le coût rédhibitoire. Sans le *paladar*, je n'aurais jamais eu les fonds nécessaires. À Cuba, les passeports sont délivrés pour une durée de six ans, mais il faut obligatoirement les renouveler tous les deux ans, ce qui coûte à peu près deux cents dollars. Soit presque un an de salaire tous les deux ans, juste pour détenir un passeport. Ajoute à ça le coût du voyage et cela se transforme en un rêve difficilement réalisable à moins d'avoir un bienfaiteur extérieur ou d'avoir accès au peso convertible. Et les États-Unis ? C'est compliqué, soupire-t-il. À Cuba, les avis sont partagés quant à notre relation avec les Américains. Certains croient que les États-Unis sont la source de nos problèmes ; d'autres rêvent d'y déménager afin de gagner assez d'argent pour l'envoyer à leur famille et, avec le temps, la faire venir, elle aussi. Et certains pensent que la réalité se situe au milieu.

— Et toi ? demandé-je, craignant un peu sa réponse.

Est-il possible de séparer visions politiques et visions personnelles ? D'aimer quelqu'un qui représente quelque chose qu'on ne cautionne pas ? Je suis américaine. Me voit-il comme une extension des politiques parfois imparfaites de mon pays ?

— Nous ne cessons de payer le prix de la politique, répond Luis. L'embargo est ridicule. Il fait souffrir le peuple cubain, pas Fidel et ses comparses. Cela ne fonctionne pas.

— C'est vrai. Mais pour certains, il ne s'agit pas uniquement de politique. C'est très souvent une question de génération. Les conscrits de mes grands-parents détestent l'idée de donner quoi que ce soit à Fidel, parce qu'il leur a tout pris. Ils ont vu le pays qu'ils aimaient se transformer en quelque chose qu'ils ne reconnaissaient plus.

La colère des exilés est légitime, même si elle diminue à chaque génération. Pour eux, la révolution n'a pas eu lieu il y a près de soixante ans. Ils la revivent encore et encore, chaque jour de leur exil ; chaque heure leur rappelle qu'ils ne peuvent pas rentrer chez eux.

— Et ceux d'entre nous qui sommes restés ? demande Luis. Tous n'ont pas été contraints de partir, tu sembles oublier que pour la plupart ils avaient le choix.

— L'avaient-ils vraiment ? Comment vivre dans un endroit qui cherche à éradiquer notre existence ? Qui offre si peu et prend tellement ?

— Je n'ai pas la réponse à cela. Mais tu as vu la souffrance des gens ici. Que penses-tu de l'embargo ?

— L'embargo ne cible pas le régime et pénalise les Cubains dans leur ensemble, réponds-je. Moi, je n'ai perdu personne que j'aimais à cause de Fidel. Il ne m'a pas arraché toute ma vie, tout ce pour quoi j'ai travaillé. Ma génération est moins encline à la colère, mais je suis loyale envers ma grand-mère, mes grands-tantes. Pour les exilés, être cubain signifie naître avec une haine à l'encontre de Fidel, même aujourd'hui après sa mort.

— Voilà autre chose que nous partageons.

— Et toi, qu'est-ce que tu penses de tout cela ? insisté-je.

— J'aime mon pays. Je suis cubain. Je le serai toujours. Faire un tour aux États-Unis ? Peut-être. Mais c'est ici chez moi. Je suis fidèle à mon pays.

— Est-ce vraiment si simple ? Pour beaucoup, être cubain est quelque chose qu'ils transportent dans leur cœur, quelque chose qu'ils cherchent à préserver de toutes leurs forces même quand il ne leur reste que des souvenirs. Quand ils sont partis, ils n'ont rien pu emporter avec eux. Aucune photo, aucun document officiel, aucun objet de famille. Ce genre d'exil génère de la colère.

— Tu as raison. Les deux côtés aiment Cuba, mais différemment. Certains l'aiment tant qu'ils ne peuvent pas partir ; d'autres l'aiment tant qu'ils ne peuvent pas rester. (Luis prend une profonde inspiration.) J'écris. Sous un pseudonyme. En ligne.

Ces mots seraient inoffensifs n'importe où ailleurs. Je connais un certain nombre de personnes qui tiennent un blog sur toutes sortes de sujets. Néanmoins, Luis ne dit pas cela comme si c'était banal ; il me le dit comme s'il me confiait un secret – un secret potentiellement dangereux. Il me parle avec sincérité, comme s'il voulait que je le connaisse, jusqu'aux informations les plus privées.

— Sur quoi écris-tu ?

Je pose la question, bien que je connaisse déjà la réponse. La politique. Il y fait allusion depuis le début et, maintenant que je le connais mieux, cela ne me surprend pas.

Dans ses yeux, la fureur qui flamboie au-dessus de l'hématome de sa joue vaut toutes les réponses.

— Qu'arriverait-il si tu étais découvert ? C'est pour ça que tu utilises un pseudonyme, j'imagine.

— Oui. Je voulais protéger ma famille. Elles n'ont rien demandé et ce serait injuste qu'elles souffrent parce que j'ose prendre la parole.

— Qu'arriverait-il ? demandé-je de nouveau, parcourue d'un frisson en regardant les marques de violence sur son visage.

— Cela dépend s'ils considèrent que je représente une grande menace ou non, et sachant que j'enseigne à l'université, où j'ai le pouvoir de subvertir mes étudiants… Ils pourraient me voir comme une menace conséquente, soupire-t-il. Ils pourraient bloquer mon site Internet. Me renvoyer. Faire payer au *paladar* de ma grand-mère une amende si importante que le restaurant ne serait plus viable, ou bien le fermer directement. Ils pourraient donner de l'argent à mes voisins et mes collègues pour qu'ils m'espionnent. Engager des hommes pour me tabasser. Me jeter en prison. S'arranger pour que j'aie un accident – de voiture ou autre. Pourquoi pas une agression dans l'un des pires quartiers de la ville.

Il me détaille tout cela avec calme. Chaque pause délibérée me montre combien il y a réfléchi.

— Le soir où nous avons bu du rhum sur la véranda, ce n'est pas pour te voler qu'on t'a agressé, n'est-ce pas ?

— Non.

— Donc ils savent déjà qui tu es. Ils veulent que tu arrêtes.

— Oui.

— Et cette agression, c'était quoi exactement ?

— Un avertissement.

— Était-ce déjà arrivé ?

— Non. Jusqu'ici je n'étais pas sur leurs radars, mais il semble que ça ait changé.

— Pourquoi ?

— Je ne sais pas.

Je ne le crois pas une seconde. Il ne sait pas mentir, sa voix sonne faux.

— Pourquoi ? répété-je.

— Je ne suis pas sûr. Me frapper au visage les intéressait plus que faire la conversation, mais si je devais deviner…

Non.

— À cause de moi.

Son silence confirme ma crainte.

Je sens que je vais vomir.

— Ce n'est pas ta faute, ajoute-t-il rapidement. Mais tu es là en tant que journaliste – de tourisme ou non – et ils se sont forcément renseignés sur nous quand ils ont su que tu logerais avec la famille. Peut-être a-t-il suffi qu'ils inspectent de plus près. Ils allaient finir par le découvrir de toute façon, ce n'était qu'une question de temps. Quand ma grand-mère m'a appris que tu viendrais chez nous, je savais que cela risquait d'attirer l'attention du régime. Je connaissais le risque et je ne le regrette pas une seconde.

— Je suis tellement désolée. Je n'ai jamais voulu vous causer des ennuis, être un fardeau… J'aurais pu prendre une chambre d'hôtel ou…

— Non. J'en ai marre de m'inquiéter. Marre de me cacher. Je ne veux pas mettre ma famille en danger mais, en même temps, je savais que tenir un blog ne serait pas sans conséquences. C'était mon choix et je l'assume.

Cependant, maintenant qu'il m'a avoué les dangers auxquels il est confronté, l'inquiétude s'empare de moi.

— Comment as-tu commencé ?

— Au départ, le blog était surtout pour moi. C'était un exutoire, un moyen de m'exprimer quand j'avais l'impression que les murs se resserraient autour de moi, quand je m'étranglais à force de censurer tous les sujets que je voulais aborder en classe. J'ai des amis qui m'ont aidé. J'envoyais mes réflexions par e-mail et ils s'arrangeaient pour que d'autres personnes les publient, souvent depuis l'étranger. C'est dangereux, mais un de mes amis…

Sa voix se brise avant que le nom ne s'échappe de ses lèvres. C'est le genre d'homme qui préférerait mourir plutôt que de trahir les secrets d'un ami, je n'en doute pas.

— Il est doué en informatique et partage mes convictions. Je ne pourrais pas le faire sans lui. Toutefois… poursuit-il, l'air soudain préoccupé. Il a une femme. Des enfants. La situation est risquée pour nous tous. Pendant longtemps, mon public était assez restreint pour me permettre de publier discrètement, sans me faire remarquer, mais il croît d'année en année. Qui sait ? Avec la mort de Fidel, le gouvernement semble avoir redoublé de sévérité.

— Que vas-tu faire ? Arrêter ? C'est ce qu'ils souhaitent, non ?

Luis évite mon regard et, une fois de plus, son silence est éloquent.

— Cela vaut-il la peine ? Vraiment ?

— Cela dépend des points de vue. Mes mots ont-ils touché certains ? Les ont-ils fait réfléchir à notre gouvernement ? À notre mode de vie ? Je l'espère. Les bons jours, je suis plein d'espoir. Les mauvais jours, je me dis à quoi bon. Mais n'est-ce pas là leur stratégie : nous avoir à l'usure, nous priver de toute énergie combative ? Il est difficile de faire passer son message quand le gouvernement censure certains termes. Je ne sais pas combien de Cubains lisent ce que j'écris. Je parle dans l'espoir que quelqu'un m'entende, que les gens hors du pays comprennent à quoi ressemble notre vie. Je parle pour me rappeler que j'existe. Je ne sais pas comment abandonner. Comment ne pas me battre pour Cuba, comment ne pas me pousser et pousser les autres à faire davantage, à faire mieux, à élever notre voix contre les injustices. (Il marque une pause.) Oui. Cela vaut la peine.

— Ta famille est-elle au courant ?

— Nous n'en parlons pas, mais j'imagine que ma mère et ma grand-mère le soupçonnent. Cristina aussi. Les opinions que je partage remontent à longtemps, même si le blog en lui-même est une évolution assez récente. Cristina s'inquiétait de mes convictions. Quand nous étions mariés, elle voulait que je garde la tête basse, que je ne provoque pas le régime. Elle avait déjà bien trop perdu. Je me sens lâche d'écrire sous une identité secrète quand d'autres font preuve d'un tel courage – comme les Dames en blanc qui manifestent dans la rue – mais j'aime ma famille et je veux la protéger.

Était-ce ce que ressentait ma grand-mère ? Cette peur ? Sa richesse et ses privilèges la préservaient-ils de la révolution jusqu'à ce que celle-ci soit sous son nez et qu'elle ne puisse plus détourner le regard ?

— Que va-t-il se passer maintenant ? demandé-je en regardant le ventilateur tourner encore et encore.

Quoi qu'il dise, je déteste le fait que ma présence ici le mette dans la ligne de mire du gouvernement.

— Je ne sais pas, répond Luis.

Pour la première fois de ma vie, je connais la peur véritable, celle qui glace le sang. Pour la première fois de ma vie, je comprends la fragilité de la liberté.

CHAPITRE DIX-HUIT

Elisa

Un baiser d'au revoir et voilà Pablo reparti au combat. Je me retrouve de nouveau seule, sa bague de fiançailles au doigt en privé, sur une chaîne sous mes vêtements en public.

Nous entendons des bribes d'information à propos de la lutte, mais je ne reçois ni lettre ni visite surprise. Il est parti à la guerre et je dois attendre son retour. En ce moment, ils combattent à Santa Clara et, sans ses lettres, je suis avide de toute information que je peux glaner. Je tente d'écouter les conversations de mon père, je passe en revue le journal à la recherche d'une quelconquc mention de la bataille. Mon frère est lui aussi absent, et je tremble en pensant aux ennuis qu'il pourrait avoir, au danger auquel ils sont tous deux confrontés. Aurais-je dû partir avec Pablo ? Je n'arrive pas à m'imaginer à la campagne, et en même temps il me manque terriblement. Je suis écartelée entre mon cœur et ma tête, entre amour et loyauté.

Le soir de Noël, nous célébrons la *Noche Buena* avec notre festin habituel : un cochon rôti, des fruits de yucca, des haricots et du riz, du flan pour le dessert. Le champagne coule à flots et nous évitons de parler de politique ou de tout sujet trop polémique. La famille élargie est réunie – tantes, oncles, cousins, grands-parents : une maison remplie de Perez. Nous nous alignons sur l'immense escalier en marbre de l'entrée, mes trois sœurs et moi au premier rang dans notre plus belle robe, nos parents rayonnant de fierté malgré l'absent du cliché, le frère manquant qui devrait être photographié près de nous. Le lendemain matin, mes sœurs et moi ouvrons nos cadeaux au pied du sapin pendant que nos parents boivent du café en souriant.

J'ai toujours adoré Noël ; peu importe mon âge, je trouve ça magique, une sorte de purification venant effacer l'ardoise de l'année écoulée et annoncer de bonnes choses à venir. Cette année…

Ils ont repris les combats. Pendant que je déguste du cochon rôti et que ma famille sirote du champagne, Pablo et Alejandro sont… je ne sais même pas où. À Santa Clara ? Quelque part là-bas, dans les montagnes, sur la côte, à la campagne.

Lors de la messe à la cathédrale, je baisse la tête et joins les mains pour prier. Je ne sais même plus très bien pour quoi je prie – pour la victoire des rebelles ? Pour la chute de Batista ? Pour que les rebelles échouent et que la situation ne change pas ? La seule constante dans mes prières, les seuls mots dans ma tête, c'est qu'ils soient en sécurité. Je crois que je pourrais supporter n'importe quelle issue, tant que Dieu ou qui que ce soit là-haut les protège.

Cela commence par un murmure après minuit, un murmure qui se répand tout au long de la soirée du Nouvel An. Nous sommes chez des amis à Miramar et la salle de bal compte toute la bonne société de La Havane, à l'exception de quelques absents.

— Ils disent à la radio que les forces de Guevara ont pris Santa Clara.

Je sursaute, faisant valser le champagne dans mon verre. À côté de moi, Beatriz se fige.

Nous portons des robes de créateurs que notre mère nous a commandées de New York il y a plusieurs mois : nos jupes en organza glissent sur la piste de danse, nos bijoux scintillent sous la lumière des lustres. Isabel danse avec Alberto ; Maria est partie dans un coin avec des amies ; Ana se tient à côté de Beatriz.

Le murmure s'intensifie.

— Quelqu'un a vu des voitures chargées de valises en route pour l'aéroport.

Beatriz m'attrape le bras, ses ongles s'enfoncent dans ma chair. Je cherche mes parents du regard, poussée par un besoin intrinsèque de réconfort, comme si j'étais de nouveau une enfant et que je voulais qu'ils me disent que tout ira bien.

Ma mère est pâle comme un linge ; mon père a l'air grave.

— Batista a annoncé son projet de départ du pays, proclame un autre. Il emmène plus de cent conseillers et amis.

Et soudain, je comprends les absences – ces hommes et ces femmes qui devraient être là, leurs enfants qui avaient été mes camarades de jeu. Et plus que toute autre chose, la panique est palpable : si ce qu'on dit est vrai, nous avons été laissés de côté.

Le murmure se transforme en cri.

— Le président Batista a fui le pays ! Longue vie au Cuba libre !

L'ampleur de la division du pays ne pourrait être plus évidente et terrifiante qu'à cet instant. Pour certains, la nouvelle que Batista a fui, nous abandonnant à Fidel et ses hommes, est accueillie avec le genre d'euphorie qui suggère qu'ils jouaient double jeu depuis le début, manifestant une révérence de façade quand leur cœur était empli de haine. Pour nous autres, un calme mortel s'est installé : la peur. La peur glaçante.

Ma mère est la première à bouger, nous rassemblant toutes, nos robes pastel serrées les unes contre les autres.

— Nous devons rentrer à la maison. Immédiatement.

C'est la première fois que j'entends ma mère ordonner quoi que ce soit à mon père, mais il est clair que c'est elle qui a pris les commandes.

Aucun de nous ne parle tandis que l'orchestre se met à jouer, que les gens dansent et s'exclament, levant leur coupe de champagne. Je donne la main à Maria et suis Isabel, la boule au ventre. Nous mettons quelques minutes à fendre la foule. Sous l'effet de l'alcool et de la nouvelle, les gens s'agitent dans tous les sens, comme s'ils avaient décidé que, maintenant que Batista est parti et que Fidel n'est pas encore arrivé en ville, Cuba était sans gouvernant et qu'ils devaient en profiter au maximum.

À chaque pas, toutefois, je croise le regard d'un homme ou d'une femme dont l'expression, je le crains, reflète la mienne.

Qu'allons-nous devenir à présent ?

CHAPITRE DIX-NEUF

Marisol

Le lendemain matin, je me réveille à la fois nerveuse et impatiente. C'est aujourd'hui que nous allons à Santa Clara et j'ai hâte de rencontrer Magda. Tandis que nous buvons tranquillement notre café dans la chambre d'hôtel – nos doigts entrelacés, les lèvres de Luis effleurant les miennes, son bras libre autour de ma taille – j'appelle Magda pour la prévenir de notre venue. Ma gorge se serre quand j'entends l'émotion dans sa voix. Je n'arrive pas à croire que je vais enfin faire sa connaissance.

Je suis Luis jusqu'à sa voiture, il m'ouvre la portière passager et nous nous mettons en route. Je fais de gros efforts pour mettre de côté l'incertitude de notre avenir. Les risques qu'il prend avec ses articles. Le danger que je lui fais courir.

— Alors, quelles réponses allons-nous chercher à Santa Clara ? demande-t-il, nos corps collés l'un à l'autre.

Une nuit a tout changé : la caresse de sa peau sur la mienne, son souffle mêlé au mien… tout cela a réorganisé le temps et l'espace. Nous nous tenons la main sur le siège usé en cuir du cabriolet, nos corps sont aussi proches que le permet l'habitacle. C'est désormais la chose la plus naturelle du monde d'agrémenter notre trajet de caresses – sa main dans mes cheveux, ma tête sur son épaule, nos jambes l'une contre l'autre.

— Je ne sais pas. J'espère que ma grand-mère faisait confiance à Magda, s'était confiée à elle. Et je suis impatiente de découvrir Santa Clara. Il s'est battu là-bas. Du moins, c'est ce que je crois. Sa dernière lettre indiquait qu'il partait rejoindre le Che.

— Pour la bataille de Santa Clara ?

Je sens poindre l'intérêt du professeur d'histoire.

— Oui. Que sais-tu de cet épisode ?

— On le voit comme le tournant de la révolution, on a tendance à l'idéaliser. Batista avait trois mille hommes à Santa Clara, équipés de chars, de mitrailleuses et de mortiers. Il y avait trois cents rebelles.

Et le petit ami de ma grand-mère était l'un d'entre eux.

— Selon toute vraisemblance, poursuit Luis, les rebelles auraient dû être anéantis. Batista savait combien il était important de les vaincre une bonne fois pour toutes, et c'était censé être l'occasion parfaite. Au lieu de cela, c'est devenu son Waterloo.

— Que s'est-il passé ?

— Au bout du compte, ce ne sont pas les armes qui ont décidé de la victoire, mais plutôt l'esprit des hommes. Du moins, c'est ce que disent les livres d'histoire. Les soldats cubains étaient las. Ils combattaient leurs propres concitoyens dans des escarmouches depuis très longtemps. Et il était difficile d'ignorer les abus du régime de Batista. Les rebelles étaient plus motivés, tout simplement. Et les habitants du coin les ont aidés.

— Y a-t-il eu des pertes ?

— Oui – même si elles ont été contestées. Il y a eu des blessés et quelques morts, mais comme beaucoup de choses qui impliquent le gouvernement, la vérité a été brouillée. À Cuba, elle est redéfinie en permanence, à tel point qu'elle est désormais dénuée de sens.

— Y a-t-il des sites à voir autour de cette bataille ?

Peut-être inclurai-je Santa Clara dans mon article de voyage relégué au second plan pour l'instant.

— On peut visiter la voie de chemin de fer où s'est déroulée la bataille, voir les wagons et le bulldozer qui a fait dérailler le train. Santa Clara est un sanctuaire consacré au Che. Il y a un musée dans la ville et il est enterré dans un mausolée sous une immense statue en bronze. C'est la dernière bataille de la Révolution cubaine, la plus importante, et c'est lui qui la menait, pas Fidel.

— Ça a dû faire mal.

Luis éclate de rire.

— Oui, j'imagine. Tu vois pourquoi on spécule tant autour d'une rancœur entre les deux hommes, d'une crainte que l'héritage du Che fasse de l'ombre à celui du barbu, pourquoi on soupçonne Fidel d'avoir joué un rôle dans sa mort en Bolivie.

— J'aimerais le voir, si possible. Visiter la ville, avoir un aperçu de l'endroit où ils ont combattu.

— Il ne s'agit pas uniquement de trouver le lieu idéal pour faire reposer ta grand-mère, je me trompe ? Tu cherches quelque chose pour toi aussi.

Je contemple la campagne qui nous entoure.

— Je suppose. Je suis venue ici pour approfondir l'histoire de ma famille, pour trouver l'endroit parfait pour disperser les cendres de ma grand-mère, mais je suis plus perdue que jamais. Lorsque mon avion a atterri, je pensais que j'étais rentrée chez moi. Je suis aussi cubaine que je suis américaine, que je suis espagnole, et pourtant, jusqu'ici, je n'étais jamais venue. Je n'ai aucun lien tangible avec ce pays ; ma grand-mère, mes grands-tantes, ont gardé la flamme de Cuba allumée pour moi, mais maintenant ma grand-mère est partie, sa sœur Isabel aussi, mes autres tantes vieillissent, et mon sens d'appartenance au pays me glisse entre les doigts. Alors oui, il y a une importante communauté cubaine dans le sud de la Floride, et je parle espagnol, je célèbre la nouvelle année avec du raisin et un seau d'eau, je mange du *lechon asado* et j'écoute Celia Cruz, mais à quoi bon ? Je ne suis pas ancrée dans le pays, mes pieds touchent le sol cubain pour la première fois alors que j'ai trente et un ans. Et maintenant que je suis là ?

Vous avez tous tourné la page. Il y a maintenant un Cuba moderne avec une histoire riche, des cultures et des expériences émergentes. Et je n'y ai pas ma place. Ni personne de ma famille. Nous sommes partis et n'avons pas pu revenir, et nous sommes coincés aux États-Unis, dans une attente éternelle. Nous espérions nous réveiller un jour et voir dans le journal que Fidel était mort, que le gouvernement avait admis que c'était une terrible erreur, que les choses redeviendraient comme avant. En tant qu'exilés, cet espoir est inscrit dans notre âme, il nous est inculqué dès la naissance…

— L'année prochaine à Cuba…

— C'est le toast que nous ne cessons de porter, parce que ce rêve ne se réalise jamais. Et si un jour cela se produit, que se passera-t-il ? Il y a des Russes dans la maison qu'ont bâtie mes ancêtres. Que retrouverons-nous ? Est-ce même encore notre pays, ou y avons-nous renoncé quand nous l'avons quitté ? J'essaie de comprendre quelle est ma place dans tout cela. (Je prends une profonde inspiration, me sentant soudain oppressée.) Je me promène dans ces rues, je regarde la mer, et j'ai envie de me sentir chez moi, mais ici je suis une visiteuse, une invitée dans mon propre pays.

Luis me prend la main.

— Alors tu sais ce que cela signifie d'être cubain. Nous aspirons toujours à des choses hors de portée.

Le voyage se passe sans encombre et nous arrivons à Santa Clara une heure plus tôt que ce que nous avions indiqué à Magda. Nous nous rendons d'abord au Tren Blindado – le monument célébrant le tournant de la bataille de Santa Clara, quand le Che et certaines de ses forces rebelles ont fait dérailler le train blindé contenant des renforts pour Batista, avant de vaincre les militaires.

— Il y avait deux foyers de guerre lors de la bataille de Santa Clara, explique Luis. Le combat mené par le Che pour bloquer le train impliquait un petit groupe de ses hommes. Le plus grand contingent combattait près de la colline du Capiro.

Nous payons le billet d'entrée et faisons une visite rapide. Je prends quelques photos – le fameux bulldozer jaune qui a fait dérailler le train, les wagons gisant autour comme des poupées cassées.

J'essaie d'imaginer l'homme des lettres de ma grand-mère au milieu de tout cela, tenant dans ses mains le mortier qui est désormais fixé au mur dans une vitrine. Pensait-il à ma grand-mère pendant qu'il combattait ? Se doutait-il de l'importance que revêtirait cette bataille pour l'avenir de Cuba ?

Nous contournons le musée et le mausolée où est enterré Che Guevara : impossible de rater sa statue, ce colosse en bronze qui nous observe.

Nous nous rendons à la *Loma del Capiro*, la célèbre colline où a eu lieu la deuxième étape de la bataille. Elle a l'avantage de surplomber la ville, offrant une vue panoramique de Santa Clara.

Deux drapeaux flottent au vent : celui de Cuba et celui du Mouvement du 26 Juillet de Fidel. Au-dessous s'étend la ville où s'est déroulée la révolution…

Elle semble avoir été oubliée et négligée avec ses bâtiments délabrés.

Les touristes fourmillent, prenant des photos et bavardant dans différentes langues.

— Même si les événements se sont produits il y a près de soixante ans, c'est très émouvant de voir ces lieux, murmuré-je à Luis, baissant la tête pour éviter la foule.

Je le regarde, cherchant à lire les émotions dans ses yeux. Il est si réservé parfois, réussissant à cacher ce qu'il pense, ce qu'il ressent. Je suppose que, dans un pays comme celui-ci, ce bouclier est une nécessité – la différence entre la vie et la mort. Mais je décèle des indices : malgré ses talents de dissimulation, ses sentiments bouillonnent sous la surface et sa voix indique clairement sa passion et ses convictions.

Lui aussi aspire à un autre Cuba.

Magda Villarreal habite près du Parque Leoncio Vidal, la place centrale de Santa Clara. Son immeuble, à la façade croulante, regroupe une multitude de petits appartements empilés. Nous montons l'escalier jusqu'à son étage ; ses conditions de vie tranchent nettement avec celles des Rodriguez à Miramar.

C'est bruyant, même dans le hall, car les murs isolent peu les résidents. Une mauvaise odeur plane dans l'air et des traces d'humidité apparaissent sur le sol, le plafond, les murs. Des ordures jonchent l'escalier. La rampe est fissurée et cassée par endroits, les marches ébréchées, il manque des morceaux de carrelage.

— Est-ce que c'est…

— Comme ça dans la plupart des logements cubains ? termine Luis d'un air sombre, à voix basse.

Je hoche la tête.

— C'est même pire. Pour les standards cubains, cet immeuble n'est pas mal du tout.

Même dans un pays où tous les citoyens sont censés être égaux, il y a des disparités criantes.

Luis frappe à la porte de Magda. Après quelques instants, la porte s'ouvre et une petite femme à la peau foncée et aux cheveux noirs piquetés de gris apparaît.

Je n'avais jamais vu de photos d'elle, puisqu'il n'en reste plus mais, comme avec Ana Rodriguez, il me semble la reconnaître.

Ses yeux s'emplissent de larmes.

— La petite-fille d'Elisa, viens me voir.

Sa main tremble quand elle saisit la mienne. Ses doigts frêles s'agrippent à moi, les bracelets sur son poignet osseux font un bruit métallique.

— Je n'aurais jamais pensé revoir un membre de ta famille, et te voilà. (Un sourire se dessine sur ses lèvres.) Tu ressembles à ta grand-mère. (Ses yeux brillent.) Et peut-être un peu à Beatriz.

Je ris, le son étouffé par les émotions qui me nouent la gorge.

— On me l'a déjà dit. C'est vraiment gentil de nous avoir invités chez vous.

Nous entrons dans le logement minuscule et Magda nous fait signe de nous asseoir. Elle bavarde quelques instants avec Luis et lui demande des nouvelles de sa grand-mère, avec une affection évidente dans la voix. Pendant qu'ils discutent, je balaie l'appartement du regard ; l'espace est rempli de photos de sa famille et de ses amis. Dans un coin, une petite table recouverte d'une nappe blanche accueille des figurines, aux côtés de quelques photos, un crucifix, un chapelet, plusieurs bougies, ainsi qu'une tasse contenant ce qui ressemble à de l'eau.

Malgré le désir de Castro d'interdire la religion à Cuba, les gens ont trouvé des moyens d'honorer leur foi, aussi bien à la cathédrale de La Havane qu'ici, avec cette offrande aux dieux et aux déesses de la *santeria.* C'est un acte de défiance silencieux, mais puissant.

Magda va chercher des rafraîchissements, puis s'installe en face de nous sur une chaise au tissu effiloché. Elle ne fait vraiment pas son âge et semble avoir dix ans de moins.

Dans toutes ses histoires de Cuba, ma grand-mère me parlait toujours de Magda comme de la femme qui l'avait élevée, une mère de substitution en quelque sorte, et je comprends à présent que c'était un autre point commun entre elle et moi : notre vie a été façonnée par une femme forte qui a élevé chacune de nous comme sa propre fille.

Je réponds aux questions de Magda au sujet de mes grands-tantes et lui explique la problématique des cendres de ma grand-mère. Le chagrin qui s'emparait de moi jusqu'ici quand je parlais d'elle est absent dans cette petite pièce, et c'est avec une grande joie que je parle de ma famille. J'imagine facilement ma grand-mère près de moi, intervenant dans la conversation, partageant confidences et anecdotes. Je l'entends dans la voix de Magda, la vois dans ses yeux. La mort laisse toujours en nous des petites touches de ceux que l'on a aimés.

Assis à côté de moi, Luis boit son expresso, son genou contre le mien, sa présence rassurante. Une heure passe tandis que nous nous donnons des nouvelles, après quoi j'aborde le sujet des lettres.

— J'ai quelques questions à propos de ma grand-mère. Ana pensait que vous pourriez éclaircir certains points.

— Bien sûr, que voudrais-tu savoir ?

— J'ai trouvé une boîte rassemblant des affaires de ma grand-mère. (Je lui parle des lettres.) Étiez-vous au courant pour lui ?

— Oui. Ou plutôt, je savais certaines choses. Ces derniers jours, leurs derniers jours à Cuba, ont été un crève-cœur pour Elisa. Le dernier jour où je l'ai vue…

Une larme perle le long de sa joue.

— Que s'est-il passé ?

Magda soupire.

— La famille est partie. C'était un jour terrible. Bien sûr, nous n'étions pas censés le savoir. Ils disaient qu'ils partaient en voyage. Ils faisaient ça de temps en temps, en particulier ton arrière-grand-mère et les filles. Elles allaient faire du shopping en Europe ou aux États-Unis. Ils étaient prudents. Un seul mot surpris et répété à la mauvaise personne aurait pu les perdre. Surtout une famille comme les Perez.

Elle mime une barbe sur son visage.

Nous savons tous qui est le barbu.

Fidel.

— Néanmoins, j'ai compris en voyant le visage des filles. Au départ, c'est Isabel qui l'a le plus mal pris. Son fiancé est resté. Isabel était très secrète et ne parlait jamais de ses émotions. Ses sœurs fourraient leur nez dans ses affaires et elle finissait par leur raconter ce qui n'allait pas, mais il fallait du temps. Beatriz était en colère. Elle était toujours remontée contre quelque chose. C'était la préférée de ton arrière-grand-père ; bien sûr, il s'efforçait de le cacher, mais on voyait bien vers laquelle penchait son cœur. Elle le rendait fou, mais il l'adorait. Ils se sont disputés dans son bureau la veille du départ. Je ne cherchais pas à surprendre leur conversation, mais il était difficile de ne pas entendre. Elle ne voulait pas partir, ne voulait pas donner à Fidel la satisfaction de la victoire. Maria était le bébé, bien sûr. Les filles essayaient toutes de la protéger autant que possible. Alejandro…

Sa voix s'éteint tandis qu'elle esquisse un signe de croix.

Ma gorge se noue. Je connais bien cette réaction, mes grands-tantes ont la même quand on évoque leur frère.

— Ta grand-mère était ma préférée, me glisse Magda. À cette époque, je n'avais pas encore d'enfant ; je ne connaissais pas encore mon mari. Je considérais Elisa comme ma fille. En ce temps-là, les bonnes élevaient les enfants. Pas comme aujourd'hui. Je séchais les larmes d'Elisa. Je la serrais dans mes bras quand elle avait de la peine. Et après ce qui s'est passé avec ce garçon…

Mon cœur s'accélère.

— Le révolutionnaire ?

— Oui.

— S'il vous plaît. Que vous a-t-elle dit de lui ?

L'expression de Magda s'assombrit.

— C'était une source d'ennuis ; je l'ai su dès l'instant où elle m'a parlé de lui pour la première fois.

— Vous a-t-elle révélé son nom ?

— Non. Jamais.

La déception s'empare de moi. Je suis arrivée si loin dans ma quête pour retourner au point de départ.

— Au début, évidemment, elle ne voulait pas me parler de lui, mais ensuite elle n'avait plus vraiment le choix, poursuit Magda. Elle avait peur et avait besoin d'aide avec le bébé.

Je mets quelques instants à saisir ses mots.

— Excusez-moi, qu'avez-vous dit ?

Elle cligne des yeux.

— Je pensais que c'était pour cela que tu voulais en savoir davantage sur lui. À cause du bébé.

— Quel bébé ?

CHAPITRE VINGT

Elisa

C'est étrange comme le monde autour de nous peut basculer en un battement de paupières, comment quelques heures peuvent tout changer. Un instant nous étions en 1958 et le monde était une chose ; quelques minutes passent, 1959 arrive, et le monde tel que nous le connaissions disparaît.

La lumière du matin confirme ce que nous avons appris hier soir. Batista s'est enfui et nous laisse aux mains des hommes qui arrivent de la campagne, de la Sierra Maestra. Pablo est-il avec eux ? Que va devenir mon frère ? Leur retour est la seule lueur d'espoir dans tout cela, et je m'y accroche.

Des rumeurs nous parviennent tout au long de la journée. Les voisins sont sortis, les parents d'Ana passent nous voir, tout le monde se rassemble autour de la télévision et de la radio pour tenter de comprendre quelle est la prochaine étape. Les journalistes disent que les combattants avancent vers La Havane, se déversant des montagnes avec leurs armes, leur treillis et leur longue barbe en bataille. Il semble que la victoire les ait presque autant pris au dépourvu que nous. Batista apparaissait comme un gouvernant inévitable que nous devrions toujours supporter. Fidel, c'est l'inconnu qui se profile à l'horizon.

Les travailleurs font la grève, la ville est en liesse, mais notre rue de Miramar est d'un silence sinistre, mis à part les visites des voisins. Chacun cite un ami d'ami quand il donne ses informations ; chacun s'exprime avec un air d'autorité, comme s'il possédait une carte pour l'avenir.

Quand arrive l'après-midi, je n'en peux plus. J'ai l'estomac en boule, je suis régulièrement prise de vertige. J'ai besoin de prendre l'air. L'ambiance est telle à la maison que j'ai l'impression d'étouffer. Je file dans ma chambre, je passe un pantalon, un chemisier en coton et je chausse mes sandales les plus confortables.

On frappe à ma porte et Magda entre alors que je finis de m'habiller. Elle ouvre de grands yeux en voyant mon apparence.

— Sûrement pas.

Je ne prends pas la peine de nier mon intention ; elle me connaît trop bien.

— Je veux voir ce qui se passe dans les rues. Je veux chercher Pablo.

Elle me regarde avec désapprobation et fermeté.

— Je vais te dire ce qui s'y passe. C'est la même chose qu'avec Machado. Mieux vaut rester en dehors de ce foutoir.

— Juste quelques instants. Ne le dis pas à mes parents, s'il te plaît.

— Que comptes-tu faire ? En vrai ?

Je veux aller à la maison où logeait Pablo la dernière fois qu'il était en ville. Je veux savoir s'il est revenu à La Havane. J'ai *besoin* de le voir.

— J'ai un ami qui combattait à Santa Clara.

— Elisa…

Seule Magda peut dire mon prénom sur ce ton qui me contraint à confesser tous mes péchés.

— C'est plus qu'un ami, chuchoté-je.

— Qu'as-tu fait ?

C'est l'inquiétude dans sa voix qui me fait avouer. Avec mes parents, je m'attendrais à de la condamnation, mais Magda, elle, ne manifeste que de la préoccupation.

Mon estomac se noue encore plus.

— Je suis tombée amoureuse.

Elle ferme les yeux et remue les lèvres, comme si elle priait.

— C'est un homme bien, protesté-je.

— Tu joues à un jeu dangereux. Ta famille…

— Je sais. Je veux juste m'assurer qu'il est rentré. Qu'il est sain et sauf.

Je ne lui dis pas le reste ; il y a certaines choses que je ne suis pas prête à confier.

Elle secoue la tête et fait son signe de croix.

— Que les saints nous gardent.

Je descends le Paseo del Prado, bras dessus bras dessous avec une Magda inquiète. J'ai tenté par tous les moyens de la dissuader de venir, en vain. Personne n'a remarqué notre départ – tous étaient trop absorbés par le récit de l'exode de Batista.

Magda ne cesse d'allonger le pas et balaie les environs du regard. Les rues sont bondées, les gens rient et bavardent, manifestement prêts à accueillir Fidel en héros. Je surprends des bribes de conversations – quelqu'un a lâché des cochons dans l'un des casinos de la mafia.

Plus nous approchons de l'endroit où logeait Pablo, plus le battement de mon cœur s'accélère. Deux enfants jouent à la balle assis sur le perron, un chien allongé à côté d'eux. Magda me suit à l'intérieur, refusant de me laisser quand je m'engage dans les escaliers pour gagner le deuxième étage.

Je suis de nouveau prise d'étourdissement et je regrette de ne pas avoir mangé le déjeuner servi plus tôt par ma mère – après une bouchée, j'avais un goût de sciure dans la bouche. Mes mains tremblent quand j'atteins la porte de Pablo, quand je frappe.

Je vois bien que Magda est contrariée par l'aspect de l'immeuble.

Personne n'ouvre.

Je frappe une deuxième fois, plus fort, mes phalanges s'agitant avec désespoir. La porte en face de celle de Pablo s'ouvre et une femme sort la tête pour nous dévisager.

— Qu'est-ce que vous voulez ?

— Je cherche l'homme qui habite ici.

Elle plisse les yeux d'un air soupçonneux.

— Cela fait des semaines que personne ne vient plus ici.

Le désespoir s'empare de moi.

— S'il revient, voulez-vous bien lui dire qu'une femme le cherchait ?

Elle hausse les épaules avant de refermer la porte, le son des pleurs d'un enfant emplissant le hall.

Je m'affaisse contre le mur.

— On y va ? me demande Magda. Il ne vaut mieux pas traîner dans ce genre de quartier quand la nuit tombe.

Je hoche la tête et des larmes de frustration me montent aux yeux.

Nous quittons l'immeuble et repartons vers notre voiture. La foule semble avoir gonflé depuis notre arrivée. De plus en plus de gens obstruent les rues, parlent fort, dans une frénésie magnifiée.

Je maudis ma stupidité, la bêtise qui m'a fait partir à la recherche de Pablo.

— Nous devons rentrer à la maison.

Je n'ai jamais vu La Havane comme cela. Il y règne une folie jubilatoire. Un homme court vers un parcmètre pour le démolir à l'aide d'une batte, frappant avec une détermination féroce.

La monnaie à l'intérieur résonne d'un bruit métallique avant que la machine ne se renverse, s'écrasant à terre, déversant des pièces sur le trottoir en béton. Des gens de tous âges fondent immédiatement sur le butin.

Ce qui me surprend le plus, me terrifie le plus, c'est la colère. C'est comme s'ils avaient vissé un couvercle sur leurs émotions, laissant la fureur s'envenimer pendant des années, nourrie par les politiques de Batista, les injustices de Batista, et maintenant qu'il est parti leur colère s'est libérée, menaçant tout sur son passage.

Magda me tient plus fermement tandis que nous accélérons au milieu de la foule qui enfle.

Combien de temps avons-nous avant que ces gens ne détournent leur attention des parcmètres pour s'intéresser à nous ?

Lorsque nous atteignons la voiture, j'ai le cœur battant, les mains tremblantes. J'ai du mal à ouvrir la porte et dois m'y prendre à deux fois pour tirer sur la poignée. Je m'assois au volant et, chancelante, je démarre la voiture.

— Je suis vraiment désolée. Je n'aurais jamais dû essayer de sortir aujourd'hui. Je n'avais pas idée que ce serait comme ça.

— C'était comme ça en 1933, avec Machado, se remémore Magda, l'air sinistre. Les choses vont empirer avant de s'améliorer.

J'ai peur qu'elle ait raison et la colère bouillonne en moi, menaçant de déborder. Je suis en colère contre les hommes dans la rue, en colère contre Batista, Pablo, mon frère. Qu'ont-ils fait entrer dans notre pays ?

Nous sommes silencieuses sur le trajet du retour et ce n'est que lorsque nous sommes en sécurité dans la maison, derrière les grilles, que je ressens un semblant de paix. Malheureusement, cela ne dure pas. Combien de temps avons-nous avant que la violence arrive ici ?

Magda m'accompagne dans ma chambre et s'assoit près de moi quand je m'effondre sur mon lit.

— Promets-moi que tu ne te lanceras plus dans une telle sortie.

Je hoche la tête, prise de nausée.

— Promis.

— Ce garçon…

Je porte ce secret depuis bien trop longtemps et je dois le confier à quelqu'un. Les mots dégringolent de ma bouche.

— J'attends un enfant.

Il est vraiment bizarre de connaître son corps dix-neuf ans durant, de s'habituer à son fonctionnement et à ses excentricités, et de le voir changer à l'improviste.

Cela a commencé lentement quelques semaines après notre dernière entrevue : un besoin pressant de faire la sieste pendant la journée, un goût amer dans ma bouche, une nausée permanente, mes émotions démultipliées. J'évitais mes aliments préférés, leur préférant des choses que je n'avais jamais appréciées. J'ai su dès les premiers jours de retard de mes règles. Je n'avais jamais de retard et mon corps a levé tout doute de mon esprit.

À présent qu'elle est au courant pour le bébé, Magda rôde autour de moi pour me donner à manger plus que je ne pourrai jamais avaler, m'encourager à faire la sieste, me caresser les cheveux, prier à côté de moi.

Mes propres inquiétudes au sujet de l'enfant et de l'incertitude de mon avenir ne peuvent occulter la situation troublée de Cuba. Fidel a nommé le Dr Manuel Urrutia président provisoire, mais tout le monde dit que c'est de toute façon Castro qui tirera les ficelles. L'aéroport a été fermé ; personne ne peut quitter le pays en avion. Notre chauffeur a dit avoir vu des touristes américains assis sur la pelouse devant l'Hotel Nacional, valise à la main, le visage marqué par la peur et la colère. Ils ont finalement été évacués à Key West en bateau. Et ce n'est pas juste l'aéroport : tout le pays est perturbé par des grèves. Notre père a passé toute la matinée au téléphone, furieux, à essayer de comprendre ce qui se passe avec ses travailleurs.

Des foules ont ouvert les portes d'El Principe, laissant s'échapper les prisonniers. La folie s'est abattue sur La Havane.

De mon côté, je suis assise sur un canapé en soie dans notre élégant salon, entourée de tableaux richement encadrés.

— Ils ont saccagé El Encanto, se lamente ma mère.

Pour elle, il n'existe pas de péché plus grave que la destruction de la haute couture.

J'imagine toutes ces robes que nous avons essayées en boutique, désormais éparpillées dans la ville, portées par celles qui les admiraient dans les magazines. Autrefois, nous trouvions un peu de magie dans ces robes ; cette magie déteindra-t-elle sur leurs nouvelles propriétaires ?

— Ils ont aussi vandalisé les casinos, enchérit mon père. Personne ne fait rien pour les arrêter – les soldats, les policiers, tous ont simplement baissé les bras. Ils cèdent notre pays sans se battre, tonne-t-il.

— Vont-ils venir ici ? Pour nous ? s'enquiert Maria.

Ma mère pâlit.

— Ne dis pas ça. Je t'interdis de dire ça.

— Quoi ? reprend Maria, perplexe. Ils veulent de l'argent, non ? Nous, nous en avons.

Mon père ignore sa remarque.

— Maintenant ils patrouillent dans les rues. Apparemment, le 26 Juillet a évincé la police. (Son visage devient tout rouge.) Les gens installent des pancartes devant chez eux pour remercier Fidel. Le remercier pour quoi ? Croient-ils vraiment qu'il est de notre côté ? Il prêche la paix et la démocratie, tout en se préparant à se régaler de la carcasse de ses ennemis. Il s'est bien moqué de nous tous, je vous le dis, et je crains bien pire avant la fin du mois.

CHAPITRE VINGT ET UN

Ils déferlent dans la ville en un flot régulier de barbes et d'uniformes verts. Ils portent des fusils et je grimace face aux armes, face à la manière dont ils inspectent autour d'eux, comme si La Havane appartenait au 26 Juillet. Ils ont la victoire joyeuse, mais bon, les vainqueurs peuvent toujours se permettre le luxe du bonheur. Pour nous autres…

Je scrute chaque visage à la recherche de Pablo, espérant et craignant le trouver en chacun d'eux.

J'ai peur que cela me brise le cœur de voir son visage, son corps, dans cet odieux treillis. Cependant, son absence apporte son lot de douleur. Il viendra me voir, sûrement ? Et mon frère – personne ne sait où est Alejandro, ni ce qu'il fait. S'est-il rallié aux membres du 26 Juillet ? Est-il leur ennemi ?

Nous sommes inondés d'images de Fidel marchant sur la ville, prenant son temps, prolongeant le voyage comme un prédateur savourant la mise à mort. Ma nausée ne faiblit pas.

— Ils ont reconnu le gouvernement de Fidel, annonce mon père.

— Qui ? l'interroge ma mère.

— Les Américains.

— Et les élections ?

— Dans un an et demi ou deux ans. Entre-temps, le président – contrôlé par Fidel – a écarté toutes les personnalités politiques nommées par Batista. Certains membres de son gouvernement cherchent l'asile dans des ambassades étrangères. D'autres ont été arrêtés.

Il ne précise pas la suite, mais je le sais…

D'autres ont été tués par un peloton d'exécution.

Mon père énumère une liste de noms, des hommes qui venaient dîner autour de la fameuse table parisienne de ma mère, qui nous donnaient des bonbons quand nous étions enfants, des hommes qui m'ont vu danser avec leurs fils, dont je connaissais bien les filles. Les gémissements de ma mère noient le reste des noms.

Je pose une main protectrice sur mon ventre. Dans quel monde vais-je faire naître cet enfant ?

— Ils ont gelé les actifs de Batista, poursuit mon père.

Ma mère ouvre de grands yeux horrifiés.

— Et nos investissements ?

— Ils ne peuvent pas toucher l'argent à l'étranger. C'est déjà ça. Le président de la Banque nationale est parti. Même chose pour la Banque agricole et industrielle.

D'autres amis de mon père.

— Il paraît que Batista est maintenant à Saint-Domingue, qu'il se réfugie auprès de Trujillo.

Il est bien entouré alors. Le président dominicain est un ami de longue date de Batista et un tyran de la même trempe.

— Beaucoup des conseillers les plus proches de Batista sont avec lui. Ils attendent de voir comment évolue la situation pour décider s'il est prudent ou non de rentrer.

Mon père n'en dit pas plus, mais j'entends l'inquiétude dans sa voix, l'hésitation. Que devons-nous faire : partir ou rester ?

Ce soir-là, nous nous réunissons devant la télévision, en silence, pour regarder Fidel s'exprimer devant les foules à Camp Columbia, la caserne militaire de La Havane. Il doit y avoir des milliers de personnes, des dizaines de milliers, des centaines de milliers. Il est entouré d'un océan de Cubains qui le contemplent comme s'il était la réponse à tout ce qu'ils avaient jamais espéré, à tout ce pour quoi ils avaient jamais prié.

Il y a une semaine, c'est un autre homme qui se tenait là, avant de quitter en douce le pays qu'il a contrôlé pendant tant d'années. Nous laissant avec ça. Plus tôt, des chars et des fourgons sillonnaient la ville comme si nous étions occupés par une armée d'envahisseurs, et non libérés par nos pairs. Ils ont ouvert les grilles de Camp Columbia et l'espace est rempli des comparses de Fidel, mêlés à des Cubains ordinaires. Ils viennent voir Fidel – leur messie. Il est encore relativement peu connu à La Havane, une sorte de Robin des Bois, mais ils savent une chose importante sur lui :

Il n'est pas Batista.

Ils haïssaient Batista.

Mais il est clair que Fidel n'est pas pour autant un sauveur.

Il n'y a pas de saints à La Havane.

Quand je me réveille le lendemain matin, le ciel est plus terne, l'air est étouffant et écœurant ; le spectacle d'hier soir couvre la ville entière d'un voile sinistre.

Je rejoins mes sœurs dans la salle à manger pour le petit déjeuner ; nos parents ont disparu quelque part dans la maison. Plus Fidel gagne du terrain à La Havane, plus mes parents se replient.

Qu'aurait fait le corsaire ? Aurait-il pris les armes pour combattre ? Ou aurait-il emmené sa jolie épouse française et leur enfant sur son grand bateau pour voguer vers des terres meilleures ?

Chaque jour, de nouvelles personnes s'en vont – des amis de mon père, des amis de Batista. Fidel et ses comparses ont une obsession : purger le pays de toute personne liée à l'ancien régime. Mais que se passera-t-il lorsqu'ils auront versé tout le sang des fidèles de Batista ? Quelle sera leur prochaine cible ?

Mon estomac et le bébé se rebellent et j'ai l'impression de manger de la boue, mais je me force à avaler un petit déjeuner copieux.

La maison est vraiment trop silencieuse. Nos couverts grincent sur la porcelaine. Seule Maria semble contente de grignoter dans la tranquillité, réprimant des bâillements entre deux bouchées. Nous autres sommes sous le choc.

Dans les rues, les gens se réjouissent, le pays est d'humeur jubilatoire. Dans notre maison et dans tant d'autres autour de nous, nous n'osons pas nous aventurer dehors, nous craignons qu'on frappe à la porte, nous nous inquiétons qu'ils finissent par tomber sur notre nom de famille dans une liste quelque part. Nous avons peur de partir, peur de rester.

— Miss Elisa ?

Notre bonne Charo se tient dans l'embrasure de la porte de la salle à manger, les yeux écarquillés.

— Un homme demande à vous voir, chuchote-t-elle, regardant autour d'elle, certainement pour s'assurer que ma mère n'est pas dans les parages.

J'entends le mot « homme » et tout le reste disparaît. Mes sœurs posent des questions quelque part derrière moi, mais je ne les entends pas. Je n'entends même pas le reste de ce que me dit Charo avant de sortir de table, traversant la maison presque en courant.

Il est rentré. Tout ira bien désormais. Il est sain et sauf. Il est vivant. Je pose une main sur mon ventre pour caresser notre enfant. De l'autre, j'ouvre la porte d'entrée, impatiente de voir Pablo, de me blottir dans ses bras.

Je suis éblouie par la lumière du soleil, si forte qu'elle en est presque aveuglante, daignant percer les nuages pour nous montrer son visage. Au loin, j'entends des gens se réjouir.

Un homme est debout près de la grille, la tête baissée, vêtu d'un treillis et d'une casquette assortie. Une barbe lui recouvre le bas du visage.

Mon cœur s'accélère.

Je marche vers lui, mes pieds avançant plus vite, faisant valser les cailloux de l'allée.

Il est rentré. Nous allons nous marier à présent. Il sera si heureux pour le bébé. Nous trouverons des solutions pour le reste.

Il est rentré et c'est tout ce qui importe.

Il lève la tête, le regard solennel, et je m'arrête, perdue. Les yeux qui me fixent ne sont pas ceux de Pablo. Je mets un moment à reconnaître le visage devant moi, un autre à me remémorer les mots de Pablo.

S'il m'arrive quelque chose, Guillermo te trouvera. Toutefois, ce ne sera pas nécessaire, parce que je reviendrai, Elisa. Batista lui-même ne pourrait pas m'éloigner de toi trop longtemps.

Mes yeux s'emplissent de larmes, mes genoux vacillent.

— Je suis tellement navré, commence Guillermo.

Je n'entends pas le reste de sa phrase tant mes oreilles bourdonnent. Je m'effondre à terre.

Pablo est mort, La Havane est morte et je suis morte.

CHAPITRE VINGT-DEUX

Marisol

Assise dans la voiture, je fixe les palmiers qui se balancent au gré de la brise. Je ne parle pas. Magda a pris tout ce que je pensais savoir de ma famille, de ma grand-mère, de moi-même, pour le chambouler entièrement. L'homme que je connaissais comme mon grand-père, que mon père croit être son père, ne l'est pas. Au lieu de cela, mon grand-père biologique était l'un des hommes de Fidel, un homme qui est mort en se battant pour la révolution cubaine, qui a donné sa vie pour tout ce que déteste ma famille. Le fait que ma grand-mère ait aimé un révolutionnaire était déjà difficile à envisager, mais ça…

— Penses-tu que ton grand-père était au courant ? me demande Luis. Pour le bébé ?

J'essaie de me rappeler les fois où je les ai vus ensemble, comment il nous traitait, mon père, mes sœurs et moi, l'amour qu'il nous témoignait à tous.

Mon grand-père est l'une des premières personnes que ma grand-mère ait rencontrées à son arrivée aux États-Unis ; sa famille était impliquée dans les débuts de l'exil cubain et aidait les nouveaux arrivants à s'acclimater à la vie aux États-Unis après l'arrivée de Castro au pouvoir. Ses parents – mes arrière-grands-parents – étaient partis lors de la révolution cubaine de 1933, celle qui avait chassé le président Machado, un général qui avait combattu contre l'Espagne pour l'indépendance de Cuba.

Mon grand-père est né aux États-Unis et les histoires qu'il racontait ne parlaient pas de Cuba, mais plutôt des changements de la Floride au fil des années. Lorsque mon arrière-grand-père Perez est mort, il lui a laissé la gestion de son empire du sucre – ressuscité après avoir failli mourir aux mains de Fidel Castro et de ses compères. Ainsi, pour la première fois depuis sa création à la fin des années 1800, Perez Sugar était dirigé par un Ferrera et non un Perez.

Selon ma grand-mère, leur histoire d'amour a été très rapide. Il est tombé amoureux d'elle dès l'instant où il l'a vue, assise dans le salon d'un ami de la famille à Miami. Il l'a courtisée pendant un mois et, quand elle s'est laissée séduire, ils se sont mariés très simplement à la mairie. Un jour, je lui ai demandé si elle ne regrettait pas de ne pas s'être mariée en grande pompe.

C'était une période difficile, Marisol. Nous ne songions plus aux robes et aux fêtes. Nous étions en deuil. Nous pleurions la perte de notre pays, de notre famille, de nos amis.

Maintenant je comprends un peu mieux la précipitation de ma grand-mère. Elle était enceinte et célibataire, ce qui, à l'époque, aurait causé un immense scandale et aggravé le chagrin de sa famille.

— Il le savait forcément. Elle ne le lui aurait pas caché. Pas quelque chose d'aussi important. En plus, mon père est né quelques mois après leur arrivée aux États-Unis. Mon grand-père se serait douté que la date de conception ne collait pas.

Magda m'a raconté combien ma grand-mère avait pleuré en apprenant que son petit ami avait péri à Santa Clara. Je ne peux qu'imaginer à quel point elle a dû souffrir : dix-neuf ans, enceinte, prise au milieu de la révolution, apprenant que l'homme qu'elle aimait, le père de son enfant, était mort. À qui pouvait-elle confier ses secrets après une telle épreuve ? Elle avait été forcée de laisser sa meilleure amie et la femme qui l'avait élevée à Cuba. Mes arrière-grands-parents auraient sans aucun doute été furieux et honteux, surtout étant donné l'identité du père. Pas étonnant qu'elle ait fini avec mon grand-père. Lui a-t-il demandé de garder le secret de la paternité de mon père ou l'a-t-elle décidé d'elle-même ?

— J'aurais aimé…

Ma voix se brise et je ne peux exprimer ma pensée, assommée par tant d'émotions.

J'aurais aimé connaître la vérité. J'aurais aimé avoir la possibilité de connaître mon grand-père biologique, d'entendre ma grand-mère me parler de son amour pour lui.

J'aimais mon grand-père et, même si je ne me le rappelle pas très bien, j'ai le souvenir d'un homme bon, tendre envers ma grand-mère. Mais ce besoin de savoir, de comprendre d'où je viens, bouillonne en moi.

Luis démarre la voiture. Je jette un dernier regard vers l'immeuble de Magda ; nous avons échangé nos coordonnées pour pouvoir garder contact.

— Ta grand-mère devait être drôlement courageuse pour survivre à tant de pertes, observe Luis avec douceur.

Et si jeune, qui plus est.

— Elle ne manquait pas de courage, c'est certain.

— Tu devrais en être fière. Fière de lui, aussi. Quoi qu'on pense de ses idéaux, cela signifie que du sang puissant coule dans tes veines. Tu as lu ses lettres. Quel genre d'homme était-il ?

Peut-on se faire une idée d'une personne sur la base de dix ou vingt lettres ? Je ne sais pas. En tant qu'écrivaine, je sais mieux que quiconque combien il est facile de manipuler les mots et les émotions. Mais je connais ma grand-mère, et je ne la crois pas capable d'aimer un homme qui ne le mériterait pas. Je me remémore les mots qu'il lui a écrits, sa graphie passionnée.

— C'était un homme bien. Un rêveur. Un combattant.

— Alors c'est un ancêtre dont tu peux fièrement te revendiquer.

Est-ce aussi simple ? Son héritage a-t-il été sauvé par la mort ? S'il avait vécu la révolution jusqu'au bout et tout ce qui a suivi, aurait-il dénoncé les abus de Fidel ou serait-il lui aussi devenu un monstre ?

La frontière entre héros et scélérat est parfois bien floue.

— Je suis désolé qu'il soit mort. Que tu n'aies pas pu le retrouver comme tu le souhaitais.

— Et moi donc.

Voilà, c'est fini. Il n'y a plus de réponses à trouver, rien que des questions. Je ne connaîtrai jamais l'homme dont le sang coule dans mes veines. Cette partie de ma famille s'est envolée elle aussi, tout comme ma grand-mère.

Lorsque je cherchais son petit ami, il y avait encore de l'espoir, un objectif à mon séjour au-delà de la dispersion de ses cendres. Il ne reste plus que l'inconnu et, bien sûr, l'incertitude de ma relation avec Luis.

Il porte nos mains entrelacées à ses lèvres, embrasse mes phalanges.

— Tout ira bien, dit-il, comme s'il lisait dans mes pensées.

— Tu crois ?

— *Ojalá.*

Je souris en entendant ce mot qui résume bien l'esprit cubain, l'espoir sur lequel on n'a aucune prise.

— Cela signifie quelque chose pour moi, Marisol, me dit Luis, répétant la phrase qu'il avait prononcée dans l'ascenseur.

Je sens mon cœur se fissurer.

— Cela signifie quelque chose pour moi aussi.

Je passe le reste du trajet du retour à contempler le profil de Luis, son bras autour de mes épaules, ses lèvres effleurant ma tempe de temps à autre, ma jambe tout contre la sienne.

— Si nous sortions ce soir ? me suggère-t-il alors que nous approchons de La Havane. Cela te changerait les idées.

— Comme un rendez-vous ?

Il rit.

— Oui, un rendez-vous en bonne et due forme. Nous n'avons pas fait les choses dans l'ordre, c'est vrai. Je t'emmènerai dîner – rien de très chic, mais je te promets que tu te régaleras, précise-t-il en m'adressant un clin d'œil. Il se trouve que je connais quelques bons *paladares*. Après quoi, nous irons danser.

Je souris de toutes mes dents.

— Tu danses ?

J'ai du mal à imaginer Luis, si sérieux, en train de danser.

— Cela m'arrive. Ne le dis à personne, mais c'est ma grand-mère qui m'a appris quand j'étais tout petit.

— La mienne aussi. Elle passait de vieux disques dans son salon, et nous dansions ensemble. Au départ, j'étais nulle.

— Et maintenant ? me taquine-t-il.

— Je me débrouille pas mal !

— Voilà qui m'intrigue. Je dois aider ma grand-mère à préparer le dîner – je me suis déjà absenté hier –, mais nous pourrons peut-être y aller après ?

— Avec grand plaisir.

Lorsque nous arrivons à la maison, nous partons chacun de notre côté. Après avoir déposé mon sac dans ma chambre, je me dirige vers le cœur de la maison, la cuisine, où Ana prépare le dîner pour les clients du *paladar.*

Elle sourit quand elle m'aperçoit.

— Alors, ce voyage ? me demande-t-elle en m'accueillant avec un baiser sur la joue.

— Magnifique. Je peux vous aider ?

Je ne suis pas encore prête à lui raconter ce que Magda nous a révélé.

— Non, non, ça va, j'ai presque fini. Ce soir nous aurons de la paella.

Le parfum du riz jaune et des fruits de mer embaume l'espace minuscule. La paella cuit dans une énorme poêle qui me rappelle celle de ma grand-mère.

— Comment décidez-vous du menu chaque jour ?

— Selon ce que je trouve au marché. Si un jour je trouve du poulet, ce sera *arroz con pollo.* S'ils ont des fruits de mer, je cuisine une paella. Évidemment, nous sommes limités par les pénuries, mais nous nous débrouillons.

— Cela doit parfois être un défi.

— Les défis ne me font pas peur, répond-elle en souriant. Ils me poussent au contraire à faire preuve de créativité, ce qui plaît aux clients parce que le menu est toujours varié. Ce n'est pas un secteur facile ; lorsque le gouvernement a lancé le système des *paladares,* beaucoup ont essayé mais peu ont réussi. Les impôts et les taxes peuvent mener à la faillite. Et puis on peut créer un menu et se retrouver dans l'impossibilité de le réaliser quand on ne trouve pas les ingrédients. On peut passer des jours à chercher des choses aussi simples que des œufs ou du lait. Beaucoup de nos clients, les touristes qui viennent, ne comprennent pas les difficultés auxquelles nous sommes confrontés. Ils jugent nos restaurants selon des critères qui n'ont pas cours ici, mais nous nous débrouillons avec l'ingéniosité cubaine. (Elle me fait un clin d'œil.) Cela aide aussi d'avoir Luis qui joue « La Bayamesa » au saxophone. Nous accrochons au mur les photos du début de la révolution prises par mon mari, servons les plats dans ce qui reste de la plus belle porcelaine de ma grand-mère. Ils viennent ici pour faire l'expérience du Cuba romantique, et c'est ce que nous leur offrons.

Est-ce ce pourquoi je suis venue ? Pour « faire l'expérience du Cuba romantique » ? Ce serait mentir que de nier que j'avais une image en tête. Je m'étais dit que je serais ouverte d'esprit, que je ne laisserais pas les histoires que j'avais entendues, la perspective d'exilés de ma famille, brouiller mes impressions du vrai Cuba. J'étais convaincue de trouver deux versions de l'histoire, la nôtre et la leur, et que la vérité se situerait quelque part au milieu. Mais je ne me rendais pas compte que ce serait si terrible. Au gré de toutes les discussions autour de l'ouverture des relations avec Cuba, de la levée de l'embargo, on parle toujours de l'île comme d'un paradis touristique, figé dans le passé. Je ne me rendais pas compte de combien les gens souffraient encore, je ne comprenais pas l'ampleur des problèmes auxquels étaient confrontés les Cubains au quotidien.

Ana me lance un regard en coin.

— À propos de Luis… Parfois, Elisa et moi imaginions notre vie quand nous vieillirions. Être témoin l'une de l'autre à nos mariages respectifs, élever nos enfants ensemble, devenir grands-mères ensemble. Nous imaginions que nos enfants joueraient ensemble, peut-être même qu'ils tomberaient amoureux. C'est bon de vous voir tous les deux ensemble.

— Nous ne sommes pas…

Je ne sais même pas très bien comment finir la phrase. Pas ensemble ? Pas amoureux ?

— Je ne sais pas comment nous pourrions être ensemble, dis-je finalement.

— Aie confiance, Marisol. Vous pourriez être parfaits l'un pour l'autre. Cela semble peut-être impossible maintenant, mais crois-moi, on ne sait jamais ce que nous réserve l'avenir.

Luis arrive dans la cuisine à la fin du discours de sa grand-mère et vient l'embrasser. Je fais mine de remuer la paella, les joues en feu. Il y a des choses dont nous n'avons pas encore parlé, des conversations pour lesquelles je ne suis pas prête. Je vais bientôt repartir – que se passera-t-il alors ? Garderons-nous contact ou ce lien entre nous se brisera-t-il quand nous reprendrons notre vie normale ?

Ana part voir les clients et nous sommes de nouveau seuls.

Luis s'approche de moi et m'embrasse sur le front. Il me sourit tandis que j'arrête de remuer la paella.

Il me caresse la nuque. Je rougis encore une fois.

— Tu es nerveuse, observe-t-il, l'air amusé.
— Oui.
— Pourquoi ? Tu n'étais pas nerveuse jusqu'ici.
— Je l'ai toujours été un peu, mais je trouve ça bizarre dans cette maison, avec ta grand-mère, Cristina, ta mère. Je n'ai pas envie de marcher sur les pieds de qui que ce soit. Et puis il y a tout le reste. Je ne veux pas commencer quelque chose que je ne peux pas terminer ; en fait, je ne sais pas très bien ce que je suis en train de faire. Je suis venue pour enterrer ma grand-mère, et maintenant tout est sens dessus dessous. J'ai un grand-père dont j'ignorais jusqu'à l'existence. Et toi…

Je suis venue pour écrire un article sur les lieux touristiques, et voilà que mon esprit est plein de politique et d'injustice ; je suis arrivée célibataire et insouciante, et voilà que je risque de laisser mon cœur à La Havane. C'est comme si Cuba avait réveillé quelque chose en moi, et je ne peux pas – ne veux pas – le rendormir.

Luis recule en soupirant.
— Je sais. C'est compliqué.

Je me retourne et plonge mes yeux dans les siens, pour savoir…
— Tu es fort pour ça, murmuré-je.
— Fort pour quoi ?
— Cacher ce que tu ressens, ce que tu penses. Pour certaines choses, tu es comme un livre ouvert, mais pour d'autres… Tu es difficile à lire.
— Est-ce vraiment un mystère, Marisol ?

Mon pouls s'accélère et je ferme les yeux. L'entendre prononcer mon prénom me donne des papillons dans le ventre.

Lorsque je rouvre les paupières, il est toujours là, ses yeux dans les miens, son expression plus insondable que jamais. Il me caresse le front, passe ses doigts dans mes cheveux.

— Le service du dîner est presque terminé. Peux-tu être prête dans une heure ?

J'ouvre la bouche pour lui répondre…

La mère de Luis, Caridad, arrive dans la cuisine et dépose une pile d'assiettes sur le comptoir minuscule.

La main de Luis retombe le long de son corps. Mes joues s'enflamment de plus belle.

— Veux-tu partir dans une petite heure ? demande-t-il une nouvelle fois, à voix basse.

Je hoche la tête.

Je quitte la pièce sous le regard de Caridad.

CHAPITRE VINGT-TROIS

Elisa

Il est mort à Santa Clara. Il s'est battu vaillamment. Je m'accroche à mes souvenirs, aux lettres et aux quelques signes tangibles qui me rappellent qu'il était bien réel et qu'il m'aimait.

Et puis il y a le bébé.

Je passe deux jours au lit. Mes sœurs me couvrent ; elles ne posent pas de questions, mais leur inquiétude est palpable. Seule Magda connaît la vérité ; seule Magda connaît l'étendue de mes peurs et de ma douleur. Elle s'assoit près de mon lit, me caresse les cheveux, tente de me convaincre de boire et de manger.

— Pour le bébé, chuchote-t-elle.

Plusieurs jours après la pulvérisation de mon monde, je suis forcée de quitter mon lit. Nous avons une nouvelle crise à affronter – les révolutions n'ont cure des cœurs brisés et des rêves envolés.

Ils ont fini par arriver au nom de mon père sur la liste.

Quand je descends, ma mère sanglote sur le canapé. Isabel et Beatriz sont assises à côté d'elle, Maria est dans sa chambre avec Magda. Cela devient de plus en plus difficile de protéger notre jeune sœur.

— Que s'est-il passé ?

J'ai toujours eu peur que ce soit Alejandro qui attire leur attention, lui qui n'avait pas peur de dénoncer Fidel, qui dansait bien trop près des flammes. Mais notre père…

— Le Che est passé à ses bureaux, me répond Beatriz.

Oh, comme je hais l'Argentin. C'est déjà pénible de voir Fidel se comporter comme si le pays lui appartenait, mais le Che n'est même pas cubain, ajoutant l'insulte à la blessure.

— Il l'a emmené à La Cabaña, ajoute Isabel d'un air sombre.

La prison de Batista est devenue celle de Fidel. C'est beau comme révolution.

— Quand cela ?

— Ce matin, m'apprend Beatriz, toute pâle. Nous n'en savons pas plus.

Avec la nouvelle liberté et la démocratie que Fidel apporte à Cuba, ils peuvent le détenir aussi longtemps qu'ils le souhaitent, lui faire tout ce qu'ils veulent.

Voilà le progrès.

Je crains que le volcan de colère en moi ne finisse par entrer en éruption, faisant éclater gants et robe en soie.

— Ils vont le tuer, murmure ma mère.

— Non, réplique Isabel.

Toutefois, elle n'a pas l'air très convaincue. Ils le tueront peut-être.

Une larme coule le long de ma joue, puis une deuxième, perçant le brouillard qui m'entourait. Je ne peux plus me permettre le luxe de pleurer Pablo.

— Qu'allons-nous faire ? interroge ma mère.

Quitter Cuba.

Cette pensée me surprend, mais elle est le résultat logique des événements. Je revois la foule en train de renverser les parcmètres, de les piller. Nous ne sommes plus en sécurité ici et, s'ils en veulent à mon père, dans combien de temps viendront-ils nous arrêter nous, sa femme et ses filles ? Mon enfant – tout ce qui me reste de Pablo – serait-il en sécurité dans cette version de La Havane ?

Où est Alejandro ?

— Nous allons attendre, répond Beatriz.

Le temps passe différemment à présent que Batista n'est plus au pouvoir. Je me plaignais de mes journées monotones, de la succession insipide des réceptions ; les voilà remplies de terreur, et je regrette amèrement l'époque où ma plus grande préoccupation était de savoir quel chapeau m'allait le mieux. Notre père est retenu à La Cabaña, chaque jour apporte son lot d'exécutions et nous n'avons toujours pas de nouvelles d'Alejandro. Les amis de mes parents sont de plus en plus nombreux à quitter le pays, pour les États-Unis ou l'Europe. De plus en plus de gens partent, cependant nous restons, dans l'attente de savoir ce que deviendra notre père, dans l'attente d'un message de notre frère, dans l'attente permanente.

L'oncle de notre mère va voir notre père et nous apprend qu'il est toujours en vie, confiné dans une cellule froide, humide et obscure.

Les jours passent, une semaine passe, jusqu'à ce que patienter à la maison devienne aussi pénible que l'alternative, alors nous prenons notre courage à deux mains.

Au départ, c'était une forteresse bâtie au XVIIIe siècle pour se protéger des pirates anglais, puis c'est devenu une caserne militaire. La prison est dirigée par l'Argentin – Che Guevara – celui-là même dont me parlait Pablo. Son ami, son frère d'armes.

La forteresse se dresse devant nous. Je serre la main de Beatriz dans la mienne.

— C'est une mauvaise idée, chuchoté-je,

Ma nausée reprend de plus belle, mon petit déjeuner se rappelle à moi. Le soleil tape, implacable.

— Tu aurais préféré rester à la maison ?

Non, mais je ne suis plus toute seule. J'aurais dû refuser quand Beatriz m'a demandé de l'accompagner.

Elle relève le menton et je reconnais sur son visage une expression familière – Beatriz en mission, c'est dangereux.

— Attends-moi ici.

— Tu es folle ? sifflé-je. Tu ne peux pas entrer là-dedans toute seule.

— Qu'est-ce que tu suggères ?

— Ils tuent à tour de bras, Beatriz.

Ses yeux brillent de fureur ; la rage de ma sœur, cela aussi peut être dangereux.

— Il y a quelqu'un qui pourrait peut-être m'aider.

Si Beatriz a des relations à La Cabaña…

Je lui saisis le bras et l'attire vers moi.

— As-tu collaboré avec le 26 Juillet ?

— Bien sûr que non, réplique-t-elle avec mépris. Mais je connais quelqu'un qui l'a fait.

— Un ami ? Un petit ami ?

— Absolument pas.

Elle fixe la forteresse comme si elle se préparait à accomplir une tâche déplaisante. Un frisson me parcourt à la vue de son expression féroce. Inutile de tenter de la dissuader.

— Cela fait plusieurs jours, presque une semaine. Qui sait où est Alejandro ? Qui sait même s'il est encore en vie ? poursuit-elle, la voix tremblante. Et notre père… que pouvons-nous faire d'autre ? Je dois essayer.

— Beatriz…

— S'il te plaît.

Je la laisse y aller parce qu'il n'y a pas d'autre choix – si je ne la laisse pas entrer aujourd'hui, elle reviendra demain. Nous avons tous perdu la raison cependant, pour ma part, je ne peux plus me permettre de prendre des décisions imprudentes. Mon bébé a déjà perdu un de ses parents dans cette révolution. C'est à moi seule qu'il revient désormais d'assurer sa sécurité.

Dans l'ombre de La Cabaña, je regarde ma sœur courageuse, belle et obstinée, pénétrer dans la forteresse. Je lui envie presque sa bravoure, son audace, son indépendance. Pour la première fois, je prends pleinement conscience des conséquences de ma grossesse. J'étais si obnubilée par Fidel, la mort de Pablo, et maintenant l'emprisonnement de mon père, que le bébé m'apparaissait comme un concept abstrait.

Mais je vais être mère. Je vais devoir élever seule cet enfant.

C'est à la fois une joie extraordinaire et une responsabilité terrifiante.

Des soldats passent devant moi, leur treillis en loques, leur regard d'abord sur moi, puis sur la silhouette de Beatriz qui s'éloigne. Leur rire résonne dans l'air.

La nausée me reprend.

Je prie, avec des mots appris dans l'enfance, des mots que j'ai plus employés ces derniers mois qu'au cours de ma vie entière. Je prie pour Beatriz, pour mon père, pour mon frère, pour mon enfant à naître, pour nous tous.

Les minutes passent. Une heure s'écoule. L'idée que j'ai peut-être perdu Beatriz, aussi, que notre père ne nous reviendra peut-être jamais, me frappe avec une violence qui croît à chaque instant. Sans lui, comment allons-nous subvenir à nos besoins ? Mon grand-oncle nous prendra-t-il chez lui ? Un autre parent éloigné ? Comment survivrons-nous ?

Juste au moment où ma panique devient insupportable, Beatriz ressort. Il est impossible de dire si elle a réussi ou non : Beatriz marche de la même façon dans la victoire et dans la défaite.

Elle s'arrête devant moi, l'air sombre.

— Je n'ai pas réussi à le faire sortir. Néanmoins, j'ai pu le voir. Il est blessé mais ne va pas trop mal. Il était furieux que je vienne. Ils l'ont fourré dans une cellule avec dix autres hommes. Comme des animaux.

— Que vont-ils faire de lui ?

— Je ne sais pas.

Son silence me dit l'inverse.

— Beatriz.

— Ils fusillent les gens. Trois fois par jour. Avec une régularité parfaite. Che aime avoir un emploi du temps précis, ajoute-t-elle d'un air meurtrier.

Cette fois-ci, la nausée a raison de moi et le contenu de mon petit déjeuner se répand à terre.

Aussitôt, Beatriz est là pour moi, en silence. Elle écarte mes cheveux, me caresse le dos.

— Qu'est-ce qui t'arrive ? me demande-t-elle, l'œil perçant, une fois que je me suis redressée.

Je secoue la tête, m'essuyant les lèvres avec mon mouchoir, un goût âcre dans la bouche.

— Ce n'est pas le moment.

Mais ce le sera bientôt. Combien de temps pourrai-je encore garder ce secret ? Quel poids peut-on supporter sur ses épaules avant de s'effondrer ?

Beatriz semble accepter ma réponse pour le moment, mais son regard m'interroge.

Elle porte du rouge à lèvres vif qui a bavé au coin de sa bouche.

Je frémis.

— Que s'est-il passé là-dedans ?

Elle secoue la tête.

— Je vais bien. Ce n'est pas le moment.

Je passe mon bras autour d'elle. J'ai besoin de cet instant de réconfort.

— Qu'allons-nous faire maintenant ?

— Rentrons à la maison. Et patientons, me répond-elle.

Bras dessus, bras dessous, nous nous éloignons de la forteresse. Mes jambes flageolent.

Derrière nous, des bruits de coups de feu retentissent…

Un, deux, trois, quatre, cinq, six, sept, huit.

Je les compte, tandis que des larmes baignent mes joues.

Pour la première fois de ma vie, je connais la haine. Cette émotion m'emplit des pieds à la tête, annihilant tout le reste sur son passage. Puis la haine repart, aussi vite qu'elle est arrivée, me laissant avec d'autres émotions que je ne sais pas comment gérer.

On peut trahir son pays de dizaines de façons : des promesses non tenues, des politiques marquées par l'échec, un peloton d'exécution qui crible la chair de balles. Puis il y a la trahison silencieuse – la plus insidieuse de toutes. Nous pensions être malins en nous contentant d'endurer le régime de Batista. Nous pensions avoir une vision à long terme, nous mettant dans les petits papiers du pouvoir afin de conserver nos demeures somptueuses, notre appartenance aux différents clubs huppés et nos réceptions arrosées de champagne. Nous pensions que les indignités de son régime ne nous toucheraient pas.

Je me disais qu'être une Perez était plus important qu'être cubaine, que ma responsabilité envers ma famille, faire ce qui était attendu de moi, être la femme que mes parents souhaitaient que je sois, était plus important que lutter pour défendre mes convictions, que dénoncer la tyrannie de Batista.

Et pendant tout ce temps où nous agissions comme si notre mode de vie était tout à fait normal, le « paradis » que nous avions créé était en réalité un pacte fragile avec un diable versatile, et la terre sous nos pieds a fini par trembler et se fissurer, détruisant le monde tel que nous le connaissions.

Fidel nous a montré le prix de notre silence. Le danger d'attendre trop longtemps avant de parler. Sa voix s'est élevée plus haut que la nôtre, parce que nous étions trop occupés à vivre dans la bulle que nous avions créée pour voir que Cuba avait changé, nous laissant de côté.

Je ressens honte et culpabilité.

CHAPITRE VINGT-QUATRE

Marisol

Ce soir-là, j'enfile une belle robe rouge et me parfume pour mon dîner avec Luis. Il ne nous reste plus que trois jours ensemble et j'ai envie de profiter de cette soirée, qu'elle soit particulière. Il frappe à ma porte et, quand je lui ouvre, je le découvre sourire aux lèvres, un bouquet de tournesols à la main.

Nous nous rendons à pied au Malecón, main dans la main. Lorsque nous atteignons le bord de l'eau, il achète deux bouteilles de bière Presidente à un vendeur ambulant. Nous nous asseyons sur le rebord en pierre, nos pieds se balançant au-dessus de l'eau tandis qu'elle s'écrase contre le rocher, les embruns venant éclabousser mes chevilles nues.

Le soleil se couche et le paysage se transforme au fur et à mesure que les locaux sortent des immeubles croulants, apportant avec eux rires et musique. Luis passe un bras autour de mes épaules, m'attirant contre lui, et j'enfouis la tête dans le creux de son cou. Mes lèvres glissent sur sa peau, goûtant le sel de l'eau. Ma chevelure tourbillonne autour de moi.

— Tout cela va me manquer, dis-je en me détournant de lui pour fixer la mer.

J'ai l'impression que je viens d'arriver, et voilà qu'il ne reste plus beaucoup de temps. J'ai été plongée dans ce monde inattendu et ne souhaite plus parler de restaurants cubains ; je brûle d'envie d'écrire au sujet des révolutions, de l'exil, de la perte. Je désire ardemment écrire à propos de l'avenir de Cuba. Je voudrais tant revenir.

Comment puis-je repartir à Miami et reprendre la vie que je menais, maintenant que tout a changé ?

Luis me serre plus fort contre lui et soupire. Il ne répond pas à ma remarque ; que pourrait-il dire ? J'espère pouvoir revenir bientôt, j'espère que les relations vont continuer de s'améliorer, je prie pour que les barrières entre nos deux pays s'abaissent avec le temps. Qui sait ? Nous ne sommes qu'un petit pays dans un monde rempli de tragédies.

Je voudrais pouvoir me renseigner sur mon grand-père, revoir Ana, explorer les régions de l'île que je ne connais pas encore. Et bien sûr, il y a Luis.

Il lève mon menton vers lui et m'embrasse avec fougue. J'ai la main posée sur son cœur, mes doigts s'agrippent à sa chemise.

J'ai été avec assez d'hommes et suis suffisamment âgée pour savoir que ce qui se passe entre nous est différent des autres expériences, que mon cœur s'est ouvert comme jamais auparavant. Je n'avais jamais ressenti avec personne ce lien immédiat, cette impression de se connaître, l'emboîtement presque audible de deux pièces d'un puzzle.

Je t'aime.

Il me semble injuste de prononcer ces mots, ce serait lui poser un fardeau bien trop lourd sur les épaules. Nos vies ne sauraient être plus différentes, et j'ai beaucoup de mal à l'imaginer dans mon monde, tout comme il m'est impossible de me projeter ici. Je ne suis pas chez moi ici. Je voudrais tellement ignorer cette évidence pour avoir un lien avec cet endroit. C'est la terre de ma grand-mère, l'héritage qui m'a façonnée, mais la version moderne est complètement différente et je n'arrive pas à m'y identifier, malgré mon désir. Le destin de ma famille a changé et, même si c'est notre passé et, je l'espère, notre avenir, ce ne peut être notre présent.

Pourtant c'est là que ma grand-mère souhaitait reposer, c'est ce pays qui avait une telle emprise sur son cœur – était-ce d'ailleurs le pays, ou l'homme ? Ou le souvenir des deux était-il si entremêlé qu'il lui était devenu impossible de savoir où finissait l'un et où commençait l'autre ? Elle est tombée amoureuse de lui ici, sur le Malecón, les mots qu'ils se murmuraient flottant dans l'air, leur regard projeté vers la mer.

— À quoi tu penses ? s'enquiert Luis.

— À ma grand-mère. À sa vie ici.

— Il ne te reste plus beaucoup de temps pour décider où disperser ses cendres.

Je regarde l'eau, sur laquelle le soleil est en train de disparaître.

— Je sais. Je ne peux m'empêcher de me demander ce qui serait arrivé s'il n'était pas mort, s'ils avaient eu la possibilité de vivre ensemble. La révolution les aurait-elle séparés ou se seraient-ils aimés assez pour faire durer leur histoire ?

Luis porte nos mains enlacées à ses lèvres.

— Je ne sais pas.

Et moi non plus.

Nous nous rendons à pied au Vedado. Loin des bars aux thèmes kitsch et des restaurants gérés par l'État des quartiers plus touristiques, les Cubains s'amusent à leur façon, improvisent des danses sur le trottoir, les enfants se regroupent en cercle, jouent, faisant résonner la nuit de leurs rires.

Luis m'adresse un grand sourire, ma main dans la sienne.

— À présent tu vis l'expérience cubaine authentique.

— Où allons-nous ?

Depuis le début de la soirée, il vacille entre gaieté et sérieux, et ces moments où il est joyeux et taquin m'enchantent.

— Tu verras, me répond-il avec un clin d'œil.

Une voiture tourne dans la rue, m'éblouissant de ses phares.

Elle s'arrête.

Luis va au-devant du véhicule, comme pour me protéger de son corps.

Ce n'est pas une voiture ancienne comme celles auxquelles je me suis habituée à La Havane – chrome, cuir, courbes et couleurs vives. Celle-ci est noire, laide, anguleuse, vieille dans un genre qui n'a rien de glamour. Contrairement aux autres, elle ne fleure pas bon le suranné.

Je sens la main de Luis se tendre sur ma taille. Il me lâche.

Deux hommes sortent du véhicule.

Ils portent une tenue décontractée, des vêtements quelconques qui, en règle générale, n'attireraient pas mon attention. Toutefois, ils marchent comme s'ils étaient en uniforme, avec le genre de détermination que donne l'aval d'un pouvoir officiel. Ils n'arborent peut-être pas d'insigne, mais c'est tout comme. Ce sont des hommes importants. Puissants.

Bien que Fidel soit dans sa tombe, cela ne fait aucun doute : ce sont des hommes à lui.

Tout se passe si vite : les phares, les portières qui s'ouvrent et se referment en des bruits métalliques sonores, les pas sur le trottoir fissuré, la voix de Luis qui prononce mon nom, comme un avertissement, un cri camouflé en un murmure.

— Marisol…

Il s'écarte de moi, me laissant seule sur le trottoir, ma main pendant sur le côté. Nous ne sommes séparés que de quelques pas, mais c'est comme s'il m'avait poussée loin de lui. Nous étions ensemble et nous ne le sommes plus. Je suis cubaine, et je ne le suis plus.

Luis me tourne le dos, mais la tension est évidente dans sa posture, dans la distance entre nous. Le périmètre qui l'entoure et les hommes qui s'avancent vers lui pourraient tout aussi bien être délimités par une clôture électrifiée – les passants détournent le regard, accélèrent, s'éloignent aussi vite que possible du danger. L'effort qu'ils fournissent pour ne pas regarder dans notre direction est palpable.

Les hommes s'arrêtent devant Luis. Ils parlent bas et je ne surprends que quelques bribes de conversation, mais cela suffit…

Ils vont l'emmener. Je ne sais pas où.

Luis ne se retourne pas vers moi en montant dans la voiture. Il ne se retourne pas pour me supplier de dire à sa mère et à sa grand-mère où il va, il ne me demande pas d'appeler un avocat pour lui. Il ne proteste pas, n'oppose aucune résistance, comme s'il s'était résigné à l'inévitabilité de cette arrestation.

La voiture repart dans un crissement de pneus et me voilà seule à me demander quand il reviendra – s'il revient.

Mon cœur bat la chamade, j'ai l'impression que mon passeport brûle dans mon sac. Devrais-je aller à l'ambassade américaine ? Ou retourner chez les Rodriguez et prévenir Ana et Caridad ? Il y a quelques minutes je me sentais en sécurité, j'étais heureuse à La Havane avec Luis. À présent, je suis terrifiée.

Les rues du Vedado ne me semblent plus si sympathiques que cela, il fait de plus en plus sombre et je doute de réussir à retrouver mon chemin jusqu'à Miramar. Devrais-je prendre un taxi ? Demander de l'aide dans un hôtel ?

Une autre voiture s'arrête près de moi. Je serre mon sac contre moi, essayant de me rappeler les cours de *self-defense* que ma grand-mère m'avait fait suivre il y a près de dix ans.

Une fille vivant seule à Miami ne saurait être trop prudente, Marisol.

Un homme au cou épais et aux larges épaules sort du véhicule. Il est le prototype de l'homme que remarquent les femmes dans les parkings, les ascenseurs, le genre d'hommes que l'on craint instinctivement.

Je me fige. Il vient vers moi, m'attrape le bras, m'entraîne vers la voiture, et là j'explose. Je lui donne des coups de poing, de pieds, et émets un hurlement du plus profond de ma gorge.

Personne ne va-t-il donc m'aider ?

Puis d'autres mains se posent sur moi, me soulèvent et me laissent tomber à l'arrière de la voiture.

CHAPITRE VINGT-CINQ

Elisa

Aussi vite qu'il l'avait arrêté, le régime libère mon père, sanguinolent et couvert d'hématomes, mais vivant. Nous vivons un instant de répit ; personne ne sait pourquoi Fidel a choisi de le relâcher comme un poisson trop petit pour être englouti par le régime, mais nous sommes sur des charbons ardents, attendant de voir s'ils reviendront pour lui. Peut-être Fidel est-il trop occupé par des choses plus importantes.

Nous sommes passés des pelotons d'exécution privés avec Batista à des procès et exécutions publics sous Fidel. Je n'arrive à rassembler que la rage minimale, la plus petite dose d'horreur. Je suis engourdie – cela fait deux semaines que Guillermo est venu m'annoncer la mort de Pablo, et j'ai encore l'impression de vivre un cauchemar. Le soir, je relis ses lettres encore et encore, comme si elles pouvaient le faire réapparaître, les mots sur la page se transformant en un homme de chair et d'os.

Personne ne m'avait prévenue qu'aimer serait si douloureux.

Nous nous réunissons devant la télévision, dans une routine qui devient bien trop familière. C'est en effet une affaire familiale ; même ma mère regarde. Le procédé dans son ensemble a beau la répugner – l'idée que les masses jugent l'élite lui est odieuse – nous sommes tous animés d'une curiosité morbide. Est-ce ce qu'ils ressentaient en France en regardant la lame de la guillotine être juge, juré et bourreau ?

Ces jours-ci, il suffit d'une accusation, ne serait-ce que la parole d'un enfant, pour condamner un homme à mort. Fidel déclare que ces spectacles apporteront de la transparence, qu'il n'a rien à cacher, et il n'a pas tort – l'horreur de ce qui arrive à notre pays est en effet exposée au monde.

Quand nous viendra-t-on en aide ? Quand le reste du monde le condamnera-t-il ?

La lumière aveuglante de la télévision ne fait rien pour atténuer le simulacre de procès devant nos yeux. Nous regardons bouche bée et effarés, incapables de parler, incapables de bouger. Combien de nos compatriotes ont-ils péri depuis que Fidel s'est emparé du pouvoir ? Mille ? Deux mille ? Leurs noms sont murmurés, puis oubliés, voletant dans l'air avant de disparaître pour toujours.

Finalement, c'est Beatriz qui met un terme à l'hypnose.

— Éteins la télévision, ordonne-t-elle à Maria.

Elle ne devrait pas voir une chose pareille. Qu'est-ce qui prend à mes parents ? Nous devrions tous œuvrer pour préserver son innocence, pour la protéger de tout cela. Eux devraient la protéger. Mais depuis que Fidel a marché sur La Havane, depuis que Batista est parti et que tout a changé, mes parents sont dans un état second.

Maria ouvre de grands yeux en entendant la fermeté du ton de Beatriz. En tant que benjamine, elle bénéficie en général de notre patience et de notre gentillesse à tous. Mais c'est une période difficile et il faut s'adapter.

Je regarde la lumière clignotante de la télévision avant qu'elle ne s'éteigne complètement. Ils sont en train de juger les partisans de Batista, ceux qui servaient dans l'armée, comme des criminels de guerre dans le stade de La Havane. Dans les gradins, des dizaines de milliers de personnes huent et crient, mangent des glaces et des cacahouètes, réclament du sang à grand renfort de rugissements. Nous sommes à Rome et c'est le Colisée : les dents du lion pénètrent dans la chair des Cubains pour la vengeance et le spectacle, le tout retransmis pour que toute la nation ait le loisir de regarder – une sorte d'avertissement à tout opposant potentiel.

Mon père sera-t-il le prochain à passer à la télévision ? Mon frère ? Cette folie m'a déjà arraché l'homme que j'aimais. Quand cela s'arrêtera-t-il ? Ce n'est pas un procès. Ce n'est pas la justice. Je pense à Pablo, à ce pour quoi il se battait, ce pour quoi il a donné sa vie. L'homme que je connaissais, l'homme que j'aimais, n'aurait pas voulu nous voir ainsi réduits. Où est la constitution qu'on nous a promise ? La fin de la cruauté de Batista ? Un dictateur a chassé l'autre, pourtant mes compatriotes ont l'air ravi. Ils scandent désormais « au mur », appelant littéralement la mort de ceux qui soutenaient Batista, ceux qui, selon cux, leur ont manqué de respect, ceux qu'ils souhaitent voir face à un peloton d'exécution.

La nuit, mes rêves sont peuplés d'un drôle de mélange : les mains de Pablo baignées de sang, le sourire narquois de Fidel, des colombes blanches hystériques annonçant la catastrophe, des foules criant, demandant notre tête, mettant le feu à La Havane. Magda dit que c'est le bébé qui cause cette folle succession d'images, qu'il est normal que mes émotions soient exacerbées. Elle allume des cierges et prie les dieux, mais ni Changó ni Jésus ne semblent se préoccuper du sort de La Havane.

Les événements au stade affectent l'atmosphère qui règne dans la ville au fur et à mesure que les semaines passent et que janvier cède sa place à février. Mes parents ont émergé du brouillard qui les entourait et discutent à voix basse tard dans la nuit, lorsqu'ils pensent que mes sœurs et moi dormons profondément. La dynamique de la maison a changé – j'ai l'impression que les domestiques retiennent collectivement leur respiration, comme s'ils attendaient la suite des événements.

Magda le sent, elle aussi, et agit en médiatrice entre la famille et le personnel, prenant soin de nous tous.

Elle me prépare un bain, remplissant l'eau d'herbes et de parfums, ajoutant quelques gouttes d'eau bénite subtilisée à la cathédrale.

— Cela va te protéger, me dit-elle quand je me plonge dans la baignoire.

Le temps passe et je ne pourrai plus garder mon secret bien longtemps. Je rentre encore dans mes vêtements, mais cela commence à être juste, et je ne peux m'empêcher de penser que si le monde tel que nous le connaissions n'était pas en train de s'effondrer autour de nous, mes parents auraient déjà remarqué que quelque chose ne tournait pas rond chez moi.

C'est peut-être le seul mérite que je peux reconnaître à Fidel.

Je n'aurais jamais pensé possible de haïr quelqu'un comme je le hais. J'ai l'impression de recevoir une gifle en plein visage chaque fois que je l'aperçois. Pourquoi n'est-il pas mort à la place de Pablo ?

Des larmes ruissellent le long de mes joues, tombant dans le bain, se mélangeant à l'eau bénite, aux substances que le *santero* a suggérées à Magda.

— Chh.

Elle me caresse les cheveux, me berce de sa voix rassurante et profonde, et je retombe en enfance, me sentant en sécurité dans ses bras.

— Chanteras-tu pour le bébé ?

Elle sourit.

— Bien sûr. Tout comme je chantais pour toi et tes sœurs. Je t'apprendrai mes berceuses.

Cette nuit-là, je ne rêve pas de sang, ni des yeux fixes de Pablo, mais d'une petite fille, de sa main minuscule dans la mienne, de ses longs cheveux flottant derrière moi. Je brosse sa chevelure jusqu'à ce qu'elle brille, je la tresse, et elle me demande de lui raconter des histoires, de Cuba, de ma famille. Elle m'écoute retracer notre histoire avec attention et je l'embrasse sur le haut de la tête. Elle est contente de rester assise près de moi, jusqu'à mon réveil le lendemain matin. Je suis surprise par l'intense sentiment de perte que j'éprouve quand elle n'est plus là. Je ne sais pas très bien comment, mais je le sais…

Elle a besoin de moi. Terriblement.

Peut-être est-ce le bain ou le résultat d'une bonne nuit de sommeil, mais je me lève en meilleure forme que ce n'était le cas depuis longtemps. Je m'habille rapidement et descends à la salle à manger.

L'une des bonnes écoute Fidel à la radio, dans sa chambre. C'est bouleversant d'entendre sa voix à l'arrière de la maison, comme s'il avait envahi notre refuge. J'en ai assez de ses discours stupides, assez de lui et de ses promesses qui ne se concrétisent jamais. Des mots dénués de sens prononcés par un autre roi de Cuba qui remplace une tyrannie par une autre. Je voudrais lui dire d'éteindre mais, dans ce climat, personne ne peut se permettre de faire taire Fidel. Il a désormais investi toutes les demeures, que cela nous plaise ou non.

Le rêve de Pablo de restaurer la Constitution de 1940 reste un rêve. Fidel nous donne à la place la Loi fondamentale, à supposer qu'on puisse l'appeler ainsi. Conformément à cette loi absurde, Fidel a le pouvoir de détenir des prisonniers sans accusation, mais cette menace fait pâle figure à côté du spectacle macabre au stade.

Comment ne le voient-ils pas ? Ceux qui applaudissent la cruauté de Fidel sont les mêmes qui vilipendaient celle de Batista. L'acceptent-ils mieux cette fois-ci parce qu'ils nous détestent ? Parce qu'ils convoitaient notre mode de vie ? Combien de temps pensent-ils que Fidel continuera à opérer comme un personnage de fiction – un Robin des Bois bienveillant ? Il vole aux riches pour donner aux pauvres, mais que se passera-t-il quand tout l'argent aura quitté La Havane ? S'arrêtera-t-il ou continuera-t-il à prendre encore et encore ?

Avoir servi dans l'armée sous Batista peut vous faire exécuter. Soutenir Batista dans un climat où vous aviez difficilement le choix peut vous faire exécuter. Quelles autres excuses Fidel invoquera-t-il pour éviscérer ses opposants ?

Mes sœurs prennent leur petit déjeuner en silence quand j'entre dans la salle à manger.

— Où est Beatriz ? demandé-je, remarquant que sa chaise est vide.

Isabel fronce les sourcils.

— Je ne sais pas ; elle était déjà sortie quand je me suis levée. Tu te sens mieux ?

Se doute-t-elle de quelque chose ?

— Oui, merci.

Je fixe la bague à son doigt, regarde le diamant accrocher la lumière, et je pense à celle que j'ai cachée dans ma chambre, celle que je voudrais avoir le courage de porter. J'ai envie de le leur dire. J'ai envie de le leur dire, mais je suis lâche et je crains qu'elles me considèrent comme une traîtresse. J'ai peur que cela leur brise le cœur. J'ai peur qu'elles me bannissent pour avoir trahi notre famille.

J'ai peur.

Pablo est mort pour les forces mêmes qui détruisent actuellement notre pays, les gens qui ont jeté mon père en prison, l'ont battu, l'ont traité plus mal qu'un animal, ceux qui pourraient très bien revenir pour le tuer. Des hommes qui tuent pour le plaisir et le divertissement.

Comment leur avouer cela ?

Magda arrive en courant, les yeux embués de larmes, la voix tremblante.

— Isabel, Elisa… Beatriz…

Mon sang se glace dans mes veines. Son visage se décompose devant nous, elle s'effondre à terre.

Isabel se précipite vers elle, lui attrape les bras pour la redresser.

— Qu'est-ce qui ne va pas ? Que s'est-il passé ?

Magda laisse échapper un gémissement grave. Mon monde vole en éclats.

Pas Beatriz. Je ne peux pas perdre ma sœur aussi.

— Où est Beatriz ? l'interrogé-je, la voix calme, luttant contre la terreur qui me dévaste.

Peut-être une partie de moi est-elle tout simplement devenue insensible à la violence. Beatriz est-elle retournée à La Cabaña ? Est-elle désormais elle aussi en prison ?

Magda prend une profonde inspiration. Elle tremble de tous ses membres.

— Elle est dehors. Elle… elle l'a trouvé.

Un sanglot s'échappe de ses lèvres.

— Qui ? demande Isabel.

Je n'attends pas la réponse et sors en courant. Une foule commence à se former devant la maison – des jardiniers, des domestiques – quelqu'un m'appelle derrière moi, mais je ne peux penser qu'à Beatriz…

Je ralentis le pas.

Elle est assise sur le gravier, sa robe étendue autour d'elle – une robe que nous avons achetée ensemble il n'y a pas si longtemps, lorsque notre monde était un endroit plus simple. Abstraction faite de l'emplacement incongru, elle ressemblerait presque à une débutante posant pour la photo d'un club huppé ; abstraction faite du sang mouchetant sa robe, tachant ses mains, abstraction faite du corps qu'elle tient tendrement sur ses genoux.

Je comprends dès qu'elle me regarde. Comment pourrait-il en être autrement ?

Je m'effondre à terre à côté d'elle, les jambes en coton. Je sais que je pleure car je sens l'humidité sur mes joues, mais j'ai l'impression d'être dissociée de mon corps, comme si je l'avais quitté et que je flottais dans le ciel, nous regardant tous, priant pour notre âme. Je saisis la main libre de Beatriz.

— Ils l'ont laissé tomber devant le portail, bredouille-t-elle, le visage ruisselant de larmes. Une voiture a accéléré et s'est arrêtée. La portière s'est ouverte et je l'ai vu – il est si maigre, hein ? Comme s'il n'avait pas mangé depuis des lustres. (Ses doigts tremblent tandis qu'elle caresse le visage qui ressemble tant au sien.) Il était déjà mort quand il a atterri sur le sol. J'ai essayé…

Je me concentre sur elle, car je n'ai pas la force de baisser les yeux, de le regarder.

La foule grandit autour de nous, les domestiques crient, Isabel et Magda pleurent. Nos parents ne devraient pas voir cela. Il ne faut pas que Maria voie cela.

Le regard de Beatriz croise le mien, un regard d'acier sous ses larmes.

— Un jour, ils paieront.

— Oui, ils paieront.

Je plonge mon regard dans les yeux de mon frère défunt.

CHAPITRE VINGT-SIX

Marisol

Lorsqu'ils retirent la capuche de ma tête, je découvre une pièce grise, quelconque. Il y a deux fauteuils et, dans un coin, une table sur laquelle une lampe projette une lueur jaune. Dans un autre coin, un canapé plein de bosses. Un tapis effiloché recouvre un sol sale.

Je n'ai pas les mains attachées.

L'homme qui m'a enlevée se tient devant moi et j'ouvre la bouche pour supplier qu'on ne me fasse pas de mal, pour l'interroger au sujet de Luis. Un million de mots et de protestations se bousculent pour sortir, mais avant que je puisse ordonner ma pensée, avant que je réussisse à bouger, il a disparu, refermant la porte derrière lui dans un bruit sourd, et je me retrouve seule.

Vont-ils me faire subir un interrogatoire ? Me violer ? Me tuer ? Combien de temps comptent-ils me détenir ici ? Quelqu'un se rendra-t-il compte de ce qui m'est arrivé ?

Une larme coule le long de ma joue. Puis une deuxième.

La porte s'ouvre.

Un autre homme entre dans la pièce. Il est bien plus vieux et marche à pas lents, une canne élégante à la main. Il porte une *guayabera* parfaitement repassée et un pantalon impeccable. Ses chaussures en cuir brillent. Si le premier homme me semblait dangereux, c'est probablement celui-ci qui détient le pouvoir.

Nous nous fixons un moment l'un l'autre. Il est grand et mince, distingué, les cheveux d'un gris acier, le visage marqué de fines rides, les yeux foncés, le regard tombant.

Il fait un pas en avant.

— Nous n'allons pas vous faire de mal, déclare-t-il en espagnol, d'un ton étonnamment doux pour quelqu'un qui dégage une telle autorité, comme s'il était le genre d'homme susceptible de signer l'arrêt de mort d'un autre d'un simple trait de stylo.

Je le crois presque, avant de me reprendre. Cela fait-il partie de leur jeu, tranquilliser leurs ennemis avant d'attaquer ?

— Et l'homme avec qui j'étais ? Allez-vous lui faire du mal ?

Cachent-ils Luis quelque part ici aussi ? Dans une autre salle ?

— Moi non. Mais je crains de ne pas pouvoir vous dire où se trouve M. Rodriguez.

Mon estomac se noue quand je l'entends prononcer son nom. Depuis le début, Luis m'avertit de cette menace. L'agression de l'autre soir était-elle un avertissement ? Quitterai-je cette pièce en vie ?

— Vous ne pouvez pas ou vous ne voulez pas ? demandé-je d'une voix tremblante.

— Je ne peux pas.

Il parle avec le soin d'un homme qui pèse chacun de ses mots, et la douceur du ton de sa voix m'emplit de terreur, sa gentillesse apparente si incongrue au vu des événements de la soirée. Quel est son rôle dans tout cela ?

Je lutte pour retrouver mon calme, cherchant le courage qui, je l'espère, dort quelque part en moi.

— Qu'est-ce que je fais ici alors ? Que me voulez-vous ?

Il ne répond pas. Au lieu de cela, il approche un fauteuil et s'assoit en face de moi, posant sa cheville droite sur son genou gauche, une pose qui réveille quelque chose dans ma mémoire. Il baisse les yeux vers ma main et son regard se fixe sur la bague.

Mes doigts se referment en un poing protecteur.

— Marisol Ferrera.

Un frisson me parcourt l'échine. Luis n'est donc pas le seul sur leur radar. Pensent-ils que je suis impliquée dans son blog ? Que je l'aide ? Que je poste ses articles depuis l'étranger ? Ou est-ce parce que j'ai sillonné le pays en posant des questions ?

Son regard quitte la bague pour se poser sur mon visage, puis revient vers la bague.

— Avez-vous été blessée ? Je leur ai dit d'être délicats avec vous.

Tous les kidnappeurs cubains sont-ils aussi polis ? J'en doute. Ses mots sont révélateurs. *Dit*, non pas demandé. Oui, c'est bien lui, le chef.

— Vous m'avez enlevée dans la rue. Je vois mal comment on peut le faire *délicatement*.

Une lueur de ce qui ressemble à du regret apparaît dans ses yeux.

— Je sais bien, et je vous présente mes excuses. Je ne savais pas quoi faire d'autre.

— Pourquoi ? Que me voulez-vous ? répété-je.

Je me souviens des paroles de Luis : suis-je suivie depuis mon arrivée à Cuba ?

— Vous avez attiré l'attention du gouvernement. Il surveillait déjà M. Rodriguez du fait de ses activités extraprofessionnelles, puis vous êtes venue à Cuba en tant que journaliste. Votre famille est connue ici, sur le radar du gouvernement. On sait qu'elle soutient les efforts contre le régime depuis les États-Unis. Quand vous êtes arrivée à l'aéroport, ils l'ont toute de suite su.

Ils ?

— Et vous ? Ne faites-vous pas partie du gouvernement ?

Il hoche légèrement la tête, voyant où je veux en venir.

— Pas autant que dans ma jeunesse, mais j'ai encore quelques relations. Votre présence ici m'a été signalée à moi aussi.

Pourquoi ? Comment vais-je m'en sortir ? Ces gens ne jouent pas selon les règles ordinaires, et même si j'ai l'habitude que mon nom de famille attire l'attention, je me trouve à présent sous un microscope complètement différent et bien plus terrifiant.

— Vous me surveilliez ?

Il semble presque embarrassé.

— J'essaie de vous protéger. Quand j'ai vu votre nom, j'ai demandé à certains de mes hommes de veiller sur vous, de s'assurer qu'il ne vous arrive rien tant que vous êtes à La Havane. Mais je ne pouvais pas étendre ma protection à M. Rodriguez. Son nom était déjà remonté trop haut.

Haut à quel niveau ? À quoi peut bien ressembler la hiérarchie dans un pays comme celui-ci ?

— Pourquoi vous intéressiez-vous à moi ? Connaissiez-vous ma famille avant qu'elle quitte Cuba ?

Il est trop jeune pour être un contemporain de mes arrière-grands-parents, un peu plus âgé que mes grands-tantes, que ma grand-mère…

Sa main tremble quand il la met dans sa poche, et il y a quelque chose de si familier dans ce geste, dans sa posture, dans son élégance décontractée…

Lorsqu'il reprend la parole, l'émotion que j'entends dans sa voix répond à la question qui a jailli dans mon esprit.

— Vous lui ressemblez.

La dernière pièce du puzzle trouve sa place et ma gorge se serre.

Bien sûr.

Je vois en lui des caractéristiques de mon père : les yeux, les manies, la silhouette.

J'inspire profondément.

— Je lui ressemble en effet. Vous êtes l'auteur des lettres, n'est-ce pas ? Ma grand-mère vous aimait. Vous l'aimiez.

Il me regarde avec étonnement, puis hoche la tête.

Je mets un moment à rassembler mes esprits, à intégrer ce nouveau rebondissement ; chaque jour qui passe me désoriente un peu plus. Je traverse une tempête émotionnelle : mon grand-père biologique est un révolutionnaire, un homme de Fidel, et voilà qu'il est finalement vivant et assis en face de moi.

Est-il au courant du reste ? Sait-il que ma grand-mère était enceinte ? Sait-il qu'il est mon grand-père ?

— Je ne connaissais pas votre nom. Les lettres n'étaient pas signées. Je croyais que vous étiez mort. Mais je… je vous cherchais.

— Je m'appelle Pablo Garcia.

Mon grand-père s'appelle Pablo Garcia.

— Pourquoi moi ? répété-je, d'une voix plus douce, tandis que j'observe l'homme qui, je le sais à présent, est mon grand-père.

— Parce que j'ai déçu Elisa par le passé et je ne pouvais pas la décevoir de nouveau. Au fil des ans, j'attendais, me demandant si j'aurais des nouvelles de votre famille. J'ai gardé un œil sur Ana Rodriguez et Magda Villareal parce que votre grand-mère tenait à elles. Comme je l'ai dit, quand vous êtes arrivée à Cuba, votre nom était fiché. J'ai encore des amis au gouvernement et ils ont attiré mon attention sur vous. Comment aurais-je pu ne pas veiller sur la petite-fille d'Elisa ? Je vous présente mes excuses pour les circonstances de notre rencontre. Je n'ai jamais eu l'intention de gâcher votre séjour ici, juste de m'assurer de votre sécurité, mais lorsque j'ai su que la police envisageait d'arrêter Luis, il n'y avait pas d'autre option. Je ne voulais pas qu'ils vous emmènent vous aussi. Le mieux que je pouvais faire était d'organiser une intervention de mes hommes.

— Savez-vous où est Luis ? demandé-je de nouveau.

— Il est en vie. Pour l'heure, ils ne font que l'interroger. S'il lui arrive quelque chose, je le saurai.

— Que puis-je faire pour lui ?

— À l'heure actuelle ? Rien. Je fais tout ce qui est en mon pouvoir, mais ces choses prennent du temps. Vous en mêler ne fera que compliquer la situation pour Luis – ils pourraient le soupçonner d'espionnage, d'être de connivence avec une Américaine. (Pablo se racle la gorge.) Peut-être pourrions-nous faire connaissance en attendant ? Si vous le voulez bien, j'aimerais que vous me parliez de vous. De votre grand-mère.

Je l'observe un moment, à la recherche d'un signe, d'une intuition me disant que c'est un homme bien.

— Vous me demandez de vous faire confiance.

— Oui.

— Je ne vous connais même pas, protesté-je. Tout ce que je sais, c'est que ma grand-mère était amoureuse de vous il y a des décennies.

Et les lettres. Cela suffit-il ?

— Je sais bien. Donnez-moi une chance, s'il vous plaît.

N'est-ce pas précisément ce que je souhaite depuis le début ?

Il lève un instant les yeux vers le plafond et, quand il me regarde de nouveau, je le sens très ému.

— Comment va-t-elle ? Votre grand-mère ? Elisa.

Je prononce les mots rapidement, comme si j'arrachais un pansement, pour son bien et, peut-être un peu, pour le mien.

— Elle nous a quittés. Il y a six mois.

Il ferme les yeux. Quand il les rouvre, ils sont embués de larmes.

— Je suis navré de l'apprendre. Que s'est-il passé ? Était-elle malade ?

Il pose ces questions avec le ton résigné de quelqu'un qui a déjà vu des proches mourir de toutes sortes de maladies et avec une sincérité qui me serre le cœur.

— Non. C'était inattendu. Les médecins disent qu'elle n'a rien senti, qu'elle est partie rapidement et sans souffrir. Une crise cardiaque dans la nuit.

— Au moins la douleur lui a été épargnée. (Il tousse, la main sur la poitrine, ses doigts fermés en un poing au-dessus de son cœur.) Pourquoi êtes-vous venue à Cuba ?

— Avant de mourir, ma grand-mère a laissé une lettre demandant d'être incinérée et que ses cendres soient dispersées à Cuba. Elle avait toujours souhaité revenir ici après que Fidel…

J'ai peur de finir ma phrase, ne sachant pas très bien si je m'adresse à l'homme qu'aimait ma grand-mère ou au fidèle partisan de Castro.

— Je suis certain que beaucoup à Miami partagent ce sentiment.

Savait-il que ma grand-mère vivait à Miami ou est-ce une simple supposition ? Il garde un œil sur moi depuis que j'ai atterri à La Havane. Que sait-il d'autre sur moi ? Comment connaissait-il son nom de femme mariée ?

— Et vous avez décidé de loger chez Ana ?

J'acquiesce.

— Elisa parlait souvent d'elle. Je ne l'ai jamais rencontrée, mais j'avais l'impression de la connaître à travers les histoires d'Elisa. Elle l'aimait tendrement. L'association de votre nom de famille avec le nom et l'adresse d'Ana m'ont suffi pour comprendre que vous étiez la petite-fille d'Elisa. Mais vous, comment saviez-vous qui j'étais ?

— Ana m'a remis une boîte que ma grand-mère avait enterrée dans le jardin de ses parents. J'y ai découvert vos lettres. La bague.

Son regard se pose aussitôt sur ma main et y reste.

— Ana m'a raconté des bribes de l'histoire. Puis elle m'a parlé de la nourrice de ma grand-mère qui a complété. Mais je ne comprends pas : Magda m'a dit que vous aviez péri lors de la bataille de Santa Clara, le soir du Nouvel An. Ma grand-mère ne m'a jamais parlé de tout cela, ajouté-je. Nous étions proches ; c'est elle qui m'a élevée. J'aimerais connaître cette partie d'elle. J'essaie de trouver les pièces manquantes, de comprendre ce qui s'est passé. Selon Magda, votre ami Guillermo a dit à ma grand-mère que vous étiez mort.

— J'ai failli mourir. À Santa Clara, c'était le chaos. J'ai rejoint la ville avec le Che et ses forces à la fin du mois de décembre.

— Étiez-vous amis ?

— Je n'emploierais pas ce terme. Nous étions des compatriotes de circonstance, plutôt que de naissance. Il arrivait d'Argentine en quête d'une lutte. Il souhaitait révolutionner le monde, pays après pays.

— Beaucoup l'adoraient, n'est-ce pas ?

— En effet. Il était charismatique, et ses combattants l'admiraient. (Pablo hausse les épaules.) Le sort de Cuba m'intéressait plus que la révolution. À cette époque, je rêvais de liberté pour le pays.

Qu'il ne soit plus soumis aux méthodes tyranniques de Batista, qu'il cesse d'être la cour de récréation des États-Unis. Je voulais que l'île soit démocratique et indépendante ; je voulais que le peuple cubain détermine son propre avenir. Parfois, je me demandais si ce n'était pas simplement le combat qu'aimait le Che.

— Cependant vous avez lutté à ses côtés.

— Oui. Nous étions un peu comme des frères. On n'apprécie pas toujours ses frères, on n'est pas toujours d'accord avec eux, mais on prend les armes pour combattre avec eux. À l'époque, c'était la chose à faire.

— Vous êtes donc allé à Santa Clara.

— Oui. Elisa ne voulait pas que je parte. Elle craignait qu'il m'arrive quelque chose, à moi, à Cuba, à nous. Et je ne voulais pas la laisser. Mais après ma sortie de prison, après qu'Elisa et votre arrière-grand-père ont aidé à me libérer, mes jours étaient comptés. Batista était déterminé à ce que les rebelles servent d'exemples, et j'allais forcément me retrouver face à un peloton d'exécution, ce n'était qu'une question de temps.

— Aviez-vous peur ?

— J'étais terrifié. Plus jeune, je vous aurais dit que j'étais prêt à mourir pour mon pays, que j'étais courageux, mais les personnes âgées peuvent se permettre d'avouer la vérité. J'avais peur de me faire tuer. Peur d'être blessé. Peur de ne plus jamais revoir Elisa. Peur que nous perdions et que nous ayons fait tout cela pour rien. Mais sur le chemin, cette peur a changé. Sur la route de Santa Clara, les gens sortaient de chez eux, des champs où ils travaillaient pour nous acclamer. Leurs chaussures étaient usées, leurs vêtements sales, mais on lisait l'espoir dans leurs yeux. Ils nous voyaient comme leur avenir. L'avenir de Cuba. Et il était impossible de ne pas se sentir fier au cours de cette marche, de ne pas avoir l'impression de servir une cause plus grande que nous, de ne pas se dire que si nous croisions la mort, ce ne serait pas en vain. Le rêve des jeunes hommes est de devenir des héros, et nous savions que quoi qu'il se passe à Santa Clara, on se souviendrait de nous comme des héros ou des martyrs.

— Pourquoi avez-vous décidé de combattre ?

— J'ai rencontré Fidel quand j'étudiais le droit à l'université de La Havane. Nous suivions une matière ensemble et, un soir, après le cours, nous sommes allés boire un verre. À l'époque, il était si passionné ; il était facile de se laisser emporter par son discours, par son enthousiasme pour le changement. Nous étions rongés par l'idée de détrôner Batista, si absorbés par l'esprit de lutte que nous n'avons pas réfléchi à l'avenir autant que nous aurions dû. Nous étions d'accord sur le fait que Cuba devait être libre, mais nous ne nous rendions pas compte à l'époque que nos visions de la liberté divergeaient, que la réalité serait différente de nos rêves d'enfants qui jouaient à la révolution.

Je suis surprise par la sincérité dans sa voix, par le regret que je perçois.

— Qu'auriez-vous fait différemment ?

— Tout. Rien. Qui sait ce que cela aurait changé ?

— Que s'est-il passé ce jour-là à Santa Clara ?

— On m'a tiré dessus. Nous étions quelques centaines. Certains ont accompagné le Che ; d'autres, comme moi, ont été envoyés prendre la colline, armés de grenades. C'est El Vaquerito qui nous menait.

— El Vaquerito ?

— Roberto Rodríguez Fernández. Il est mort à Santa Clara. Il n'avait que vingt-trois ans.

Il raconte cela de manière purement factuelle, comme s'il était trop habitué au décès d'hommes à la guerre.

— L'armée de Batista comptait près de quatre mille soldats, des chars, des avions. En plus d'être en très nette minorité, nous ne faisions pas le poids point de vue armement.

— Pourtant vous avez gagné. J'ai vu le mémorial, le train.

Cela semble lui faire plaisir.

— En effet. Les forces de Batista en avaient marre de combattre. Lorsque nous nous sommes emparés du train que Batista avait envoyé avec des renforts, c'était fini. Batista a fui au petit matin du Nouvel An et tout le monde a marché sur la ville. J'ai perdu beaucoup de sang et ma blessure s'est infectée. J'ai failli mourir ; les médecins ne pensaient pas qu'il était raisonnable de me déplacer. Je suis donc resté en convalescence dans une maison de la région. Dans la confusion, Guillermo a cru que j'avais péri.

Quand je me suis senti en état de contacter Elisa, Batista était parti et Fidel s'était emparé du pouvoir. Il y avait des grèves partout dans le pays et le chaos régnait. Je devais être prudent ; sa famille n'aurait jamais approuvé notre relation et, à l'époque, je n'avais rien à lui offrir.

Je suis allé à La Havane pour la voir. Avant d'en avoir la possibilité, j'ai appris que son père était en prison. Ils en avaient contre quiconque soutenait Batista et le régime envisageait déjà de confisquer les plantations aux élites. La famille Perez était une cible de choix.

Je suis frappée par la façon dont il parle du régime en disant « ils », comme si la révolution de Castro était presque la sienne, mais pas tout à fait.

— Il était à La Cabaña, précise Pablo.

Je me remémore la prison de La Havane se dressant à l'horizon et un frisson me parcourt.

— Che l'avait. J'avais quelques cartes à jouer et je savais combien Elisa aimait son père, que cela lui aurait brisé le cœur de le perdre, que la famille dépendait de lui. Au bout du compte, cela n'a pas suffi…

C'est la partie de l'histoire que je n'ai pas eue avec les lettres, ni avec mes conversations avec Ana et Magda, la pièce manquante du puzzle.

— J'ai eu une entrevue avec le père d'Elisa, votre arrière-grand-père, avant qu'il soit relâché, et il a promis de lui dire que j'étais sain et sauf, que je l'aimais, que je reviendrais vers elle quand je le pourrais, quand j'aurais quelque chose à lui offrir. Je lui ai donné une lettre à lui remettre. Il semblait reconnaissant que je le fasse sortir mais, en même temps, j'ai bien vu la façon dont il me regardait. À ses yeux, je n'étais qu'un autre criminel en treillis. Malgré cela, j'avais de l'espoir. L'espoir que mon rêve d'un avenir avec Elisa, le rêve qui m'avait permis de tenir en prison, puis dans les montagnes, finirait par se réaliser. Ensuite ils ont tué Alejandro, poursuit-il, de la tristesse dans les yeux. Je n'ai pas pu le sauver.

— Que lui est-il arrivé ?

J'ai grandi en sachant qu'autrefois ma grand-mère avait un frère, mais ses sœurs et elle n'abordaient jamais ce sujet, trop douloureux.

— Je ne le connaissais pas personnellement, je ne savais de lui que ce que j'entendais par le biais des cercles de rebelles et de ma relation avec Elisa. Il était apprécié, charismatique, bien placé pour influencer l'avenir de Cuba. Il représentait une menace, et quelqu'un a pris cette menace assez au sérieux pour l'éliminer.

— Il ne faisait pas partie du 26 Juillet ?

— Non. Dès que j'ai appris qu'Alejandro avait été tué, j'ai voulu voir Elisa, la réconforter. Et en même temps, je craignais que ma présence ne soit comme une gifle étant donné tout ce qu'elle avait perdu. Alors je suis resté quelque temps à l'écart, pensant que c'était la solution la plus honorable. Finalement, j'ai pris conscience que votre arrière-grand-père ne lui avait jamais dit que j'étais vivant, ne lui avait jamais remis ma lettre. J'ai appris que Guillermo avait dit à Elisa que j'étais mort. Je n'accuse pas votre arrière-grand-père, pas après tout ce qu'il avait perdu. Ma propre famille m'a désavoué pour avoir rejoint Fidel. Les derniers mots que m'a dits mon père étaient qu'il avait honte que je sois son fils, que j'avais trahi mon pays, mon peuple. Je ne voulais pas qu'Elisa éprouve la même chose, je ne supportais pas l'idée que j'avais détruit ce qu'elle aimait. J'ai attendu un peu et je me suis rendu chez elle. Un des jardiniers m'a appris que la famille était partie, avait fui aux États-Unis. Il ne savait pas quand elle reviendrait. C'était au mois de mars. Je me suis dit qu'elle était plus en sécurité là-bas. Vous n'imaginez pas le climat de peur dans lequel nous vivions à cette époque, même ceux d'entre nous qui étions proches de Fidel. Peut-être surtout les proches de Fidel. Un rien suffisait à condamner un homme à mort. On apprenait à survivre en suivant ses ordres, en acquiesçant à tout ce qu'il disait. Ceux qui ne le faisaient pas, des hommes droits et honnêtes, eh bien… (Sa voix se brise, et je vois l'homme qu'aimait ma grand-mère, la sincérité et l'immense chagrin face à tout le bien et l'espoir transformés en tout autre chose.) Les pelotons d'exécution, le sang… (Il ferme les yeux.) Ce n'était pas ce en quoi je croyais. Ce n'était pas l'avenir pour lequel je m'étais battu. Mais je ne pouvais pas abandonner. Nous étions arrivés trop loin pour que le pays échoue. Personne ne comprenait vraiment ce qu'il aurait fallu pour instaurer à Cuba les changements nécessaires. Et il y avait tant de problèmes à régler. Alors je suis resté en retrait et j'ai travaillé. J'ai participé à la réforme juridique. L'un des objectifs de la révolution était de rétablir la Constitution de 1940. Bien sûr, à la place, nous avons eu la Loi fondamentale. Je travaillais tous les jours. Je mettais de l'argent de côté. Et je faisais des projets. En septembre 1960, Fidel s'est rendu à New York pour s'exprimer aux Nations unies et je faisais partie de sa délégation. J'y allais dans l'espoir de retrouver Elisa. Je savais qu'elle était en Floride. Je ne savais pas où elle habitait, mais j'ai trouvé le siège de la société sucrière de votre arrière-grand-père à Palm Beach. J'ai utilisé presque toutes mes économies pour aller là-bas et, quand je suis arrivé, il m'a reçu dans son bureau. Assez vite, j'ai compris qu'Elisa et moi ne pouvions plus être ensemble. Même si j'avais de l'argent, je me rendais compte d'autres choses que je ne pouvais pas lui assurer, notamment la sécurité. L'agitation était telle à Cuba qu'il aurait été extrêmement difficile de la protéger, de lui offrir le genre de vie qu'elle méritait. Et je m'inquiétais. J'avais peur qu'elle devienne une cible dans un pays où il ne fallait pas se démarquer, dans une époque dangereuse pour l'élite. Votre famille était bien connue à Cuba. Elisa et ses sœurs l'étaient tout autant. Lors de notre entrevue, votre arrière-grand-père m'a annoncé la nouvelle – Elisa s'était mariée. Il ne l'a pas fait avec cruauté, au contraire. Il m'a montré une photo de votre grand-mère en robe de mariée, à côté de son mari. Elle semblait heureuse. En sécurité, poursuit-il, les yeux voilés de douleur. Il disait qu'ils étaient très vite tombés amoureux, qu'ils s'étaient mariés rapidement. Ils avaient déjà un enfant. Qu'étais-je censé faire ? Elle était heureuse. Elle avait la vie qu'elle avait toujours souhaitée – elle était épouse et mère. Pendant que je me battais pour un pays qui s'écroulait autour de moi. Je n'étais pas le genre d'homme à vouloir perturber sa vie quand je n'avais rien à lui offrir. Un tel acte aurait manqué d'honneur. Alors je suis rentré. J'ai travaillé avec Calderío pour réformer le système juridique. Plus tard, j'ai œuvré auprès de l'école de droit pour façonner le nouveau programme. (Il sourit.) J'ai rencontré ma Julia et nous nous sommes mariés. Nous avons eu nos enfants. Six petits-enfants à ce jour. Ce n'est pas la vie que j'imaginais, la vie dont nous rêvions avec Elisa, mais plus on vieillit et plus on apprend à apprécier les moments que l'existence nous donne. Je me suis taillé une vie ici, une vie heureuse malgré tout, même si les choses dont je rêvais n'ont jamais vraiment vu le jour.

J'ai le sentiment qu'il ne parle plus uniquement de ma grand-mère.

Il fait un geste en direction de ma main.

— Je peux ?

Je hoche la tête, retire la bague de mon doigt et la pose dans sa paume.

Ses yeux sont humides, l'émotion affleure. Il sourit de nouveau.

— Elle appartenait à ma grand-mère. Je n'avais pas beaucoup d'argent à l'époque, mais je voulais faire une promesse à Elisa, une promesse à laquelle elle puisse croire, alors je lui ai donné cette bague. Bien sûr, Elisa ne pouvait pas la porter au doigt, alors, quand nous étions séparés, elle la portait sur une chaîne autour de son cou, près de son cœur.

— Voudriez-vous la récupérer ? Si c'est un objet de famille…

Il secoue la tête et me remet le bijou dans la main.

— Voilà où est sa place. (Il garde quelques instants le silence.) Tu ne ressembles pas uniquement à Elisa, tu sais. Je vois également ma mère en toi.

Je m'immobilise, le cœur battant.

— Quand vous en êtes-vous rendu compte ?

— Lorsque j'ai vu la bague. Puis certains traits de ma mère apparaissent sur ton visage. (Une larme coule le long de sa joue.) Ai-je un fils ou une fille ?

— Un fils.

— Parle-moi de lui. S'il te plaît.

Je m'exécute. Je lui parle de ma famille, le cœur tiraillé : à la fois ici avec lui et avec Luis, priant pour sa sécurité, attendant que l'homme de Pablo vienne nous dire ce qu'il est advenu de lui.

— Leur parleras-tu de moi ? s'enquiert Pablo quand j'ai terminé, et je sens l'hésitation derrière la question, la peur de ne pas être accepté à cause de ses allégeances politiques.

La révolution a divisé tant de familles ; elle a détruit la nôtre.

— Oui.

— Crois-tu qu'ils auront envie de me connaître ?

L'incertitude dans sa voix me serre le cœur.

— Oui.

On frappe à la porte et Pablo me prie de bien vouloir l'excuser. Il ouvre et échange à voix basse avec l'homme de tout à l'heure. Quand ils ont fini, il revient vers moi.

— Tu peux retourner chez Ana ce soir, cela ne craint rien. Ils sont encore en train d'interroger Luis, mais je travaille à le faire relâcher. Il faut que je voie un ami qui pourrait nous aider.

Le mot « nous » est incroyablement rassurant.

— Pourrez-vous vraiment le faire libérer ?

— J'espère que oui, Marisol. Je te promets de tout mettre en œuvre pour y parvenir.

CHAPITRE VINGT-SEPT

Abasourdie, je prends un taxi pour rentrer chez les Rodriguez et rapporte les événements à Ana, Caridad et Cristina. Elles reçoivent la nouvelle de l'arrestation de Luis avec résignation et une tranquillité qui m'auraient choquée si je n'étais pas habituée à ce pragmatisme cubain. En privé, je parle à Ana de Pablo. Je lui apprends qu'il est mon grand-père et que j'espère qu'il pourra aider Luis.

— Que pouvons-nous faire ? demandé-je à la fin de mon récit.

— Attendre, répond Ana, la mine sombre.

Le lendemain matin, Luis n'est toujours pas rentré et je me rends chez mon grand-père à Miramar, à l'adresse qu'il m'a indiquée la veille, le cœur serré d'inquiétude. S'il était absent ? S'il ne pouvait pas m'aider ou s'il avait changé d'avis après s'être rendu compte de la précarité de la situation de Luis ? Je mise beaucoup sur les lettres, sur l'amour que lui portait ma grand-mère, sur le temps que j'ai passé en sa présence, sur l'espoir.

Rien qu'une rue sépare la maison de Pablo de celle où a grandi ma grand-mère. Il doit passer devant l'ancien domaine Perez tous les jours ; pense-t-il souvent à elle ?

Devant moi, la demeure se dresse, élégante, entourée d'une pelouse impeccable et de palmiers qui se balancent sous la brise. Le rang de mon grand-père semble avoir bien changé depuis l'avocat de classe moyenne décrit dans ses lettres, et sa maison est en bien meilleur état que celle de ses compatriotes.

Certains sont plus égaux que d'autres.

Je pousse le portail. Le bruit de l'océan se mélange aux rires et aux cris d'enfants, gambadant quelque part sur cette immense propriété ; tout un pan de ma famille dont j'ignorais l'existence habite ici.

J'avance dans l'allée en pierre, les jambes en coton. Arrivée sur le perron, j'hésite. Je ferme les yeux, faisant monter une prière aux cieux et à la personne qui, je le sais sans l'ombre d'un doute, veille sur moi de là-haut. Je frappe à la lourde porte en bois. Quand elle s'ouvre, je découvre une Cubaine âgée vêtue d'une robe à fleurs.

— Puis-je vous aider ?

Est-ce sa femme ?

J'avale ma salive.

— Je m'appelle Marisol Ferrera. Je suis venue voir M. Garcia.

Elle me dévisage en silence.

— Il est dans la véranda. Je vais vous y conduire.

Je la suis dans la maison, prêtant attention aux meubles, aux tableaux. Rien de luxueux selon les standards américains, cependant le mobilier est en bien meilleur état que celui des Rodriguez. Est-ce l'héritage d'une autre famille qui pend aux murs de mon grand-père ?

La femme me conduit dans un espace extérieur couvert disposant d'une vue époustouflante sur la mer et le ciel où se profile un orage. Elle me demande si j'aimerais boire quelque chose, mais je décline son offre.

Assis dans un très grand fauteuil, mon grand-père fume un cigare, un verre d'une boisson ambrée devant lui. Il porte un panama, une autre *guayabera* dont le bas volette au vent, ainsi qu'un pantalon noir.

Il pose son verre.

Il se lève, s'agrippant au bras de son fauteuil. Il échange quelques paroles affectueuses avec son épouse, puis celle-ci repart, refermant les portes et nous laissant seuls dans la véranda surplombant la mer.

La pluie frappe le carrelage du patio au-delà de la toiture.

— Où en est Luis ?

— Ils essaient de l'accuser de dangerosité sociale, répond mon grand-père.

— Qu'est-ce que cela signifie ?

— Les gens qui ont été jugés conformément à cette accusation ont été emprisonnés plusieurs années. Parfois, le gouvernement décide d'une peine plus légère, comme l'assignation à résidence, mais pour Luis c'est peu probable. La loi autorise le gouvernement à détenir quelqu'un s'il pense qu'il pourrait commettre un crime à l'avenir. Cela s'est appliqué contre des dissidents par le passé, et c'est ce que les membres du gouvernement visent pour Luis. Comme il travaille à l'université, ils craignent son influence sur ses étudiants, l'opportunité qu'il a de les organiser, de créer un mouvement contre le gouvernement. (Mon grand-père soupire.) Pour l'heure, il est seul dans une cellule, mais en prison, qui sait ce qui peut se passer. Il n'y sera pas en sécurité. J'espérais qu'il serait libéré à l'heure qu'il est, mais j'ai peur que la situation soit pire que ce que j'imaginais.

— Que peut-il lui arriver ?

— Les gens se battent, certains sont tués. Même avant d'être en prison, il sera en danger. (Sa voix n'est plus qu'un murmure.) Des gens disparaissent. Ont un accident de voiture en rentrant chez eux, comme par hasard. Ici, nous ne sommes pas aux États-Unis. Une fois que vous êtes dans le viseur du régime, vous n'êtes plus en sécurité. S'ils pensent qu'il est assez dangereux, ils feront n'importe quoi pour le réduire au silence.

— Que puis-je faire ? Lui trouver un avocat ? Impliquer les Américains ? Des groupes de droits de l'homme ? Qui peut l'aider ?

Se préoccuperaient-ils de lui, ou n'est-il qu'un Cubain parmi d'autres sur une longue liste de violations des droits de l'homme ?

— J'ai contacté quelques amis haut placés dans le système judiciaire et j'attends leur retour. J'essaie de le faire sortir, mais c'est compliqué, et nous devons gérer cela avec beaucoup de prudence. Je sais que tu as peur, Marisol, mais tu dois faire attention. S'ils pensent que tu es impliquée, ils peuvent t'accuser d'espionnage ; toi aussi tu peux te retrouver prise dans cet engrenage. Nous vivons à une époque dangereuse et ta nationalité ne te protégera pas tant que cela.

Les avertissements de mes grands-tantes me reviennent en mémoire.

— Je sais que tu veux aider, mais tu dois comprendre qu'il y a des limites ici, ajoute Pablo. Il te faut être raisonnable. Patiente chez Ana et, quand je saurai quelque chose, je viendrai t'y voir. Il n'y a rien que tu puisses faire pour l'aider et une intervention de ta part ne ferait qu'aggraver la situation. Promets-moi que tu vas attendre.

C'est une pilule difficile à avaler, mais mon côté logique et rationnel sait qu'il a raison. Et si Ana, Caridad et Cristina réussissent à rester stoïques, je dois l'être moi aussi.

— Promis.

— Cet homme, il est important pour toi, n'est-ce pas ?

— Oui. Est-ce qu'il va s'en sortir ?

L'expression de mon grand-père est grave.

— Je l'espère.

Les heures passent avec une atroce lenteur. Ce n'est pas parce que Luis est en prison que la vie s'arrête ; chez les Rodriguez, les femmes continuent de préparer des repas, d'accueillir des clients. La cuisine est aussi silencieuse qu'une tombe à l'exception du grincement occasionnel d'un couvert sur une assiette, du cognement d'une casserole sur la cuisinière, du sifflement de l'eau qui bout.

L'envie de pleurer est un bélier affaiblissant mes défenses, pourtant il règne ici un accord tacite. La grand-mère de Luis, sa mère, Cristina – aucune ne craque. Leurs mains tremblent, parfois leur voix se casse, mais elles ne pleurent pas.

Personne ne soulève d'objection quand je les rejoins dans la cuisine pour les aider à préparer le *picadillo* au menu du soir. Le *paladar* est plein, les tables bondées de touristes – des Canadiens, deux couples australiens et une famille française.

C'est pour Ana que je m'inquiète le plus. Lorsque, la mine sombre, Cristina et Caridad partent servir les clients, elle baisse un peu la garde et murmure des prières en frottant le bracelet à son poignet, comme s'il s'agissait d'un chapelet.

— Voulez-vous vous allonger un peu ?

Mes talents culinaires sont loin d'égaler ceux d'Ana, mais le *picadillo* est un plat cubain de base que j'ai maintes fois cuisiné avec ma grand-mère. Je suis donc assez à l'aise dans sa préparation.

— C'est gentil, mais non. M'affairer m'aide à penser à autre chose.

— Moi aussi.

Elle presse ma main dans la sienne.

— Il va s'en sortir, déclare-t-elle en déplaçant sa main vers sa poitrine, juste au-dessus de son cœur. Je le sens.

Nous cuisinons en silence, travaillant en tandem pour créer le *picadillo.* Lorsque j'insiste pour qu'Ana en mange un peu, elle refuse et m'incite plutôt à me servir, moi. J'ai l'estomac trop noué par l'angoisse pour avaler quoi que ce soit.

Cristina et Caridad font des allées et venues entre la salle et la cuisine.

Quelqu'un frappe fortement à la porte d'entrée.

Toutes les deux, nous nous figeons. Ana me regarde et se remet à toucher frénétiquement les perles de son bracelet.

— Tu veux bien venir avec moi ?

Je hoche la tête, la gorge trop serrée pour parler.

Je lui prends la main et, ensemble, nous nous dirigeons vers l'entrée. Lorsque nous atteignons la porte, je m'arrête.

— Croyez-vous que nous devrions…

Attendre ? Chercher de l'aide ? Toute une série d'objections envahit mon esprit, puis je me rappelle que nous sommes à Cuba et qu'ici les règles ne sont pas les mêmes. Il n'y a pas de média pour mettre ces abus de pouvoir en lumière, pas de gouvernement à qui se plaindre, aucun ami ou voisin susceptible de nous aider. Nous sommes absolument seules et ne pouvons compter que sur nous-mêmes.

Ana redresse les épaules, ses doigts bataillant avec le verrou. Elle finit par réussir à ouvrir la porte.

Luis et mon grand-père se tiennent de l'autre côté.

Voir Luis est un choc, redoublé par son état. Il a la lèvre enflée, un nouvel hématome sur la pommette, une coupure près de la mâchoire, la barbe tachée de sang. Son bras pendouille sur son côté, son torse courbé en avant comme si on l'avait blessé là aussi.

Ils franchissent le seuil et Ana referme la porte derrière eux.

Je m'avance et prends Luis dans mes bras, délicatement afin de ne pas accroître sa douleur. Puis je recule, examine son expression, balaie son visage des yeux à la recherche d'autres plaies que j'aurais ratées.

— Est-ce que ça va ? Que s'est-il passé ?

— Ça va, me répond-il d'une voix faible.

Je m'écarte pendant qu'Ana l'étreint, sa voix emplie de tendresse et d'inquiétude.

— Vous avez réussi à le faire libérer ? demandé-je à mon grand-père.

Lorsqu'il m'a proposé son aide, je ne m'attendais pas à des résultats aussi rapides.

— Pour l'heure. Y a-t-il un endroit où nous pouvons discuter ? En privé ?

Ana acquiesce et nous emmène dans le petit salon près de l'entrée.

Une fois la porte refermée, mon grand-père nous explique la situation.

— Officiellement, il a été relâché par mégarde. Cela arrive – des erreurs administratives, des prisons surpeuplées, certaines personnes se trompent. Toutefois, cela va juste nous faire gagner un peu de temps. (Il se tourne vers Luis.) Vous avez un passeport, n'est-ce pas ?

— Oui. Je pensais que c'était plus prudent de m'en procurer un lorsqu'ils ont levé l'interdiction de voyager à l'étranger.

Je remarque bien la façon dont il dit « ils », ainsi que le regard à la fois confiant et méfiant qu'il lance à mon grand-père en le disant. Je ne doute pas que mon grand-père lui ait expliqué le lien qui nous unit.

— Tant mieux. Vous pouvez donc aller de La Havane à Antigua. Achetez un aller-retour – Marisol peut vous aider. Le prix sera élevé, mais ils ne vous demanderont pas d'avoir un visa pour entrer dans le pays. Nous n'avons pas le temps d'obtenir un visa pour un autre un pays. Espérons qu'à l'aéroport on pense que vous partez en vacances.

— Son passeport ne sera-t-il pas signalé à l'aéroport ? m'inquiété-je.

— Pour l'instant, il n'y a rien à signaler. Vous avez disparu de leurs registres. Mais pas pour longtemps. Une fois que vous serez à Antigua, le mieux sera de prendre un vol pour les États-Unis, poursuit Pablo. Ce sera difficile mais, avec assez d'argent, pas impossible. Il faudra que Marisol vous aide pour le reste du voyage. (Il se tourne vers moi.) Tu devras affréter un avion pour aller d'Antigua à Miami et t'occuper de son entrée aux États-Unis. Peux-tu faire ça ?

Honnêtement ? Je n'en ai aucune idée. Mais je n'ai pas l'impression qu'il y ait tant d'autres options.

— Je crois. La société de mon père a un avion qu'il utilise pour ses affaires. Ma famille nous aidera.

Autrefois, il aurait suffi à Luis de mettre le pied aux États-Unis pour obtenir l'asile. Conformément à la politique « pieds secs, pieds mouillés », les Cubains interceptés en mer étaient renvoyés à Cuba par les garde-côtes ; ceux qui atteignaient le sol américain pouvaient rester.

Désormais, du fait des évolutions récentes, les choses sont plus compliquées.

Mon grand-père me regarde, l'air grave.

— Il faut que tu comprennes quelque chose, Marisol. Ils peuvent t'arrêter ne serait-ce que s'ils te soupçonnent d'aider Luis à quitter le pays. Ils savent que tu es là en tant que journaliste. Que tu loges chez les Rodriguez. Tu pourrais avoir autant d'ennuis que Luis. Et si tu échoues et qu'ils te prennent, ils peuvent te jeter en prison pour très longtemps. Aider un Cubain à quitter le pays illégalement fait partie des délits les plus graves pour le gouvernement.

Je ne prends pas à la légère l'avertissement de mon grand-père, ni le risque qu'il court lui-même en nous aidant, mais je n'ai pas le choix, je dois aider Luis à quitter Cuba.

— Nous ne le ferons pas. Elle ne le fera pas, intervient Luis. Elle risquerait sa liberté et sa vie. Non.

— Ce n'est pas à toi de prendre cette décision pour moi, protesté-je.

— Si on nous arrête…

— Alors on ne nous arrêtera pas. Hors de question que je te laisse mourir ici. Si tu as ces ennuis, c'est en partie de ma faute.

— N'importe quoi !

— Il faut que tu y réfléchisses, Marisol, me met en garde mon grand-père. Luis a raison ; c'est un risque. Un grand risque.

— Ne prenez-vous pas de risques vous aussi dans cette histoire ?

— Je suis un vieil homme. Combien d'années me reste-t-il ? J'ai servi le régime assez longtemps pour accumuler suffisamment d'influence, dit-il avec un sourire ironique. C'est la juste décision.

— Alors je ne vois pas pourquoi je ne ferais pas la même chose.

Je suis venue ici en quête de mon héritage familial, et je sais désormais de quoi il est fait.

J'ai grandi en écoutant les histoires de mes proches, mais il était différent d'entendre ma grand-mère et ses sœurs raconter leurs expériences. Elles parlaient de leur propre courage d'un ton factuel, comme s'il n'y avait rien de plus naturel. Toutefois, à présent, je me rends bien mieux compte de ce qu'elles ont traversé, de la grâce avec laquelle elles enduraient leur souffrance, de la force avec laquelle elles portaient à bout de bras notre famille et notre avenir. Elles ont sacrifié tant de choses et risqué leur vie pour ceux qu'elles aimaient, pour leur pays.

Comment puis-je ne pas honorer leur héritage ?

— Marisol… commence Luis.

— Nous en discuterons plus tard. (Je me tourne vers mon grand-père.) Pensez-vous que nous pourrions réussir ?

— Nous n'avons aucune garantie, mais c'est votre plus grande chance de vous en sortir. Néanmoins, nous devons agir vite. Luis sera bientôt de retour sur leurs radars. On ne peut pas couvrir sa disparition trop longtemps. Ils ont des gens qui te surveillent depuis ton arrivée dans le pays, Marisol. J'ai pu les assigner ailleurs momentanément, mais cela ne te donne une fenêtre d'action que d'un jour ou deux.

— Et ma famille ? Que deviendra-t-elle ? demande Luis, tendu.

— C'est une période difficile pour le régime, répond mon grand-père. Le monde observe Cuba, ce qui est nouveau, et les relations avec les États-Unis sont imprévisibles. Le régime a besoin d'améliorer son rapport aux États-Unis, vous le savez aussi bien que moi. La situation ne changera pas du jour au lendemain ; le respect des droits de l'homme ne progressera pas du jour au lendemain. Mais Raúl n'est pas idiot. Cuba doit engager un semblant d'ouverture vis-à-vis des États-Unis. Le gouvernement doit faire attention aux batailles qu'il choisit de mener, et étant donné la relation du grand-père de Luis avec le régime, l'héroïsme de son père en Angola, et les relations de Marisol aux États-Unis, ils ne peuvent pas se permettre d'aggraver cette situation. J'ai parlé à des amis du gouvernement. Votre famille ne craint rien, Luis. Vous avez ma parole, il ne lui arrivera rien. Mais vous devez partir. Plus vous résisterez, plus les représailles seront sévères. Si vous disparaissez, ils passeront à autre chose et vous oublieront. Mais si vous restez…

— Comment *vous* vous pouvez rester ? interrogé-je Pablo. Comment pouvez-vous soutenir ce qu'ils font ?

Bien sûr, je suis reconnaissante de l'aide apportée par mon grand-père, mais j'ai aussi du mal à réconcilier l'homme intègre et le fonctionnaire d'un gouvernement englué dans une telle corruption.

— Est-il préférable de rester et de devenir membre du système ou de partir et d'être considéré comme un traître ? Un minable ? Je ne sais pas. Si je pars, qu'est-ce qui changera ? J'ai essayé de contrebalancer certaines des notions les plus extrêmes qui ont émergé au fil des années. Essayé de préserver l'état de droit. Cuba est mon pays, malgré ses imperfections. Il me faut croire – espérer – que je suis encore en mesure d'améliorer la situation, d'apporter des changements pour aider les Cubains. C'est tout ce que je peux faire aujourd'hui. Je n'en veux pas à ceux qui ont estimé qu'ils devaient partir, et qui vivent désormais à l'étranger. S'il te plaît, ne me juge pas parce que j'ai décidé de rester.

— Vous luttez encore.

— Oui. Les révolutions, c'est pour les jeunes. Quand je le pouvais, je me battais pour mes idéaux. Mais aujourd'hui je suis un vieil homme. En vieillissant, on prend conscience que le changement – un changement durable, significatif – ne va pas toujours de pair avec la violence et les effusions de sang. Il s'installe par le biais de réformes, lentes et progressives. Quand j'étais jeune et naïf, je croyais que le seul moyen de vaincre Batista était de le tuer, de lui prendre le pays et le gouvernement par la force. Mais aujourd'hui ? La révolution et son déferlement de violence sont comme une crue subite qui balaie tout sur son passage – rien n'est plus jamais comme avant. Dans un premier temps, vous pensez que c'est bien, puisque justement vous vouliez le changement, vous aviez besoin du changement. Mais soudain vous vous retrouvez à gouverner un pays, responsable d'un peuple et de ses besoins. Vous devez stabiliser une monnaie, créer un système juridique, réformer une constitution. Ce n'est pas le genre de choses dont rêvent les jeunes. Ils rêvent de mourir pour leur pays ; ils rêvent de se battre avec honneur. Personne ne rêve de se chamailler dans un bureau, pour des questions de formulation. Mais ces mots, ces lois, ces infrastructures sont d'une importance capitale. En leur absence, aucun gouvernement ne peut réussir. Je ne suis pas aveugle à la souffrance de mes compatriotes, Marisol. Ni aux problèmes qui existent. Mais je suis là, avec mon stylo. Ce sont ceux qui discutent de mots, de formulations, qui font passer des lois et assouplissent les restrictions qui combattront pour la révolution dont nous avons besoin à présent. Des hommes disposés à se réunir autour d'une table pour aborder les questions que nous évitons depuis tant d'années. Ma place est ici, pour finir ce que j'ai commencé et, je l'espère, participer à ce changement. Pour ma famille, pour mon pays.

Voilà la différence entre ma grand-mère et lui. Elle n'aurait pas pu vivre dans ce monde qu'il a créé, et lui ne pouvait pas le quitter.

Il se tourne vers Luis.

— Plus vous tarderez à partir, moins je pourrai vous aider. Plus vos mouvements seront limités. Plus Marisol sera en danger. Il vous faut quitter le pays demain. Marisol peut vous obtenir un vol et je vous ai préparé tous les papiers de sortie. Nous avons une petite fenêtre temporelle pendant laquelle nous pouvons faire passer votre libération et votre départ pour une erreur administrative, un manque de communication entre les services. Vous devez agir rapidement sinon vous serez intercepté par la police. Si l'on vous arrête de nouveau, je ne pourrai plus rien pour vous. Votre cas sera alors réglé rapidement et sans pitié.

— Il va y aller, déclare Ana, intervenant pour la première fois, ses doigts de nouveau sur son bracelet.

— Abuela…

— Nous en discuterons plus tard, répond-elle à Luis d'une voix ferme, avant de se tourner vers mon grand-père, les larmes aux yeux. Merci. Merci pour ce que vous avez fait pour mon petit-fils.

Il s'incline.

— C'était normal. Si vous voulez bien m'excuser, je dois rentrer. Ma femme va s'inquiéter. Marisol, j'aimerais beaucoup te revoir avant ton départ.

Je prends brutalement conscience que notre départ est imminent. Je pensais avoir encore deux ou trois jours ici, mais c'est désormais impossible.

— Pouvez-vous me retrouver ce soir sur le Malecón ? Il y a quelque chose que je dois faire.

— Bien sûr.

CHAPITRE VINGT-HUIT

Après le départ de mon grand-père, Luis et moi nous retirons dans sa chambre armés d'un kit artisanal de premier secours. Mes doigts parcourent son visage, attentifs aux hématomes et aux coupures près de son œil. Il déboutonne sa chemise. Ses phalanges sont en sang.

Je prends une profonde inspiration.

— Que t'ont-ils fait ?

Ses mains tremblent au-dessus de ses boutons.

— Tu n'as pas envie de le savoir, crois-moi.

Il hausse les épaules pour se débarrasser de sa chemise et le tissu sanguinolent tombe à terre.

Je sursaute.

Son torse est couvert de plaies, dont une particulièrement profonde tout près de ses reins.

— Ils auraient pu te tuer.

— Je vais bien.

— Non. Ils auraient pu te tuer, et nous n'aurions rien pu y faire. C'est de la folie, tu te rends compte ?

— Ils voulaient juste me faire peur. S'ils avaient voulu me tuer, ils ne s'en seraient pas privés.

— Et la prochaine fois ? Tu as entendu ce qu'a dit mon grand-père. Il faut que tu arrêtes. Ce que tu fais est dangereux. Tu vas te faire tuer. Est-ce que ça en vaut la peine ?

— Évidemment.

Je crains que leur violence n'ait fait que renforcer ce qu'ils cherchaient à détruire. C'est l'un de ces moments où je suis frappée par l'évidence aveuglante : comme ma grand-mère avant moi, je suis tombée amoureuse d'un révolutionnaire.

J'éprouve l'impuissance qui devait être la sienne, l'impression d'être dans un train qui déraille inexorablement. Je ne sais plus quoi dire, comment le convaincre de partir.

Je ne comprends pas comment on peut vivre dans un pays où l'on n'a aucun droit, où il n'y a aucune protection.

— Crois-tu vraiment pouvoir changer le gouvernement ? Qu'on te laissera faire ?

Je désinfecte les plaies de son visage.

Il serre les dents quand je touche la coupure près de sa pommette.

— Partout où je regarde, je vois l'espoir du changement. C'est un courant profond qui agite le quotidien des Cubains. Ils savent que ce que nous avons ne suffit pas, que nous méritons davantage. Ils rêvent de petits changements qui leur faciliteraient la vie, à eux et à leurs enfants. Nous devons continuer de mettre la pression sur le gouvernement, d'insister pour obtenir le changement, d'exiger des efforts de leur part. Ils devraient avoir peur de nous. Nous avons désormais une génération qui regarde devant elle et n'aime pas ce qu'elle voit. Mes étudiants, l'avenir de ce pays, s'intéressent à la technologie, au peu auquel ils ont accès à travers des moyens légaux ou non ; ils s'intéressent à la culture populaire, qui leur est apportée en contrebande dans des clés USB ou les valises des étrangers. Ils sont pragmatiques dans leur désir de changement, leur désir d'avoir davantage. Pour l'heure, ils luttent en rassemblant tout ce qu'ils peuvent sur le marché noir, en transformant leur propre réalité. Mais que se passera-t-il lorsqu'ils auront épuisé leurs ressources limitées ?

N'est-ce pas ce que j'admire le plus chez lui ? Ce qui m'a attirée au départ ? La passion, l'engagement, l'amour et la dévotion totale envers son pays ? Les hommes que je connais à Miami sont obsédés par la voiture qu'ils conduisent, la marque de leur montre, la discothèque où ils dansent le samedi soir. Luis vit pour Cuba, et je l'aime pour cela ; mais je crains désormais que Cuba ne le tue.

Je continue de panser ses plaies, luttant pour estomper l'inquiétude dans ma voix, pour étouffer ma peur.

— Je comprends que tu veuilles instaurer ces changements. J'admire la passion qui t'anime. Mais si les limites imposées par le gouvernement étaient trop strictes pour te permettre d'atteindre ces objectifs ?

— Je ne sais pas. Mais ce que tu me demandes de faire… ce n'est pas dans ma nature. Cela ne me ressemble pas d'abandonner. De fuir. Et je ne veux pas que tu prennes de risque pour que je le fasse.

— C'est trop tard. À leurs yeux, je suis sans doute déjà une menace. Et ne considère pas cela comme une fuite ou un abandon, mais plutôt comme un repli stratégique.

— J'abandonnerais mon pays, ma famille, mon peuple. Mon père est mort en combattant pour ce en quoi il croyait. Et moi je fuirais pour sauver ma peau. Comment pourrais-je me regarder dans la glace ?

L'entendre me serre le cœur, car je comprends la responsabilité qu'il porte avec lui, le désir d'honorer sa famille et d'être à la hauteur des sacrifices de celle-ci. Pourtant, l'abîme entre nous ne m'a jamais semblé plus profond.

— Si tu meurs, la situation ne s'améliorera pas. Que fera ta famille alors ? Au moins, si tu es en vie, tu peux lui envoyer de l'argent, plus qu'elle ne gagne ici ; tu peux faire la différence depuis l'étranger. Peut-être davantage que si tu restais.

— Tu veux que je vienne avec toi.

— Oui.

— Parce que tu m'aimes ou parce que tu penses que c'est la bonne décision ?

Comment sait-il que je l'aime alors que je viens moi-même à peine de m'en rendre compte ?

— Parce que je t'aime et que je crois que c'est la seule option.

Il ferme un instant les yeux quand « je t'aime » quitte mes lèvres, comme s'il absorbait la force de ces mots, comme si je le frappais d'un coup de poing.

Il rouvre les yeux.

— Je n'ai pas peur de mourir pour mes convictions.

— Peut-être pas, mais à quoi servirait ta mort ? Tu ne serais ni le premier, ni le dernier, et qu'est-ce qui a changé ? Rien. Je préférerais te voir vivant aux États-Unis que mort à Cuba.

Il soupire d'impatience.

— Tu ne comprends pas. Tu parles comme si Cuba n'était qu'une maison, comme s'il s'agissait d'un simple déménagement. Ce n'est pas le cas. C'est chez moi ici. C'est mon pays.

— Comment peux-tu aimer un pays qui inflige cela à ses citoyens ? Un gouvernement qui n'hésite pas à te jeter en prison si tu dénonces ses abus de pouvoir ? En venant ici, je souhaitais aimer Cuba ; je me disais que je regarderais le pays d'un œil neuf, que je ne serais pas influencée par la vision qu'on en a à Miami, que je le jugerais selon ses mérites et non selon le prisme de l'exil. Mais je n'y arrive pas. Moi aussi, je suis cubaine. Peut-être ne suis-je pas née ici, mais mon sang est cubain. Comment peux-tu lutter pour rester dans un endroit où tu es indésirable, dans un endroit où tu te feras tuer ? Tu es un homme intelligent ; cela n'a aucun sens. Où est la logique ?

— Ah, mais l'amour n'est pas logique. C'est ma faiblesse, peut-être, mais c'est mon pays. Comment pourrais-je ne pas l'aimer ?

— Mais à quel prix ?

— Lorsqu'on aime, on ne compte pas.

— Et moi ?

Luis sourit tristement.

— Tu sais que je t'aime, Marisol. Ne me demande pas de choisir entre la personne que j'aime et mon identité.

— Je ne te demande pas de choisir. Tu n'as pas le choix. Ils ont choisi pour toi. Si tu restes ici, tu ne peux pas vivre ; et la mort n'est pas un moyen de les combattre ; ta mort n'aura aucune incidence. Tu peux faire plus de bien vivant à Miami que mort à La Havane.

— La rengaine des exilés.

— Et alors ? Au moins nous avons conservé une version de Cuba qui n'existe pas ici. Nous sommes les seuls à l'avoir conservée.

— On ne peut pas vivre dans un musée, Marisol. Le problème avec ta « conservation », c'est qu'elle semble oublier qu'il existe un Cuba réel. Un Cuba qui vit, qui respire. Vous êtes tous si occupés à combattre des fantômes imaginaires à Miami, pendant que nous, nous sommes là, par terre, en sang, confrontés à de vrais problèmes. Ta communauté d'exilés ne se préoccupe pas du marché noir, de la pénurie de logements, des défauts bien réels du système d'éducation, ni du fait que la discrimination raciale se produit au quotidien. Vous êtes encore furieux que vos manoirs grandioses vous aient été confisqués et soient désormais occupés par les hommes que vous haïssez le plus. Mais nous autres, nous sommes pris en étau, ce qui nous inquiète, c'est comment survivre.

— Alors apprends-nous. Viens à Miami. Implique-toi dans le mouvement qui existe là-bas. Change notre vision de la situation. Les choses évoluent. Fidel est mort. Nous sommes à l'aube d'une nouvelle ère dans les relations américano-cubaines ; peut-être y a-t-il une opportunité à saisir. Ce papier que j'écris ? Et si ce n'était plus un article de voyage ? Si c'était sur le Cuba contemporain ? Si tu racontais ton histoire ? Aide-nous. Parle-nous des problèmes auxquels Cuba est confronté aujourd'hui.

— J'aurais quand même l'impression d'abandonner mon pays.

— C'est lui qui t'a abandonné. Ce n'est pas ton pays. Ni celui de ta grand-mère. C'est celui de Castro. Et aujourd'hui, celui de son fantôme. Il devait être le tien. C'était la promesse de 1959. Mais ils ont trahi cette promesse presque dès le début. Cette version de Cuba appartient au régime, mais cela ne signifie pas qu'il faut que ce soit le cas de l'avenir. Le repli est une sorte de victoire. Tu ne peux pas remporter cette bataille, pas comme ça. Tu n'abandonnes pas, tu te donnes simplement plus de chances de changer le système dans un monde où tu n'es pas contraint de jouer selon leurs règles.

Il secoue la tête.

— Marisol…

Son ton est résigné, mais je remarque une lueur dans ses yeux qui ne brillait pas il y a quelques minutes.

— Tu sais que j'ai raison.

— C'est possible.

— Nous devons nous débrouiller avec les opportunités qui se présentent. Nous avons une chance de te faire sortir. Il nous faut la saisir.

Il garde le silence un long moment. Puis…

— Je sais.

En partant, je croise Cristina. Elle est assise sur les marches du perron, une cigarette à la main, les yeux fixés sur le portail rouillé de l'entrée.

— Tu veux qu'il parte avec toi, déclare-t-elle, sans prendre la peine de me regarder.

Je suppose qu'Ana a rapporté à Cristina et Caridad la conversation que nous avons eue avec mon grand-père. Ma discussion avec Luis m'a épuisée, sans parler des événements des derniers jours, du poids des cendres de ma grand-mère dans mon sac ; je n'ai plus la force de lutter.

— Oui.

Elle prend une bouffée, la fumée tourbillonnant dans l'air.

— Pourquoi ? Parce que tu l'aimes ?

Sa voix est dénuée de colère ; elle parle d'un ton tout à fait neutre.

— Oui. Je suis désolée, ajouté-je, regrettant aussitôt ces mots qui sonnent creux, mais c'est tout ce que j'ai à lui offrir.

L'amour semble un luxe dans ce monde où tant de personnes luttent pour des choses fondamentales qui me paraissaient jusqu'ici aller de soi.

— Et toi ? demandé-je.

— Quoi ? Est-ce que je l'aime ?

J'acquiesce.

— C'est un homme bien. Gentil. Qui travaille dur.

Le doute s'empare de moi. Suis-je égoïste ? Ou partir est-il vraiment la seule solution pour lui ?

— Ai-je le choix ? S'il reste, ils le tueront. Je l'aime, oui. Mais il ne s'agit pas de moi. Il s'agit de son avenir.

Elle ricane.

— Cela doit être si sympa pour lui d'avoir une riche Américaine disposée à lui faciliter la vie. (Elle m'épingle du regard. Je suis déstabilisée par la condamnation dans ses yeux.) Tu crois que c'est la première fois que j'entends cette histoire ? Sais-tu combien de mes amies ont rêvé qu'un homme les arrache à tout ça ? Se sont retrouvées enceintes et abandonnées, voire pire ? Ici, peut-être que les rôles sont inversés, mais tu n'es toi aussi qu'une riche étrangère qui promet monts et merveilles. Comment se fera-t-il une place dans ton monde ? Qu'est-ce que tes riches amis américains penseront de lui ?

— Ce n'est pas ce que tu penses, protesté-je.

Les différences entre nous sont-elles tout simplement insurmontables ?

— Ah non ? Au contraire, c'est exactement ça. Tu viens ici, tu passes quelques jours à Cuba et tu te dis que tu es tombée amoureuse, que tu vas « sauver » Luis. Et ensuite tu retrouves ta belle vie confortable aux États-Unis, loin de l'insécurité et des galères. Tu dis que tu as envie d'être cubaine. (Elle agite les mains dans l'air, la cigarette pendouillant au bout de ses doigts, la cendre tombant à terre.) Être cubaine, c'est ça. Être une femme à Cuba, c'est souffrir. Que sais-tu de la souffrance ?

Rien.

— Que voudrais-tu que je fasse ?

— Rien. Mais, tous, vous vous plaignez d'avoir perdu votre pays, alors qu'en réalité vous ne l'avez pas perdu, votre pays ; vous l'avez quitté. Et vous nous avez laissés en enfer. Et maintenant Luis va partir avec toi.

— Tu préférerais qu'il reste ici et se fasse tuer ?

Je suis frustrée par toute cette situation, pas par ce que me dit Cristina en particulier, mais elle exprime ce que je redoute le plus.

Elle prend une bouffée de cigarette.

— Non.

— Dans ce cas, que voudrais-tu que je fasse ? répété-je. Tu ne veux pas qu'il parte, mais il ne peut pas rester. Alors quelle est la solution ?

Elle me regarde avec un sourire moqueur.

— C'est comme ça dans ton monde ? Tout n'est que jolis rubans et *happy endings* ? Retourne aux États-Unis avec Luis. Mariez-vous et ayez des enfants, une parfaite petite vie ensemble. Mais dans le fond, tu dois savoir qu'il ne sera jamais totalement à toi. Je lui ai souvent demandé de choisir entre Cuba et moi et, chaque fois, sans exception, il choisissait Cuba. Peu importe l'amour que tu lui portes, l'amour que tu crois qu'il te porte, une partie de lui demeurera toujours ici. Et une partie de lui t'en voudra toujours de l'avoir emmené.

Peut-être. Peut-être que, même si je ne l'ai pas tout entier, ce que j'ai me suffira ; peut-être que les choses évolueront, peut-être que nous ne serons plus obligés de choisir…

Debout, je la regarde assise sur les marches, ses sandales usées, son expression aussi dure que l'acier.

Cette île te brisera le cœur si tu la laisses faire.

— Toi aussi tu pourrais partir, tu sais.

Elle rit.

— Trouver un type sympa qui me dit qu'il veut me sauver et me laisse tomber avec un gros ventre et une ou deux maladies ? Non merci.

— Nous pourrions essayer de vous faire sortir. Vous tous.

Son regard s'emplit de mépris.

— J'ai essayé une fois. Luis t'a raconté ?

— Non.

— J'avais six ans. Nous étions vingt à bord d'un canot. Mes parents et quinze autres personnes ont péri. Nous avons passé une semaine à flotter sur l'eau, affamés, épuisés, avant que les garde-côtes nous récupèrent pour nous ramener à Fidel. Les adultes ont été jetés en prison. On m'a envoyé vivre chez ma grand-mère. Très peu pour moi, merci bien.

Je suis partagée entre l'envie de rester pour la convaincre, et le désir de partir loin.

— Je dois y aller.

Mon grand-père m'attend sur le Malecón.

— Alors vas-y.

Lorsque j'atteins le portail, je me retourne. Toujours à fumer sur le perron, elle regarde loin vers la mer.

Que dire d'un pays que des gens tentent de fuir à tout prix, même au péril de leur vie ?

Je me rends à pied au Malecón, ressassant ma conversation avec Cristina. Luis est resté avec sa mère et sa grand-mère pour organiser son départ. Et je suis là, exauçant enfin le souhait de ma grand-mère, accomplissant ce pour quoi je suis venue à

Cuba. Les vagues s'écrasent contre les rochers à El Morro, le soleil se couche sur une autre journée havanaise.

Mon grand-père se tient à côté de moi. Il contemple la mer et je me demande s'il vient souvent ici, s'il vient pour penser à elle, quelque part au-delà de l'horizon.

Sans y penser, j'ai posé la question tout haut, et je m'en aperçois en entendant sa réponse.

— Je l'imaginais là-bas. Aux États-Unis. Épouse. Mère. Vivant la vie dont nous avions toujours rêvé : une maison remplie d'enfants avec un palmier dans le jardin. Je l'imaginais vieillissant, comme moi. Chaque année qui passait, je pensais à elle, ajoute-t-il en soupirant. Cela me suffisait d'espérer qu'elle était heureuse.

Je déteste le fait que leur histoire ne se soit pas bien terminée, qu'au bout du compte Fidel les ait aussi privés de ça.

— J'ai l'impression qu'il manque quelque chose, murmuré-je.

— La vie est souvent incomplète. Elle est compliquée, aussi. Ce n'est pas la fin, Marisol. Quand on est jeune, la ponctuation de la vie semble bien souvent finale, alors qu'il ne s'agit que d'une pause, une virgule. Lorsque j'ai appris qu'Elisa s'était mariée, j'ai cru que notre histoire était terminée. Je l'ai accepté. Et aujourd'hui, près de soixante ans plus tard, tu es là. J'ai une petite-fille. Un fils, une nouvelle famille. Un peu d'Elisa. On ne sait jamais ce qui nous attend. C'est la beauté de la vie. Si tout se passait comme prévu, selon nos souhaits, nous raterions les meilleurs moments, les plaisirs inattendus. (Il hausse les épaules.) Nous avions tous une vision ; nous avions un projet. Le destin, Dieu, Fidel, ils ont bien ri de ce projet. Je croyais être engagé dans une voie qui s'est révélée tout autre chose. Malgré tout, on ne doit pas tout rejeter en bloc.

Il sourit et me passe un bras autour des épaules.

— Je suis heureuse que nous nous soyons trouvés, dis-je.

Il lève la tête vers le ciel et son regard s'illumine.

— J'aime à penser qu'Elisa nous sourit de là-haut, qu'elle nous a réunis parce qu'elle souhaitait que nous nous connaissions, que tu fasses partie de ma vie.

Il commence alors à parler comme si ses mots étaient la suite d'une conversation avec lui-même, un souvenir.

— Elle portait une robe blanche, dit-il en souriant. Une robe longue qui dansait autour d'elle lorsqu'elle marchait. J'étais incapable de détourner le regard de ses hanches, m'avoue-t-il avec un air qui le rajeunit de plusieurs décennies.

J'éclate de rire.

— Je lui ai apporté une rose en soie blanche. Je n'oublierai jamais son sourire quand je la lui ai donnée. Nous étions tous les deux nerveux. Je n'arrêtais pas de fourrer mes mains dans mes poches, ne sachant pas quoi en faire, parce que tout ce dont j'avais envie était de prendre sa main dans la mienne et de ne plus jamais la lâcher. La soirée avançait, et je savais que nous devrions bientôt nous séparer, et je ne voulais pas la laisser. Jamais.

— Êtes-vous tombé amoureux d'elle ici, sur le Malecón ?

— Peut-être. Peut-être suis-je tombé amoureux d'elle dès l'instant où je l'ai aperçue à la fête de Guillermo, debout à l'écart, avec son air si sérieux. Une fois qu'Elisa a fait irruption dans ma vie, il n'y a pas eu un moment où je ne l'ai pas aimée. C'était un rayon de soleil au cours d'années remplies de sang et de violence. Elle me donnait de l'espoir.

— Comment était-elle quand vous l'avez connue ?

— Farouche. Passionnée. Loyale. Courageuse. Intelligente. Elle se préoccupait des gens et elle aimait son pays. Elle était bienveillante ; elle voulait toujours voir le meilleur en chaque personne qui croisait sa route.

Rien n'avait changé entre la jeune fille qu'il avait connue et la femme qui m'avait élevée.

Je plonge la main dans mon sac pour en sortir l'urne.

Ce serait mentir que de nier le côté dérangeant et macabre de la situation. Et dans le même temps, je sens mes épaules se libérer d'un poids tandis que j'ôte la cape de chagrin qui m'enveloppait depuis si longtemps.

Elle me manquera toujours, mais on m'a donné une nouvelle chance de la connaître et, à travers elle, toute une nouvelle famille. Une virgule au lieu de ce qui s'annonçait comme un point final.

Et ce moment est lui aussi parfait : ses retrouvailles avec l'homme qu'elle aimait et le pays où elle avait laissé son cœur pour toujours.

Je passe l'urne à mon grand-père.

Il la caresse du bout des doigts et une larme coule le long de son visage buriné.

— Tu es certaine de ne pas vouloir le faire toi-même ?

Je hoche la tête, comprenant ce qui manquait jusque-là, pourquoi je n'arrivais pas à trouver de lieu qui me convenait. Ce n'était pas une question de lieu mais de personne. Je l'ai ramenée à Cuba. C'est Pablo qui devrait boucler la boucle.

Ses mains tremblent tandis qu'il dévisse le couvercle, qu'il renverse l'urne au-dessus de la mer, dans le vent. Ce n'est pas aussi romantique que je l'avais imaginé. Mais bon, qu'est-ce qui est romantique de toute façon ?

Cependant, c'est l'après qui est le plus important. Nous nous tenons côte à côte et contemplons l'océan jusqu'à ne plus rien voir.

Cent soixante-cinq kilomètres. Cent soixante-cinq kilomètres séparent Cuba de Key West, l'extrémité sud des États-Unis. Une distance qui semble aussi longue que l'infini.

Combien d'âmes se sont égarées dans ces eaux ? Combien de personnes ont tout risqué pour une vie meilleure ? Des gens comme les parents de Cristina, poussés par le désespoir ? Combien de personnes des deux côtés de l'eau ont-elles fixé l'océan, pleurant un proche, un ancien amour, le pays de leur naissance, la terre où ils ont fait leurs premiers pas, l'air qu'ils respiraient enfants ?

— Reviendras-tu ? Les amèneras-tu ? Mon fils, mes petites-filles ? Voudras-tu connaître tes cousins ?

— Oui.

— Alors j'attendrai.

Il sort de sa poche un paquet de lettres liées avec un vieux morceau de ficelle. Je reconnais aussitôt l'écriture.

Il sourit.

— Je pense qu'elle aurait voulu que tu les aies.

CHAPITRE VINGT-NEUF

Elisa

Les jours, les semaines, après qu'Alejandro… – cette pensée est atroce – s'écoulent et nous sommes presque en mars. La vague de chagrin nous frappe tous, même nos parents – notre père qui l'avait pourtant renié. L'enterrement d'Alejandro se déroule dans l'intimité familiale. L'idée de son corps mutilé dans ce cercueil est insoutenable.

Dieu a-t-il rassemblé toutes nos pertes d'un seul coup pour que nous puissions les surmonter, passant d'un décès à l'autre, vacillant entre cœur brisé et désespoir ? Serait-ce plus cruel si elles étaient réparties sur plusieurs années, ou cette avalanche de drames est-elle la punition pour nos péchés ?

Je ne sais plus.

Je suis malade, essentiellement le matin, mais parfois mon corps se plaît à me surprendre avec un malaise dans l'après-midi. Je voue un tout nouveau respect à ma mère qui l'a vécu cinq fois – quatre grossesses menées à terme et un bébé parti vivre avec les anges.

Magda est aux petits soins pour moi, mes sœurs lancent des regards soupçonneux sur ce ventre qui enfle de jour en jour – l'aube d'une vie nouvelle, alors que nous sommes tous cernés par la mort. Combien de temps encore réussirai-je à camoufler les changements sous mes robes ? Je retiens ma respiration, attendant que mes parents disent quelque chose, que ma mère remarque les caprices de mon appétit, mais rien, son chagrin la consume et ses conversations à mi-voix avec mon père deviennent plus agitées. Puis voilà que nos parents nous convoquent dans le bureau de notre père et la raison de cette distance entre nous devient claire.

Je m'installe à côté de Beatriz et d'Isabel sur le canapé au coin de la pièce, priant pour que mon estomac réussisse à tenir jusqu'à la fin de cette réunion de famille. Ma mère et Maria sont assises dans les fauteuils en face du bureau, ma mère dans le fauteuil où j'avais supplié mon père d'intervenir pour sauver la vie de Pablo.

Je croyais le sauver en l'envoyant dans les montagnes, mais cela n'avait servi à rien.

Et Alejandro…

Ma gorge se serre. Beatriz se tend près de moi quand notre père prend la parole.

— La situation à Cuba est en train de changer. Des rumeurs indiquent qu'ils s'apprêtent à adopter une loi pour réformer la taille du terrain que peuvent posséder individus et sociétés. Cela n'affectera pas les petits exploitants, mais pour ceux qui détiennent plus de quatre cents hectares, les plantations… (Mon père avale sa salive.) Ils disent que Fidel souhaite les confisquer.

Le désir initial de Fidel de s'abstenir de gouverner n'est plus qu'un lointain souvenir. José Miró Cardona est parti et Fidel est désormais Premier ministre. Quant au président, Manuel Urrutia Lleó, il n'est que son pantin. Nous sommes tous les pantins de Fidel.

Fidel a tué mon frère – ou, du moins, en a donné l'ordre. J'en suis convaincue.

— C'est assez difficile avec les problèmes de main-d'œuvre, poursuit notre père. Mais si Fidel obtient tout ce qu'il veut… Ils le traitent comme si c'était un dieu ; rien n'arrête un dieu, rien ne sert de raisonner ou de négocier avec un dieu. Il détruira tout sur son passage. Les Cubains le laisseront faire, l'acclameront, nourris par leur colère et leur soif de sang, et ils écartèleront ceux d'entre nous qui étions jusqu'ici prospères.

Ma mère pâlit…

La Révolution française est arrivée à Cuba.

Il baisse la voix ; désormais, à La Havane, les murs ont des oreilles.

— Nous allons partir.

— Emilio…

— Silence. (Ma mère se tait.) Nous allons partir, parce que nous ne sommes plus en sécurité. Nous reviendrons quand la ville sera de nouveau sûre.

Nous allons partir parce qu'on tue les gens comme nous à La Havane.

— Où allons-nous aller ? s'enquiert Beatriz, une lueur de défi dans les yeux.

Je ferme les miens, priant pour qu'elle accepte, pour que nous puissions finir cette réunion sans nous déchirer. La mort d'Alejandro a pris toute mon énergie, mais elle a donné à Beatriz une fureur que je ne lui avais encore jamais vue.

— Aux États-Unis, répond-il. J'ai des amis en Floride qui nous aideront. Il y a du sucre dans le sud de la Floride. J'ai des terres là-bas.

Cela ne me surprend pas complètement. Mon père est le genre d'homme qui dispose toujours d'une nouvelle carte à jouer, prévoit toujours une issue de secours.

À l'inverse, ma mère semble au bord de l'évanouissement.

— Qui surveillera notre maison en notre absence ? Nos affaires ? demande-t-elle.

Je la plains et la voir ainsi me serre le cœur ; mon père n'a que faire de son opinion, de ses inquiétudes, de ses craintes. Il a décidé que nous irions aux États-Unis et il n'admettra aucune discussion.

— Les domestiques, répond-il. Ta tante peut venir loger ici quelque temps. Ce sera comme quand nous partons en voyage. Notre séjour sera simplement plus long, le temps que la situation se règle. Cette folie ne va pas durer toujours ; le peuple va bien finir par reprendre ses esprits. Fidel ne propose aucune solution véritable pour Cuba. Il n'a aucune expérience de gouvernement et n'a pas l'étoffe d'un dirigeant. Les gens affluent vers lui aujourd'hui parce qu'il a écarté Batista mais, je vous le dis, bientôt ils scanderont le nom d'un autre homme. Les Perez façonnent l'avenir de Cuba depuis des siècles. Le sucre est le socle de ce pays. Nous serons toujours chez nous ici.

J'ai envie de le croire. J'ai envie de croire en quelque chose alors que je crains d'avoir perdu toutes mes certitudes.

Isabel a les joues baignées de larmes. Beatriz semble vouloir gifler quelqu'un. Mes parents paraissent en état de choc tandis qu'ils passent en revue le projet de mon père, à voix basse pour éviter que le personnel ne les surprenne.

Le personnel...

Qu'arrivera-t-il à Magda en notre absence ?

Que vais-je dire à Ana ? À mes autres amis ?

— Rien, répond mon père quand je lui pose la question. Vous ne direz rien qui risquerait d'attirer l'attention sur nous.

Il s'adresse à nous toutes, mais son regard est posé sur Beatriz.

Maria semble partagée entre l'excitation et la peur.

Mes mains glissent sur mon ventre, sur cette vie sous ma paume, cette vie minuscule qui s'agite en moi. Je ne peux plus garder le secret bien longtemps. Quand nous serons installés aux États-Unis, je devrais parler du bébé à ma famille, affronter ce changement supplémentaire dans ma vie. Mais pas tout de suite...

Pas tant que nous n'aurons pas relevé ce nouveau défi, ce nouveau revirement de fortune.

Nous allons donc partir vivre dans le pays qui a forgé notre destinée, que nous le voulions ou non. Il est ironique de penser que nos hôtels et nos casinos débordent d'Américains, et que nous allons désormais inonder leur pays d'un flot similaire, à la recherche d'un refuge.

— Nous partons demain, décrète mon père.

Mes sœurs pleurent à présent, tentant d'étouffer leurs sanglots afin de ne pas alerter le reste de la maisonnée.

— Nous partirons comme des touristes. C'est la seule solution. Vous ferez comme s'il s'agissait d'un court séjour à l'étranger ; vous pouvez chacune emporter une valise. Tous les objets de valeur devront rester ici.

— Que ferons-nous une fois aux États-Unis ? Où logerons-nous ? Comment vivrons-nous ? questionne Isabel.

Pense-t-elle à son fiancé ? Partirais-je si Pablo était en vie ? Je ne sais pas. Je partage les craintes de mon père, le sentiment que nous ne sommes plus en sécurité dans notre propre pays, que nous n'y sommes plus les bienvenus – le corps de mon frère gisant à notre porte en est la preuve. J'ai peur de faire naître mon enfant – notre enfant – dans ce monde, peur de ce que nous réserve l'avenir.

Les États-Unis, c'est l'inconnu, mais partir là-bas ne peut pas être pire que rester ici.

La maison est silencieuse le reste de la soirée. Mes parents se sont retirés dans leur chambre, Maria est allée se coucher, et je suis presque certaine que Beatriz et Isabel se sont toutes les deux faufilées dehors, peut-être pour faire leurs adieux à leur manière.

Je prépare ma valise, étonnée de la facilité avec laquelle j'arrive à condenser ma vie dans un si petit espace. Évidemment, c'est bien plus facile lorsqu'on doit laisser ses objets de valeur. Quand j'ai fini, j'enfile ma chemise de nuit et ma robe de chambre. J'ai rangé tous mes bijoux – tous, sauf un – dans un coffret que j'ai posé sur ma coiffeuse.

Quelques minutes plus tard, Magda entre dans ma chambre.

— Je vois que Beatriz et Isabel ont encore désobéi, se plaint-elle.

Je ne peux m'empêcher de sourire en entendant son indignation. La ville s'écroule autour de nous et elle se préoccupe de la réputation de mes sœurs.

Je crois que je ne l'ai jamais aimée davantage.

— Comment te sens-tu ? me demande-t-elle en s'asseyant près de moi sur le lit et en me massant le dos comme elle le faisait quand j'étais petite.

Je pose la tête sur son épaule et me caresse le ventre. Je me surprends à le faire de plus en plus souvent, réprimant ce geste lorsque je suis en public. Je suis lasse de tous ces secrets enfouis en moi.

— Mieux. Merci.

Il ne faut pas que je pleure.

Je prends une profonde inspiration et me redresse.

— J'aimerais te donner quelque chose.

Je me dirige vers la coiffeuse. Mes doigts tremblent quand je lui remets ma boîte à bijoux. Ce sera un nouveau secret entre nous.

— Demain, nous allons partir en voyage. Aux États-Unis.

Mon père l'annoncera probablement demain matin au personnel, mais pour moi Magda fait partie de la famille.

Elle me prend la main, visiblement émue. Il est clair que le moment opportun de cette expédition ne lui échappe pas.

— Nous serons peut-être absents quelque temps. (Je ne *dois pas* pleurer.) Je ne sais pas bien quand nous rentrerons. J'aimerais te donner ceci.

Magda secoue la tête, au bord des larmes.

— Je ne peux pas l'accepter.

Je tente de plaquer un sourire sur mes lèvres, de retenir l'émotion qui menace de déborder.

— Je veux que tu les prennes. Je veux que tu les emportes et que tu rejoignes tes proches. Ils sont à Santa Clara, c'est bien ça ? Je veux que tu les utilises pour quitter le pays si nécessaire. Pour prendre soin de toi et de ta famille. Un jour, Fidel et ses hommes risquent de s'approprier cette maison, de la piller et, si c'est le cas, je veux te savoir en sécurité. Je veux savoir que tu as les moyens de te débrouiller au mieux.

— Certainement pas.

— S'il te plaît. Accepte-les, je t'en prie. Si tu ne les prends pas, je m'inquiéterai pour toi toute la durée de mon séjour aux États-Unis. C'est une période chaotique et je veux que tu puisses t'en servir pour ne manquer de rien. S'il te plaît.

Les larmes roulent le long de ses joues.

— C'est tout ce que tu as. C'est beaucoup trop.

— Au contraire, c'est très insuffisant.

Toutes les nuits qu'elle a passées à me bercer pour m'endormir, toutes les fois où elle m'a soutenue quand j'étais malade, où elle a essuyé mes larmes, où elle m'a tenu la main… tout cela n'a pas de prix. Pendant dix-neuf ans, elle m'a aimée comme une mère.

Je la serre dans mes bras, comme elle l'a si souvent fait avec moi. Je l'étreins tandis que ses épaules tremblent, que mon cœur saigne.

— Tu vas tellement me manquer.

— Toi aussi, me murmure-t-elle en retour. Et un jour, je prendrai ton bébé dans mes bras, tout comme je te prenais dans mes bras quand tu étais petite.

Il est difficile de la lâcher.

Ana me retrouve dans le jardin, sous l'énorme bananier autour duquel nous jouions dans notre enfance. Je lui ai demandé de m'aider et elle est venue sans hésiter. Je crois que même s'il s'était agi d'enterrer un cadavre, elle n'aurait pas dit non. Nous sommes toutes les deux en chemise de nuit. Ce n'est pas la première fois que nous vivons une aventure nocturne comme celle-ci, même s'il s'agissait essentiellement d'échanger des secrets à propos de garçons qui nous plaisaient. Aujourd'hui, je lui demande d'être la gardienne de la boîte qui renferme mon plus grand secret.

— Est-ce que tout va bien ?

— Nous partons demain pour les États-Unis, lui chuchoté-je.

Je m'en tiens là, n'ayant pas la force de prononcer la suite : je ne sais pas quand nous reviendrons.

Les larmes lui montent aux yeux.

— Elisa.

J'avale ma salive.

— Nous ne pouvons pas rester.

Elle hoche la tête. Tout le monde sait désormais ce qui est arrivé à Alejandro.

— Cela ne m'étonne pas tant que cela. Vous êtes loin d'être les seuls.

— Tes parents ?

Ana secoue la tête.

— Ils veulent attendre, voir les évolutions des prochains mois.

Je les comprends. Il est difficile de tout quitter sans savoir ce que l'on trouvera à son retour.

— Tu vas me manquer, dit-elle.

J'ai la gorge serrée.

— Toi aussi.

Elle me prend dans ses bras, et ce geste familier me met du baume au cœur autant qu'il retourne le couteau dans la plaie. Je suis chez moi ici. Comment puis-je partir ?

Ana s'écarte et j'essuie les larmes qui m'ont échappé. Son regard se pose sur la boîte derrière moi, sur les pelles de fortune que j'ai piochées dans la vaisselle de ma mère. Ce n'est pas une idée particulièrement originale – il y a deux heures, de la fenêtre de ma chambre, j'ai vu mon père sortir discrètement dans la nuit pour enterrer des affaires à une centaine de mètres du palmier – mais, dans l'urgence, c'est la meilleure qui me soit venue à l'esprit.

— Qu'est-ce qu'on doit faire alors ? demande Ana en souriant tristement. Déterrer un trésor ?

C'est exactement le genre de bêtise que nous faisions enfants : déterrer les précieuses fleurs de ma mère et jouer aux pirates – je tiens le corsaire responsable de l'inspiration.

— Non, en enterrer un.

Je sors la boîte que j'ai dérobée dans le bureau de mon père – j'y ai placé mes affaires les plus chères, mes souvenirs, les seules choses de Pablo qu'il me reste.

— Si besoin, pourras-tu la récupérer ? Je ne sais pas quoi en faire d'autres et je ne veux pas qu'on la trouve. Peux-tu garder un œil dessus pour moi ?

Je pourrais la confier à Ana, mais qui sait ce qui arrivera à sa famille, comment le vent du changement les affectera à leur tour. Si la folie de cette révolution m'a enseigné quelque chose, c'est qu'il est impossible de prévoir les actions des hommes ; je préfère dépendre de la constance de la terre sous nos pieds. Peu lui importe quel sang se déverse sur elle, quelles bottes foulent son herbe – cette terre, c'est Cuba, indifférente à ceux qui prétendent la contrôler. La terre n'a que faire des révolutions.

— Bien sûr, répond Ana avant de saisir l'un des instruments et d'éclater de rire. C'est l'une des cuillères de service de ta mère, non ?

— En effet.

J'ai moi aussi envie de rire face à l'absurdité de la situation. Deux débutantes havanaises en chemise de nuit, utilisant la plus belle argenterie de ma mère pour creuser la terre de mon jardin. Et à cet instant précis, je ne lui vois pas de plus grande utilité. J'ai l'impression que c'est une année où le tragique et l'absurde sont rois.

Nous creusons en chuchotant, le rugissement de l'océan avalant nos voix. Nous discutons comme seules le peuvent des amies de toujours, volant un moment de tranquillité au milieu de cette période troublée et fragile…

Je remercie chaque jour le corsaire d'avoir décidé de construire sa maison dans cette rue où, un jour, un héritier du rhum ferait la même chose, me donnant une quatrième sœur.

Une fois que nous avons creusé un trou d'une bonne taille, j'y dépose la boîte en bois. Puis mes mains dérivent vers mon ventre. Amènerai-je mon enfant ici pour que nous la déterrions ensemble ? Peut-être transformerai-je cela en chasse au trésor, un trésor bien réel.

Je recouvre la boîte, prenant la terre par poignées jusqu'à ce que celle-ci s'incruste sous mes ongles. Un jour j'amènerai notre enfant ici. Je lui montrerai les lettres que nous avons échangées, la bague que son père m'avait passée au doigt, je lui donnerai ce morceau de notre histoire, de notre amour. La terre gardera mes secrets, conservera pour moi cette partie de La Havane, mes souvenirs…

Pour quand nous reviendrons.

CHAPITRE TRENTE

Marisol

Je cherche ton visage dans la marée d'hommes qui se déverse à La Havane. Je rêve de me blottir dans tes bras, de tes lèvres sur les miennes.

Tu me manques. Je t'aime.

Où es-tu ? Quand reviendras-tu ?

Tu avais raison, tu sais. Je le comprends à présent. Nous ne prêtions pas attention au monde qui nous entourait. Nous vivions dans notre petite bulle, et maintenant que cette bulle a éclaté, je ne reconnais pas mon pays. Je ne sais plus quelle est ma place dans ce monde.

Je lis les lettres de ma grand-mère à Pablo – celles qu'elle remettait à Guillermo avant de croire que Pablo était mort, après la prise de Cuba par Fidel, celles qu'elle envoyait à mon grand-père tout au long de leur relation. J'ai commencé par sa toute première lettre, et maintenant que je suis arrivée à la fin, c'est comme si elle était assise à côté de moi sur le lit. Ses mots me donnent l'ultime motivation dont j'ai besoin.

Je regrette de ne pas avoir fait davantage. Je regrette de ne pas avoir lutté.

Je me réveille tôt le lendemain – mon dernier jour. Le soleil du matin perce les nuages, le drap à côté de moi est froid. Après avoir dispersé les cendres de ma grand-mère et lu chacune de ses lettres, j'ai retrouvé Luis. Nous nous sommes endormis ensemble sur le lit minuscule dans ma chambre, tout habillés, le bras de Luis autour de ma taille. Mais voilà qu'il a disparu.

Je traverse la maison, essayant de ne pas paniquer, me disant qu'il est juste sorti faire un tour, que rien ne nous empêchera de quitter La Havane aujourd'hui. Grâce à mon grand-père, j'ai pu avoir accès à un téléphone, et j'ai appelé Lucia hier pour la supplier de nous aider à quitter le territoire, d'affréter l'avion, de nous acheter des billets pour Antigua. Je lui ai également demandé de parler à notre père pour voir comment faire entrer Luis aux États-Unis. Je ne lui ai pas raconté toute l'histoire, uniquement le nécessaire pour l'instant. Je compléterai lorsque nous nous retrouverons sur la véranda de la maison de Coral Gables, chacune un mimosa à la main. Une autre vie.

Je trouve Luis sur le balcon, contemplant la mer. Il ne se retourne pas lorsque j'ouvre la porte et que je le rejoins, mais il passe son bras autour de moi, m'attirant contre lui.

Je soupire de soulagement.

Aucun de nous ne parle.

La main sur ma hanche trouve ma main, nos doigts s'entrecroisent. Il caresse du pouce la bague de ma grand-mère.

Je ne sais pas quoi dire, je ne sais pas ce qu'il a envie d'entendre.

S'il reste, il mourra probablement. S'il part, je lui demande de quitter tout ce qu'il connaît, tout ce pour quoi il s'est battu. Cristina a-t-elle raison ? Aura-t-il toujours l'impression d'avoir abandonné Cuba ? M'en voudra-t-il ? Regrettera-t-il d'être parti ?

Je ne sais pas.

Je pense aux interrogations qui me taraudaient avant mon arrivée ici, celles qui me préoccuperont sans doute ces prochaines années : Est-ce que je m'investis trop dans mon travail ? Pas assez ? Est-ce que je relève des défis ? Suis-je heureuse ?

Ces inquiétudes me semblent désormais être un luxe.

La décision à laquelle Luis est confronté est absolument fondamentale, et il est obligé de la prendre en l'espace d'une journée, forcé de quitter sa famille, son pays, sa vie. Mais mon grand-père l'a clairement expliqué : Luis n'a qu'un jour ou deux avant que le gouvernement ne se rende compte de ce qu'il a fait, avant qu'il ne le recherche.

Nous devons partir demain.

— Je suis désolée.

Luis secoue la tête.

— Je suis en colère, mais pas contre toi. Je suis navré si je t'ai donné cette impression. Je connaissais le prix à payer pour ce que je faisais. Je savais le risque que je prenais. C'est ma faute.

— Luis…

— Je t'aime, murmure-t-il contre mes lèvres.

Ces mots sonnent comme un adieu.

Une larme coule le long de ma joue.

— Si tu restes, combien de temps auras-tu ? Quelques jours ? Une semaine ? Comment peux-tu changer les choses ? Pense à tout ce que tu pourrais faire avec plus de temps. Plus de ressources. Pense à tout ce que tu pourrais faire si tes mots n'étaient pas censurés, si le gouvernement ne bloquait pas ton site, si tu n'avais pas à craindre d'être renversé par une voiture quand tu traverses la rue, simplement parce que tes convictions ne sont pas celles prônées par le régime. Tu as dit que je devrais écrire au sujet de mon expérience à Cuba. Aide-moi. Pense à tout ce que nous pourrions faire ensemble, pense aux gens que nous pourrions aider. Et ta famille ? Combien de temps avant qu'ils ne s'en prennent à ta grand-mère ? À ta mère ? À Cristina ? Parce qu'ils n'hésiteront pas à le faire pour que tu t'arrêtes. Mon grand-père peut les protéger pour l'instant, mais cela changera si tu continues de provoquer le régime.

Il me lâche.

— Tu crois que je ne sais pas tout ça ? Que je n'ai pas envisagé le prix à payer pour mes actes ? La victoire est impossible. Chaque option est problématique.

— Tu pourrais quitter Cuba.

— Mais alors je ne serais plus cubain, si ? Je vivrais avec toi dans un manoir à Miami pendant que mon peuple souffre. Pendant que ma grand-mère, âgée, travaille pour subvenir aux besoins de sa famille. Quel homme cela ferait-il de moi ?

— Un homme vivant, déclare une voix derrière nous.

Nous nous tournons tous les deux en entendant sa mère. Elle se tient dans l'embrasure de la porte, l'air fatigué, le regard fixé sur son fils.

— Mais toi alors ? Abuela ? Cristina ? Qui prendra soin de vous si je pars ?

Elle avance et vient poser sa paume sur la joue de son fils.

— Nous n'avons pas besoin que tu prennes soin de nous. Nous nous sommes débrouillées jusqu'ici et continuerons de faire ce que nous avons toujours fait. C'est notre pays et nous mourrons ici. C'est notre choix. J'aurais pu tenter de partir quand tu étais plus jeune, j'aurais pu tenter ma chance en mer. Je ne l'ai pas fait car j'avais peur de partir, peur d'être interceptée et renvoyée, peur de me noyer. J'ai vu des gens élever la voix contre le régime et mourir, je les ai vus disparaître, et je t'ai dit de faire profil bas, de respecter ce qu'ils voulaient, d'accepter ton sort. Mais maintenant, je sais. Nous avons beau travailler dur, prier avec ferveur, rien ne change, et les miettes qu'on nous donne ne suffisent pas. Ce n'est plus mon combat. Je suis vieille et fatiguée. Ne laisse pas passer cette opportunité. Vas-y. Va aux États-Unis.

— Papa…

Elle prend une profonde inspiration.

— Ton père serait d'accord avec moi. Il considérait qu'il fallait consacrer sa vie à une cause plus grande que soi-même. Je ne vois pas de meilleure façon d'honorer sa mémoire que de mener la vie que tu mènes. Il serait si fier de toi. Toujours. (Une larme roule sur la joue de Luis.) Les temps changent. Peut-être peux-tu être plus utile à l'étranger qu'à Cuba. Tu seras toujours mon fils. Je t'aimerai toujours, et je suis désolée si je ne l'ai pas dit assez. Je suis fière de toi. Si fière. Tu peux servir de bien des façons, Luis. Parfois, la chose la plus courageuse que l'on puisse faire, c'est décider de partir quand il n'est plus sage de rester.

— Mes étudiants...

— Survivront sans toi. Tous, nous survivrons sans toi. Et un jour, la situation changera et nous nous reverrons.

Les mots de Caridad ébrèchent la résolution de Luis, sa peur, ses doutes, jusqu'à ce que je lise l'acceptation dans ses yeux et, soudain, l'homme qui m'avait paru si sûr de lui à ma sortie de l'aéroport José Martí semble perdu et incertain.

— J'enverrai de l'argent. Et j'écrirai.

— Je le sais. (Elle étreint quelques instants son fils, puis le relâche.) Je dois aller au marché. N'oublie pas de dire au revoir à ta grand-mère. (Elle jette un regard dans ma direction et je me prépare à une attaque éventuelle.) Je sais ce que vous avez fait, les ficelles que vous avez tirées. Merci. (Je hoche la tête. J'ai les yeux embués par les larmes.) Prenez soin l'un de l'autre.

Je le lui promets.

Elle fixe quelques instants Luis depuis l'embrasure de la porte, puis disparaît.

Je finis de faire mes valises pendant que Luis dit au revoir à Cristina. Je glisse dans mon bagage à main les lettres que m'a remises mon grand-père, ainsi que la rose blanche et les missives que ma grand-mère avait conservées dans la boîte en bois, pour quand j'expliquerai l'histoire à ma famille. Je prends aussi avec moi la lettre que mon grand-père a écrite à son fils et qu'il m'a demandé de lui remettre. Je laisse les présents que j'avais apportés pour Ana et sa famille, ainsi que le liquide qu'il me reste, ne gardant que le nécessaire pour les frais du voyage. J'espère que cet argent les aidera.

Luis frappe à ma porte et entre.

— Tu es prête ?

— Oui. Comment cela a été avec Cristina ?

— Je lui ai dit au revoir.

— Est-ce que ça va aller pour elle ?

— Je l'espère. Elle a des parents éloignés dans l'Oriente. Elle ira peut-être chez eux ; elle n'a pas encore décidé. Ma mère et ma grand-mère la considèrent comme un membre de la famille ; j'espère qu'elle restera ici avec elles.

— Est-ce que, toi, ça va aller ?

— Je l'espère, me répond-il en me tendant la main. Ma grand-mère veut nous saluer avant notre départ. Mon ami Oscar devrait bientôt arriver pour nous emmener.

Il prend mes bagages dans une main, ne quittant pas la mienne de l'autre. Une seule valise attend au bas de l'escalier.

Pablo lui a conseillé de voyager léger, disant que cela semblerait louche si Luis donnait l'impression de partir pour plus longtemps qu'un court séjour – une escapade romantique à Antigua avec sa petite amie américaine. J'espère qu'ils ne creuseront pas trop à l'aéroport, que mon grand-père a réussi à masquer la disparition de Luis pour un jour ou deux.

Nous nous rendons dans le salon où Ana nous attend sur le canapé usé en soie, un sourire aux lèvres, sa plus belle porcelaine installée sur la table basse.

— Il appartenait à ma mère, répond-elle quand je complimente la beauté du service. Et à sa mère avant elle. Il est arrivé d'Espagne sur un bateau.

Nous nous asseyons en face d'elle tandis qu'elle nous sert du café et nous offre des petites choses à grignoter. Elle se meut avec élégance et toute cette cérémonie évoque un art de vivre depuis longtemps oublié.

Je bois mon café pendant qu'elle et Luis bavardent du dîner de ce soir, du quartier, de tout et n'importe quoi – pas de cette journée qui nous attend.

On frappe à la porte. C'est un bruit désagréable qui vient s'immiscer dans la bulle de tranquillité que nous avons créée dans cette petite pièce.

Il s'agit soit de la police, soit de l'ami de Luis qui doit nous conduire à l'aéroport.

Luis serre ma main, comme pour me rassurer. Mon cœur s'accélère quand il se lève pour accueillir le visiteur. Lorsque j'entends enfin le son de sa voix mêlée à celle d'Oscar, mon angoisse se calme un peu.

Ana et moi nous regardons de part et d'autre de sa porcelaine de famille.

— L'un comme l'autre, vous avez pris la bonne décision, déclare-t-elle.

— Je l'espère.

— C'est un fait. Il était temps pour lui de partir, même s'il n'était pas prêt.

— Nous pourrions...

—... me faire sortir moi aussi ?

— Oui.

— Il est cinquante-huit ans trop tard pour cela. Je suis chez moi à Cuba. Je mourrai ici et je ne voudrais pas qu'il en soit autremment. Luis, en revanche, est encore très jeune. Il mérite d'avoir des enfants, de les élever dans un monde où ils pourront avoir un avenir radieux. Où ils pourront rêver. Un jour, vous les ramènerez ici pour leur montrer où nous vivions. Vous leur raconterez nos histoires pour qu'ils sachent d'où ils viennent. Pour qu'ils connaissent leurs racines.

— Oui.

— Je suis heureuse que vous vous soyez trouvés. Heureuse que tu sois revenue. Elisa serait si fière de toi. Je prie pour qu'elle veille sur vous et vous guide tout au long du voyage qui vous attend.

Nous nous levons en entendant se rapprocher les bruits de pas de Luis et Oscar. Elle me serre dans ses bras et me caresse les cheveux.

— N'oublie jamais d'où tu viens. Tu es issue d'une longue lignée de battants. Penses-y dans les moments difficiles. Et ayez confiance l'un en l'autre.

Cette confiance ne va pas forcément de soi sachant que Luis et moi ne nous connaissons que depuis une semaine, mais finalement quelles certitudes avons-nous dans ce monde ? Les gouvernements changent, les régimes s'effondrent, les alliances évoluent – tant de choses sur lesquelles nous n'avons aucune prise, et au regard desquelles l'amour paraît presque une certitude.

Ana s'écarte de moi et sourit à Luis qui se tient dans l'embrasure de la porte.

— Viens là.

Il s'avance vers elle ; on dirait qu'il a du mal à ne pas craquer.

Elle lui murmure quelques mots et il hoche la tête en l'étreignant. Elle recule, les larmes aux yeux, le regard rayonnant de fierté et de tendresse.

Nous rejoignons Oscar dans l'entrée et embrassons Ana avant de monter dans le cabriolet de Luis. Nos bagages ont déjà été chargés dans le coffre et nous nous installons à l'arrière, Oscar au volant. Ana nous regarde : sa présence rassurante nous rappelle aussi tout ce que nous laissons derrière nous.

Oscar démarre et Luis s'agrippe à ma main tandis qu'il se retourne vers sa grand-mère, vers la seule maison qu'il ait jamais connue.

Lorsque celle-ci n'est plus qu'un petit point au loin, nous regardons tous deux droit devant, profitant de notre dernière vue de La Havane. La ville ne nous déçoit pas et peut-être est-ce le fruit de mon imagination mais le ciel paraît plus beau que jamais, et les bruits de la rue – les rires, la musique qui s'échappe des fenêtres ouvertes – résonnent comme une mélodie.

Oscar bavarde sans discontinuer tandis que nous traversons Miramar, son badinage joyeux apportant un peu de légèreté à cette sombre journée. Cuba défile de part et d'autre dans un arc-en-ciel de couleurs et une élégie sonore. J'essaie de mémoriser le paysage, de le photographier mentalement afin de l'avoir toujours avec moi, jusqu'à notre retour.

Luis fait-il la même chose ?

J'ai l'impression que quelques instants seulement s'écoulent avant que nous n'arrivions à l'aéroport. J'ai hâte de partir, de retrouver la sécurité de ma demeure à Miami, ma famille, le monde que je connais. Je répugne à partir, à abandonner le peuple qui a pris racine dans mon cœur.

J'ai peur qu'ils ne laissent pas partir Luis. Je suis terrifiée à l'idée qu'ils nous jettent tous les deux en prison.

Oscar et Luis s'étreignent brièvement avant de se donner une tape dans le dos. Ils s'échangent un regard ; que sait Oscar ? Est-il impliqué depuis le début dans les efforts de Luis ? Est-il l'un des hommes dont Luis tait le nom ? A-t-il conscience de ce qui se joue réellement ? Est-il prêt à risquer sa liberté pour nous aider ? Comprend-il qu'il s'agit peut-être d'un adieu ?

Certainement et, une fois encore, je suis émerveillée par le courage et la gentillesse de mes compatriotes.

Je dis rapidement au revoir à Oscar, faisant mon possible pour donner l'impression que tout est normal, que je ne frémis pas de peur et d'angoisse. À côté de moi, Luis reste stoïque, mis à part le léger tressautement de ses doigts contre les miens, une tension que je sens dans sa main tandis que nous traversons l'aéroport.

Je vois désormais les soldats armés disséminés un peu partout comme des spectres menaçants, et je dois me faire violence pour ne pas leur accorder plus qu'un regard rapide, pour poursuivre notre chemin comme si nous n'avions rien à craindre, comme si nous étions des voyageurs ordinaires.

Nous nous enregistrons pour notre vol et recevons nos cartes d'embarquement. Je colle un sourire sur mes lèvres et échange quelques mots avec la femme avenante derrière le comptoir. Mon cœur tambourine dans ma poitrine. À tout instant, je m'attends à ce qu'elle déclare qu'il y a quelque chose qui cloche avec nos billets, ou que notre vol est retardé.

Au lieu de cela, tout se passe normalement. Elle nous laisse passer à l'étape suivante en nous souhaitant bon voyage.

Mes jambes se mettent à trembler quand nous nous dirigeons vers la douane. Nous ne sommes que deux voyageurs ordinaires dans la salle d'embarquement, pourtant j'ai l'impression que tous les regards sont rivés sur nous, comme si nous étions sous le feu des projecteurs.

S'agit-il de nos derniers instants de liberté ?

Tous les exilés n'ont pas la même histoire. Il y a ceux, comme ma famille, qui ont eu la chance de partir quand c'était encore possible. Puis il y a les « Peter Pan », les enfants qui ont pris seuls un avion à destination des États-Unis, dans l'espoir qu'un jour leur famille pourrait les rejoindre. Il y a ceux de l'exode de Mariel en 1980, lorsque Castro a laissé plus de cent mille Cubains partir pour la

Floride. Et puis il y a ceux qui sont arrivés en canot, ceux qui ont bravé les mers dans des embarcations de fortune pour parcourir les cent soixante-cinq kilomètres vers la liberté, risquant la mort ou, s'ils étaient capturés avant d'atteindre les rives américaines, la prison à vie.

L'espoir façonne la vie des Cubains.

Littéralement, *ojalá* se traduit par « je l'espère ». Néanmoins, comme d'autres, ce mot est intraduisible. Il contient toute une palette de sentiments sous ces quelques lettres.

Ce terme renferme une certaine beauté, au-delà du simple espoir. Il parle de la teneur de la vie, des hauts et des bas, de l'imprévisibilité. Ce mot remet tout entre les mains d'une puissance supérieure, reconnaissant les limites des hommes. C'est le genre d'espoir auquel on attelle sa vie, l'espoir de voir s'accomplir son souhait le plus cher, son désir le plus profond.

C'est cet espoir qui m'anime en cet instant. L'espoir que nous parviendrons à rejoindre l'autre rive.

Je sens bien la nervosité de Luis : la mâchoire serrée, il balaie l'aéroport du regard, s'arrêtant sur les soldats en uniforme, leurs fusils, attendant de voir si l'un d'eux s'approchera de lui pour l'emmener, s'il disparaîtra tout simplement comme les autres qui ont osé contester le gouvernement. Si je le suivrai.

Je n'ai jamais été aussi effrayée, ni aussi encline à la prière.

Je suis sans cesse partagée entre deux langues. J'ai appris l'espagnol avant toute autre chose, puis j'ai grandi avec les deux langues à la fois à l'école et à la maison. Lorsque je suis le plus vulnérable, quand j'espère, quand j'ai peur, quand j'aime, c'est l'espagnol qui me vient en premier.

Je prie intérieurement.

Je m'avance, m'approchant du guichet de la douane avec un sourire empreint de méfiance. Je tends passeport et carte d'embarquement, ainsi que la deuxième partie de la carte de visiteur que j'ai reçue à mon entrée sur le territoire. Nous échangeons quelques civilités au sujet de mon séjour à Cuba et, du coin de l'œil, je regarde Luis s'approcher d'un autre guichet.

L'espace de quelques minutes, des bruits blancs inondent mes oreilles et tout mon corps est comme suspendu pendant que j'attends. Je m'avance vers le contrôle de sécurité et j'attends. J'attends que Luis me rejoigne.

Je fais tourner la bague à mon doigt, encore et encore, pendant qu'il parle au fonctionnaire de l'immigration, un sourire aux lèvres, un sourire factice, que je reconnais désormais. J'aimerais tant pouvoir entendre leur conversation, lire sur leurs lèvres. Et voilà que c'est terminé…

Luis avance, dépasse le guichet de la douane, ressort de l'autre côté, vers moi.

Mes genoux s'affaissent.

Il passe un bras autour de ma taille et m'emmène vers le contrôle de sécurité. Je pose mon sac sur le tapis roulant, parcourue d'un flot d'adrénaline.

Ses lèvres effleurent ma tempe.

— Nous y sommes presque, me chuchote-t-il à l'oreille en me caressant le dos.

Les minutes s'écoulent et nous passons le contrôle de sécurité, nous franchissons ces dernières étapes avant de pouvoir nous effondrer sur deux sièges près de la porte d'embarquement.

J'imagine ma famille assise là, en train d'attendre l'avion qui les emmènera aux États-Unis, sans savoir quand – si – ils reviendront. Je comprends un peu mieux ce qu'ils ont enduré, cette incertitude qui s'infiltre dans vos os, ce sentiment de ne plus avoir de pays.

Une famille de touristes s'installe près de nous, gaiement, et j'essaie désespérément de ne pas croiser leurs regards, fixant la fenêtre, le sol terne, le plafond, mais c'est comme s'ils voulaient que je les regarde, comme si leur désir de me parler envahissait mon espace.

Peut-être souhaitent-ils établir un lien dans cet aéroport bondé de voyageurs quittant un monde perdu, peut-être pensent-ils que Luis et moi formons un joli couple, sans doute ne voient-ils pas notre tension, notre blessure ouverte. Dans tous les cas, ils semblent incapables de résister.

— Était-ce votre premier voyage à Cuba ? me demande l'épouse.

Je hoche la tête, soudain épuisée par tout cela – la peur, le sentiment de perte, le poids de l'espoir.

— C'est incroyable, vous ne trouvez pas ? me demande-t-elle et, poliment, j'opine de nouveau du chef, souhaitant embarquer au plus vite. C'est formidable de voir le pays comme cela. Au naturel. Avant que les touristes ne viennent tout bousiller.

Elle dit cela comme si nous partagions un secret, comme si nous avions découvert une cité perdue.

Luis se raidit près de moi, et je lui adresse un troisième signe de tête.

Déçue, elle se renfonce dans son siège et tourne son attention vers son mari et leurs enfants.

Qu'y a-t-il à ajouter de toute façon ?

Penser que cette beauté « bousillée » est le destin qui attend Cuba est aussi déprimant que de penser que son avenir sera forgé par les casinos et les bateaux de croisière. Que ce qui a justement alimenté les feux de la révolution s'apprête à renaître – si tant est que ce soit mort. Que les combats quotidiens que j'ai vus partout où je regardais ont quelque chose de charmant et de pittoresque. Tout le monde dit que Cuba est en train de devenir un pays « ouvert » et « libre », mais cela a une signification très différente selon les points de vue. Certains y voient l'opportunité d'implanter des chaînes de fast-food et de magasins ; pour d'autres, c'est la liberté de vivre dans un pays qu'ils pourront considérer comme le leur, de mener leur existence avec un semblant d'autonomie.

L'embarquement de notre vol débute, nous épargnant d'autres conversations.

Nous avançons dans la queue, bousculés par des touristes radieux, couverts de coups de soleil et intarissables sur l'aventure exotique qu'ils ont vécue. Nous montons furtivement à bord, vérifiant derrière notre épaule qu'il n'y ait pas de soldat en uniforme. Luis me dit de prendre la place côté couloir, et ses mains s'agrippent aux accoudoirs, ses phalanges blanches à force de serrer ; je me rends compte qu'il n'a jamais pris l'avion.

À quel point sa vie s'apprête-t-elle à changer ?

Les minutes deviennent une éternité tandis que nous attendons que l'avion se mette en mouvement sur la piste et qu'il s'élève enfin dans le ciel.

L'avion s'écarte de la porte d'embarquement et, peu à peu, mon corps se détend, ma respiration se ralentit.

Et nous voilà dans les airs, Cuba derrière nous, Miami devant nous, au loin, de l'autre côté de l'océan.

Je vais rentrer chez moi.

Nous atterrissons à Antigua où nous attend le jet de la société de mon père. J'ai demandé toutes les faveurs possibles à mon cercle familial pour arriver jusqu'ici et, intérieurement, je remercie de tout cœur Lucia. Je lui dois une fière chandelle, même si je sais qu'elle a sans doute apprécié cette aventure – exfiltrer un Cubain. Cela deviendra l'une de ces fameuses histoires que l'on raconte lors du dîner de la *Noche Buena* ou aux brunchs familiaux. Les membres de ma famille ont leurs défauts, mais si une goutte de sang Perez – ou Ferrera – coule dans vos veines, ils ne reculeront devant rien pour vous aider.

Nous arrivons à Miami quelques heures plus tard et je remplis les formalités dans un état second. Luis est silencieux, digérant tout ce qu'il voit, tout ce qu'il entend. Je suis un peu gênée par l'avion privé, l'opulence de notre environnement, mais ce sentiment finit par se dissiper face à ce que nous avons accompli.

Le notaire de notre famille nous attend aux côtés de l'avocat de l'immigration que Lucia a contacté pour moi. Lorsque mon arrière-grand-père est arrivé aux États-Unis en 1959, il s'est donné pour mission de reconstruire sa fortune, de s'insérer, lui et ses filles, dans la bonne société de Palm Beach, de se rapprocher des politiques. Peut-être était-il poursuivi par l'image du corps de son fils gisant devant sa maison, ou poussé par le besoin de protéger sa femme et ses filles, par la conscience de la fragilité de ses réalisations, dérobées en un instant en cas de changement de gouvernement. Au fil des ans, notre famille a donné à la fois à des candidats républicains et démocrates et, pour cela, je remercie le pragmatisme cubain.

Mon père a sollicité ses relations au plus haut niveau du gouvernement pour permettre à Luis d'obtenir un visa d'entrée. C'est un document temporaire, mais c'est suffisant pour le moment. Suffisant pour qu'il soit en sécurité. Suffisant pour nous donner le temps de décider des prochaines étapes.

Il n'y a pas si longtemps, cela n'aurait pas été un exploit, mais comme pour tout, les relations américano-cubaines évoluent, certaines promesses ne sont pas tenues, les accords changent : tout est nouveau et incertain. La nationalité cubaine nous facilite malgré tout la tâche, alors que tant d'autres affrontent des obstacles bien plus terribles pour entrer sur le territoire américain.

Une fois que nous avons réglé les questions d'immigration préliminaires, nous pouvons y aller. Il y aura tant à faire ces prochaines semaines : aider Luis à s'acclimater, rencontrer son avocat pour voir comment faire avancer son dossier, lui trouver du travail, un logement – voudra-t-il habiter avec moi ? Tant de défis à surmonter, pourtant tout cela semble naturel ; c'est un peu une tradition, les exilés cubains installés aident les nouveaux venus à construire leur vie aux États-Unis, tout comme mes prédécesseurs l'ont fait pour ma famille.

Nous gagnons ma voiture au parking et, une fois à l'intérieur, je fonds en larmes. Je pleure encore et encore jusqu'à ne plus savoir très bien pour quoi – un mélange de tristesse et de soulagement.

Ma grand-mère. La grand-mère de Luis que nous avons laissée. Mon grand-père que je n'ai pas eu la possibilité de connaître aussi bien que j'aurais voulu. Ceux qui partagent mon sang à La Havane que je n'ai pas pu rencontrer. La maison que je crains de ne plus jamais revoir. La douleur qui, j'en ai peur, marquera Luis à jamais.

Il me prend dans ses bras, son visage collé contre le mien, ses lèvres sur mes lèvres.

Nous devrons apprendre tant de choses désormais…

Nous emportons notre maison avec nous dans notre cœur, remplis d'espoir. Tant d'espoir.

À la mort de Fidel, nous y retournerons. Tu verras.

CHAPITRE TRENTE ET UN

Nous passons les trois jours suivants terrés dans ma maison de Coral Gables, juste tous les deux, et je ne réponds pas aux appels de ma famille. Nous devons nous ajuster à ce changement, nous habituer à notre nouvelle vie, faire le deuil de l'ancienne à notre façon. Puis je me sens prête pour partir à la recherche de la dernière pièce du puzzle.

Tout au long de mon enfance, il y a une personne qui m'a toujours révélé la vérité nue. Elle a fait mon éducation sexuelle quand j'ai commencé à m'intéresser aux garçons, a comblé les blancs quand j'avais des questions à propos du Grand Divorce et de l'héritière du caoutchouc.

Ma grand-tante Beatriz est la gardienne des secrets de famille.

Elle habite dans une propriété de Palm Beach qui, selon la rumeur, lui aurait été offerte par un ancien amant. Elle-même héritière, elle aurait facilement pu acheter seule le manoir de six cent cinquante mètres carrés, mais j'imagine qu'elle aime ce côté romantique : déambuler de pièce en pièce et sentir ce lien avec ses jeunes années.

Si les murs pouvaient parler !

Je laisse Luis s'installer chez moi, s'habituer à tous les changements dans sa nouvelle vie, et me rends seule à Palm Beach.

Beatriz m'ouvre la porte dans un nuage de parfum Chanel, vêtue d'un fourreau à fleurs que je possède d'une autre couleur – toutefois cette robe lui va mieux à elle. Elle semble avoir dix ans de moins que son âge. Ses cheveux bruns sont noués en un chignon, dévoilant de grosses boucles d'oreilles en diamant.

Elle portait les mêmes pour la double page que lui avait consacrée *Vanity Fair* il y a des années. Dans certains cercles, c'est une légende.

Elle m'embrasse sur les deux joues et me fait entrer.

Ses mains s'agitent sous la brise pendant qu'elle parle, mettant en lumière un diamant jaune à son annulaire, un autre cadeau, un autre amant.

— Diana est en congé aujourd'hui ?

Sa gouvernante de longue date fait autant partie de la famille que n'importe lequel d'entre nous. Maintenant que ma grand-tante s'approche des quatre-vingts ans, elle et Diana sont devenues des compagnes plus qu'autre chose.

— Oui. Elle est allée voir sa sœur à Punta Gorda pour le week-end.

Je la suis dans le salon dont elle ne cesse de renouveler la décoration. Cette fois, les tons roses et jaunes sont à l'honneur et un nouveau lustre pend au plafond. L'élégance de Palm Beach.

Nous nous asseyons sur deux canapés l'un en face de l'autre et elle me propose à boire. Au beau milieu de sa phrase, elle s'interrompt, les yeux brillants.

— Je te trouve changée. Toi, tu as rencontré quelqu'un.

Je souris. Beatriz est également très perspicace.

— En effet.

Elle se penche en avant, oubliant les boissons.

— Je veux *tout* savoir.

— J'ai connu un homme à Cuba. Il est revenu avec moi.

Elle ouvre de grands yeux.

— Chérie, quand on part en vacances, on rapporte un chapeau au goût douteux qu'on ne portera sans doute jamais. Peut-être même une bouteille de rhum. Mais un homme ? Toi, tu es amoureuse, ajoute-t-elle après m'avoir observée.

Elle prononce ces mots avec prudence, comme s'ils contenaient tout un monde de danger, comme s'ils avaient le pouvoir de renverser des gouvernements, de conquérir des royaumes, de tout assiéger.

— Oui.

Un petit rire s'échappe de mes lèvres, le cocktail de la nervosité, de l'excitation et du bonheur trop explosif pour ne pas déborder.

Son sourire s'élargit. Elle se lève et lisse sa robe de ses doigts à la manucure rose.

— Eh bien voilà qui règle la question, nous devons boire quelque chose de festif. Du champagne. Tu vas tout me dire de ton voyage et de cet homme. (Son expression s'assombrit.) As-tu trouvé un bon emplacement pour elle ?

— Je crois que oui.

— Qu'as-tu choisi ?

— Le Malecón.

Beatriz garde un instant le silence, les yeux clos. Quand elle les rouvre, j'y vois briller ses larmes.

— Elisa y a été heureuse. Elle le sera de nouveau.

C'est à mon tour d'avoir les larmes aux yeux.

— Je l'espère.

Elle se dirige vers le bar où une bouteille de Bollinger patiente au frais dans un seau en argent. Dans le monde de Tante Beatriz, la plupart des occasions sont bonnes pour faire sauter le bouchon ; avec ou sans la nouvelle de ma rencontre, elle l'aurait ouverte, que ce soit pour fêter mon retour, la dispersion des cendres de ma grand-mère, ou toute autre raison.

— Et ton jeune homme ? Comment s'appelle-t-il ?

— Luis.

Sa main s'immobilise sur la bouteille de champagne et elle éclate de rire.

— Bien sûr ! Tu es donc amoureuse du petit-fils d'Ana Rodriguez ?

— Eh oui.

— Ta grand-mère aurait été enchantée. Je parie que c'était le cas d'Ana.

— Je crois bien. Dès le départ, elle me traitait comme si je faisais partie de la famille.

— Cela ne m'étonne pas, Elisa et elle étaient si proches. Je suis sûre qu'avec toi elle avait l'impression de retrouver un peu son amie d'enfance.

Comment est-il ? me demande-t-elle en remplissant deux flûtes en cristal du liquide doré.

Je souris.

— Intelligent. Passionné. Impliqué. Il était professeur d'histoire à l'université de La Havane.

— Et que fera-t-il désormais ?

— Je ne sais pas. J'espère qu'il se plaira ici. Qu'il sera heureux. Qu'il pourra rester. Nous devons encore voir comment tout va pouvoir se mettre en place. Il aime passionnément Cuba et je me sens un peu coupable de l'avoir encouragé à partir. En même temps, il n'avait pas vraiment le choix. Le régime n'était plus disposé à fermer les yeux sur ses contestations.

Beatriz pince les lèvres.

— Le régime est connu pour ça.

Elle apporte les verres, m'en tend un puis lève le sien.

— J'aimerais te porter un toast, à toi qui as trouvé l'amour dans l'endroit le plus improbable ! Je te connais, Marisol, poursuit-elle sur un ton plus sérieux. Je t'ai vue grandir et gérer tout ce que la vie a semé sur ton chemin. Tu n'aurais pas fait ce grand saut si ce n'était pas la bonne chose à faire, si tu n'étais pas sûre de toi. Je sais qu'à présent tu as peur, que tu as des doutes, mais ensemble vous allez vous en sortir. Vous vous construirez une vie ici.

Les larmes me piquent les yeux.

— Merci.

Je bois une gorgée de champagne et la saveur familière m'enveloppe la langue.

— Quand ferai-je sa connaissance ?

— Je l'amènerai à l'anniversaire de Lucia.

Ma sœur célébrera ses trente-trois ans la semaine prochaine et nous nous réunirons tous sur l'exploitation de Wellington pour une grande fête.

— Formidable. J'ai hâte. (Une lueur malicieuse apparaît dans ses yeux.) Je dois encore lui trouver un cadeau digne de ce nom.

Connaissant Beatriz, cela pourrait être aussi bien un sac à main qu'un animal exotique.

— À propos de cadeaux, poursuit-elle, qu'est-ce qui te plairait pour ton mariage ?

Je ris.

— Je ne savais pas que je me mariais.

— Cela arrivera vite. Un tableau, peut-être. (Elle vide son verre et son expression devient grave.) Bon, parle-moi de Cuba. Quelque chose te préoccupe, je le vois bien, et ce n'est pas uniquement ton avenir avec ton jeune homme. Tu as déterré des secrets de famille quand tu étais là-bas ?

— Oui.

— Dans ce cas, je crois qu'il nous faut une deuxième dose de champagne. Je rêve de Cuba, m'avoue-t-elle en remplissant abondamment nos flûtes. De nos derniers jours en famille là-bas. Constamment.

De mes trois grands-tantes, Beatriz a toujours été la moins sentimentale, la moins encline aux grandes émotions. C'est le papillon de la famille, la seule que rien n'a jamais réussi à épingler.

— Voudriez-vous y retourner ? demandé-je, un peu surprise par le tremblement dans sa voix, la souffrance dans ses yeux.

Elle soupire.

— Et voir comment c'est aujourd'hui ? Non. J'ai déjà eu maintes fois le cœur brisé – pas besoin que

Fidel le brise à nouveau. Je n'ai pas envie de voir le pays tel qu'il est aujourd'hui. Je préfère les souvenirs que je garde dans mon cœur à la dure réalité de ce qu'il est devenu.

— Est-ce que vous…

— Est-ce que je souhaite être enterrée à Cuba ?

— Oui.

Elle hausse les épaules.

— Je ne sais pas. Je n'y ai pas vraiment réfléchi. Mercredi, j'ai rendez-vous avec un homme ; je suis trop occupée pour penser à la mort. En plus de cela, je soupçonne Elisa d'avoir voulu rentrer au pays pour des raisons différentes des miennes.

C'est la porte d'entrée idéale.

— Quand j'étais à Cuba, j'ai découvert des choses.

— Je m'en doutais.

— Étiez-vous au courant ?

— Pour le bébé ? Pour son petit ami ? Je le suspectais. Ils ont dit à tout le monde que ton père était né prématurément. Certains ont sans doute pensé qu'ils avaient couché ensemble avant leur mariage. Mais moi, j'avais une idée différente. Je l'avais vue avec lui un soir, à La Havane.

— Avec Pablo ?

— Oui. Elle était plus heureuse que jamais. On ne peut pas cacher l'amour comme ça. J'ai tenté de la questionner à son sujet, mais elle esquivait. Toutefois, je ne me suis pas vexée car c'était une autre époque : personne ne savait à qui il pouvait faire confiance et tous nous essayions de faire de notre mieux pour survivre. Je ne doute pas qu'elle ait voulu nous protéger. Le protéger lui.

— Il est vivant. Il habite toujours à Cuba. Je l'ai rencontré.

J'ai accompli l'impossible : j'ai réussi à surprendre Beatriz.

— Savait-il qui tu étais ?

— Oui.

Je lui raconte le reste de mon séjour, ma visite chez Magda, les pièces manquantes qu'elle m'a révélées.

— Vas-tu le dire à ton père ? À tes sœurs ?

— Oui. Il souhaite les rencontrer s'ils arrivent à se rendre à Cuba. À leur place, j'aurais envie qu'on me parle de lui.

— Tu as raison. Si tu as besoin de moi, n'hésite pas, me dit-elle en pressant ma main dans la sienne. Je serais heureuse de t'aider à leur annoncer la nouvelle.

— Merci.

— Et comment vis-tu ces révélations ?

— Je ne sais pas très bien. Je suis contente d'avoir fait la connaissance de Pablo. Contente d'avoir appris la vérité. J'ai lu les lettres qu'ils ont échangées et, après avoir discuté avec lui, j'ai l'impression qu'ils s'aimaient vraiment. Je regrette seulement de ne pas savoir ce qu'elle ressentait. J'ai toujours cru qu'elle aimait Grand-Papa Ferrera. Mais maintenant je n'en suis plus si sûre.

— Tu es encore jeune. Et si tu as de la chance, ton jeune homme sera le seul que tu aimeras dans ta vie. Je te le souhaite. Pour certains, il n'y a qu'un grand amour. Mais tout le monde n'a pas la chance que cela fonctionne. Et pour certains, l'amour que nous ne pouvons pas avoir est le plus puissant de tous. Elisa était enceinte à une époque où être mère célibataire n'était pas une option. Nous venions d'arriver dans un nouveau pays et pleurions notre frère, notre maison, nos amis, notre mode de vie. Quand elle a rencontré Juan Ferrera, elle était jeune et effrayée. Il était bien établi aux États-Unis et sa famille nous a beaucoup aidés. Il avait dix ans de plus qu'elle et lui a offert la stabilité dont elle avait tant besoin, surtout après les horreurs de la révolution. Je ne sais pas si elle était amoureuse de lui quand elle l'a épousé, mais je sais qu'elle a appris à l'aimer, et lui vous adorait, tous autant que vous êtes. Il était heureux avec elle, avec la famille qu'ils avaient construite, et elle partageait ce sentiment. Peut-être n'était-ce pas la folle romance, mais ils tenaient beaucoup l'un à l'autre. Cela peut suffire.

— J'ai l'impression que je ne la connaissais pas. Ou du moins, que j'ignorais ce qui avait le plus d'importance.

— Il n'est pas toujours possible de connaître ceux que nous aimons aussi bien que nous le croyons, Marisol. Notre amour s'emmêle à nos attentes, à notre perception de la réalité. Et on ne sait jamais ce que les gens pensent vraiment. Ils gardent souvent leurs émotions les plus profondes à l'abri des regards. Elle avait des secrets, mais étant donné ce que nous avons vécu, qui pourrait lui en vouloir ?

Je me rappelle alors le conseil d'Ana – je ne devais pas juger ma grand-mère.

— Quand j'étais avec Ana à Cuba et qu'elle m'a remis la boîte, elle a dit que c'était monnaie courante pour les familles d'enterrer des objets dans leur jardin afin de les protéger jusqu'à leur retour.

Beatriz hoche la tête.

— Dans les murs de leur demeure, également. C'était notre façon de préserver l'espoir, je suppose. Et peut-être aussi un signe de notre arrogance. Jamais nous n'aurions imaginé que ce bâtard vivrait aussi longtemps.

— Elle disait que c'était vous qui aviez la boîte enterrée dans votre jardin. Celle qui contenait les trésors de la famille Perez.

Beatriz ne répond pas tout de suite.

— Je l'avais. Quelque temps. Puis je l'ai de nouveau perdue.

— Comment ?

— Comment quoi ?

La sonnette retentit.

— Comment l'avez-vous récupérée ? Quelqu'un vous l'a-t-il ramenée clandestinement ?

Elle se lève du canapé et consulte sa montre.

— Désolée pour cette interruption. J'ai un massage prévu cet après-midi.

Ses lèvres découvrent un sourire aveuglant, un sourire qui permet facilement d'imaginer tous les cœurs qu'elle a brisés. C'est le genre de femme qui a été éblouissante toute sa vie et ne connaît rien d'autre.

— Il s'appelle Gunnar et est exceptionnel.

Ma grand-tante, si belle, glamour et mystérieuse.

— Pourquoi êtes-vous retournée à Cuba ? retentéje.

Elle se retourne à mi-parcours et me sourit. Le ton de sa voix dégage la même insouciance que je lui ai toujours connue.

— J'y suis allée pour assassiner Fidel, évidemment.

Je quitte la maison de Beatriz et repars à Coral Gables où m'attend Luis. Je suis accueillie par de la musique et le doux parfum de la paella qui émane de la cuisine.

Je pose mon sac à main sur la table de l'entrée et jette un coup d'œil au courrier qui m'y attend – quelques factures, une carte postale de ma sœur Daniela qui est à Marbella avec notre mère, un magazine de mode.

Petit à petit, j'ai apporté ma touche personnelle à la maison, ajoutant mes gros meubles bien confortables à la décoration chargée qu'aimait ma grand-mère, remplaçant des objets anciens par des photos de mes voyages.

Dans le salon, une photo du Malecón au coucher du soleil est encadrée au-dessus du fauteuil préféré de ma grand-mère, celui où elle s'asseyait pour me raconter ses histoires de Cuba. J'imagine à présent son esprit là-bas, dans le vent, dans les vagues s'écrasant contre les rochers, dans les notes de trompette résonnant le long de la promenade, dans les sourires des couples d'amoureux, main dans la main, dans le regard de Pablo quand nous avons répandu ses cendres au-dessus de la mer.

Lors de mon arrivée à Cuba, j'avais le sentiment d'être rentrée chez moi, comme si la partie de moi qui voyageait depuis si longtemps avait enfin trouvé un endroit où se poser.

Mais maintenant, je sais.

On ne peut pas être chez soi dans un monde où l'on ne peut exprimer son opinion sans craindre d'être jeté en prison, où oser rêver est un crime, où l'on n'est pas limité par ses propres capacités et ambition, mais par les caprices de ceux qui tiennent le pouvoir d'une main de fer.

Dans ma vie, j'ai connu deux versions de Cuba : la version idéalisée de ma grand-mère, figée dans le passé, et celle que je découvre au contact de Luis, un Cuba où la vie est rude et la lutte incessante. Voilà le Cuba qui me parle désormais, celui que j'ai décidé de prendre à bras-le-corps, la cause pour laquelle je veux me battre.

Hier soir, nous avons commencé à travailler sur un nouvel article – ou plutôt, une série d'articles – visant à mettre en lumière la vie dans le Cuba actuel ; un appel au changement et une tentative de ralliement de la communauté internationale.

Luis arrive derrière moi, m'enveloppe la taille de ses bras, me caresse la nuque de ses lèvres.

— Comment va ta tante ?

— Bien.

Je ne mentionne pas la dernière remarque de Beatriz au sujet de Castro, ni les nouvelles questions qui me taraudent. C'est un récit qui attendra un autre jour et, en outre, nous autres femmes Perez avons le droit d'avoir des secrets.

— Je t'aime, murmure-t-il.

— Moi aussi je t'aime.

Nous dînerons avec mon père la semaine prochaine. J'ai l'intention de lui parler de Pablo à cette occasion. Après quoi, j'en informerai mes sœurs.

J'imagine qu'elles voudront se rendre à Cuba pour rencontrer notre grand-père, qu'elles souhaiteront connaître ce côté de la famille dont nous ignorions jusqu'à l'existence. Qui sait ce que l'avenir nous réserve ? Il n'est pas prudent que Luis retourne à Cuba maintenant. Mais un jour…

Un jour le régime chutera. Forcément.

En attendant, nous ferons tout notre possible, pour Ana, pour Magda, pour la mère de Luis, pour Cristina, pour mon grand-père, pour tous ceux qui méritent une chance de connaître la liberté, si imparfaite soit-elle. Pour tous ceux qui méritent une chance d'espérer un Cuba libre et démocratique. Le Cuba pour lequel est mort mon grand-oncle, le Cuba pour lequel Pablo a combattu, le Cuba qu'on nous promettait il y a si longtemps.

Luis nous sert à tous les deux un verre de vin tandis que je lui raconte ma visite chez Beatriz et que lui me donne les détails de son rendez-vous à venir avec l'avocat spécialiste de l'immigration que nous avons engagé. Quand il a terminé, il lève son verre en silence, pour porter un toast, et je complète, aussi naturellement que je respire, avec ces mots, toujours les mêmes :

— L'année prochaine à Cuba.

Elisa
1970

Les jours se transforment en semaines, en mois, en années, en une décennie, et nous sommes toujours là.

On célèbre des mariages, des vies naissent, d'autres s'envolent dans la peine, et nous sommes toujours là.

Juan nous emmène à Key West pour la journée. Otis Redding résonne à plein volume dans la voiture et tous nous chantons, pas toujours très juste.

Nous avons décapoté le cabriolet rouge cerise qu'il m'a offert pour mes trente ans et le vent ébouriffe mes cheveux malgré le foulard coloré qui tente de les dompter. Notre fils, Miguel, adore traverser le pont et regarder l'eau.

L'océan est d'une jolie nuance de bleue, le genre de couleur qui éblouit sans doute les touristes du nord. Si vous n'avez pas voyagé plus au sud, vous pourriez penser qu'il s'agit du plus bel océan du monde.

Mais si vous avez voyagé plus au sud…

Nous nous régalons de crabe, de crevettes et de tarte au citron, le tout arrosé de boissons dont le goût fruité est compensé par le mordant de l'alcool. Miguel joue sur la plage, le pantalon remonté aux mollets, les pieds léchés par les ondulations de l'eau. Il aperçoit un groupe d'enfants qui s'amusent dans le sable, armés de seaux aux teintes éclatantes. Il part les rejoindre, leurs rires se mêlant au bruit des vagues.

Juan me prend doucement la main.

— Je t'aime, me dit-il, le regard rivé sur notre fils.

— Moi aussi.

Ces mots sont réconfortants. Et c'est vrai que je l'aime.

Ce n'est pas la passion ardente, ni l'amour dévorant ; c'est un amour stable, solide, véritable. Je puise une grande paix dans son amour, et j'ai assez connu de guerre pour ma vie entière. C'est un homme bien, un bon mari, un excellent père, un rempart contre la folie du monde.

Et puis il y a Miguel.

Mon fils grandira en sachant ce qu'est la liberté. La liberté de s'exprimer sans avoir peur d'être emprisonné, la liberté de travailler pour subvenir à ses besoins, la liberté de rêver de devenir qui il veut, de faire ce qu'il veut.

Lorsqu'il en a marre de jouer, nous remballons nos affaires et partons flâner dans la rue. Nous lui montrons les principales attractions et nous arrêtons pour prendre une glace.

À l'angle de Whitehead Street et de South Street, un panneau orné d'un palmier indique que nous nous trouvons à l'endroit le plus au Sud de Key West, elle-même la ville la plus au sud de la Floride.

Devant le panneau, une femme en robe à fleurs vend des conques.

Dès qu'il voit les coquillages, Miguel est captivé et Juan sourit avec tendresse en sortant son portefeuille de sa poche. Ce sera un joli souvenir pour notre petit garçon.

Je regarde Juan montrer à Miguel comment tenir le coquillage contre son oreille pour entendre le bruit de l'océan. Le visage de notre fils s'illumine face à cette découverte, et j'observe la fierté sur celui de Juan. Il aime Miguel comme s'il était la chair de sa chair.

Je m'éloigne un peu, leur conversation de moins en moins audible, le rugissement de l'océan et le bruit du vent couvrant tout le reste. Il se fait tard, le soleil s'apprête à se coucher, le ciel est d'un bleu tranquille.

Si je ferme les yeux, je peux presque voir la scène ; si je regarde droit devant moi, les yeux fixés sur l'horizon, j'imagine que je la vois.

Une fille vêtue d'une robe blanche se promène le long du Malecón, une rose en soie blanche dans la main, ses cheveux bruns flottant sous la brise. Il y a un garçon aussi. Il est plus grand, plus âgé, il penche légèrement la tête pour entendre ce qu'elle dit au milieu de la rumeur de la ville, des klaxons, des rires des passants. Elle a envie de sourire, mais les violents battements de son cœur lui dérobent cette émotion légère. Elle ressent comme un mauvais présage, semblable aux instants qui précèdent une tempête en mer. C'est dans l'air autour d'eux, porté par le vent.

Il l'embrassera et plus rien ne sera comme avant.

Ils quitteront les montagnes pour marcher vers la mer et plus rien ne sera comme avant.

La fille porte aujourd'hui une robe rose, sa silhouette est altérée par le temps et la maternité, la fleur blanche est restée dans une boîte, enterrée dans un jardin de La Havane, pour quand elle reviendra.

Tous les jours, elle voit les yeux du garçon dans ceux d'un autre. C'est à la fois son plus grand plaisir et sa douleur la plus vive de n'avoir qu'à regarder son fils pour voir l'homme qu'elle a aimé et perdu.

Mais un jour…

Sa connaissance de Dieu s'est façonnée sur les bancs de la cathédrale de La Havane. Certaines choses lui sont restées ; beaucoup ont dérivé avec l'âge, les circonstances.

Cependant, un espoir sous-jacent demeure, provenant de la religion ou de son sang cubain…

Un jour, quand elle mourra, elle le reverra. Elle le sait au plus profond de sa chair, de ses os.

Si le Paradis existe, alors voilà à quoi il ressemblera…

Une digue de huit kilomètres de long. La Havane derrière elle, l'océan devant. Ils marcheront main dans la main, leur fils entre eux, une trompette en fond sonore, le parfum du jasmin dans l'air, de la glace à la noix de coco sur sa langue.

Mais pour l'instant, il n'y a que la mer. Et au-delà, à cent soixante-cinq kilomètres, un pays.

Mon pays.

Quand rentrerons-nous ?

Dans un an ? Deux ?

Ojalá.

PEFC PEFC/14-38-00277

Cet ouvrage est composé de matériaux issus de forêts gérées durablement certifiées PEFC™.
Le Programme de reconnaissance des certifications forestières (PEFC™) est le plus grand organisme mondial indépendant de contrôle pour une gestion durable des forêts. Pour en savoir plus, consultez le site www.pefc-france.org

Achevé d'imprimer en juillet 2022
par Novoprint
Dépôt légal : août 2022
Imprimé en Slovaquie